TESOURO E SEDUÇÃO

J.R. WARD

COMO JESSICA BIRD

São Paulo
2013

UNIVERSO DOS LIVROS

1ª edição - 2013

Dados Internacionais de Catalogação na Publicação (CIP)
Angélica Ilacqua CRB-8/7057

B517h

Bird, Jessica
Tesouro e sedução / Jessica Bird; tradução de Amanda Moura – São Paulo : Universo dos Livros, 2013.
360 p.

ISBN: 978-85-7930-374-6
Título original: Heart of Gold

1. Ficção1. Literatura americana - romance erótico 2. Arqueologia I. Título II. Moura, Amanda

13-0262 CDD 813

Diretor editorial
Luis Matos

Editora-chefe
Marcia Batista

Assistentes editoriais
Ana Luiza Candido
Raíça Augusto
Raquel Nakasone

Tradução
Amanda Moura

Preparação
Júlio Domingas

Revisão
Arlete Zebber
Mariane Genaro

Arte
Francine C. Silva
Valdinei Gomes

Capa
Zuleika Iamashita

Universo dos Livros Editora Ltda.
Rua do Bosque, 1589 • 6º andar • Bloco 2 • Conj. 603/606
Barra Funda • CEP 01136-001 • São Paulo • SP
Telefone/Fax: (11) 3392-3336
www.universodoslivros.com.br
e-mail: editor@universodoslivros.com.br
Siga-nos no Twitter: @univdoslivros

Às senhoras do BIDMC, com grande honra. Meus agradecimentos a J. Mark Waxman, advogado, pela orientação jurídica, e a Richard M. Strum, diretor de interpretação e educação do Fort Ticonderoga por toda a ajuda e aconselhamento.

Querido leitor,

Tesouro e sedução é meu segundo livro e, ao olhar para trás, lembro-me de ter feito uma escolha consciente de "escrever com o que eu sabia" no momento em que decidi pôr essa história no papel.

Foi um grande chamado. A questão é que escrever é como qualquer outro desafio: há um pouco de talento dado por Deus e o interesse faz com que você comece. No entanto, há um longo caminho a ser percorrido até que você se dê conta do que diabos está fazendo. Quando comecei a redigir este livro, tinha sido editada profissionalmente apenas uma vez, e ainda estava viajando nas ideias (agora estou com os pés no chão, por um bom motivo, claro!). Naturalmente, me senti perdida e decidi criar meu próprio porto seguro ao seguir o conselho que tinha ouvido de muitas pessoas. Fui com o que eu sabia: um executivo renomado como um herói de coração duro, uma heroína apaixonada pelo passado e as Adirondacks Mountains.

O herói Nick Farrell é um homem poderoso em todos os sentidos, embora, diferentemente dos vampiros da Irmandade da Adaga Negra, ele não vista roupas de couro tampouco carregue armas ou facas (também não tem tatuagens). Ele é o tipo de investidor agressivo e, acredite em mim, ele pode ser tão brutal quanto os lutadores de MMA quando está em uma sala de reunião.

Além disso, ternos com listras podem ser extremamente sexies se forem combinados com um belo par de sapatos. Agora, olhando para trás, posso ver como Nick é o começo de minha fixação por homens dominadores. O paradigma de sua vida é totalmente diferente da Irmandade, mas, assim como eles, ele é um exemplo de força que, no entanto, nunca abriu seu coração para ninguém – até cruzar com seu par perfeito.

Por falar nisso, Carter Wessex é uma heroína arqueóloga que nasceu diretamente do Indiana Jones que tenho dentro de mim. Em minha infância, sempre fui aquela criança que assistia a *Os caçadores da arca perdida* repetidamente, desejando que pudesse estar na selva ou no deserto com um chicote em minha cintura e um chapéu de arqueólogo na cabeça. Quando ela apareceu (assim como acontece com todos os meus personagens – eles entram em meu pensamento, escolhem um lugar para ficar e só saem depois que escrevo sobre eles), fiquei muito entusiasmada porque pensei que a ideia de ela sair para uma escavação em busca de um tesouro perdido era MARAVILHOSA!

Então fiz uma pesquisa sobre o que os arqueólogos costumam fazer. Minha visão idealista desse tipo de profissional aliada ao conhecimento que obtive na escola não correspondia à realidade – de fato, o trabalho de um arqueólogo provou ser algo muito mais metódico, disciplinado e bem menos dramático do que eu havia imaginado. A boa notícia era que os arqueólogos realmente procuram por tesouros de todos os tipos e desenterram o passado – e, sim, às vezes eles encontram ouro, como acontece aqui. Além disso, quando tive uma visão mais apurada do que Carter faria, ela se tornou cada vez menos uma personagem fictícia para se tornar mais crível – e uma companhia incrível para Nick, já que ambos são extremamente concentrados em suas profissões e preocupados com a excelência de seu trabalho.

O que nos traz ao seguinte cenário: as encantadoras Adirondack Mountains que ficam ao norte do estado de Nova York. Seguindo a premissa do "escreva com o que você sabe", tenho de dizer que as montanhas de Adirondacks são tão parte de mim que se tornaram minha casa, não importa onde eu esteja. Todo verão passo por lá e comecei a frequentá-las com mais regularidade agora. Contudo, quando eu estava fazendo o rascunho de *Tesouro e sedução*, estava trabalhando o tempo todo e não foi possível passar boa parte de julho e agosto por lá. A solução? Escrever sobre elas. De diferentes maneiras, quando estava colocando Nick e Carter no papel, tirei umas pequenas férias. As imagens e as cenas do lago e das montanhas me transportaram para onde eu queria estar. E, além disso, que lugar maravilhoso para se apaixonar no verão! Sei que uma praia com areia branca é a paisagem ideal para um cenário romântico, mas vou pegar um ramo perfumado de um pinheiro na palma da mão qualquer dia desses.

Uma palavra sobre a trama da história. Nesse momento do início de minha carreira, ainda estava tentando "pensar" em histórias de livros. Tinha muita consciência das convenções de um romance e me determinei a segui-las – queria escrever algo que seguisse os padrões e correspondê-lo à risca, porque pensei que ao fazer isso estaria colaborando para manter meu trabalho. Isso não significa que não esteja orgulhosa deste livro, ou que pense faltar algo nele – amo Nick e Carter juntos, e sinto-me muito feliz com a história deles. Mas eu estava a três quartos do caminho para escrever o primeiro rascunho quando a ideia de um sobrinho para Nick me passou pela cabeça. Tinha escrito uma grande cena sobre esse garoto e sobre uma jovem que foge dos pais pela floresta – aumentaria a tensão da história, intensificaria o drama e realmente mudaria a sensação do livro.

Fazendo um retrospecto, essa tangente foi meu primeiro impulso para muito do que faço na Irmandade e nos livros da série *Fallen Angels*. Em minha opinião, abrir espaço para os pontos de vista de outras pessoas e considerar suas experiências acrescentam muito à história, uma vez que a torna mais real. Ninguém vive sozinho – estamos cercados por pessoas que passam por situações similares ou completamente opostas a nossos próprios dramas e alegrias – e acredito que muitas vezes nossa avaliação em relação a qualquer coisa parte da comparação com o que os outros fazem. Em livros e histórias, creio que a subprodução oferece uma textura que torna tudo mais profundo e real.

Dito isso, o perigo das multicamadas é que você corre o risco de perder ou de enterrar a história principal em muita coisa, o que leva o leitor a não saber em que ele deve se focar, ou pior, a narrativa desmorona sobre seu próprio peso. É realmente necessário um olhar crítico e apurado para mostrar a diferença entre adição e obstrução (e acredite, sei disso porque já cometi erros nessa área). Ao refletir sobre esse aspecto, digo que não tinha ideia do que estava fazendo. Tinha a sensação de que se afastar um pouco da história principal seria uma excelente opção, mas, como o resto do livro estava fluindo, tornava-se um chute fora do campo. Contudo, nos anos seguintes, desenvolvi o hábito – e o mantive – de considerar os pontos de vista e as experiências das pessoas – equilibrando-as, na maior parte do tempo, de maneira apropriada (sabe, quando paro para pensar nisso, é muito engraçado olhar para os meus primeiros livros e ver as direções que segui – mesmo aquelas que eu não tinha a menor ideia para onde estavam indo, embora elas estivessem lá).

Espero que você goste de Nick e Carter como eu gostei. Eles formam um grande casal e merecem ser felizes para sempre – além do que, este livro tem uma das melhores cenas finais que já escrevi! Olhe para o caminhão no final da história e você vai saber do que estou falando.

Boa leitura!

J.R. Ward
(Dezembro de 2011)

Capítulo 1

– Eu não sou uma caçadora de tesouros!

Carter Wessex segurava o telefone entre a orelha e o ombro enquanto esvaziava uma mochila no chão da lavanderia. As roupas que saíam da mochila estavam sujas, cobertas de lama e de outras coisas que pareciam se mover.

– Nunca disse que você era – a voz de sua amiga mais antiga tinha um tom consolador, que Carter conhecia muito bem. Era o mesmo tom de voz que havia causado problemas a elas na época em que as duas eram adolescentes.

– É, bem... Também não sou uma masoquista – ela reagiu tentando disfarçar a atração que sentia em relação àquela oportunidade. – O dono da Farrell Mountain é realmente um excelente profissional. Está arremessando mais colegas para fora daquela pilha de terra do que um arremessador profissional de beisebol.

Risos vieram à tona na ligação.

– C.C., odeio analogia a esportes, e essa não cola.

Carter resolveu insistir mais, na esperança de que seu plano das férias de verão não fosse arruinado por alguma proposta que ela seria incapaz de recusar.

– Bem, pelo o que ouvi, Nick Farrell leva a misantropia a sério e tem uma antipatia especial por arqueólogos. Você sabe quem ele é? Sabe que ele é um executivo agressivo cujo nome foi espalhado em todos os jornais porque ele enganou um cara em uma negociação?

– Sei da história e da reputação dele.

– Então por que você está fazendo isso comigo? – as palavras de lamentação soaram como um gemido.

– Porque já é hora de alguém resolver esse mistério. Essa história está se arrastando desde 1775.

– É um conto de fadas, Woody.

Woody era mais conhecida como Grace Woodward-Hall. As duas se conheceram em uma pitoresca escola preparatória para vestibular na região da Nova Inglaterra, onde passaram quatro anos especializando-se em hóquei sobre a grama e no comércio ilícito de vinho em seu quarto. Tornaram-se populares graças às duas coisas.

Na fase adulta, tinham uma relação pessoal e profissional. A especialidade de Carter como historiadora e arqueóloga era acerca do período colonial. A família de Grace era dona da Hall Foundation, uma das maiores fontes de subsídios para a descoberta e preservação da história americana. Carter havia recebido um financiamento da Hall para realizar algumas de suas escavações.

– Você leu o diário do britânico, certo? – a experiência de Grace no Upper East Side marcou suas palavras com perfeita entonação, contudo Carter conhecia a verdade. Com toda a sua elegância e delicadeza exterior, Grace tinha um senso de humor ácido e certo gosto por problemas, características que consolidavam a relação entre as duas.

– O diário de Farnsworth? Claro que li. Todos os historiadores coloniais têm uma cópia. Trata da bizarra preferência por balas de mosquete e dos *minutemen*[1].

Carter olhou para baixo e viu uma aranha rastejando debaixo de uma calça de brim. Não estava preparada para matá-la e também não queria fazer isso com aquela companheira de casa. Esticou o braço em direção à

1 Os *minutemen* eram um grupo de oitenta americanos que compunham uma milícia dos colonos. Durante a Revolução America, mobilizavam-se em um minuto e estavam dispostos a impedirem a passagem dos ingleses. (N. T.)

máquina de lavar, pegou uma lata de alumínio cheia de pregos, esvaziou--a colocando os pregos em cima da secadora e cobriu o aracnídeo.

– Então você tem de saber o que aconteceu – Grace alertou-a.

– Eu sei o que aconteceu. Um herói americano foi assassinado, uma fortuna em ouro desapareceu e o guia, que era um índio, foi apontado como culpado. Fim da história.

– É difícil acreditar que você não esteja intrigada pelas lacunas dessa história – disse Grace de maneira seca. – Alguém precisa ir a Farrell Mountain para descobrir o que aconteceu com aquele grupo de Winship.

– Bem, essa pessoa não tem de ser eu – Carter começou a colocar camisetas e meias dentro da máquina de lavar, tomando cuidado para não tombar a lata que cobria a aranha. – O que eles precisam de fato é de um investigador paranormal para acabar com todas essas ideias de assombração que não fazem o menor sentido. O fantasma de Red Hawk é quem está guardando o ouro? Dá um tempo!

– Olha, fantasmas à parte, esse é o projeto perfeito para você. No momento certo, no meio do deserto, um pedaço maravilhoso de uma história está esperando para ser descoberta.

– Acabei de chegar de uma escavação – Carter reclamou. – Tenho uns seis quilos de sujeira nas unhas, preciso desesperadamente dormir e tenho total convicção de que há moscas pretas do tamanho de morcegos no Adirondacks nessa época do ano.

Ela sabia disso porque essas moscas estavam bem vivas e passando muito bem na Green Mountains de Vermont. Ao observar por uma janela protegida com tela, viu um dia lindo de junho despontando do outro lado, mas não se deixou enganar. Havia sido picada pelas moscas em seu próprio jardim naquela mesma manhã.

– Você não está curiosa para saber o que aconteceu com o ouro?

– Sim, assim como fico curiosa em relação ao coelhinho da Páscoa. Você me dá uma prova de que existe um coelhinho carregando uma cesta cheia de ovos de chocolate, e talvez eu acredite que haja um tesouro escondido naquelas montanhas.

– Ora, vamos, aquele ouro não pode ter desaparecido no ar. E o que aconteceu com o corpo dos homens que foram mortos?

Carter apoiou o quadril na máquina de lavar.

– Os americanos jamais poderiam transportar aquele tipo de fortuna enquanto tinham um britânico ensandecido sob seu poder. Eles correriam o risco de entrar em uma emboscada. O que surpreende é que Red Hawk foi o único que se voltou contra eles. Se algum dos agressores não pegasse o ouro, provavelmente alguém o encontraria e teria o bom senso de ficar de boca calada. Quanto aos corpos, podem estar em qualquer lugar. Você já viu como o Adirondack Park é grande? Encontrar esses corpos seria como ganhar na loteria.

Ainda com o telefone entre o ombro e a orelha, ela espreitou a máquina de lavar. Misturar toda aquela bagunça com água criaria um tipo de lodo, mas ainda havia espaço na máquina para colocar mais peças de roupa. Abaixou-se para pegar uma calça.

– Comentei que encontramos ossos? – Grace disse com a fala arrastada. – Em um lugar idêntico ao que a Farnsworth descreveu no diário.

– Ossos? Que tipo de ossos? – Carter ergueu-se repentinamente. – Onde foram encontrados?

A satisfação de Grace foi clara e imediata.

– Conrad Lyst os encontrou na Farrell Mountain.

Ao ouvir o nome daquele homem, Carter rangeu os dentes pressionando a mandíbula.

– Aquele rato... fedorento...

Permitiu-se continuar a blasfemá-lo, descrevendo-o com inúmeros adjetivos grosseiros. Também não poupou substantivos indelicados.

– Terminou? – perguntou à amiga, achando graça da situação.

– Ainda não. Duvido que aquele homem seja capaz de encontrar o traseiro em suas próprias calças. E, se por algum milagre ele conseguiu, sua próxima atitude será vendê-lo pelo lance mais alto que conseguir.

– Rivalidades profissionais à parte...

– Aquele buldôzer[2] não é profissional algum. É um usurpador e um bandido.

– Não posso discordar disso, mas o fato é que ele encontrou um fêmur e parte de um braço. Analisamos o material aqui em Boston e trata-se realmente de vestígios daquela época.

---

2 Trata-se de um equipamento de terraplanagem que compreende um trator de lagarta; possui uma lâmina frontal de aço reforçada e perpendicular ao chão. É utilizado para escavar a terra. (N. T.)

– O que não significa que eles sejam...

– Foram encontrados junto a um crucifixo.

Carter se esqueceu completamente do que estava fazendo na lavanderia.

– Algum registro no artefato?

– Winship, 1773. Ainda não analisamos o material por completo, mas parece legítimo.

O reverendo Jonathan Winship havia sido o único responsável entre os colonos por escoltar o general. Foi também um dos homens que o assassinou nas montanhas.

O coração de Carter começou a bater mais forte.

– E então, vamos falar sobre a caça a um ovo de Páscoa? – Grace perguntou com a voz suave.

Meia hora depois, elas continuavam conversando, e embora a roupa para lavar continuasse seca na máquina, a aranha já havia sido cuidadosamente posta de volta à natureza. Depois de andar de um lado para o outro enquanto conversava ao telefone, Carter foi até a cozinha e sentou-se à mesa onde tomava o café da manhã, em plena luz do sol.

– Ainda não entendi por que Lyst mostrou a cruz a você – disse. – Não é do feitio dele fazer isso. Quanto mais pessoas tomam conhecimento de uma descoberta, mais difícil se torna para ele vendê-la ao mercado negro.

– Ele disse que quer uma recompensa. Não vamos dar recompensa alguma a ele, claro. Se foi ele quem fez a escavação, ele deve ter embolsado algum valor e ter se livrado do resto para que ninguém pudesse estudá-lo.

Carter deixou escapar um suspiro de deboche.

– Alguém precisa tirar a pá das mãos daquele homem, e eu posso dizer exatamente onde devem colocá-la. O verdadeiro mistério é descobrir como diabos Lyst conseguiu permissão para escavar naquela montanha.

– Ele não conseguiu. Ele invadiu a montanha e, como você sabe, a recepção de boas-vindas do Farrell não inclui exatamente pão de abobrinha e limonada. Lyst disse que um caçador violento o perseguiu com uma arma e ele quase morreu.

– Pena que o cara não conseguiu terminar o trabalho.

– Bem, a montanha chamou a atenção de Lyst, e essa deve ser a razão pela qual ele veio à procura de fundos. Provavelmente ele pensa que uma recompensa da Hall lhe daria credibilidade para tentar novamente.

– Ele voltaria?

– Você conhece Lyst. O que lhe falta de escrúpulos sobra em persistência. Por isso você tem de falar com Farrell o quanto antes. Sei onde é a casa de campo dele na Sagamore Lake, você vai levar no máximo uma hora para chegar até lá. Ouvi dizer que ele normalmente passa os finais de semana por ali nessa época do ano. Pegue o carro, vá até lá nesse sábado e peça permissão a ele para cavar.

– O que faz você pensar que vou receber uma resposta positiva?

– Porque você vai pedir permissão, não invadir a montanha. E suas pernas são mais bonitas que as de Lyst. De qualquer maneira, seu pai atua no mesmo círculo de negócios que Farrell...

– Um momento! – Carter tensionou os músculos do corpo como se a raiva descesse feito ácido em sua garganta.

– Desculpe C.C., eu não quis dizer que... – Grace arrependeu-se imediatamente.

Ao ouvir aquele antigo apelido, Carter lembrou-se de uma longa história envolvendo as duas. Respirou fundo, tentando livrar-se da raiva que sentia toda vez que ouvia o nome de William Wessex. Levou alguns instantes para responder.

– Se eu for, não vou usar meu pai como uma alavanca – disse, fazendo a frase soar como uma maldição.

– Claro que não. Eu não deveria ter falado isso.

Depois que desligaram o telefone, Carter saiu para a varanda dos fundos. Mais à frente, observou que montanhas erguiam-se vertiginosamente, e o verde dos topos tocava suavemente o céu azul e brilhante. Ela havia comprado o terreno com um celeiro corroído em meio àquela paisagem maravilhosa. Demorou dois anos para transformar aquela construção decadente em um espaço habitável, mas, agora que a reforma havia terminado, não sabia se gostava de sua casa ou da paisagem. Era uma pena que ela não tivesse muito tempo para desfrutar daquilo.

Inclinou o pescoço e deixou a luz do sol recair sobre as bochechas e a testa. A seu redor, as folhas dos álamos brilhavam em meio à brisa, e ela pôde ouvir a distância o som de um melro de asas vermelhas. Prestando um pouco mais de atenção ao som ambiente, pôde escutar o barulho de um riacho nas proximidades do terreno.

Diminuiu o ritmo da respiração, tentando levar toda a calma daquele ambiente para seu interior.

Quanto tempo levaria para que ela parasse de se incomodar toda vez que ouvisse o nome do pai? Quando ela poderia deixar de lado o passado?

Passaram-se dois anos, até agora.

Afastou-se daquela paisagem magnífica e subiu as escadas. O que antes era o palheiro do celeiro agora havia se transformado no escritório e no quarto dela. O espaço grande e retangular era seu lugar favorito da casa: uma área vasta com vista para a paisagem repleta de pinheiros e na qual havia janelas panorâmicas em ambas as extremidades.

Suas escrivaninhas, computadores, projetores e livros dominavam o ambiente. Nas paredes altas, ela instalou prateleiras que estavam repletas de obras acadêmicas, algumas que ela própria havia escrito. Era uma coleção com as fontes de pesquisa que ela mais utilizava e, o que não tinha à mão, poderia conseguir facilmente na Universidade de Vermont, nas proximidades de Burlington. Havia sido assistente do professor de Arqueologia por quase três anos e tinha um escritório no campus.

Por mais que gostasse de seus alunos, preferia fazer os trabalhos da faculdade em casa. Passou várias noites estudando até altas horas em seu santuário perfumado de pinho, lembranças que eram postas de lado à medida que ela tentava encontrar pistas da história que foi deixada para trás. No meio da madrugada, durante essas noites em que passava estudando, quando se sentia muito cansada a ponto de não conseguir manter os olhos abertos, dormia em uma cama pequena que ficava comprimida no canto do quarto. O descanso era um privilégio que concedia à necessidade de seu próprio corpo quando batia um arrependimento. Também havia outras preferências pessoais indispensáveis. Escondido em um pequeno canto do quarto, havia um closet cheio de calças de brim, uma cômoda repleta de camisetas e suéteres, e um banheiro pequeno com chuveiro e pia, porém sem banheira. Não havia cortinas nas janelas nem tapetes no assoalho.

Para Carter, o sótão refletia suas prioridades. Trabalho em primeiro lugar. A vida pessoal depois.

Ao passar pela escrivaninha com uma expressão repulsiva, foi até a cômoda e abriu uma gaveta. Fuçou as camisetas até que encontrou uma caixa de couro preto que estava procurando.

Quero que ele vá pro inferno! – pensou enquanto abria a caixa.

Sobre a cama com colcha de cetim, jazia uma esmeralda colombiana pesada, pendurada em uma corrente de diamantes. Era um presente ridículo, mais uma das tentativas de seu pai para ver se conseguia resgatar o amor da filha. A caixa havia chegado na semana anterior, via Fedex Express, na véspera do aniversário de 28 anos de Carter.

E agora ela estava tentando se desfazer do presente do pai. De novo.

Ele sempre a presenteava com joias. No aniversário de 27 anos, deu a ela um par de brincos demasiadamente grande, feito de pérolas e diamantes. Ela o vendeu em um leilão e doou o dinheiro a um hospital local. Quando fez 26 anos, ganhou do pai um anel com um rubi do tamanho de uma bola de gude; vendeu-o para um joalheiro e a renda colaborou para construir um laboratório de informática em uma escola de Ensino Fundamental.

E agora tinha uma esmeralda.

Talvez a cidade estivesse precisando de uma nova ambulância. Ou duas. Os presentes de aniversário eram horríveis, mas os de Natal eram ainda piores. O pai enviava-lhe relógios. Todos os anos. Eram sempre muito caros e de ouro, por vezes tinham diamantes, outras vezes pedras preciosas. Com o dinheiro que conseguiu com a venda deles, fez uma doação para um abrigo de mulheres.

Tocando o anel com as pontas dos dedos e observando o brilho de suas gloriosas facetas, Carter perguntava-se como o pai poderia ter pensado que ela usaria um colar como aquele. Ao sair de casa pela última vez, abandonou o estilo de vida que conhecia desde a infância e tinha consciência disso. Certo dia, mais precisamente no dia em que sua mãe morreu, Carter deixou de ser uma referência de amabilidade para se tornar um produto de sua própria escolha. O autoexílio fez com que as festas de gala se tornassem uma parte de seu passado, assim como seu pai, e sentia-se grata todas as manhãs por ambos não fazerem mais parte de sua vida.

Carter passou o dedo sobre uma das fileiras de diamantes do colar e observou o brilho cintilante.

Em seu atual estilo de vida, era mais provável que ela precisasse de uma barraca do que de uma suíte palaciana, uma lata de inseticida em vez de uma lata de spray de cabelo e uma bússola pendurada no pescoço – não uma esmeralda. Adorava aquela sua vida simples. Sentia-se livre para explorar a paixão por história e tinha uma carreira em que suas contribuições eram respeitadas. Gostava verdadeiramente de sua vida.

A maior parte do tempo.

Dez vem em quando, quando as coisas estavam calmas e a mente vagava, sentia-se sozinha. Tinha poucos amigos. Quanto à família, ela era filha única e sua prima mais próxima, A.J., morava muito distante e tinha uma vida muito ocupada em seu mundo da equitação. Agora já tinha até marido.

Carter questionava se seus planos para o futuro incluiriam um parceiro.

A resposta imediata era não. Trabalhava cada minuto do dia, portanto não havia tempo para namorar, embora não acreditasse, para ser sincera, que um pouco mais de tempo livre fosse a solução para o problema. Conhecia todo o mundo na universidade e não havia ninguém por quem sentisse algo mais forte. Além disso, o fantasma da tragédia de sua família a perseguia onde quer que ela fosse. As traições contínuas de seu pai lembravam-na constantemente de que não poderia confiar nos homens.

Não era um terreno fértil para encontrar o homem certinho.

Carter fechou a caixa e colocou-a de volta na cômoda. Tinha coisas mais importantes para se preocupar. Não perderia tempo com coisas que não poderia mudar.

Ao contrário de alguém que persegue seu passado como uma profissão, Carter estava determinada a não se concentrar nisso. Vivia o momento presente e tentava não pensar sobre tudo o que havia tentado afastar de sua vida. Conseguia fazer isso muito bem, exceto quando os presentes chegavam à sua porta. Duas vezes ao ano, era obrigada a enfrentar as sombras do passado. Odiava essa perturbação e a persistência obstinada de seu pai que a faziam sofrer. Desejava que ele parasse de fingir que eles tinham algo além do vínculo biológico e sentia-se tentada a pedir-lhe que parasse de enviar aqueles presentes.

Nesse momento, ela lembrava que não suportava a ideia de falar com ele.

Carter ficou parada no meio do quarto, examinando os livros, os slides, seus documentos e registros. Lembrou-se de que agora vivia por conta própria. Estava livre.

E, qualquer que fosse o preço que ela pagava por não viver uma mentira, valia muito a pena.

Foi até sua escrivaninha, pensando em ligar para seu parceiro, a quem frequentemente recorria – Buddy Swift – para dizer-lhe que eles tinham um novo trabalho. Outro *show de escavação*, como ele próprio diria. Os dois haviam trabalhado juntos em diversos projetos, e sua esposa, Jo-Jo, e sua filha, Ellie, frequentemente os acompanhavam nas excursões. Os Swifts, que moravam em Cambridge, Massachusetts, eram como uma família mais próxima e o motivo pelo qual ela não jantava sozinha nas festas de fim de ano.

Decidiu não telefonar para Buddy. Ficou desnorteada quando avistou um reflexo no espelho do banheiro. A mulher que o espelho refletia tinha os cabelos longos, pretos e brilhantes, olhos azuis-claros e a pele branca com um leve bronzeado.

Carter olhou para si. Desde aquele terrível dia da morte de sua mãe, todas as vezes que olhava para o espelho via o próprio pai. Tinham a mesma cor de pele, a mesma estrutura óssea e os dentes idênticos... Por Deus!

No dia a dia, Carter podia esquecer como o egoísmo e a traição daquele homem haviam destruído sua família. Poderia fingir que era uma órfã no mundo, livre dos acontecimentos que ainda despertavam-na durante a noite, suando frio. Com exceção da temerosa visita do entregador da FedEx, que acontecia duas vezes por ano, sentia-se capaz de esquecer seu passado na maior parte do tempo.

Mas os espelhos eram um problema constante, até em sua própria casa. Não desejava que houvesse nenhum debaixo de seu próprio teto, mas as pessoas que trabalharam na construção da casa haviam instalado espelhos em todos os banheiros antes que ela pudesse expressar suas preferências.

Quando virou-se, pensou em qual seria o custo para arrancar tudo aquilo das paredes.

Nick Farrell desdenhou do documento legal que revisava. Ele estava muito frustrado. Mais precisamente, completamente irritado.

– Cort, já discutimos isso antes.

Todavia, Cortland Farrell Greene, seu sobrinho e filho adotivo de dezesseis anos, estava determinado a discutir. O garoto inclinou-se para frente e colocou suas mãos sobre a escrivaninha de Nick, exalando calor, tamanha a raiva que sentia. O penteado pontiagudo do garoto pareceu conveniente àquela situação.

– Não discutimos nada. *Você* deve ter decidido algo sozinho, não *nós*.

Nick respirou fundo. Quando aquilo não funcionava, usava uma alternativa.

– Não vou deixar você passar seis semanas viajando para fora do país com os irmãos Canton. Eles estão na faculdade...

– O que significa que são responsáveis.

– Beber várias doses de Jägermeister[3] até desmaiar e cair sobre uma das esculturas do jardim do pai não tem nada de responsável.

Nick olhou fundo nos olhos do sobrinho.

– Só aconteceu uma vez. E isso não significa que eles sejam pessoas más.

– E quando eles decidiram expressar toda sua atrocidade roubando um carro?

O sobrinho desviou o olhar.

– Manter amizade com um ladrão não é uma virtude, é um crime – Nick disse secamente.

Cort ajeitou o corpo e cruzou os braços, como se estivesse à procura de outra opção para atacar.

Nick esperou e não se surpreendeu quando os olhos do sobrinho voltaram a confrontá-lo.

– Você pensa que pode estabelecer qualquer regra apenas porque minha mãe... – o garoto não pôde concluir. Manteve o silêncio, deixando que o passado permanecesse entre eles.

– Porque sua mãe me escolheu como o responsável por seu bem-estar?

– Porque eu fui entregue a você como se fosse parte de uma propriedade. Ela amarrou nós dois, para dizer a verdade.

Nick passou os dedos entre os cabelos.

– Não diga isso.

– Por que não? É verdade. Você está preso a mim assim como estou preso a você.

– Não estou preso a você. Você é da família, o que significa que aconteça o que acontecer, estaremos sempre juntos.

3 Bebida destilada produzida na Alemanha e uma das mais consumidas no mundo. (N. T.)

– Ah, corta essa! – Cort fez um gesto hostil sentado à escrivaninha. – Aqueles papéis são sua família. Você está sempre com suas empresas e seus negócios. O único momento em que nos falamos é quando você me diz para não fazer alguma coisa. Passamos algum tempo juntos somente quando você precisa me levar ao médico. Por que não colocamos um fim nessa história de família feliz? Você não precisa ser meu fundo fiduciário[4]. A escolha é sua. Pode me mandar embora...

– Não fujo das minhas responsabilidades.

– Talvez devesse tentar uma vez.

Nick começou a massagear as têmporas e sentia como se a pele de sua testa estivesse sendo repuxada.

Quando Cort passou a morar com Nick há cinco anos, depois que os pais do garoto morreram em um acidente de avião, era estranho permanecer ao lado do sobrinho. Ele parecia muito com a irmã que Nick tanto amava. Tinha o brilho dos olhos de Melina, bem como a inteligência aguçada dela, e olhar para o garoto era um exercício de tortura e arrependimento. Era a lembrança viva de que Nick não teve tempo o bastante para dizer à irmã o quanto ela era importante para ele. Desejava que não acontecesse a mesma coisa com o filho dela, seu sobrinho. Mas as coisas não estavam caminhando como ele esperava.

No início, houve o período de luto para ambos, algo que Nick não fazia ideia de como superar, muito menos de como ajudar o garoto a fazer o mesmo. Depois que a dor tornou-se menos aguda, a rotina diária que obrigava Nick a administrar uma infinidade de empresas e investimentos atrapalhava a relação entre os dois. Os interesses de negócios dispersos de Nick o mantinham dentro de seu avião, viajando ou preso em sua sala de reuniões boa parte do tempo. Tentar equilibrar as demandas do trabalho e as necessidades de Cort era como um bueiro entupido, algo que Nick jamais havia visto.

Também se sentia perdido quando o assunto era os pais de Cort. A mãe e o pai de Nick haviam morrido há anos, e as pessoas com quem ele

4 O fundo fiduciário é um acordo que concede aval a determinado indivíduo para produzir benefícios a outra pessoa. Os pais podem criar um fundo para seus filhos a fim de que tenham uma segurança financeira no caso de morte deles. (N. T.)

lidava estavam preocupadas com o S&P 500[5] e com a Dow Jones, não com o que fariam diante de um garoto de dez anos em prantos porque tinha perdido o pai e a mãe.

Nick pesquisou diversas fontes na tentativa de acabar com o afastamento entre os dois. Leu livros, visitou psiquiatras e inclusive fez sessões de terapia. Estava desesperado para encontrar algum tipo de manual ou gráfico que o mostrasse como administrar a relação entre pai e filho, porém não obteve sucesso. Não havia um gráfico quantitativo que indicasse quando deveria ser forte e quando deveria apenas permitir que as coisas acontecessem; quando deveria deixar uma criança aprender por conta própria e quando ela realmente precisaria de proteção.

A doença do garoto era outro agravante. As limitações provocadas pela diabetes juvenil de Cort eram a raiz de muitos dos seus desentendimentos. Recentemente, as discussões pareciam intermináveis, mas Nick estava determinado a não desistir de seu objetivo. Além de assumir a responsabilidade que sua irmã havia lhe confiado, ele via em Cort a única possibilidade de exercer a paternidade. Nick duvidava de que algum dia pudesse se casar. As mulheres tinham o hábito de olhar para sua carteira recheada, e ele não estava disposto a realizar o sonho de uma delas de se tornar uma socialite da mais alta classe.

Concentrava-se em seu sobrinho. Não sabia o que fazer com o rapaz, mas também não poderia imaginar sua vida sem ele.

– Desculpe-me. Não posso deixá-lo ir.

Cort não perdia uma oportunidade.

– Então quero passar o verão fazendo trilha nas montanhas Appalachians.

Com uma bronca presa na garganta, Nick tentou ao máximo não explodir.

– Você sabe que eu também não posso autorizá-lo a fazer isso.

– Por quê? – Cort indagou com a voz mais alta.

– Você sabe o porquê.

– Não sou um inválido!

– Trilha nas montanhas é demais para você.

O garoto começou a tremer de raiva.

5 S&P 500 é a abreviação de *Standard & Poor's 500*, um índice de desempenho do mercado bolsista norte-americano que representa 70% de todas as companhias negociadas na bolsa dos Estados Unidos. (N. T.)

– Como vou saber se não tentar? Como vou saber se você me mantiver preso aqui dentro? Vou enlouquecer se ficar trancado aqui por três meses!

Nick decidiu deixar a bronca transparecer. Tinha de se impor.

– Você não vai enlouquecer e você sabe que não deve tentar fazer esse tipo de coisa.

– Você nunca me deixa fazer nada! E você vive viajando pelo mundo inteiro...

– Isso está fora de cogitação – Nick o cortou severamente.

– Mas o médico disse...

– Não.

Cort olhou furiosamente para o tio e esfregou o cabelo, desfazendo parte do penteado. Quando Nick virava-se, o garoto desistia da discussão, tomado por uma raiva visível.

– Ok, vamos fazer do seu jeito – murmurou. – Vou ficar aqui sozinho e apodrecer no verão enquanto todo o mundo vai estar por aí, aproveitando.

– Você não vai ficar sozinho.

– Não? – havia um tom de surpresa na voz de Cort.

– Decidi trabalhar aqui neste verão, em vez de ir para a cidade.

Nick sorriu ironicamente diante da expressão do garoto. Aquilo era algo que não tinha preço, como se alguém tivesse virado uma frigideira com óleo quente em seu pé.

– Mas você não pode. Você tem os seus negócios e...

– Já ouviu falar de videoconferência e fax? É incrível o que a tecnologia pode trazer para a vida de uma pessoa.

– Isso vai ser um saco!

– Sua vida é chata quando fica aqui sozinho e também é chata quando não está?

– Preferia ficar sozinho a ter de ficar com você!

Cort saiu correndo do quarto, bateu a porta com tanta força que os painéis de mogno que revestiam a parede tremeram.

Nick balançou a cabeça, sentindo-se velho. Havia participado de grandes disputas com alguns dos homens mais implacáveis de Wall Street, sonhou com operações financeiras que revolucionaram a prática de fusão e aquisição e tinha sido, inclusive, conselheiro de presidentes. Por Deus!

Contudo, bastavam dez minutos na companhia de Cort para sentir-se uma pessoa totalmente incompetente.

Levantou-se da poltrona de couro e foi até a janela que tinha vista para o lago. Sentiu que uma enxaqueca aproximava-se, as costas doíam por conta da longa viagem que fez ao Japão na noite anterior e tinha a forte sensação de que havia esquecido algo importante. Na tentativa de evitar as seis horas de dor e náuseas causadas pela crise de enxaqueca, colocou uma porção de comprimidos embaixo da língua e esfregou a nuca enquanto eles se dissolviam.

Ouviu uma batida suave na porta.

– Pode entrar – respondeu sem olhar para trás.

Instantaneamente Nick sabia quem havia entrado em seu escritório. Podia sentir o perfume dela, uma fragrância francesa cara e a qual ele odiava. Era extremamente doce e invadia suas narinas, instigando a enxaqueca.

Ao virar-se, Nick observou Candace Hanson, sua namorada há seis meses, entrando no escritório. Tinha um sorriso sereno estampado no semblante afável e o cabelo loiro na altura dos ombros, leve como uma brisa, o tipo de visual que nos faz sentir como se estivéssemos no paraíso. O short de linho branco e a camisa polo que vestia combinavam perfeitamente com um jogo de tênis a que eles jamais assistiriam, e o tênis que ela calçava brilhava de tão novo, pois acabara de sair da caixa.

Impecável como sempre, ele pensou, sentindo absolutamente nada ao olhar para ela.

A relação deles era estritamente uma conveniência social, com pouquíssima intimidade além de sexo. Era tudo o que ele queria, tudo o que ele tinha tempo para fazer, e até aquele momento, ela havia concordado com essas regras. Ela nunca cobrou dele mais que isso, estava sempre disponível quando ele a procurava e se saía bem como uma dama de companhia para as festas que ele frequentava. No entanto, havia problemas à vista. A palavra que começa com *c* começou a fazer parte do vocabulário dela, o que significava que seus dias estavam contados.

Candace sentou-se na cadeira em frente à escrivaninha dele, cruzou as pernas de maneira modesta e entrelaçou as mãos sobre o joelho.

Nick suspirou. Todas as vezes que ela sentava daquela maneira, ele sabia que o que vinha pela frente era mais do que uma conversa sobre o calendário social.

– Quero tranquilizá-lo. Está tudo certo para amanhã à noite – disse de maneira delicada.

Essa declaração foi seguida por um sorriso largo que não acrescentou vida a seus olhos. Embora seus dentes brancos brilhassem e seus lábios estivessem arqueados na proporção do sorriso, havia uma lacuna na disposição das circunstâncias. Na verdade, havia algo fundamentalmente inexpressivo na feição dela. A princípio, aquilo o intrigou, fazendo-o se perguntar o que havia por detrás daquela máscara. Porém, depois de conhecê-la melhor, passou a suspeitar de que suas melhores qualidades eram, de fato, as exteriores.

– O que tem amanhã à noite? – ele indagou ao cruzar os braços.

– A nossa festa, querido – ela murmurou. – O concerto de ópera.

Nick pestanejou. A enxaqueca estava piorando, deixando a visão turva até que Candace perdeu-se em um mar de manchas pretas.

– Teremos cinquenta convidados para o jantar – disse gentilmente.

Então era isso que ele estava esquecendo.

O telefone que ficava sobre a escrivaninha tocou.

Irritado, Nick perguntou-se se haveria alguém que ainda poderia aborrecê-lo e pensou que, se esse fosse o caso, era melhor que o fizesse logo. Dentro de dez minutos ele se desligaria de tudo.

– Com licença – disse a Candace, ciente de que ela esperaria.

Pegou o telefone e quando ouviu a voz de quem estava ligando, colocou o aparelho sobre o ombro e virou-se para Candace:

– Nos falamos depois.

Ela levantou-se e sorriu, serenamente.

– Seria ótimo, mas não se preocupe. Está tudo certo.

– Aposto que sim.

Candace saiu, fechando a porta quase sem ruído algum.

Ela era um fantasma, ele pensou. Alguém que pairava sobre sua vida, mas sem tocar em algo nem em alguém.

– Senhor Farrell? – a voz do outro lado da linha o chamou.

– Estou aqui – respondeu, tentando ver o relógio. Aproximando-o do olho que ainda conseguia enxergar bem, deu-se conta de que faltava apenas cinco minutos para que a crise de enxaqueca o derrubasse de vez.

– O senhor Wessex está na linha.

– Nick, como você está? – perguntou o homem.

– Bem – respondeu, jogando o corpo na poltrona. – Mas estou um pouco ocupado.

Começaria a vomitar em breve.

– Entendo perfeitamente.

A voz de Wessex tinha a vibração polida do dinheiro e do poder e a linhagem de um homem de sangue azul.

– Estou ligando apenas para acertar nossa pequena transação.

A nossa pequena transação era um acordo de negócios que Nick estava realizando quando teve o mais recente desentendimento com Cort em seu quarto. A negociação envolvia quase 1 bilhão de dólares e era uma operação conjunta contra um inimigo que Nick estava determinado a derrotar.

– Veja, amanhã teremos uma noite de confraternização – disse com a boca seca, à medida que a dor aumentava. – Por que não aparece por aqui? Você pode voar até Albany e pegar uma limusine de lá. Convidamos um bom número de pessoas, mas podemos nos sentar em um canto tranquilo e acertar os detalhes.

– É um excelente convite. Agora me diga, quando você e aquela linda Candace irão se casar?

Nick tinha duas coisas no pensamento: bola de neve e inferno.

– Você está livre amanhã? – perguntou, tentando desviar o assunto.

– Infelizmente não. Vou passar o resto deste mês na América do Sul e preciso deixar tudo organizado aqui na cidade antes de partir. Meus advogados saberão onde estou o tempo todo, claro, mas suponho que não estarei aqui para prepararmos a tocaia até eu voltar.

Nick começou a suar frio.

– Creio que está bem assim – balbuciou. – Tenha uma boa viagem.

De alguma forma, conseguiu desligar o telefone e caiu sobre o sofá, arrastando o cesto de lixo para perto. Deitado, colocou o antebraço sobre os olhos para bloquear a luz do sol que iluminava o quarto.

Por que seus antepassados não passaram as férias de verão dentro de uma caverna?

A dor era incandescente, atingia sua cabeça como fogo e pulsava conforme as batidas do coração. Imagens giravam sobre seu pensamento, alucinações causadas pela enxaqueca e pela medicação. Estava tentando organizar o pensamento quando alguém colocou uma bolsa de gelo em sua testa.

– Gertie, como você sempre sabe? – gemeu.

A senhora riu baixinho, e ele ouviu os passos dela pelo quarto e o som das cortinas fechando.

– Eu apenas sei.

Quando ela voltou em direção a ele, Nick abriu os olhos ligeiramente e observou aquele rosto áspero, enrugado e bonito da mulher que o criou. Gertie McNutt passou a vida inteira cuidando dos Farrells, assim como a mãe e a avó dela haviam feito antes. Seus familiares trabalhavam para os Farrells desde quando a família comprou suas propriedades.

Ela estendeu a mão e acariciou o cabelo dele.

– Odeio isso – ele disse, com a voz extrema e estranhamente fina.

– Eu sei, *chow-chow*. Mas logo vai passar – Gertie murmurou.

– Sim, mas daqui até lá vai doer.

Permaneceu mais algum tempo com ele e depois o deixou em meio à escuridão e à agonia. Não havia mais nada que ela pudesse oferecer a ele como forma de alívio. O temporal era dele e somente ele poderia enfrentá-lo.

Que bom que era forte, Nick pensou ao ser tomado por uma nova onda de dor.

Seu estômago doía e ele se retorceu, correndo para pegar a cesta de lixo. A última coisa que fez antes de desmaiar foi vomitar o almoço que Gertie havia preparado para ele.

Capítulo 2

No dia seguinte, Carter pegou uma balsa para atravessar o lago Champlain até o estado de Nova York. Primeiro visitaria a escavação de uma colega nas terras do Fort Sagamore e, em seguida, falaria com Nick Farrell para pedir permissão para escavar suas montanhas. Depois de passar algumas horas nas terras do Fort, seguiu as instruções de Grace e dirigiu alguns quilômetros ao sul até que avistou dois pilares de pedra ao lado da estrada. Entrou com o seu jipe entre eles e seguiu com o carro por um caminho de pedras em uma rua estreita rodeada por castanheiras.

Quando avistou a magnífica mansão com toda a sua glória, ficou sem ar. Localizada em um ponto alto, a propriedade era emoldurada por um lago e pelo imponente pico da montanha Farrell. Não sabia o que mais a impressionava: a casa, a água cristalina ou a presença avultante da montanha.

Parou o carro, abriu a porta, deslizou pelo banco do motorista e saiu para observar a paisagem ao seu redor. O caminho cheio de pedras por onde havia passado com o carro formou um círculo em frente à mansão e fez uma marca até onde ela imaginou que fosse a entrada de serviço.

A casa de campo de Farrell era o exemplo sublime de uma casa em estilo federal, um palácio branco com venezianas pretas que tinham uma fachada formal e charmosa. O tronco da mansão era equilibrado por duas alas, o que significava que a casa poderia acomodar um pequeno exército debaixo do seu teto. Como perdeu a conta de quantas janelas e varandas a casa tinha, imaginou que era possível ouvir o som da água batendo sobre as margens e o sussurro da brisa do verão em todos os quartos.

Virando em direção ao lago, ela sorriu diante da paisagem daquele gazebo de seis lados. Aquilo era um convite para ler um livro em uma tarde preguiçosa. O gazebo era pintado de branco, mas tinha um telhado asfáltico vermelho com acabamento intrincado e detalhes curvilíneos nos beirais. Um pouco mais abaixo, havia uma casinha de barcos à beira do lago. Do lado de fora da doca, ela viu um veleiro balançando sobre as pequenas ondas. Mais à esquerda via-se uma quadra de tênis no meio de um bosque e um tabuleiro de críquete marcando o gramado lateral, disponível para quem quisesse jogar.

Um acampamento de verão para os ricos, ela pensou ironicamente. Em vez de suco, as pessoas têm uma grande reserva de vinho da Borgonha para beber durante o jantar. Além disso, cada um tem seu próprio banheiro.

Ao olhar novamente para a casa, ela observou um prado repleto de flores selvagens, e nele havia flores como a laço-da-rainha-Anne, a vara-de-ouro e um capinzal. A área com dois hectares era coberta por uma floresta de pinheiros, bétulas e álamos que revestiam o pé da montanha.

Carter imaginou que o campo ficasse coberto por vaga-lumes durante a noite; da mesma forma que o campo ao redor de sua casa.

De repente, a tranquilidade do local foi interrompida por um ruído ensurdecedor causado pelo atrito entre as pedras da estrada e a carroceria de um carro. Uma van surgiu no caminho e quase a atropelou.

Na fração de segundo antes de saltar para fora do caminho, ela viu o nome de um fornecedor e lembrou-se dos tempos em que convivia em sociedade em Nova York. Enquanto tossia, engasgada com a poeira, perguntou-se o que estava fazendo ali e seguiu em direção aos outros em frente à entrada de serviço da casa. Ao contrário do exterior da propriedade, que exalava serenidade, as pessoas ali corriam freneticamente no transporte de cargas pesadas. Surpreendeu-se por não ter percebido toda aquela movimentação antes.

Toda aquela agitação a entusiasmou, e ela correu para dentro da mansão, saltando sobre os degraus da escada preta e brilhante da porta de entrada. Lá, encontrou uma aldrava de latão do tamanho de uma bola de futebol. Levantou a cabeça do leão e bateu. O som emitido era como um trovão. Ela estremeceu.

Ruídos como aquele poderiam acordar os mortos. Aquele som a fez pensar se Farrell teria um mordomo como Tropeço, d'A Família Adams, que apareceria para atendê-la.

Enquanto esperava, ela observou duas estátuas de cachorros brancos de cerâmica, uma em cada lado da porta. Seus olhos cor de âmbar olhavam para algum ponto distante, como se estivessem admirando algo; ambas as estátuas encontravam-se em perfeito estado, da mesma forma que todo o resto da propriedade. Viu as antiguidades e imaginou que elas haviam sido compradas por algum ancestral de Farrell.

Ao ouvir um som vindo dos céus, Carter olhou para cima e avistou um belo falcão de cauda vermelha voando e pousando sobre um dos galhos das árvores um pouco acima de sua cabeça. O pássaro repousou as asas emitindo um ligeiro barulho e olhou para ela como se estivesse esperando-a entrar na casa.

Que estranho, ela pensou, sentindo um arrepio.

Carter tremia muito ao bater na cabeça do leão novamente, e, nesse instante, a porta se abriu. Não havia um mordomo como Tropeço do outro lado, mas a pessoa que a atendeu não diferia muito disso.

Carter já tinha visto expressões mais acolhedoras em becos escuros.

A mulher loira que olhava Carter fixamente tinha a beleza de uma rainha aristocrática. Em pé, na soleira da porta, a mulher exibia um tipo de inospitalidade elegante que somente o privilégio de estar ali poderia compensar.

Carter conhecia bem o tipo.

– Vim aqui para falar com o senhor Farrell – sua voz soou enfática e cheia de comando, e a mulher do outro lado demonstrou surpresa.

– Desculpe-me?

Era impressionante como o tom de voz correto poderia transformar até mesmo palavras polidas em um insulto, Carter pensou.

– Senhor Farrell – ela repetiu vagarosamente. – Estou aqui para falar com ele.

A mulher lançou sobre ela um olhar de desaprovação da cabeça aos pés: primeiro olhou os cabelos, depois o rabo de cavalo, em seguida os braços que estavam descobertos, o short que estava justo e os tênis esfarrapados.

– Não acredito que ele esteja esperando *você*.

A resposta dela soou como se estivesse diante de um caminhão carregado de adubo.

– Se você puder pelo menos...

– Fico feliz que você tenha vindo finalmente – surgiu outra voz. Uma mulher mais velha apareceu, enxugando as mãos em um avental de algodão. Tinha os cabelos brancos e amarrados e o rosto enrugado e bronzeado. Embora ela estivesse recebendo Carter, seus olhos estavam concentrados em outro lugar, além da porta. Curiosa, Carter virou-se e avistou o falcão de cauda vermelha que estava empoleirado no galho levantar voo para longe.

Como sentiu um arrepio pelo corpo novamente, Carter pensou sobre as lendas a respeito das visitas do falcão vermelho à montanha. Tentando livrar-se do sentimento de premonição, ela voltou-se novamente para a porta de entrada.

– Pensei que eu tivesse avisado você que as garçonetes deveriam entrar pela porta dos fundos – disse a mulher loira com arrogante autoridade.

– Sim, você me avisou.

Aquela foi uma resposta espontânea, e com isso Carter soube exatamente quem estava no comando. E certamente não era a mulher que abriu a porta para ela.

– Você não quer estacionar o carro por aqui? – a mulher mais velha perguntou a Carter educadamente. – Encontre-me na entrada de serviço.

Carter concordou. Quando se reencontraram no meio da agitada, porém muito bem organizada, movimentação da cozinha, a mulher apresentou-se.

– Sou Gertie McNutt, responsável por este lugar.

– Carter Wessex – houve um breve cumprimento de mãos.

– O jantar será servido às sete e meia, mas você vai precisar servir os aperitivos a partir das seis. Os uniformes estão aqui. Qual é o seu tamanho?

Carter franziu a testa, confusa.

– Não estou aqui para servir. Estou aqui para falar com o senhor Farrell.

Os olhos castanhos a olharam com desconfiança.

– Sobre?

– Sou arqueóloga e eu...

A mulher sacudiu a cabeça.

– Ele não gosta muito de arqueólogos.

– Sim, ouvi dizer. Só preciso pedir permissão a ele para cavar na montanha...

– Ele não gosta de ninguém cavando lá em cima.

Carter respirou fundo.

– Também já ouvi falar isso. Mas, se você puder apenas perguntar a ele...

– Ele não gosta que lhe façam perguntas.

A arqueóloga não pôde esconder sua frustração.

– Esse cara gosta de alguma coisa? Ou ele é um homem muito mal-humorado como dizem por aí?

Carter enrubesceu e cerrou a boca com a mão. *Ótimo,* pensou. Ela tinha acabado de insultar Farrell diante de seus funcionários enquanto tentava conversar com o homem sem ter um horário marcado.

– Desculpe pela ofensa – ela murmurou.

Houve uma pausa antes que ela fosse submetida a uma avaliação franca. Enquanto ela esperava ser despejada da propriedade sem delongas, cogitou se haveria seguranças envolvidos.

Porém, a mulher sorriu.

– Vamos fazer o seguinte. Darei vinte minutos para que veja você mesma se ele é tão terrível assim. Se você for louca o bastante para tentar, terá de seguir até o fim. Além disso, a maneira como ele irá expulsá-la será algo muito mais interessante e criativo do que qualquer coisa que eu pudesse fazer com você.

Carter sorriu friamente para a mulher, sentindo como se tivesse se oferecendo para uma sessão de tortura.

– Obrigada.

Disfarçando o medo, seguiu a mulher por toda a casa, entrando nos cômodos espaçosos. Cada espaço era repleto de antiguidades e tinha um ar elegante e acolhedor, com flores frescas que acrescentavam sofisticação e graça ao ambiente. Quando chegaram até uma porta grossa de mogno, a mulher que a acompanhava fez uma pausa antes de bater.

– Faça um favor a si. Seja breve e amável. Ele gosta das coisas assim.

Carter bateu à porta e, quando ouviu uma resposta abafada, a governanta abriu a porta e elas entraram naquele escritório antigo.

Nick Farrell olhou de cima de sua escrivaninha ornamentada, e os pés de Carter congelaram.

Os olhos do homem tinham uma cor muito incomum; um tom de cinza tão empalidecido que as íris eram quase invisíveis. Ser observada por aqueles olhos era como receber a queimadura de um maçarico. Ele parecia absorver todas as nuances da aparência dela, sua expressão, o espaço que ela ocupava. Era, como ela percebeu, poderosamente inteligente e imutavelmente dominador. Surpreendentemente, a rigidez que ele emanava apenas aumentava o fascínio dela. Tudo isso a fez refletir se haveria alguma sensibilidade nele, e imaginou que as mulheres deveriam procurá-lo, enlouquecidas.

Com um calafrio de consciência tomando conta do seu corpo, ela imaginou que o rosto dele deveria despertar a fantasia de milhares de mulheres. Suas maçãs do rosto eram salientes, o traço da linha do maxilar era bem definido e o nariz bem delineado tinha a aparência forte. Seu cabelo era grosso e preto, não tinha franja, e a pele era bronzeada. Os lábios prenderam a atenção dela. O lábio inferior era mais carnudo, e ela pensou, em um momento de insanidade, qual seria a sensação de beijá-lo.

Seu coração começou a bater mais forte, e como se ele pudesse sentir a essência dos pensamentos dela, percebeu um ar de especulação na expressão daquele homem. De repente, ela estava sendo avaliada como mulher. À medida que aqueles olhos fitavam e admiravam suas pernas, um rubor emergiu de dentro dela.

Antes que se permitisse imaginar o que ele estava pensando sobre ela, lembrou-se de que não deveria se iludir. O homem era um conquistador, pronto para atacar. Não ela, claro. Mas ela tinha pena da mulher que se apaixonasse por uma pessoa como ele.

– Esta mulher veio aqui para falar com você – Gertie anunciou.

Nick ergueu uma sobrancelha ironicamente.

– Não me recordo de ter chamado nenhuma adolescente para conversar.

Sua voz profunda envolveu as palavras, criando uma entonação cínica em cada sílaba. Carter ficou distraída ao ouvir a voz dele e só depois percebeu que ele havia acabado de insultá-la.

Ela restabeleceu a atenção rapidamente e lançou uma resposta ácida:

– Não posso dizer nada em relação à sua agenda, mas já saí da adolescência há uma década, muito obrigada.

Nick ergueu uma das sobrancelhas novamente. O tom de voz de Carter havia sido tão autoritário quanto o dele, e ela refletiu que provavelmente ele não estava acostumado a ser abordado daquela maneira. Seus olhos confrontaram-se enquanto a governanta saiu.

Carter respirou firme.

– Creio que podemos começar de novo. Senhor Farrell, estou...

A porta abriu bruscamente, balançando a prateleira de livros e causando-lhe um grande susto. Um garoto passou rapidamente por ela, como se ela fosse apenas uma peça da mobília do escritório.

Mesmo diante da surpresa daquela interrupção súbita, a expressão de Nick Farrell era a mesma. A única mudança era a direção do seu olhar. O homem era mais centrado que um tanque de guerra.

– Você não pode deixá-la fazer isso! – exclamou o garoto, colocando as duas mãos sobre a escrivaninha e impondo sua palavra. Estava todo vestido de preto, o cabelo com um penteado todo arrepiado, tanto que era possível enxergar seu couro cabeludo. Perguntou-se como ele teria conseguido manter os fios naquela posição vertical.

– E o que ela fez? – a voz de Farrell estava calma, mas ela notou que continha uma ligeira tensão em seu corpo.

Talvez ele não estivesse acima das emoções humanas, afinal.

– Ela está dizendo que eu tenho de usar uma droga de smoking se eu quiser jantar esta noite. Eu moro aqui. Ela não. Quem diabos...

– Chega de malcriação e teatro.

A tensão nos músculos do pescoço de Nick eram evidentes à medida que ele pressionava as cordas vocais.

– Não vou vestir smoking e não vou participar desse jantar.

Carter notou que havia tanta resistência e raiva na voz do garoto, como tantas discussões entre pais e filhos, que aquela explosão de fúria não se referia apenas ao assunto que estava em questão naquele momento.

– Vou falar com ela.

O garoto bufou.

– Como se fizesse alguma diferença. Por que você não se impõe diante dela? Você não vai casar...

– Guarde as suas opiniões sobre o meu relacionamento para você.

– Guarde-as para você – o garoto retrucou imitando-o. – Eu sempre guardo *tudo* comigo.

– Se isso fosse verdade, eu não precisaria mandar consertar as portas da casa de tanto que você as bate – Farrell reagiu secamente.

O garoto virou-se e viu Carter pela primeira vez. Arregalou os olhos, surpreso.

Os olhos do rapaz a observaram da mesma maneira que Farrell, ela pensou.

– Oi – a voz do adolescente mudou completamente; estava repleta de cordialidade.

– Olá!

Ele olhou para Farrell:

– Quem é ela?

– Estava prestes a descobrir quando você invadiu meu escritório.

Os dois olharam-na esperando uma reação.

– Carter Wessex – respondeu.

– Você vai ficar para o jantar? – o rapaz perguntou.

– Não. Vim aqui para falar com ele – ela assentiu com a cabeça em direção à escrivaninha onde Farrell estava.

– Você vai ficar para o jantar? – perguntou o garoto novamente.

– Pensei que você não participaria da festa – Farrell interviu.

O rapaz parecia perplexo, tomado por uma rebeldia e pela expectativa da resposta de Carter.

– Se ela ficar para o jantar, visto o meu smoking agora.

– Não vou participar do jantar.

– Então não vou me vestir – o garoto virou-se em direção a Farrell. – E você vai falar com aquela loira aguada.

Farrell lançou um olhar lacônico sobre Carter.

– Você pode jantar conosco?

Ela olhou para os dois esperando que Farrell retirasse aquele convite. Mas ele o manteve.

Carter arregalou os olhos.

– Não estou com trajes apropriados, já que vocês vão usar smoking.

– Acho que você está ótima da maneira como está – disse o garoto de maneira tímida.

Carter pressionou os lábios ao perceber certo rubor em suas bochechas, sentindo-se constrangida.

– Obrigada pelo convite, se você estiver falando sério, mas eu...

– Ele é sempre sério – o garoto murmurou cheio de ressentimento.

Farrell cruzou os braços.

– Isso não é verdade. No último ano, sorri duas vezes. Agora, será que pode nos deixar sozinhos para que eu possa finalmente descobrir o que essa mulher quer de mim?

– Excluído feito um cachorro vira-lata desgraçado – resmungou o rapaz enquanto se retirava do escritório.

– Olha a boca!

– Não faça com os outros o que você não quer que façam com você.

– Não vou fazer, se você também não o fizer.

– Você primeiro – disse o garoto enquanto batia a porta com força.

Enquanto o ruído da batida da porta ecoava pelo escritório, Carter percebeu que Farrell voltou a atenção para ela.

– E então, o que você quer? – ele indagou.

– Sou arqueóloga e eu...

– Não – ele desviou o olhar dela e começou a mexer nos papéis que estavam sobre a escrivaninha, como se ela tivesse saído do escritório.

Carter enfureceu-se.

– Desculpe?

– A resposta é não.

– Mas eu ainda não lhe pedi nada.

– A palavra-chave é "ainda". Deixar que você fale antes de fazer o pedido, é apenas uma perda do nosso precioso tempo – sua voz foi curta e fria.

Carter ficou chocada e permaneceu em silêncio. Por um momento, a única coisa que ela poderia fazer era observar os olhos daquele homem enquanto ele analisava todos aqueles documentos.

– Sabe, você não precisa ser tão grosseiro, como também poderia olhar em meus olhos enquanto fala comigo.

Ele arqueou arrogantemente uma das sobrancelhas, embora não tenha olhado para cima.

– Sempre soube que senhoritas boas-maneiras aparecem com uma pá. Achei que era para lançar baboseiras, não para cavar a propriedade das pessoas.

– E é difícil acreditar que alguém que mora em um lugar como este tenha as mesmas habilidades sociais de uma vaca.

Ele pregou os olhos cinzentos sobre ela. Carter percebeu que o ar de especulação havia retornado.

– Bem – ele colocou os papéis em cima da mesa e recostou-se sobre a cadeira. – Está melhor assim? E irei mais longe ainda: vou lembrar-me de dizer *por favor* quando pedir para você sair.

À medida que aqueles olhos a penetraram, Carter estava disposta a apostar que aquele homem era mais do que o simples par romântico de uma loira aguada.

– E então? Pode sair, *por favor*? – ele disse de forma direta.

– Você não pode simplesmente me expulsar antes de me dar uma chance...

– Não posso? Tenho um documento no cofre no qual diz que esta é minha propriedade e não acredito que haja alguma cláusula nele que obrigue a tolerância de invasores hilários.

– Sorte sua – ela rebateu. – Não creio que você deva expulsar nenhum invasor hilário que apareça por aqui para trazer um pouco de alegria à sua alma.

Cruzando os braços com imponência, ele a encarou novamente.

– Quantos anos você tem?

– Vinte e oito.

– Eu diria dezoito – Farrell olhou para as roupas dela. – Você poderia ser uma babá. Ou mesmo poderia precisar de uma.

– É difícil parecer madura vestindo short jean rasgado e uma camiseta – ela respondeu, indignada.

– Foi você que escolheu essa roupa para vestir, não eu.

– Tive de passar em um trabalho de escavação antes de vir para cá.

– Espero que não tenha ido como consultora de imagem.

– Não estou aqui para falar das minhas roupas – ela olhou para ele de maneira defensiva.

– Você me parece determinada a falar sobre algo. Já que a escavação em minha propriedade está fora de cogitação, creio que as roupas sejam um bom pretexto para uma conversa inútil, ainda mais considerando que você é uma mulher.

Carter respirou fundo usando todas as suas forças para não perder o controle.

– Olha, sei que Conrad Lyst encontrou uma cruz que pode ser do reverendo...

– Talvez eu precise ser mais claro. Não há a menor possibilidade de alguém escavar minha propriedade. Porém, seu gosto duvidoso por roupas esportivas ainda está em pauta.

– Eu não me vesti assim para você!

– Obviamente. Mas devo dizer que você causou uma forte impressão no adolescente que acabou de sair. Porém, creio que ele pensa que você tem a mesma idade que ele.

Carter sentiu como se estivesse sendo a presa de um algoz. Novamente teve de se esforçar para não ceder ao impulso de gritar com ele.

Tentando ao máximo mantê-lo calmo, ela tentou conservar a voz baixa.

– Senhor Farrell, tudo o que estou pedindo é que o senhor me ouça.

– Pode me chamar de Nick e esqueça o discurso. Você não vai conseguir nada além do que seu short pode fazer.

– Você é sempre assim detestável?

– Via de regra, sim. Mas às vezes sou um pouco pior.

Ela revirou os olhos.

– Não é de surpreender então que você tenha de mandar consertar suas portas sempre.

– Faz bem à economia local.

– Que generoso de sua parte.

– Também acho.

Houve um grande silêncio. Carter tinha a sensação de que ele estava se divertindo às custas dela, e aquilo a enfurecia tanto quanto os ataques verbais.

– Sou uma profissional, senhor Farrell, não uma escavadora itinerante de valas. Nesse momento, você pode estar sentado sobre a resposta para um dos grandes enigmas da era Revolucionária. Ninguém sabe o que realmente aconteceu com o grupo de Winship tampouco o que aconteceu com o ouro que eles carregavam. Você deve isso às futuras gerações...

– Então devo deixá-la entrar e encontrar a solução para esse enigma em minhas terras? – ele franziu a testa firmemente. – Tenho notícias para você. Não creio que seja necessário encontrar a solução. Pelo o que sei, o passado deve ser enterrado, e as "futuras gerações" atuais estão muito mais interessadas na vida da família do Ozzy Osbourne. Eles não estão preocupados com os *minutemen* nem com os soldados britânicos.

– Essa é uma visão muito limitada.

– Eu sou um tipo de homem limitado.

– Posso ver.

Ele sorriu ligeiramente.

– Então a senhorita boas-maneiras também é behaviorista?

– Não, behaviorista é a DOR LATEJANTE NO SEU TRASEIRO sobre essa cadeira.

Houve uma longa pausa e então Nick Farrell reclinou a cabeça para trás e gargalhou. Era um som forte e estridente. Quando ela o olhou novamente, ele estava sorrindo, e seu sorriso iluminou toda a austeridade do seu rosto, deixando à mostra uma covinha em uma das bochechas.

De alguma forma, agora que ela havia arrancado um sorriso do rosto dele, não sentia mais tanta raiva.

– Você tem ideia de quantas pessoas vêm até mim a cada primavera para me pedir para explorar a Farrell Mountain?

– Não, mas nem quero saber.

– Não quer?

– Quando você ataca uma empresa, está preocupado com o que os seus pequenos concorrentes estão fazendo?

O sorriso dele desapareceu.

– Andou pesquisando sobre minha vida?

– Você é muito conhecido.

Ele deu de ombros, mas era claro que não havia gostado daquela observação dela.

– O que você faria se eu decidisse deixar esse tal de Lyst explorar a montanha?

– Diria para vocês dois: boa sorte e já vão tarde!

Soou como uma resposta direta, mas ela sabia que a raiva por trás de sua voz a denunciava.

– Algo me diz que você não ficaria tão indiferente assim... – disse ele, levantando-se.

Ela lançou um olhar depreciativo sobre ele.

– Estou errado?

– Você pensa que sou menor de idade por causa do meu short. Em minha opinião, isso não lhe confere muita credibilidade no momento de julgar alguém.

Farrell chegou mais perto de sua escrivaninha e aproximou-se dela, parando a apenas alguns centímetros de distância. A garganta de Carter ficou seca. Ele era mais alto que ela pelo menos uns dez centímetros, o que significa que ele tinha uma altura considerável, tendo em vista que a estatura dela era de 1,75 m. À medida que sentiu a força dele próxima ao seu corpo, teve de se equilibrar sobre os pés para não cair para trás.

Por trás da escrivaninha, ele era ofensivo e intimidador. De perto, era extremamente sedutor.

Não que isso significasse algo bom, ela pensou, passando a língua sobre os lábios.

Aquele gesto com a língua havia sido um erro. Como um predador, ele observava todos os seus movimentos, os olhos penetravam a boca da arqueóloga. A maneira como ele a olhava fez o corpo dela se encher de algo que ela preferia pensar que fosse ansiedade, ainda que lhe parecesse mais com desejo. Pensou em virar-se e ir embora. Fugir, na verdade.

– O que é que você quer de verdade? – ele perguntou vagarosamente.

– Não entendi – Carter balbuciou essas palavras de maneira rápida e tensa. Ele não estava insinuando que ela teria vindo apenas por causa dele. Estava?

– Todo o mundo tem uma intenção velada. O que mais você quer? – seu olhar percorreu o corpo dela e depois seus olhos.

Ela balançou a cabeça, tentando esclarecer as coisas.

– Eu só quero escavar a montanha.

De repente, quase que com raiva, ele deixou de olhá-la e voltou para os papéis em cima da escrivaninha. Estava com a voz embaraçada quando voltou a falar com ela.

– Acho que você deve fazer bom uso da sua licença de aprendiz e voltar para o lugar de onde veio. Você não vai conseguir o que quer aqui, nem por meios ilícitos nem com a minha permissão. Porém, eu bem que poderia ser... obsequioso. Mas gosto de mulheres, não de garotinhas de escola.

Carter ficou boquiaberta.

– Você está insinuando... – não conseguiu terminar a frase.

– Feche a porta quando sair, por favor – ele ordenou.

A respiração dela saiu como um assovio de fúria.

– Você é um insuportável, egocêntrico...

– Lá vem você com os elogios, me fazendo ficar com as bochechas vermelhas – ele murmurou virando uma página da papelada.

– Espero que você apodreça no inferno.

– Vejo você lá – ele respondeu satirizando-a.

Ao sair, Carter bateu a porta o mais forte que pôde.

Como o estrondo da madeira da porta ecoou pelo escritório feito um tiro, Nick fez uma careta e colocou os documentos sobre a escrivaninha. Sua cabeça ainda sentia os resquícios da enxaqueca, então massageou as têmporas, esperando que aquelas fisgadas cessassem.

Culpa da droga daquela bela mulher, pensou.

Aqueles olhos azuis cristalinos tão vivos e provocativos. Aquela expressão facial demonstrando toda a emoção que ela estava sentindo. Sua boca, seus lábios carnudos com aquela língua rosa...

Um calor queimou seu corpo novamente.

Que droga de coisa boa ele sentiu por ela. Resistir aos seus impulsos ficava cada vez mais difícil toda vez que ela punha a língua para fora para lamber os lábios. Muitas mulheres já haviam feito gestos como aquele inúmeras vezes para ele, mas como eram premeditados, ele nunca se sentia atormentado. O problema da arqueóloga é que ela não sabia o quanto era atraente.

O que seria impossível.

Mulheres bonitas estão sempre dispostas a pôr em evidência suas qualidades. Ele não as culpava por isso. Afinal, havia feito uma fortuna fazendo a mesma coisa, a única diferença era que sua isca eram as notas de dólar, não a promessa de aventuras sexuais, e suas aquisições eram empresas e não compromissos de casamento. Fútil, como era inevitavelmente para a outra parte, ele sempre aproveitava a relação de troca que tinha com as mulheres: dava-lhes o que elas queriam e elas lhe concediam tempo e atenção.

E aquela vestindo o short rasgado poderia ser a verdadeira candidata ao trono. Além da beleza, ela era inteligente, tinha um excelente senso de humor e não tinha medo de dar o seu melhor. Em toda sua vida, ninguém jamais ousou enfrentá-lo. As pessoas normalmente queriam dele algo ou lhe deviam algum dinheiro, e em ambos os casos essas pessoas nunca ofereciam resistência, mesmo as mais brincalhonas.

Ela era encantadora quando estava com raiva, pensou. O rubor nas maçãs daquele rosto, a respiração acelerada, a boca ligeiramente aberta, chocada com a grosseria dele. Ela iluminou-se como uma árvore de Natal. Deliciosa. Completamente deliciosa.

Ele olhou para a porta, como se pudesse vê-la.

Carter Wessex.

Ele se perguntou, subitamente, se ela teria alguma relação com os Wessex.

Isso não seria interessante.

Nick tentou se lembrar do que sabia a respeito da família Wessex. O homem era casado, mas alguma coisa havia acontecido com a esposa dele. Alguma tragédia. Teriam uma filha? Wessex nunca apareceu com filha alguma nem mesmo mencionou que era pai, mas a pele de Carter era assustadoramente parecida com a dele e eles tinham a mesma aparência.

Nick pegou o telefone e ligou para o seu escritório em Nova York. Atenderam na primeira chamada.

"Fredericka Ulrich", a chefe de departamento, atendeu com rispidez. Além de ter uma mente brilhante para os negócios, a mulher era uma enciclopédia ambulante. Sabia tudo sobre todos; quem era quem e o que ela não sabia, tratava de descobrir.

– Freddie, William Wessex tem uma filha?

– Creio que sim – opinou. – Mas sei quem pode responder. Aguarde um momento.

Aquela era Freddie fazendo o seu melhor, Nick pensou. Ele ainda estava sorrindo quando ela voltou à ligação alguns momentos depois.

– Quase trinta anos. Alienada. Completamente alienada – ela disse.

– Nome?

– Carter. Mora em algum lugar de Vermont. Arqueóloga. Uma das melhores do país, embora seja relativamente jovem.

– Wessex se preocupa com o fato de ela morar longe dele?

– Absurdamente. Está furioso com isso. Ela saiu de casa alguns anos atrás, quando a mãe morreu. Aparentemente a filha não o visita nem mesmo fala com ele.

– A senhorita Wessex apareceu aqui hoje.

– Não é de se surpreender, considerando a montanha que há atrás de sua casa. Vai deixá-la escavar?

– Disse a ela que não.

– E agora você está se perguntando se pode ser útil para William Wessex se ele tiver uma chance de fazer bonito com a menina?

Freddie também era uma terrível estrategista.

Nick sorriu ironicamente.

– Você sabe que gosto de assegurar que meus parceiros estejam em dívida comigo. Financeiramente ou de outra maneira.

– Qual é a desvantagem?

– Além dos dois transformando meu canto de sossego em uma zona de guerra se as coisas não funcionarem? – ele fez uma pausa. – Se ela escavar a maldita da minha montanha e encontrar os restos de qualquer um desses homens, vou ter ainda mais turistas com suas pás à procura de ouro. Diabos, veja a confusão que esse tal Lyst causou por contar a um jornal que encontrou uma cruz. O telefone não parou de tocar, e Ivan expulsou mais três invasores da minha propriedade hoje pela manhã. Vim aqui para relaxar, não para oferecer serviços de recreação de um parque.

– E se ela encontrar o ouro?

– Não há ouro algum lá.

– Como você sabe?

– Sabendo. Que droga. Talvez seja melhor deixar tudo como está.

– Mas se pai e filha se reconciliarem, Wessex lhe deverá um favor pelo resto da vida. Ele poderia lhe ser ainda mais útil do que já é – Freddie o alertou.

Nick refletiu sobre o assunto.

– E talvez, se ela cavar um pouco, podemos finalmente pôr um fim em toda essa tolice. Estou cansado de guardar um cofre sempre vazio.

Depois de desligar o telefone, Nick foi até a janela e olhou em direção ao lago. Enquanto observava a luz do sol refletindo sobre a correnteza, notou algo de relance. Era um falcão de cauda vermelha pousado sobre uma árvore, observando-o pelo vidro.

Pensou na mulher que acabara de sair de sua casa.

E percebeu que estava ansioso para encontrá-la novamente.

Capítulo 3

Carter seguiu um caminho mais curto em direção à porta de entrada, resmungando em voz baixa, quando foi surpreendida pelo jovem que pulou em sua frente.

– Olá! Meu nome é Cort!

Ela diminuiu o passo para evitar chocar-se com ele.

– Er... prazer em conhecê-lo.

Diferente de quando estava na presença do pai, o garoto sorria abertamente.

– Tem certeza de que não quer ficar para o jantar?

– Lamento, mas preciso ir.

E ela jamais voltaria. O mundo era um lugar seguro para se viver somente se ela e Nick Farrell não permanecessem juntos no mesmo espaço.

Cort entristeceu. Carter observou novamente o quanto ele e Farrell se pareciam. A única exceção eram seus guarda-roupas. Enquanto o pai vestia calças de linho, sapatos feitos à mão e uma camisa social com as iniciais bordadas, o garoto usava um short esfarrapado e uma camiseta com uma frase ofensiva estampada.

Ainda assim, eles tinham grandes semelhanças. O garoto Farrell era magro, mas certamente chegaria ao porte e à altura do pai. E os ossos do rosto do rapaz, que embora ainda não tivessem a firmeza necessária para formarem os traços e os ângulos, demonstravam que muito possivelmente ele teria a mesma aparência de Farrell.

– Acho que é melhor eu ir embora – disse Carter, apressando-se.

Cort a seguiu até a porta de entrada, suas mãos balançavam à medida que ele andava rapidamente para segui-la. Ela imaginou que o garoto cresceria e que, assim como Farrell, poderia se tornar um ladrão elegante.

– E então, para onde você está indo? – ele perguntou.

– Para casa.

– Onde é sua casa?

Carter olhou ao redor e lembrou que havia deixado o jipe na entrada de serviço.

– Burlington.

– Onde está seu carro?

– Nos fundos – os dois dirigiram-se até os fundos da mansão.

– Qual é seu carro?

– Um jipe.

– Um SUV, como o do exército?

– SUV.

– Aquele modelo do exército é mais legal... Que cor é seu jipe?

– Branco – ela não se conteve e riu. – Por que você faz tantas perguntas?

– Porque sim. Quando você volta?

– Não vou voltar.

O garoto entristeceu novamente.

– Por causa dele, certo?

Tentando agir com naturalidade, ela deu de ombros.

– Não tenho motivo para...

– Você quer escavar a montanha, não é?

– Como você sabe?

– Olhei em seu carro.

– Então por que perguntou qual era meu carro? – lançou um olhar seco sobre ele e o garoto enrubesceu. Pelo menos ele tinha o charme de sentir-se acanhado, pensou, deixando escapar um ligeiro sorriso.

– Não tinha certeza de que era seu. De qualquer forma, a maioria das pessoas não aparece por aqui com equipamentos de busca nem com quatro diferentes tipos de pás se estão interessadas em abrir uma loja na montanha – Cort lançou um olhar sombrio sobre a casa. – Ele sempre faz isso. Ele sempre afasta as pessoas.

– Tenho certeza de que seu pai tem os motivos dele...

Cort agarrou o braço dela.

– Ele não é meu pai – seus olhos encheram-se de raiva, e ela se surpreendeu com aquela manifestação de hostilidade.

– Desculpe-me – disse ela gentilmente. – Pensei que ele fosse seu pai porque vocês se parecem...

– Ele é meu tio. E eu não pareço com ele – suas palavras foram curtas e enfáticas.

Os dois voltaram a caminhar mais lentamente.

– Peço desculpas, de verdade – ela disse a ele. – Sempre odiei quando as pessoas me diziam que eu parecia com meu pai. Deveria ter lembrado o quanto isso é ruim.

Cort manteve-se em silêncio até que pararam em frente ao carro dela. Subitamente, ele sorriu.

– Se você se parece com seu pai, ele deve ser realmente muito bonito.

– Ele é – agora foi a vez dela de permanecer em silêncio. Disfarçou o descontentamento ao tocar no assunto pegando as chaves do carro.

– Não sei por que, mas meu tio odeia a ideia de que alguém possa escavar a montanha – disse o garoto demonstrando frustração. – Você tinha de ter visto o que aconteceu quando veio outro cara aqui. Ivan já estava prestes a matá-lo, e o tio Nick não faria nada para impedi-lo. Eu estava lá, vi tudo. Ei, você quer ver onde o cara estava cavando?

Carter já estava com as chaves em uma das mãos e prestes a abrir a porta do carro. Queria dizer não. Queria muito recusar aquele convite.

– Ok, vamos.

Com um sorriso de orelha a orelha, Cort a levou para trás do celeiro e da garagem, atravessando o campo e a margem da floresta. Entre um arvoredo de bétulas brancas e alguns arbustos de madressilva, havia um trecho de vegetação rasteira. Com apenas alguns centímetros de extensão, uma trilha no meio do matagal os guiou até o refúgio tranquilo embaixo das árvores.

Samambaias, orquídeas sapatinhos-de-vênus e uma grama verde e brilhante rodeavam a trilha estreita. À medida que os dois caminhavam, o som das criaturas vivas da floresta misturava-se com o ruído produzido pelo atrito dos pés com os galhos caídos no chão. O aroma da floresta era uma mistura do cheiro da terra e dos seres em crescimento, uma conhecida essência cheia de vida.

O chão começou a se tornar íngreme, e pedregulhos apareceram, resquícios da geleira que haviam dado forma ao lago e que depois recuaram, milhares de anos atrás. Em ritmo contínuo, subiram a montanha. Carter notou que a grama e as samambaias desapareceram, e as árvores com as folhas soltas deram lugar a cicutas[6] e pinheiros.

Meia hora depois, chegaram a um ponto próximo ao topo da montanha, e Carter suspirou ao observar a vista da parte de baixo. Situado entre duas cordilheiras de montanhas, o lago era um vale cintilante de água que se estendia entre ambas as direções, ou pelo menos até onde era possível enxergar. Mais para a esquerda, em uma península que se projetava para dentro do lago, Carter pôde ver uma parede repleta de rochas magníficas e os edifícios de Fort Sagamore.

Uma das mais antigas fortalezas militares nos Estados Unidos, um tesouro nacional e um local popular visitado por turistas e estudiosos. Foi construída pelos franceses no início dos anos 1700, depois foi ocupada por diferentes mãos e em diferentes períodos, até que finalmente foi tomada pelos americanos durante a Guerra Revolucionária. Esse golpe final e bem-sucedido foi liderado por Nathaniel Walker, um homem que exerceu grande importância no mistério a respeito do ouro perdido e da morte dos homens.

Enquanto apreciava a vista, Carter deixou escapar um baixo assovio. O que ela estava observando era um reflexo de uma descrição do general Farnsworth, o britânico que foi escoltado pelos colonialistas, conforme relatado em seu diário. Ele havia descrito uma clareira exatamente como a que ela estava vendo agora, incluindo a paisagem de sua fortaleza e o topo plano da montanha. De acordo com o que ele havia descrito, o massacre ocorreu naquelas proximidades.

O batimento cardíaco de Carter acelerou.

– Uma maravilha, não é? – Cort perguntou. – O cara estava cavando bem aqui.

Os dois caminharam algumas centenas de metros, subindo a montanha até que se depararam com um círculo irregular de pedras enormes. Uma

6 Planta semelhante ao pinheiro e nativa de regiões temperadas do hemisfério norte. (N. T.)

torre de controle gigante vigiava o santuário interno que tinha aproximadamente um hectare quadrado. Ao entrar, Carter ficou impressionada.

Era ali, ela pensou. O massacre só poderia ter ocorrido ali.

Carter começou a caminhar pela grama grossa e pelos espinhos dos pinheiros, tentando imaginar os segredos que poderiam estar escondidos sobre aquela terra. Farnsworth havia descrito o ponto onde o grupo montou o acampamento como um círculo de pedras no Adirondacks. Com fácil acesso ao lago e diversas pedras oferecendo proteção contra o vento e possíveis inimigos, era o lugar era perfeito para um grupo de viajantes exaustos descansar.

Carter avistou uma garrafa e foi buscá-la. Além da garrafa vazia de Bud Light, havia outra evidência de visitantes recentes. A marca de uma fogueira ao centro, no meio de uma grande quantidade de pedras, estava repleta de cinzas frescas. E o mais importante: viu diferentes marcas de cortes no chão espalhadas por todo o lugar.

Aquilo era típico de Lyst, pensou: ele se apossou do lugar deixando suas marcas.

Carter abaixou-se e pegou um punhado de terra com a mão, deixando uma parte escapar pelos dedos.

Maldito seja Farrell.

Permaneceu agachada, apoiada sobre os calcanhares por alguns instantes, ansiando pela chance que ela jamais teria.

– Bem, obrigada por me trazer aqui – disse a Cort enquanto se levantava.

Cort sorriu.

– Se você quiser, posso lhe mostrar um lugar que ninguém conhece.

– Onde...

– O que está fazendo aqui, garoto? – do nada, um homem apareceu no meio do círculo. Era de baixa estatura, parecia com um cachorro buldogue, tinha os olhos escuros e as sobrancelhas franzidas; e o pior de tudo: tinha uma espingarda nas mãos e em seus olhos era possível enxergar o desejo de poder usá-la.

– Olá, Ivan... – Cort murmurou.

– Você sabe que não deve trazer ninguém aqui – o homem movimentou-se com a astúcia de um caçador experiente, mantendo os passos em silêncio.

– Eu sei.

– Então, o que está fazendo aqui?

– Ele estava apenas me mostrando a vista – Carter defendeu o garoto, tentando desviar as críticas.

O homem a olhou e pôs a arma sobre o ombro, quase em posição de tiro.

– E acho que já vi o suficiente – ela acrescentou rapidamente.

– Eu também acho – respondeu o homem com a voz sombria.

O caminho para a volta foi assustador. O caçador os seguiu como um guarda de prisão, e Carter deu-se conta de que havia sido um erro subir até a montanha. Farrell não mudaria de ideia, e tudo o que ela conseguiu foi se torturar diante dessa impossibilidade.

Da mesma maneira que foi uma tortura aquele encontro voluntário com a morte.

Quando chegaram à floresta, Carter agradeceu a Cort e entrou em seu carro. Enquanto ia embora, viu no espelho retrovisor que o caçador continuava observando-a.

Óbvio que foi ele quem quase matou Lyst, pensou.

Seguindo em direção à balsa que a levaria para casa, Carter ardia em frustração. Era uma grande oportunidade, e ela desejava que seu encontro com Farrell não tivesse sido tão ruim. Mas como ela poderia ter pensado isso? Sua recepção não foi nada diferente da que seus colegas também receberam, e pelo menos ela não teve de encarar o tiro de uma espingarda.

A vista lateral tinha sido mais do que suficiente para chamar a sua atenção.

Ao chegar a casa, telefonou para Grace para dar-lhe a notícia frustrante.

– Não há a menor chance – disse Carter ao telefone enquanto caminhava para a varanda dos fundos. Observou o pôr do sol por cima do campo.

– Acho que minhas habilidades de negociação não são mais tão boas quanto costumavam ser.

Embora aquela tenha sido uma discussão amarga, ela refletiu, lembrando-se das faíscas que voaram no escritório de Farrell.

– Bem, talvez tenha sido melhor assim. Aquela cruz de Lyst é falsa – Grace murmurou. – Hoje pela manhã fizemos uma análise detalhada dela... É mais nova que a salada de frango que comi no almoço de hoje, no clube.

– De certa forma, isso não me surpreende. Mas ainda assim, sinto que há algo lá em cima.

– É otimismo isso que estou ouvindo? – a amiga brincou. – Estou ouvindo isso da mulher que declarou que encontrar algo naquela montanha seria tão possível quanto ganhar na loteria?

– Grace, eu vi o lugar. É impressionante, como Farnsworth o descreveu.

A amiga deu risada, admirada.

– Como você conseguiu subir lá?

– Fui com um guia de turismo.

– Farrell?

– Não exatamente... O sobrinho dele me levou até lá.

Carter fez uma pausa.

– Estou dizendo, há algo lá em cima. Senti isso quando toquei aquela terra.

Grace suspirou.

– É uma pena que Farrell seja uma pessoa tão difícil.

– "Difícil" é uma palavra leve demais para aquele homem.

A conversa com a amiga tomou outras direções, mas, quando Carter desligou o telefone, a Farrell Mountain era tudo no que conseguia pensar. Quando o telefone tocou de novo, ela pensou que fosse Grace novamente, ainda em dúvida sobre comprar ou não aquela pintura que ela viu e pela qual se apaixonou.

Carter atendeu com um sorriso.

– Ei, eu disse que você tem de aceitar seu destino. Se você vai comprar uma tela do Thomas Cole, tem de aceitar o fato de que é viciada na Escola do Rio Hudson. Você não deve comprar uma pintura moderna só porque todos se interessam por ela...

– Obrigado pela sugestão, mas coleciono pinturas dos velhos mestres.

A voz profunda de Nick ardeu como fogo em seu ouvido.

– Mesmo as obras do século XIX são novas demais para mim.

– Como você conseguiu meu número? – Carter perguntou impulsivamente, chamando-lhe a atenção.

– James Earl Jones disse que eu conseguiria contato com você por um custo extra, mas decidi ligar por minha conta.

– O que você quer?

Ao fundo, ela ouvia o som do tilintar de taças de cristal.

– Andei pensando sobre nossa conversa – disse com a voz arrastada.

O tom de arrogância na voz dele a fez alfinetá-lo.

– Engraçado, eu andei tentando esquecê-la.

– Fiquei sabendo que você subiu a montanha.

Carter hesitou.

– Não culpe Cort.

– Diga-me novamente por que você quer cavar.

A frustração invadiu seu peito.

– Para quê? Você já recusou meu pedido. E você deve saber que a cruz que Lyst encontrou não era verdadeira... Era falsa...

– Eu sei.

– Então, por que está me ligando? Se você não quer ninguém naquela montanha... – Carter fez uma pausa. – Como você sabia que a cruz era falsa?

– Porque eu tenho a verdadeira.

Carter permaneceu em silêncio ao ouvir aquelas palavras.

– E estou repensando sobre minha decisão. Gostaria de voltar amanhã e dar uma olhada nesse pequeno pedaço da história?

Permaneceu em silêncio enquanto a ambição e o instinto de autopreservação guerreavam dentro dela.

– Não confio em você.

Farrell sorriu.

– Isso é inteligente de sua parte, mas eu tenho algo que você quer, não tenho? Pode ser ao meio-dia?

Aquela proposta era atrativa e quase irresistível, mas mesmo assim ela balançou a cabeça em sinal de recusa.

– Acho que não.

– Não me diga que vai estar ocupada.

– Para que eu vou até você? Para esfregar esse objeto em meu rosto e recusar meu pedido novamente? Como você tão bem mencionou, seria um desperdício do nosso precioso tempo.

– Você não se sente nem um pouco curiosa em relação à cruz que tenho aqui?

Curiosidade era pouco. Estava desesperada, pensou melancólica. Mesmo assim, sabia que se daria muito mal se fosse até lá para servir-lhe como um objeto de diversão novamente.

– Farell, não acredito em conversas, pelo menos não em conversas envolvendo pessoas como você. Não há a menor possibilidade de voltar para o estado de Nova York para você me desdenhar. Já fiz isso hoje. Não preciso fazer uma reprise desse episódio e também não tenho o menor interesse em aumentar a quilometragem do meu carro.

– Tudo bem, eu vou até você. Não precisamos estar próximos a essa maldita montanha para discutir seu trabalho por aqui.

Carter hesitou, tentando descobrir qual era o tipo de jogo que ele estava fazendo.

Lembrou-se da sensação da terra sobre as mãos, e a tentação aumentou. Seria a maior oportunidade de sua vida fazer um estudo real daquele lugar e descobrir o que realmente aconteceu ali. Porém, ela tinha de refletir se ele estava tentando enganá-la de alguma forma. Por que um homem que tinha recusado tantas vezes o pedido dela, naquele mesmo dia, de repente liga perguntando se ela gostaria de cavar? Não fazia o menor sentido.

– Farrell, se você estiver brincando comigo, vai ouvir muito.

– Não poderá ser nada muito diferente do que já ouvi antes.

– Não duvide da minha criatividade – ela murmurou.

Houve um longo período de silêncio.

– E então, fechamos nosso encontro?

Relutantemente, sentindo como se estivesse tropeçando e caindo sobre o ar, ela explicou a ele o caminho até sua casa.

– Vejo você ao meio-dia – ele disse e, logo em seguida, desligou.

Uma manobra muito astuciosa diante de um impasse, ela pensou.

Na manhã seguinte, ela não conseguiu fazer absolutamente nada. Tinha um estudo para ser finalizado e deveria ter ido ao seu escritório em UVM, mas não conseguiu. Em vez disso, foi para o jardim arrancar as ervas daninhas à medida que as encontrava. Cercada pelas flores lilases, com as mãos afundadas no solo, perdeu a noção do tempo; quando ouviu o barulho de um carro se aproximando, ficou surpresa. Um Porsche preto vinha em direção à sua garagem. O homem parecia tanto com o carro que era como se o veículo tivesse sido feito para ele.

Carter levantou-se, afastou o cabelo para trás e com as mãos tentou limpar os resquícios da grama nos joelhos. Seu short e a camiseta ficaram cheios de lama; tentou remover o excesso com as mãos.

Nada muito diferente da roupa que estava vestindo ontem, ela se lembrou. Mas pelo menos o short de ontem estava limpo.

Carter observou ansiosa enquanto Nicholas Farrell levantava-se, saindo do carro. Ficou surpresa ao ver que ele vestia um terno preto e preferia não ter notado o quanto a camisa azul clara debaixo do paletó ressaltava o bronzeado dele. Ele a olhou e sorriu, mas ela não pôde olhá-lo nos olhos porque usava óculos de sol.

Com um pequeno movimento, ele abaixou-se e pegou algo no banco da frente do carro. Enquanto atravessava o pequeno gramado segurando uma maleta de couro em uma das mãos, ele exalava um poder masculino.

Diferente dela: *estou exalando a necessidade de um banho*, pensou.

– Você gosta da terra, não é? – ele perguntou com a voz rouca quando estava diante dela.

Sentiu o cheiro do perfume que ele usava, algo sofisticado e apropriado para um homem como ele: caro, porém fundamental.

Droga! Ela tinha de gostar do cheiro dele?

Mesmo usando óculos escuros, sentiu que ele a olhava e ficou perturbada com a forma como seu corpo reagia, queimando. Sentindo-se mal com aquela reação, algo forte e inconsciente, não pôde evitar certa irritação em sua voz.

– Vamos falar de negócios.

Ela virou-se e começou a caminhar em direção à sua casa, mas ele não se moveu.

– Esse jardim é muito bonito.

Carter voltou-se para ele, impaciente. Farrell mostrou um sorriso que tirou o fôlego dela. A luz do sol reluzia sobre o rosto dele, realçando seus traços firmes e destacando aquela maldita covinha na bochecha.

Estaria ele dando em cima dela?

Lançou-lhe um olhar direto.

– Gostaria de ver a cruz agora, se você não se importar.

– Não devo conhecer o lugar primeiro? – fez um gesto com a cabeça em direção à casa.

– Não há nada para ver.

– Isso é uma questão de opinião.

Carter jogou para trás uma parte do cabelo que estava sobre o rosto, demonstrando frustração. As coisas não estavam indo bem. Farrell parecia ter o comando da situação, mesmo ali, onde o território era dela. O plano de Carter era o de olhar a cruz, descobrir se a oferta dele sobre a escavação era séria e depois colocá-lo de volta na estrada. Tudo isso deveria ser feito sem que ela perdesse o controle ou sem que tivesse qualquer reação mais intensa. Como sentir-se atraída por ele.

Infelizmente, a realidade de estar ali diante dele foi mais desafiadora do que ela esperava. De acordo com o que já conhecia sobre aquele homem, o quanto antes ele entrasse naquele carro – absurdamente caro, diga-se de passagem – melhor seria. Estava sob a companhia dele há poucos instantes e, mesmo assim, sentia-se perturbada e confusa.

Talvez fosse o efeito da insolação, pensou, tentando se acalmar.

– Olha, senhor Farrell...

– Nick.

– Senhor Farrell...

Ele mostrou um sorriso ainda maior.

– Você é sempre assim, teimosa?

– Sim.

– Bom.

Carter ergueu um pouco a cabeça e o encarou.

– Você é tão estranho.

– Que gentileza. Considerando o que você estava prestes a dizer, acredito.

Ela suspirou, enfurecida.

– Estou apenas tentando ser educada. Não estou tentando retribuir seu favor.

– Eu disse *por favor* uma ou duas vezes ontem.

– Sim, quando estava me pondo para fora de sua casa.

– Pedindo para você sair – ele acrescentou com sutileza, rebatendo o antagonismo dela.

Com um gesto casual, ele tirou os óculos. A verdadeira intenção dele não ficou mais clara agora que ela podia olhá-lo nos olhos, mas ficou intimidada pela proximidade com que ele estava olhando para ela. Sentiu vontade de pedir a ele que colocasse os óculos de volta.

– A maioria das mulheres gosta de mostrar seus ninhos – ele ressaltou com uma voz tão delicada quanto sua arrogância.

Ela colocou as mãos sobre os quadris.

– Os pássaros têm ninhos, senhor Farrell. As pessoas vivem em casas. E eu não sou a maioria das mulheres.

– Pelo menos concordamos nisso – respondeu suavemente, com um sorriso mais fechado. – Mas só nisso.

Sinais de alerta começaram a soar no pensamento de Carter. Não que a expressão dele tivesse mudado. Seu rosto fascinante continuava com todo aquele sarcasmo surpreendente. Seus olhos continuavam a não revelar seus pensamentos. Mas havia algo diferente no tom de sua voz, alguma intenção velada que deixava os pelos minúsculos do braço dela arrepiados ao sentir um prazer assustador. Era como se ele tivesse acariciado sua pele.

Com uma onda de calor, o corpo dela deu sinal de que desejava ceder àquela promessa de prazer. Desesperadamente.

Que droga, pensou.

Diante do silêncio dela, ele deu de ombros.

– Bem, se não vamos fazer o passeio por sua casa, podemos começar a falar de negócios.

Com um pequeno gesto de cabeça, ela concordou em levá-lo para conhecer a casa. Observou como ele tocava todas as coisas, seus olhos percorriam tudo com o mesmo olhar perturbador com que ele a olhava.

Ao chegar ao pé da escada, ele disse laconicamente:

– Você não tem de mudar por minha causa. Já estou acostumado com as tendências modernas.

Os olhos dela dispararam faíscas sobre os dele.

– Eu não mudaria meu jeito de me vestir nem mesmo se você se sentisse ofendido.

– Principalmente se eu me sentisse ofendido, não é? – com um sorriso irônico, deixou aparecer a covinha da bochecha.

Desejava mais que tudo recuperar o poder da argumentação. A arrogância dele deixava-a à beira de um ataque de nervos, mas aquele sorriso poderia ser mortal.

– Meu escritório é lá em cima – disse ela, franzindo a sobrancelha.

– Claro que é.

Carter subiu as escadas, deixando-o subir à frente. Quando chegaram ao segundo andar, arrependeu-se de fazer do quarto também o seu escritório. Ele teve acesso a ambos os lugares, um roteiro para a intimidade dela. Sentiu como se estivesse nua e não gostou da ideia de ter a lembrança de Nick Farrell no mesmo lugar onde dormia.

Enchendo-se de determinação, Carter aproximou-se de sua escrivaninha.

– Vamos ver o que você tem.

– Duvida do que tenho?

– Falsificações não são novidade alguma em minha área de trabalho – disse em tom áspero, acendendo a luz da luminária.

– Então eu e você temos algo em comum, afinal.

Carter segurou a língua, ansiosa para tratar do assunto pelo qual ele veio. Apesar de sua impaciência, ou talvez por causa dela, ele fazia hora com aquela maleta na mão, observando a escrivaninha, os livros dela, a vista e o assoalho cru. Os olhos dele pousaram sobre uma pequena cama de solteiro com uma colcha simples e um travesseiro solitário. No momento em que ele finalmente olhou para ela, Carter estava a ponto de explodir.

– Você mora aqui sozinha?

– Que tipo de trabalho é o seu? – Carter começou a bater os dedos sobre a escrivaninha. Quando ele contornou os olhos em direção a seus dedos, sentiu-se obrigada a parar.

– É só curiosidade.

– Ah. Estou acostumada com isso.

– Que conversa difícil de um jardineiro – ele pôs a maleta sobre a escrivaninha dela, soltou as duas travas e a abriu. Inconscientemente, ela notou que a parte interna da maleta era coberta por seda vermelha, um acabamento tão bonito quanto seu exterior.

Farrell pegou um pequeno embrulho de pano e o colocou com delicadeza sobre a escrivaninha.

Carter emanou um suspiro de admiração. Sob aquele pedaço de pano havia uma simples cruz de madeira, feita com dois pedaços de madeira e com um prego cravado no centro. Enegrecida devido à idade e com as extremidades danificadas, tinha quatro centímetros de comprimento e quase oito de largura e um círculo de metal no topo. Dentro desse círculo, uma tira de pano era introduzida.

Aproximando a luminária, Carter sentou-se e pegou um par de óculos rico em detalhes. Antes de tocar na cruz, vestiu luvas de pano para proteger o objeto da sujeira das mãos. Cuidadosamente, tomou o objeto sobre as mãos e observou sua estrutura resistente.

Tal qual a fé que ele simboliza, pensou.

Na parte de trás da cruz, cravado sobre a madeira como trilhas ao longo da história, estava a gravura *Rev. J. Winship*.

– Você parece muito selvagem, embora suas mãos sejam delicadas – disse ele com a voz suave.

Carter enrijeceu o corpo, mas manteve a boca calada, na expectativa de que ele voltasse a observar as coisas dela.

– Você não gosta de ser observada, gosta?

– Não conheço alguém que goste – respondeu rispidamente. – E você está incomodando.

– Você fica parecendo uma cientista com esses óculos. Essa sujeira na pinta do seu nariz lhe torna humana. É uma combinação interessante.

Não pôde se controlar. Ainda examinando a cruz, esfregou a mão sobre o nariz.

– Um pouco mais para a esquerda – disse ele. – Mas eu gosto dessa sujeira aí, onde ela está.

Carter esfregou o nariz ainda com mais força e o ouviu dar risada.

– Onde você encontrou esta cruz? – perguntou ela olhando para o artefato.

– No círculo de pedras.

– Havia alguma coisa junto dela?

Ele balançou a cabeça.

– Encontramos uma porção de pontas de flechas, mas nada além disso.

– Então Lyst não foi o único a fazer toda aquela escavação no local?

– Você quer dizer aqueles buracos? Não, todo aquele trabalho foi manual. Eu tinha dezesseis anos quando encontrei essa cruz.

Nick olhou para o objeto.

– Isso aconteceu muitos anos atrás.

Carter tentou imaginá-lo na fase da adolescência, cavando a terra.

– Você sabe se alguém mais tentou escavar o local? Algum profissional?

Ao longo das gerações, pessoas da família exploram a montanha com suas pás, mas ninguém com um treinamento especial esteve lá. Tentamos manter os peritos e os amadores longe da montanha.

– Você cuidou bem dessa cruz. Está muito bem preservada.

– Foi mais sorte do que cuidado. Logo depois que a encontrei, fiquei com medo de que ela sumisse, então a mantive debaixo de minha cama.

Na faculdade e na escola de negócios, ela ficava o tempo todo em minha pasta. Recentemente, eu a mantenho em meu cofre.

Carter pôde notar o quanto ele era apegado ao objeto pela maneira como olhava para aquele pedaço de madeira enquanto ela o segurava. Parecia coberto de nostalgia, o que o tornava mais sociável. De maneira inesperada, Carter sentiu-se entusiasmada com ele.

Limpando a garganta, disse:

– Essa cruz parece tão real para mim...

Como um gesto de aprovação, ele sorriu.

– Então, parece que temos um assunto para discutirmos a respeito.

Carter apagou a luz da luminária e olhou para ele.

– E qual é esse assunto?

Como ele era alto, ela precisava arquear o pescoço para olhá-lo, o que a fazia sentir-se em desvantagem. Levantou-se.

– Você ainda está interessada em cavar a montanha?

Ela deu de ombros.

– Talvez. Mas por que essa mudança súbita de opinião?

– Fiz uma pequena pesquisa.

– Sobre a importância da história?

– Não, sobre você.

Ela engoliu em seco.

– E o que você descobriu sobre mim?

– Você está no auge de sua carreira – Farrell começou a caminhar pelo escritório, e a sola de seus sapatos rangia sobre o assoalho. Carter pôde imaginar o quanto ele era autoritário em uma sala de reuniões. – Especializada no período inicial da história americana, você está na direção certa para se tornar uma das mais jovens professoras titulares da UVM. Parte disso deve-se ao fato de que você se formou no Ensino Médio prematuramente, aos dezesseis anos, e se dedicou com muito empenho nas aulas da universidade. Acima de tudo, você é amplamente respeitada como arqueóloga e historiadora e é conhecida por ser extremamente meticulosa tanto em seu campo de trabalho quanto em seus estudos. Você ministra palestras pelo país, e esta é uma parte do seu trabalho que é muito complicada.

Farrell inclinou-se para observar alguns dos livros dela.

– Sério?

– Você odeia viajar de avião.

Carter ficou surpresa ao notar que ele sabia sobre a fobia dela.

Nick ergueu-se e continuou caminhando em direção à cama dela. Carter foi tomada por um desejo extremo de tirá-lo dali.

– Você é uma pessoa difícil de lidar e prefere trabalhar sozinha. Quando precisa de auxílio no trabalho, chama um cara de Harvard, Branson Swift. No momento, você está encarregada de escavar uma área de quatro blocos em Manhattan antes que uma plataforma subterrânea do metrô seja construída. O trabalho começou na primavera, veio o outono, e você deve estar preparada para começar a apresentar suas descobertas.

Ele curvou-se até a cabeceira da cama e pegou um romance de mistério que ela estava lendo.

– Kinsey Millhone. Também gosto de Grafton.

Quando ela se manteve em silêncio, ele colocou o livro de volta na cabeceira e olhou para ela.

– Você é workaholic. Aposto que a maioria de suas relações é profissional e você gosta que seja assim. Também aposto que você não tira férias há anos, se é que alguma vez teve férias. E você mora aqui sozinha, acredito eu, por escolha própria... Considerando sua aparência.

Uma onda de calor espalhou-se pelo corpo de Carter. Ela reagiu com determinação.

– Tudo isso é a mais pura verdade – disse em tom de voz agressivo. Porém, não vou comentar suas conclusões. Além de um executivo, você também é um detetive particular?

– Preferimos o termo *engenheiro de controle* – ele rebateu. Aquele ligeiro sorriso surgiu em sua feição novamente.

Carter começou a sentir-se confusa. Aturdida, ela desviou o olhar e caminhou em direção à janela, o mais distante dele.

Respirou fundo, envolvendo os braços sobre o corpo.

– Então, tenho de acreditar que você fez uma investigação sobre mim, leu meu currículo e de repente decidiu que a soma das minhas virtudes é uma justificativa suficientemente plausível para mudar de ideia?

– Talvez. Mudanças podem acontecer até mesmo em pessoas como eu – ele murmurou.

– Vou acreditar nisso quando ver.

– Talvez você precise apenas me conhecer melhor. Posso ter um coração de ouro debaixo dessa aparência brusca.

– Nesse caso, seria ouro falsificado. Sem dúvida.

Ele riu, em tom baixo e com certa rouquidão.

Carter virou-se para ele.

– Por que eu?

– Porque acredito em você quando diz que não está à procura do ouro. Você é conhecida como uma acadêmica, não como uma escavadora.

Ela teve de esconder um sorriso diante daquelas palavras.

– Bem, pelo menos você está certo nessa parte. Você está disposto a disponibilizar qualquer artefato que eu encontrar para empréstimo permanente em um museu de minha escolha?

– Claro.

– E se o que eu encontrar for ouro?

– Não será.

– Acha que não posso?

– Não creio que haja ouro lá. Não há chance alguma, pois, se houve algum ouro ali, ele foi levado pelo grupo de Winship.

– Então você acha que Red Hawk fugiu com ele depois de matá-los?

– Você me dirá. Você é a expert no assunto.

Os olhos de Nick estavam pregados sobre os dela. Ela começou a acreditar que a mudança de ideia dele era real.

– Minha equipe e eu teremos de acampar no local.

– Equipe?

– Preciso que haja pelo menos mais uma pessoa escavando comigo. Talvez outra também.

– O talentoso Branson Swift?

– Sim.

Farrell inclinou a cabeça.

– Tudo bem. Todos vocês podem se hospedar em minha casa.

– Fora, na floresta, é mais conveniente – disse ela, rapidamente.

E mais seguro do que dormir sobre o teto de Farrell, mesmo com os leões e as cobras da montanha, pensou.

– Você está disposta a abrir mão de todo o conforto de uma casa para ficar em uma barraca e em um saco de dormir? Devo tomar isso como uma ofensa?

– Companheiro, eu posso montar um bom acampamento.

Farell ficou pensativo.

– Então você e Swift gostam de se esconder nessas escavações, é isso?

– O que você quer dizer?

– Nada. Apenas compreenda minha vontade e considere o convite aberto. Poderá haver algumas noites frias, mesmo em junho. Quando você começa?

– Depois de amanhã?

Nick assentiu e foi até a mesa onde começou a guardar a cruz, envolvendo-a no pedaço de pano.

– Vou esperar relatórios constantes de sua parte.

– Claro, companheiro. Er... Doutor Swift e eu ficaremos felizes em apresentar...

Aqueles olhos cinzentos brilharam sobre ela.

– Quero que você me faça os relatórios.

– Mas eu e ele sempre...

– Não me importo com o que vocês sempre fazem. Não quero um monte de gente enchendo meus ouvidos. Você é a líder do projeto. Quero ouvir de você as novidades acerca do caso – não havia possibilidade de argumentação diante do tom de voz dele.

Carter franziu a sobrancelha.

– Ok. Sempre que você estiver por perto do lago, vou informá-lo sobre o andamento das coisas.

– Estarei lá o tempo todo.

Ele sorriu ao ver que Carter ficou boquiaberta.

– Por que todos fazem essa expressão de horror quando digo que vou passar o verão por aqui?

– Você vai ficar aqui o tempo todo?

– Até o Dia do Trabalho. Há algum problema?

Ela se recompôs.

– Claro que não. Apenas estou surpresa em ver que você vai se afastar dos negócios por tanto tempo.

– Eu sou os meus negócios. As pessoas vêm até mim, não sou eu que vou até elas.

Carter tinha de imaginar que aquilo era verdade.

– Se você quiser, pode deixar a cruz aqui, pois assim posso estudá-la mais detalhadamente – ela ofereceu enquanto ele terminava de embrulhar o objeto.

– Isso fica comigo – Nick pegou a maleta novamente e puxou as travas. – Mas sempre que quiser, você pode vê-la.

Ele pegou a maleta da escrivaninha e estendeu a mão para cumprimentá-la. Ela não se moveu.

– Não vamos selar nosso acordo? – ele perguntou. – Certamente uma mulher que está disposta a dormir ao ar livre não teme algo tão civilizado quanto um aperto de mão.

Carter aproximou-se lentamente e estendeu a mão até ele. Os dedos de Farrell envolveram a mão dela, sua pele quente e suave em contato com a dela. Subitamente, foi tomada por um choque e lançou os olhos sobre os dele. Percebeu como a expressão dele passou de uma provocação sarcástica para algo completamente sério. Quando ela puxou a mão de volta, ele a segurou por um momento.

– Vejo você em 48 horas – sua voz foi profunda e seus olhos velados queimavam sob os cílios escuros.

Quando saíram do quarto, Carter desceu as escadas apressadamente, embora suas pernas estivessem trêmulas. Estava desesperada para tomar um ar fresco porque, por alguma mudança na lei da ciência, ele tinha transformado aquele espaço amplo do loft em um lugar apertado e sufocante. Ele era extremamente invasivo, ela pensou.

Somente após respirar fundo algumas vezes, ela conseguiu encará-lo novamente.

– Até logo, Carter Wessex – ele despediu-se, olhando-a nos olhos. Com um sorriso enigmático, ele colocou os óculos escuros de volta, entrou no carro e rapidamente voltou para a estrada.

Ah, meu Deus, ela pensou. Aquele homem ficaria no lago o tempo todo enquanto ela estivesse lá.

A distância seria essencial, decidiu. Ela ficaria no topo da montanha, faria seu trabalho com a rapidez de um raio para evitar aquele homem, como se ele fosse algo contagioso.

Essa era a maneira como as coisas deveriam ser.

Recompôs os ombros, voltou para o andar de cima da casa e tratou de ligar para Grace para avisá-la que a escavação aconteceria. Em seguida, ligou para a casa de Swift. Ao desligar o telefone, Buddy e sua filha concordaram em encontrá-la na casa de Farrell no final daquela mesma semana. Jo-Jo, a esposa de Buddy, estava em Cambridge terminando o projeto de seu livro mais recente.

Carter sorriu ao pensar em seu amigo e colega de trabalho. Havia conhecido Buddy em um circuito de palestras históricas, e eles identificaram-se imediatamente. Ele era um *expert* nos primeiros conflitos militares norte-americanos e um excelente arqueólogo. A relação deles sempre foi baseada no respeito e na amizade, e Carter gostava muito da esposa dele. Jo-Jo era professora de química, compreendia a proximidade entre os dois historiadores e sentia-se feliz por Carter fazer parte da vida deles.

Os Swifts, que estavam casados por quase vinte anos, formavam um casal pouco comum. Com cabelo vermelho, curto e espetado, Buddy era como um rabanete, sua energia era ilimitada, enquanto Jo-Jo era pequena e delicada, uma mulher intensa e serena. A filha do casal, Louella, que se recusava a atender a quem a chamasse de qualquer outro nome que não fosse Ellie, tinha os dois extremos dos pais. Tinha a estatura do pai e a formidável inteligência da mãe, e por vezes era uma pessoa sociável e centrada. Formavam uma família maravilhosa e divertiam-se muito trabalhando juntos.

Voltando a si depois de alguns instantes perdida em seus próprios pensamentos, ela levantou-se da escrivaninha com um objetivo. Tinha de fazer as malas, ir até o escritório da faculdade para pegar algumas ferramentas e precisava pensar nos alimentos que levaria.

Carter estava prestes a descer as escadas quando se virou e olhou para seu quarto. Tudo estava do mesmo jeito desde quando ela havia acordado naquela manhã. Suas roupas ainda estavam nas cômodas e penduradas no closet, seus documentos estavam empilhados próximos à escrivaninha, e os livros estavam no mesmo lugar onde ela os havia deixado.

Mas, de alguma forma, tudo estava diferente. Era como se tudo no quarto tivesse movido de lugar alguns centímetros.

Carter recordou Nick Farrell ali, de pé em frente à escrivaninha dela, com aqueles ombros largos ocupando muito espaço, aqueles olhos cinzentos olhando para ela. A lembrança dele era tão clara como se um holograma tivesse permanecido na memória dela depois que ele foi embora.

Por que aquilo permanecia tão vivo na memória dela?

Não estava certa do motivo, mas não queria insistir naquilo.

E por que ela se sentiu tão exposta na presença dele ali no escritório dela?

De todas as respostas que vieram à mente, uma a preocupou mais.

Naquele ano, desde que ela havia mudado para aquela casa de campo, ele era o primeiro homem que convidara para entrar em sua casa.

Carter resmungou.

Por que tinha de ter chamado ele? Por que não poderia ter sido uma pessoa mais comum? Um exterminador de pragas. Um encanador.

Um extraterrestre, pelo amor de Deus!

Capítulo 4

Na terça-feira, Carter parou em frente à mansão de Farrell sentindo-se confusa. Ela havia passado as duas noites anteriores em claro e sem tirar o rosto de Nick Farrell da cabeça. A falta de sono e uma frustração curiosa e dolorosa faziam-na sentir-se irritada.

Aquela não era a maneira usual que ela iniciava uma escavação. Na maior parte do tempo, sentia-se tão entusiasmada para começar que mal podia esperar.

Ao descer do jipe, Carter perguntou-se se deveria avisar alguém antes de começar a subir a trilha. Estava ansiosa para montar o acampamento e sabia que carregar os seus suprimentos e equipamentos tomaria a maior parte do dia. Fazer uma cerimônia de cumprimentos nas dependências de Farrell apenas a atrasaria.

Mentiroso.

Carter sabia o motivo real que estava deixando-a tão ansiosa e também sabia que não havia relação alguma com as barracas de acampamento ou com as pás. Tinha um forte desejo de evitar Nick Farrell. Os dois encontros anteriores com ele tinham sido tensos. Cada vez que se encontravam, ele entrava mais em contato com a pele dela, e a atração indesejada que ela sentia parecia tornar-se cada vez mais intensa. Mais um encontro com ele e ela acabaria fazendo algo absurdo. Como beijá-lo.

Naquele exato momento, Cort apareceu na porta de entrada. Com o mesmo cabelo preto e penteado arrepiado, estava vestindo um short de brim e uma camiseta polo branca. O visual era algo entre o gótico pós-moderno e o estilo Sloane Ranger britânico. O sorriso dele assemelhava-se ao de uma celebridade norte-americana.

Esse garoto será um conquistador como seu tio, ela pensou ao acenar para ele.

– Vi você chegando e avisei o tio Nick. Ele está ao telefone, como sempre, mas logo virá. Ei, você precisa de alguma ajuda com essas coisas?

Carter sorriu enquanto abria o porta-malas.

– Será que um homem se afogando precisa de um colete salva-vidas?

– O que você precisa?

– Uma gôndola?

– Volto já.

Com a prática de uma das mãos, ela começou a descarregar o carro, empilhando as mochilas de acampamento e as caixas. À medida que aquela pilha crescia ao lado do carro, tudo parecia ainda maior do que quando ela empacotou.

Alguns minutos depois, ela ouviu um barulho e viu Cort se aproximando com um quadriciclo.

– Isso é a coisa mais bonita que já vi – disse ela ao perceber que a situação tornava-se mais fácil e que as chances de não encontrar Farrell tornavam-se maiores. Com sorte, eles conseguiriam tirar as coisas da frente do quintal daquele homem antes que ele terminasse de falar ao telefone.

– Há uma estrada que dá acesso a uma trilha do outro lado – explicou Cort. – Posso chegar bem próximo ao local e carregar as coisas até o resto do caminho.

– Você foi enviado do céu!

Ao voltar para seu carro, Carter viu um sorriso brilhante no rosto do rapaz. Foi muita gentileza da parte dele ser tão prestativo, pensou.

Usando cordas elásticas, amarraram parte do material na parte de trás do quadriciclo, seguiram em direção ao topo da montanha, descarregaram e voltaram para levar o resto. Em pouco mais de uma hora, o carro dela estava totalmente descarregado e em torno do meio-dia estava mais adiantada do que esperava. Nick não havia aparecido, e ela sentiu como se tivesse alcançado uma pequena vitória quando a última bagagem foi posta no quadriciclo. Rapidamente, ela colocou suas botas, fez um coque com o cabelo e colocou um boné de beisebol sobre a cabeça. Então pegou um pacote que pesava quase trinta quilos.

– Este está muito pesado – Cort comentou, admirado com o peso. – Não deveríamos colocá-lo no quadriciclo?

– Não, estou bem. Transportar somente este pacote até lá seria perder gasolina.

– Você tem certeza de que eu não posso...

A porta da cozinha bateu, ambos se viraram e avistaram Nick saindo da mansão. Carter praguejou. Estava tão perto de terminar de carregar o material...

– Isso que você está carregando é uma carga enorme – disse ele, lentamente.

Carter observou o sorriso lacônico dele e teve de se controlar para não desviar o olhar rapidamente. Ele infelizmente estava ainda mais atraente do que ela recordava. Calçando tênis brancos e com uma bolsa com duas raquetes sobre o ombro, estava com a pele bronzeada e uma aparência viril. Seus braços eram imponentemente fortes, bem como os músculos de suas pernas. Sentiu-se um pouco surpresa ao notar o quanto ele tinha um porte atlético.

Imaginou-o vestindo uma sunga e logo em seguida repreendeu-se.

Para sua infelicidade, Nick não parou até que chegasse a menos de um metro de distância dela. Ela tentou se afastar, mas a porta do bagageiro do jipe estava bem atrás das pernas dela. Com toda aquela proximidade, sentiu o cheiro especial de uma loção de barbear e notou que ele tinha acabado de fazer a barba.

– Você sempre traz esse monte de coisa? – ele perguntou com um olhar ligeiramente provocante. – Parece o bastante para um exército. Está planejando invadir o Canadá quando tiver um tempo livre?

Carter lutou contra a vontade de sorrir para ele.

– É meu equipamento-padrão e os suprimentos que utilizarei, e haverá mais quando o resto da equipe chegar.

– Mais? Difícil de imaginar.

– Sou muito meticulosa.

– Ou uma verdadeira mochileira.

Cort veio em sua defesa com um tom desafiador.

– Ela é uma profissional. Por isso precisa de todas essas coisas.

Nick olhou para seu relógio e ficou com uma expressão séria ao olhar para o seu sobrinho.

– Você está indo para a montanha de novo?

– Ela precisa da minha ajuda.

– Então acho melhor você ir para dentro de casa primeiro.

– Mas eu...

Uma sobrancelha arqueada intimidou o garoto. Algo sério se passou entre os dois.

– Encontro você lá em cima? – Cort perguntou a ela.

Depois que Carter assentiu, ele correu para a casa, e Nick soltou um suspiro de frustração.

– Jurava que esse menino ia discutir comigo sobre sua ida até a montanha.

Carter não estava certa de que ele esperava uma reação por parte dela. Nick parecia preocupado e isolado com seus pensamentos, foi então que olhou para ela, que se sentiu obrigada a se manifestar.

– Ele está em uma idade difícil – ela opinou com cautela, sem saber qual seria a reação dele diante daquele comentário.

– Ele se relaciona melhor com os pais?

– Não.

A dor alastrou-se pelos olhos de Nick, mas foi brevemente disfarçada por uma máscara de frieza. Em um momento de emoção, Carter olhou para ele com curiosidade. Estava tentando encontrar uma forma de perguntar mais sobre Cort, mas então o garoto reapareceu.

Caminhando pelo gramado com a cabeça erguida, ele ignorou o tio.

– Posso carregar esse último pacote, mas se você tem certeza de que pode caminhar com ele...

– Obrigada. Vou ficar bem caminhando pela trilha.

– Vejo você lá.

Quando Carter voltou-se para Nick, a feição dele estava totalmente obscura e, por mais interessada que estivesse na vida de Cort, não deu continuidade à conversa a respeito do sobrinho dele.

– Você não me verá pelos próximos dias – disse ela. Estarei montando o acampamento, fazendo algum levantamento de informações e delimitando o local. Depois que minha equipe chegar e tivermos um resultado efetivo de algum trabalho, volto para reportá-lo a você.

A expressão dele livrou-se de toda a tensão, e ele sorriu para ela.

– Pelo contrário, acho que nos veremos muitas vezes.

– Ah, não, não nos veremos – Carter sacudiu a cabeça com firmeza. – Não vou perder tempo descendo a montanha apenas para contar a você onde coloquei minha barraca e o que estou comendo no jantar.

A covinha do rosto dele ficou ainda maior.

– Você esquece que eu conheço muito bem a trilha. Também tenho uma grande curiosidade sobre os hábitos alimentares dos arqueólogos. Sem falar do quanto me sinto na obrigação de aparecer para fazer uma visita.

– Não creio que seja uma boa ideia.

– Por quê?

Carter vasculhou seu cérebro em busca de uma resposta que não revelasse a verdade.

– Sou uma profissional, e o meu trabalho não é um esporte de espectador.

– Serei o juiz – os olhos dele percorreram sua mochila. – A propósito, você insiste na ideia de dormir ao ar livre? Temos muito espaço aqui na casa, sem falar na água encanada.

Nick sorriu quando ela balançou a cabeça.

– Se eu a conhecesse melhor, diria que você está tentando me evitar – ele murmurou.

Seu olhar ficou sombrio e investigativo, exalando espanto nas pálpebras.

Tentando afastar-se da atração que sentia, disse rapidamente:

– Estou acostumada a trabalhar sem interferência alguma.

– Alguém já lhe disse que você é independente demais?

– O tempo todo.

Ela virou-se para prosseguir com o trabalho.

– Vejo você mais tarde.

– Faça o que quiser – ela resmungou.

– O tempo todo, Carter Wessex. Eu faço isso o tempo todo.

Quando Carter chegou à clareira que tinha vista para o lago, sentiu-se satisfeita por ter feito a escalada. O esforço de subir a montanha carregando aquele pacote pesado sobre as costas fez com que ela se livrasse de suas frustrações. Encostou-se a uma pedra e reservou um momento para respirar. Ser levada ao limite do esforço físico era uma forma de priorizar as coisas. Estava tão distraída pela necessidade de levar ar aos pulmões que quase se esqueceu dele.

Enquanto examinava o lago, observando o reflexo do céu e do sol sobre ele, surpreendeu-se ao perceber que estava mais uma vez na montanha de Farrell. Após ter sido expulsa da mansão alguns dias antes, tinha certeza de que aquela primeira visita teria sido também a última.

Ao inspirar profundamente pela última vez, ela se dirigiu até as árvores para procurar por Cort e o encontrou no meio do caminho entre a vista panorâmica e o círculo de pedras. Ele vinha da direção oposta, com mochilas penduradas sobre ele como se fosse um carrinho de bagagem. Pela quantidade de bagagem que estava sobre o chão, ela imaginou que ele havia feito várias viagens a partir do lugar onde o quadriciclo estava estacionado.

– Estou quase terminando – disse ao colocar parte do material sobre o chão. – Acho que esse é o melhor lugar para você acampar. Tem uma corrente de água à direita, e você está próxima ao local, contudo posso levar a bagagem até onde você preferir.

Carter analisou o trecho de terra plano localizado em um vale protegido por pinheiros.

– Você escolheu o lugar perfeito.

Os olhos de Cort encheram-se de orgulho.

– Volto logo.

Enquanto o som dos passos dele diminuía em meio à floresta, Carter abriu os pacotes e inspecionou a área. Estava ansiosa para encontrar o local da escavação, mas sabia que ficaria satisfeita ao encontrar um lugar para montar o acampamento quando a noite caísse. Quando Cort chegou com os últimos pacotes, ela já havia montado a barraca e estava recolhendo pedaços de lenha para garantir uma fogueira. Embora tivesse trazido um fogão portátil e um grill, o fogo seria muito bem-vindo para as noites frias.

Juntos, Cort e ela esticaram e fixaram duas lonas verdes, uma como cobertura para a barraca e a outra para cobrir a área de estudos. Debaixo de cada lona, eles abriram mesas dobráveis e cadeiras, colocaram as cestas de comida sobre as mesas e instalaram os demais equipamentos. O resto da tarde foi utilizado para desfazer as malas e preparar as coisas para começar a escavação. Enquanto trabalhavam, Cort ficou fascinado com a variedade de pás, pincéis e frascos de laboratório que ela havia trazido para a montanha.

– Qual foi a coisa mais legal que você já encontrou? – ele perguntou ao observar uma espátula com o cabo de madeira.

Carter olhou por cima do prego que estava fixando para colocar o gerador portátil.

– Não tenho um favorito. Tudo é muito interessante para mim. Às vezes, apenas sento com um de meus achados sobre minhas mãos, tentando imaginar como era a vida dos *minutemen* durante o exército colonial, ou como viviam suas esposas e suas famílias. É tudo muito surpreendente.

– Sim, com certeza. Mas e as estátuas de ouro, os rubis e...

– Você quer dizer aquelas coisas do Indiana Jones?

Cort balançou a cabeça, entusiasmado.

– Lamento estragar o seu interesse no campo, mas isso é o que vemos nos filmes. A verdadeira arqueologia envolve o trabalho meticuloso, metodológico, cujo progresso é lento e constante. Requer muito trabalho e, muitas vezes, o resultado final a que chegamos é o nada.

Ela sorriu ligeiramente ao ver a expressão de desapontamento do garoto.

– Não fique tão decepcionado. Também não estamos sob a mira de dardos venenosos e, até onde sei, ninguém jamais teve o rosto queimado ao puxar a tampa de algum lugar que estava escavando.

– Então você nunca descobriu um túmulo ou catacumbas secretas?

– Não. E também não tenho um chicote de couro tampouco um chapéu *fedora*[7]. Mas amo o que faço.

– Imagino que seja legal.

Ele olhou por cima dos ombros dela enquanto ela desembalava periódicos e livros.

– Para que serve tudo isso?

– São diários de bordo para registrar o trabalho de escavação e uma maneira de relatar nossas descobertas. Alguns materiais de referência e um papel de mapeamento para traçar o local. Também temos as citações necessárias para documentar nossos achados e relacioná-los. Aqui está uma cópia do diário de Farnsworth.

Cort pegou o diário e o folheou, mas não leu.

Ela mostrou-lhe outro livro, que despertou a curiosidade do garoto.

7 O chapéu *fedora* foi criado no século XX, feito originalmente de feltro. É o estilo de chapéu normalmente utilizado por arqueólogos, como o personagem Indiana Jones. (N. T.)

– E este é um guia da Fodor para Budapeste, embora eu não tenha a menor ideia de como ele veio parar aqui.

– Não pensei que houvesse tanta coisa que se parecesse com uma lição de casa da escola – ele murmurou.

– Não vamos ligar no escritório da Papercut Central porque seria um saco de risadas.

Cort sorriu.

– Então, quem mais faz parte da sua equipe?

– Buddy Swift e a filha dele, Ellie. Aposto que vocês dois se darão muito bem. Ela tem sua idade.

Cort franziu a testa.

– Quantos anos ela tem?

– Quinze.

– Ela é mais nova que eu. Tenho dezesseis – havia um tom de rigidez em sua voz.

– Desculpe-me – Carter escondeu o sorriso. – Eles virão no sábado. Mesmo com a diferença de idade, acho que você vai gostar de Ellie. Ela é muito divertida e inteligente.

Ele deu de ombros.

– Sim, certamente. Ei, você vai ficar bem aqui sozinha até lá?

– Com certeza. Estou acostumada a acampar sozinha.

– Mas há muitos perigos aqui nessa floresta, e eles vão demorar quase uma semana para chegar. Talvez você deva ficar na nossa casa até lá.

Ele parecia preocupado com ela, disse isso arqueando as sobrancelhas.

– Vou ficar bem.

– Talvez eu deva ficar aqui com você.

Carter estava prestes a responder de forma polida quando percebeu a expressão no rosto dele. Era uma expressão afetuosa e acolhedora.

Oh-oh, pensou quando viu algo diferente em toda aquela preocupação.

Ela sorriu gentilmente.

– É muito gentil de sua parte, mas quero ficar um tempo sozinha.

– Ah. Mas posso vir durante o dia. Você vai precisar de ajuda antes da sua equipe chegar, não vai?

– Tenho certeza de que você tem outras coisas para fazer.

Ela enrolou uma mochila de acampamento vazia e a colocou em uma caixa.

– Eu teria outras coisas parta fazer se me permitissem ter uma vida – resmungou. – Quero fazer uma viagem ao redor do mundo ou uma trilha nessas férias de verão, mas meu tio insiste em me torturar.

– Bem, não haverá diversão nem jogos por aqui. Vou trabalhar sem parar.

– Tudo bem. Só quero ficar com... é, aqui.

Carter permaneceu em silêncio, sem saber muito bem o que fazer ao olhar para o rapaz. O olhar do garoto refletia a dor da vulnerabilidade das paixões adolescentes, e Carter sentiu-se confusa. Esperava que o que ele estivesse sentindo por ela fosse uma paixão equivalente a um vírus de 24 horas. Um caso de paixonite intensa que ele superaria rapidamente. Ela não queria que ele se machucasse.

– Será que você não quer que eu fique aqui? – sua voz vacilou.

– Não é isso, mas...

– Ótimo. Virei todas as manhãs. Bem cedo.

Carter balançou a cabeça tristemente e lamentou a impossibilidade de terem se encontrado antes, o que poderia ter sido o primeiro amor da adolescência. Um bálsamo para fantasias.

– Tudo bem – disse ela. – Mas vou colocá-lo para trabalhar. E por favor, não venha antes das oito. Fico muito feia antes de tomar meu café da manhã.

– Aposto que isso não é verdade – as palavras escaparam enquanto ele tentava desviar o olhar dela.

– Cort – ela o chamou com a voz suave. Não tinha certeza até onde chegaria com aquilo, mas precisava estabelecer alguns limites.

– O quê? – ele respondeu com um tom otimista.

Os dois ouviram o som dos galhos estalando sobre o chão e enrijeceram quando Nick apareceu no meio da floresta. Estava usando botas, vestia um short e tinha uma blusa de moletom amarrada na cintura. Carter desviou o olhar dele e rapidamente concentrou-se em Cort. Como os olhos do garoto encheram-se de ressentimento, ela notou que a intrusão havia sido como sair da areia movediça e entrar em uma carreata de bois. Não que isso fosse algo melhor; era apenas uma troca de zona de risco.

– Estou esperando ansiosamente pelo relatório de acampamento – Nick dirigiu-se suavemente a Carter.

Ela sentiu as maçãs do rosto enrubescendo.

– Acho que eu deveria ficar aqui com ela – Cort interveio com firmeza. – Pelo menos até os outros chegarem.

Nick arqueou as sobrancelhas.

– Ela precisa de alguém que a proteja.

O tio do menino começou a rir.

– Com base na minha experiência com a senhorita Wessex, duvido disso.

– Ela não deve ficar sozinha.

– Então ela deve ir para a nossa casa. Você não vai ficar aqui com ela.

– Por que não?

À medida que a raiva e a frustração começavam a tomar conta dos dois, Nick olhou para o céu.

– Não vamos fazer isso.

– Quero saber por quê!

– Carter, há alguma coisa de que você precise e que não tenha em mãos? – Nick perguntou pontualmente.

– Quero que você diga por quê! – o garoto gritou.

– Cort, não vou fazer isso agora.

– Não me enrola!

– Não estou te enrolando.

– Uma droga que não está! Por que não diz logo o que está pensando?

Nick respirou fundo e passou uma mão pelos cabelos.

– Ok. Acho que devemos mudar o assunto. Está ficando tarde e devemos descer para o jantar.

– Você é um mentiroso! Não vou a lugar algum até você...

– Já chega – disse Nick em tom de ameaça. Você está dispensado.

– Não sou uma criança.

– Está agindo como uma.

– Fazer birra não é um comportamento adulto. E, se a senhorita Wessex precisa de alguém para protegê-la, esse alguém não será um garoto de dezesseis anos que se comporta como uma criança, certo?

Carter arfou enquanto Cort enrubesceu e saiu correndo.

Nick respirou fundo, enfurecido.

– Por que você fez isso? – ela perguntou com raiva.

Ele não respondeu.

– Eu lhe fiz uma pergunta. Por que você é tão mau com ele?

– Você acha que isso é ser mau?

– Não, claro que não. Você é um verdadeiro motivador de autoestima – disse ela em tom sarcástico. – Esse garoto está com o traseiro nesse quadriciclo para cima e para baixo nessa montanha trazendo as coisas para mim. Consegui fazer muito mais coisa em um tarde do que faria sozinha em dois dias, e você vem aqui e quase arranca um pedaço dele.

– Isso não tem nada a ver com você.

Carter o encarou.

– Estou começando a pensar que você não é apenas um cara rude. Você é malvado.

Nick a olhou de uma forma sombria. Por meio daquele olhar, ela teve certeza de que ele já havia feito outras pessoas pensarem sobre a vida além da morte. Sua voz penetrava nos ouvidos à medida que ele falava.

– Sou responsável não apenas pelo entretenimento do garoto como também por seus caprichos mesquinhos. Sou responsável pela vida dele. Você entende a diferença ou você é tão adolescente quanto ele e não é capaz de compreender? Há uma distância enorme entre o que um adolescente quer e o que ele precisa.

Mantendo-se quase que sobre as pontas dos pés, Carter fitou os olhos dele.

– Posso estar no auge dos trinta anos, mas sei que nenhum garoto quer ou precisa se sentir constrangido desse jeito na frente de ninguém. Mesmo que você não quisesse que ele ficasse aqui, deveria ter pedido para que descesse de uma forma mais amigável.

– Não há forma amigável com ele – Nick lamentou. – Ele adora brigar e ele não para até que eu chegue ao meu limite.

– Então você deveria tentar outras vezes. Você é o adulto.

Ficaram ali, de frente um para o outro, enquanto a luz do sol começava a desaparecer.

Nick cerrou os dentes:

– Permita-me lembrá-la de que você está aqui para escavar. Guarde as suas teorias sobre balas de mosquete e fique bem longe da minha família. Não preciso de mais uma pessoa para discutir comigo por aqui.

– Então é melhor que você fique longe dessa montanha. Ou que faça um transplante de personalidade.

Olharam-se furiosamente durante um silêncio amargo até que ela suspirou, enraivecida, e desviou o olhar.

– Isso deve ter sido um grande erro – Carter lastimou ao afastar alguns fios de cabelo do rosto.

– Não se você fizer seu trabalho e parar de bancar a assistente social.

– Acho que você deve ir embora.

Ele arqueou as sobrancelhas.

– Está me expulsando?

– Ou sai você, ou saio eu. Se eu sair, terei de empacotar tudo isso novamente para descer a trilha e estou muito cansada para fazer esse esforço hoje.

Nick a encarou, franzindo as sobrancelhas vagarosamente. Ao falar com ela novamente, sua voz estava rouca.

– Mantenha sua meta. Não tenho de me explicar. Você está em minha propriedade, sob minha autorização. Posso expulsá-la dessa montanha a hora que eu bem quiser.

– Muito bem. Faça isso – os olhos dela, cheios de coragem, desafiaram-no.

Nick a olhou com raiva.

– Vamos – ela rebateu. – Você está batendo no peito o suficiente para se parecer com um gorila orgulhoso. Devo sair ou não?

Houve um longo período de silêncio.

Seus olhos de diamante a perfuraram até que ela não pôde mais suportar a pressão. Foi então que, quando ela estava a ponto de explodir e de desviar o olhar, ele fez algo totalmente inesperado. Inclinou-se em direção a ela e pegou a sua mão. Tocou sua bochecha com uma leve carícia e ela se encolheu como se tivesse recebido um golpe.

– O que você está fazendo? – Carter o repreendeu, afastando-se dele.

– Estou tirando o cabelo do seu rosto – ela notou que a voz dele havia mudado. Estava mais suave, ponderada. Quase sedutora.

O coração dela começou a bater forte.

O polegar dele tocou sua bochecha novamente, e ele o levou até o queixo dela.

– Pare com isso – disse ela. Mas sua voz trêmula atenuou o comando.

– Quero beijá-la.

– O quê? – ela gaguejou.

– Você ouviu muito bem. Quero beijar você.

– Não. Você não quer – as palavras saíram apressadas.

– Sim, eu quero – disse ele de maneira lenta e decidida. – Quero beijar você desde o dia em que foi até o meu escritório.

– Não. Você não quer...

– Sim, quero.

– Eu não faço o seu tipo.

– Eu não tenho um tipo favorito.

– Sim. Você tem – ela simplesmente não conseguia pronunciar as palavras em ritmo normal.

– E você chegou a essa conclusão porque...

– Aquela mulher loira é uma caricatura. Se é que já vi alguma.

Ele sorriu suavemente.

O barulho da risada dele lhe deu forças para relutar. Ela não seria mais um brinquedo dele.

– Escuta, Farrell, não estou aqui para brincadeiras. Estou certa de que você está acostumado com mulheres que se jogam para você, mas eu não sou...

Ele estendeu a mão e afastou outra mecha do cabelo dela. Ao colocar os fios atrás da sua orelha, seus dedos tocaram a nuca. Foi o mais delicado dos toques, as pontas dos dedos dele roçaram a pele dela.

Ela ficou com a boca seca e lambeu os lábios.

– Adoro quando você faz isso – a voz dele ficou tão grossa quanto um arranhão e atingiu diretamente sua espinha. Quando ele acariciou seu lábio inferior, ela percebeu que não havia provocação alguma ou sinal de brincadeira em sua expressão. Estava extremamente sério à medida que seus dedos levavam uma mecha de seu cabelo até a clavícula. Pelo algodão fino da camiseta, o toque dele queimava sua pele.

Carter sabia que deveria afastar-se. Lembrou-se de que estava com raiva dele. Que ele era um bastardo malva...

Com um movimento rápido, Nick arrancou o boné dela, deixando seus cabelos caírem ao redor do rosto. Os olhos dele, brilhando de desejo, percorreram o seu corpo como se ela fosse um riacho onde ele mataria a sua sede. O corpo dela reagiu, com uma onda de desejo tão forte por ele que ameaçou a sua força de vontade. Naquele momento, não sabia como lidar com aquela febre crescente nem com a expectativa torturante que ele estava causando a ela.

E então ela fez a única coisa que poderia pensar.

Beijou-o primeiro.

Agarrando a camisa dele e puxando-o pelo colarinho, ela o trouxe até sua boca. Pressionando os lábios contra os dele, sentiu a língua dele entrando em sua boca apressadamente, enquanto os braços dele envolviam sua cintura. Juntos, seus corpos ajustavam-se perfeitamente, as curvas dela e a rigidez do corpo dele encaixavam-se de modo exato. Pôde sentir o corpo dele excitado, a ereção pressionando seu corpo.

As mãos dele envolviam os cabelos dela, os dedos pressionavam o seu couro cabeludo. Ela não pôde conter um gemido de prazer enquanto seu corpo inflamava. Ao agarrar os ombros dele com força, sabia que poderia deixar marcas, mas queria mais. Queria tudo dele. E não se importava que estivessem em uma montanha.

Então, de repente, ela ouviu um som agudo de algo em atrito com uma árvore e um ruído que vinha do ar. Eles se separaram, assustados. Seguindo em direção ao barulho, viram um falcão levantando voo no céu cinzento.

Nick deu um passo para trás, e ela sentiu a respiração ofegante dele. Sua camiseta estava toda amarrotada por ela tê-lo agarrado, e ela enrubesceu, pensando sobre o que diabos a havia feito agir com aquela agressividade.

Por um longo período, ele olhou para ela como se quisesse retomar aquele momento de paixão que havia explodido entre eles. Ele parecia tão surpreso quanto ela.

– Acho que devo ir agora – disse ele.

Enquanto ele virou-se para ir embora, ela sussurrou:

– Sim, eu também acho.

Nick deixou o acampamento com pressa. No início da noite ainda havia luz suficiente para descer a trilha sem problemas, embora dispensasse qualquer facilidade. Conhecia cada curva do caminho, cada pedra por onde passava. A familiaridade era confortante.

Não sabia o que diabos tinha acontecido com ele.

Como de uma discussão eles começaram a se beijar era um mistério. Em um minuto ele estava com raiva daquela mulher e no outro estava completamente envolvido pela beleza incrível dela, enaltecida pela luz do sol sobre o seu rosto. Então ela o tinha beijado e foi como se todo o maldito mundo tivesse pegando fogo.

Aquela intensidade enlouquecedora não era o que ele havia planejado.

Sentiu-se atraído por ela desde o começo, era verdade. Mas não tinha ideia de como seria beijá-la. Não estava preparado para a sensação do seu corpo contra o dela, os seios dela pressionando o seu tórax, seus lábios retribuindo aos beijos com a mesma paixão intensa que ele estava sentindo.

Havia muito tempo que alguém não o beijava daquela forma. Que inferno! Ninguém jamais o havia beijado daquele jeito. Mulher alguma jamais havia agarrado sua camisa como se fosse uma corrente de tração, tampouco puxado sua cabeça com força em direção à boca.

Seu corpo pulsava só de pensar naquilo.

Nick acelerou o passo na descida da trilha. Não era um homem que se envolvia facilmente e sem dúvida não perdia o autocontrole com frequência. Nunca com uma mulher, certamente. Até agora. Com o simples toque dos lábios dela, sentiu como se tivesse sido lançado em um vulcão. Fora de controle, queimando, completamente indefeso diante do ataque.

Também nunca havia se interessado por montanhismo.

Rangendo os dentes contra a sua necessidade, chegou à conclusão de que deveria ter sido um acaso da natureza. Não via Candace há algum tempo, por conta da viagem ao Japão e depois por causa da enxaqueca. O problema só poderia ser esse.

Tinha de ser isso, droga.

Chegando ao final da trilha, Nick caminhou pelo campo das flores e depois atravessou o gramado.

Antes de entrar em casa, parou e olhou para a montanha. Próximo ao topo, viu o brilho de uma fogueira. Sentiu uma vontade extrema de voltar até lá, como se tivesse se esquecido de algo importante.

Nick praguejou antes de entrar em casa. Foi direto para o escritório e, cheio de determinação, pegou o telefone.

Sabia exatamente como poderia resolver qualquer dificuldade que acontecesse com aquela arqueóloga.

Quando a voz de Candace surgiu ao telefone, disse com clareza:

– Sou eu.

– Olá! – ela respondeu, surpresa.

– Quero que você volte neste fim de semana.

– Querido – ela suspirou. – Eu adoraria.

– Venha na quinta à noite. Fique por quanto tempo quiser, até o próximo final de semana, se desejar.

Ela respondeu com entusiasmo.

– Ficaria o verão inteiro, se você permitisse.

Nick não respondeu. Estava ocupado demais com a sensação de estrangulamento que havia sofrido.

Aquilo foi errado, pensou.

– Nick? – ela o chamou.

– O quê?

– Isso significa que você pensou a respeito daquela nossa conversa sobre o futuro?

Por Deus! O que ele estava fazendo?

– Claro que pensei sobre isso.

– Sabia que você pensaria.

– Preciso ir – disse ele apressadamente.

– Vejo você em breve.

O tom de voz de Candace estava alegre, quando desligaram o telefone.

Nick sabia muito bem por que ela estava tão entusiasmada e surpresa. Ele sempre a mantinha na cidade, resguardando a casa de campo apenas para os momentos em que queria desligar-se de tudo. E ele nunca havia feito um convite tão aberto a ela.

Foi até o bar, colocou uma dose de uísque no copo, ingeriu-a rapidamente e preparou outra.

Com um suspiro, pensou em Cort. Precisava procurá-lo para conversar, para tentar preencher a lacuna que havia se estabelecido entre eles novamente. Mas o que ele poderia dizer que já não tivesse dito uma centena de vezes?

– Diabos! – disse em voz alta.

Gertie enfiou a cabeça na fresta da porta. Estava abotoando um casaco amarelo e tinha uma bolsa cheia de flores pendurada em um braço.

– Deixei o seu jantar na geladeira. E, antes que me pergunte, Cort está no quarto dele. Levei a comida dele até lá.

Nick sorriu ligeiramente, demonstrando cansaço.

– Como você sabe que eu estava pensando nele?

– Ele estava nervoso quando chegou, e sempre que você está pensando sobre o que fazer com ele, fica desse jeito.

– Que jeito?

– Como se estivesse sentado em cima do rabo em uma cadeira de balanço.

Nick terminou de beber o uísque.

– Acho que devo ir lá e conversar com ele.

– Boa ideia.

Ao colocar o copo de uísque sobre a mesa, Nick mudou o assunto.

– Pedi a Candace para passar um tempo aqui...

Gertie não disse uma palavra; apenas tirou um lenço do bolso e o amarrou em seu cabelo.

– Nenhuma reação?

– Vou deixar tudo preparado.

Ele franziu a testa.

– Não me olhe assim – disse ela de maneira curta. – Não posso fazer você se sentir melhor com algo que você sabe que não está certo.

Nick passou a mão pelos cabelos enquanto Gertie saía, fechando a porta logo atrás dele.

Graças a Deus Gertie era a única que poderia ler os seus pensamentos tão bem.

Pelo menos ninguém mais saberia a bagunça em que sua vida se encontrava.

Capítulo 5

Na manhã seguinte, Carter acordou com o som do despertador. Aquilo foi uma surpresa porque ela não havia trazido despertador algum. Demorou algum tempo para que ela percebesse que aquelas batidas eram o ruído de um pica-pau. Como a batida era contínua, Carter envolveu o travesseiro ao redor do ouvidos, pensando que, se o pássaro não lhe desse um descanso, logo deixaria de ser uma amante da natureza.

Um pouco mais tarde, tirou o travesseiro dos ouvidos e tentou olhar para o relógio de pulso. Se tivesse calculado certo, precisaria de mais três horas de sono para se recuperar da insônia que havia tido na noite anterior.

Não havia a menor chance de recuperar essas horas de sono, já que o senhor toc-toc insistia com o barulho.

Carter abriu o zíper do saco de dormir, colocou as pernas para fora e levantou-se. Depois que vestiu o seu jeans, a blusa de gola alta e um pulôver de lã, calçou as botas e saiu da barraca para enfrentar o barulhento.

– Estou acordada – gritou. – Está satisfeito agora?

O pássaro, assustado com o som da voz dela, levantou voo em um gesto de autoproteção.

– Mas que inconveniente!

Ao voltar para o meio da bagunça da barraca, preparou um pouco de café. Depois de beber uma caneca cheia, começou a se sentir um pouco mais ela mesma e passou a planejar o dia. Depois de ter passado tantas horas no escuro pensando sobre por que tinha beijado aquele homem que ela detestava, era ótimo pensar sobre o trabalho. Deus sabia o quanto os pensamentos daquela noite a atormentaram. Talvez ela precisasse apenas focar em outras coisas.

Como o trabalho que ela faria ali.

Concentrando-se no propósito da Papercut Central, pegou a biografia definitiva do general Farnworth, uma cópia de seu diário de bordo, um bloco de anotações e uma caneta. Fez uma pausa para tomar mais uma dose de café e apreciou a vista. Ao sair da área das árvores, ficou surpresa ao observar o nascer do sol. Listras cor-de-rosa e amarelas cobriam o céu e, logo abaixo, a superfície calma das águas refletia toda a glória daquela paisagem.

Agora era hora de acordar, pensou.

Procurou por uma rocha com superfície plana, subiu sobre ela e sentou-se com as pernas cruzadas. O aroma dos pinheiros da montanha adentrava suas narinas, e os raios do sol aqueciam seu rosto. Confortável, satisfeita e mais feliz do que quando estava dentro da barraca, ela abriu o maior de seus livros. Tomando café e observando ocasionalmente as mudanças progressivas do sol, ela releu partes da biografia para refrescar a sua memória sobre o general.

Farnsworth era o filho adotivo de um nobre britânico que se uniu às forças do reino porque tinha poucas perspectivas. Envolvido nos conflitos militares do Novo Mundo, chegou rapidamente ao poder, usufruindo de uma combinação de táticas de intimidação, suborno e força letal contra todos que atravessassem seu caminho. Dentro de dois anos, após inúmeras vitórias em batalhas, foi nomeado líder da Fort Sagamore.

No outono de 1776, logo depois de assumir seu novo posto no forte, envolveu-se em sérios problemas durante uma viagem até o porto de Nova York. Enquanto estava lá desenvolvendo estratégias militares com outros líderes britânicos, interessou-se por uma garçonete e aparentemente não aceitaria um "não" como resposta às suas investidas. O pai da garota, um colono repleto de amigos, pegou o general tentando violentar sua filha. Quando Farnsworth tentou fugir da cidade, foi capturado por uma multidão enfurecida. Exigindo sua liberdade e defendendo sua inocência, ele afirmou que havia sido seduzido por uma garota, um argumento de defesa que teria sido muito mais crível se ela não tivesse sido encontrada debaixo dele, sangrando e em estado de choque.

A comunidade colonial exigiu a morte dele. Os britânicos, contudo, não tinham a menor intenção de perder um militar tão valioso e possuíam o poder de barganha perfeito. Apenas algumas semanas antes desse acontecimento, em decorrência de uma discussão sangrenta em Boston, Nathaniel Walker havia sido preso. Um dos grandes líderes coloniais da Revolução, ele foi – ironicamente – levado para o calabouço de Fort Sagamore. Após tensas negociações, um pacto foi firmado entre os dois lados. Um acordo seria estabelecido.

Dois soldados coloniais, que eram agricultores antes de entrarem para os combates, foram escolhidos para escoltar Farnsworth até o norte do estado, local onde a negociação ocorreria. Foram acompanhados pelo reverendo Jonathan Winship, um amigo próximo de Nathaniel Walker, um religioso e líder comunitário das colônias. Esperava-se que sua influência abrandasse o ódio que os *minutemen* tinham por aquele homem que eles estavam escoltando e, assim, poderiam garantir que o prisioneiro chegasse vivo até o momento do acordo.

O Winship Party, como o grupo era chamado, reteve um índio como guia para navegar sentido norte e cercar o território de Fort Sagamore. Apesar dos riscos, era provável que o grupo sobrevivesse à viagem para Adirondacks e à negociação, apesar de estarem muito próximos ao território inimigo. Todos eram muito inteligentes e sabiam manusear muito bem seus mosquetes, inclusive o reverendo, e estavam sendo guiados por um índio membro da tribo algonqui, que nascera naquela área.

O que fez pender a balança em seu desfavor foi que eles não estavam viajando durante o dia.

Apoiadores da revolução na cidade haviam deixado ouro com três colonos. O ouro deveria ser usado para comprar comida e casacos de frio para os solados, que teriam de enfrentar o inverno rigoroso em pontos estratégicos ao longo do rio Hudson. O plano era que o grupo de Winship vinculasse-se a um grupo de milícia próximo ao extremo sul do lago Sagamore e, assim, transferisse o outro para lá, bem antes de chegarem às proximidades do forte de Farnsworth. Imaginaram que o transporte do metal precioso com Farnsworth seria uma vantagem, porque o Winship

Party tinha uma espécie de imunidade diplomática enquanto o líder britânico permanecesse em seus cuidados.

Desde o princípio, Farnsworth planejava uma emboscada para o grupo. Ele não era o tipo de homem que jogava limpo, e estava planejando matar Nathaniel Walker de fome em seu calabouço. Enquanto as negociações entre o lado dele e os colonos acontecesse em Nova York, era fácil enviar mensagens para o seu forte sobre quando e onde atacar o grupo nas montanhas. Seu plano era assassinar os americanos aos poucos e deixar os corpos como alimento para os linces.

Porém, assim que o grupo entrou na floresta, ele percebeu que tinha a oportunidade de sair do cativeiro para se tornar um homem rico. Os homens que o escoltavam levavam uma carga pesada em um cofre pequeno, e ele sabia que havia apenas uma coisa que poderia fazer os ombros de um homem cair tanto assim: ouro, e em grande quantidade. Quando os colonos permaneceram por uma noite no lago Sagamore e partiram sobrecarregados e definitivamente mais ansiosos no dia seguinte, ele percebeu que tinha uma excelente chance de melhorar as suas perspectivas financeiras.

Para a frustração dos historiadores, as cortinas do teatro foram fechadas nesse momento. Farnsworth foi o único que conseguiu sair das montanhas. Gravemente ferido, ele se arrastou no caminho de volta para Fort Sagamore e despencou de uma pedra. A única coisa que ele tinha consigo era o diário de bordo, mas não teve a oportunidade ou a vontade de escrever o capítulo final da história.

Enquanto Farnsworth estava cara a cara com a morte, Walker conseguiu fugir e voltou com reforços. Seu ataque contra a fortaleza britânica ficaria conhecido como uma das maiores batalhas da Guerra da Independência, e Farnsworth morreu durante esse ataque, nos braços de Walker. Quando o general dava seu último suspiro, Walker ordenou que apurassem o que havia acontecido com o reverendo e com os outros colonos. Farnsworth contou a Walker sobre um ataque feito por Red Hawk, o guia deles. Deu-se início a uma busca pelo assassino, mas o índio nunca foi encontrado.

Tampouco o ouro.

A partir desse ponto, a história é contada no presente pelo senso comum de que Red Hawk atacou o grupo. O americano nativo nunca foi visto novamente, então acredita-se que ele foi morto durante o processo e que o ouro muito provavelmente fora deixado em algum lugar nos arredores da Fort Sagamore. Desde o final dos anos 1800, quando a região do lago Sagamore era mais densa, pessoas são atraídas por tais fatos curiosos e começaram a surgir algumas ideias. Foi quando começou a escavação. A descrição de Farnsworth sobre a clareira onde o grupo havia acampado era muito clara, e os curiosos começaram a perambular pelas montanhas em ambos os lados do lago, procurando o ponto exato. A montanha de Nick Farrell era uma das favoritas, e os rumores de que havia um fantasma do índio que vagava pelo topo apenas aumentava o fascínio pela sua propriedade.

Contudo, após gerações e gerações de busca, ninguém jamais encontrou o ouro.

E o resto, como dizem, é história, Carter pensou, ao fechar o livro.

Ao levar a caneca até a boca, ela fez uma careta ao ingerir o último gole de café, que estava frio e amargo. Fez um gesto lançando a caneca ao ar para esvaziá-la e saiu da rocha onde estava sentada. A temperatura já havia chegado aos dez graus e tudo indicava que seria um dia muito bonito.

De volta ao acampamento, caminhando por uma pequena trilha, Carter ouviu algo ou alguém vindo da floresta, logo atrás dela. Ficou tensa. Era difícil imaginar o que seria pior: um urso ou Nick Farrell.

Quando percebeu que era Cort, soltou a respiração.

– Ei! – disse ela, dando-lhe um leve empurrão. Ele usava um boné de beisebol, mas alguns fios de cabelo escapavam pelos lados. Naquela brisa da manhã, seu rosto era carinhosamente jovem; a expressão ousada e autoconfiante destoava da ponta de timidez que havia em seus olhos.

Ao cumprimentá-lo, percebeu que os olhos dele brilharam intensamente, o que a fez sentir-se desconfortável. Sabia que teria de conversar com ele em breve sobre aquela paixonite.

– E então, está pronto para começar a trabalhar? – ela perguntou enquanto caminhavam de volta para o acampamento.

– Claro. Como foi sua primeira noite aqui?

– Continuo viva.

Ela seguiu em direção a Papercut Central.

– Quando começamos a escavar? – perguntou Cort enquanto mantinha-se quase sobre as pontas dos pés, simulando uma luta de boxe com um adversário imaginário.

– Quando minha equipe chegar aqui.

Seu rosto entristeceu.

– Pensei que seria nessa manhã.

– Há muito trabalho a ser feito antes que a primeira pá toque o solo. Também preciso que Buddy analise o local antes de começarmos a escavar.

– Então, o que vamos fazer hoje?

– Em primeiro lugar, temos de mapear o local. Vou entender caso você queira pular essa parte e começar somente quando vier a parte mais divertida – ela pegou uma mochila vazia e a colocou sobre a mesa.

Cort deu de ombros.

– Ok. Vai ser legal. Além disso, preciso ficar fora daquela casa.

– Por quê? – Carter perguntou enquanto pegava uma caixa de ferramentas. Pressionou as travas de metal e abriu a caixa.

– Ela está voltando.

– Quem?

– A namorada do meu tio.

Carter tensionou o corpo involuntariamente e teve de se controlar para manter as mãos vasculhando os objetos dentro da caixa. Estava procurando pelos martelos, lembrou a si.

– Você a conheceu quando esteve aqui da última vez? – Cort perguntou. – Ela é uma parte da mitologia grega. O cabelo dela parece um ninho de cobras.

Carter controlou-se para manter seu tom de voz.

– Tenho certeza de que você está exagerando.

– Não estou. Ela é capaz de fazer os garçons do Plaza Hotel em Nova York chorarem. Eu mesmo vi.

– Deve haver muitas qualidades nessa mulher para o seu tio amá-la – ela encontrou os martelos, colocou-os debaixo do braço e fechou a caixa.

– Ele não a ama. Se ama, eu não gostaria de amar alguém desse jeito. As coisas ficam horríveis quando aquela loira aguada aparece por aqui, e são horríveis antes de ela chegar também. Gertie fica nervosa, e o tio Nick transforma-se em um caranguejo. Não que ele seja muito divertido. É isso que não consigo entender. Não sei por que ele a convidou.

– Convidou? – Carter colocou as ferramentas dentro da mochila com mais força do que era necessário.

– Ontem à noite, ao que parece. Pelo menos foi o que ouvi Gertie falando para Ivan.

Carter olhou para o garoto sem entender o que estava acontecendo, enquanto sua mente estava paralisada. Era difícil acreditar que a primeira coisa que Nick fez logo depois de beijá-la foi ligar para a namorada. Aquilo que a manteve a noite inteira acordada, havia significado pouco para ele. Ela havia sido apenas mais um par de lábios.

Porém, quando pensou sobre aquilo, deu-se conta de que deveria ser a pessoa mais inocente do mundo. Aquele homem havia se relacionado com algumas das mulheres mais belas do universo. O *beijo ao pôr do sol*, provavelmente era algo que acontecia com ele o tempo todo.

– Então, vamos mapear o local? – Cort indagou.

– Sim, claro.

– Carter?

Ela sacudiu-se.

– Desculpe. Vamos pegar as coisas de que precisaremos.

Mesmo que estivesse fazendo escavações por quase uma década, ela tinha de pensar sobre o que precisariam para traçar o local. Pegou quatro rolos de barbante, três dúzias de estacas de madeira e uma fita métrica. Em uma mochila, ela colocou uma câmera, tesoura, papel quadriculado, lápis, réguas e um pouco de água em uma garrafa.

– Para que servem essas estacas? Vamos caçar vampiros?

Cort começou a simular uma luta de boxe, imitando os movimentos de golpe no ar.

Sorrindo e balançando a cabeça diante da atitude do garoto, Carter decidiu deixar o assunto sobre Nick Farrell de lado. Sentindo-se um pouco mais forte com essa decisão, jogou a mochila nas costas e ajeitou a coluna.

Era apenas uma questão de tirar aquilo da cabeça.

Tirar aquele homem da cabeça.

À medida que caminhavam pela floresta, cada um segurando uma alça da mochila, ela foi dizendo a ele o que fariam.

– Vamos cercar o local com uma grade.

– Por quê?

– Quando escavamos um local, estamos danificando-o. Os artefatos por si só são importantes, mas igualmente importante é a relação entre eles. Um local bem mapeado e uma documentação minuciosa asseguram que qualquer arqueólogo poderá recriar a escavação a partir das gravações e chegar às suas próprias conclusões.

Pararam dentro do círculo de pedras, ela pegou a câmera e ofereceu a função de fotógrafo a Cort, que começou a tirar as fotos e a espalhar o som dos cliques ao seu redor.

– Vamos continuar! – seguiu em direção às pedras. – Quero sentir a emoção. É isso aí! Mais uma pose.

Depois de dez minutos, ela o chamou:

– Ei! Vá devagar com o filme, Helmut Lang. Não podemos acabar com o filme logo no primeiro dia. Que tal tirar uma foto do martelo?

– Por você, qualquer coisa.

De maneira exibicionista, ele escorregou até ela e pegou a bolsa com as estacas.

– Coloque uma dessa a cada metro ao redor do interior, o mais próximo possível da rocha.

Enquanto ele foi executar o trabalho, ela esboçou as linhas do local e, em seguida, começou a amarrar uma linha entre as estacas opostas, de modo que a proteção foi posta a cerca de meio metro de distância do solo. No meio, onde a estrutura era mais fraca, eles reforçaram-na com pequenos pedaços de madeira.

– Parece um tabuleiro de xadrez – Cort comentou depois que viu o trabalho pronto.

Ele observou enquanto ela desenhava uma grade sobre o mapa o qual ela havia esboçado. Carter escreveu números na parte de baixo da margem esquerda e letras na parte inferior do mapa.

– Agora, sempre que alguém encontrar um objeto, ele será inserido no mapa do local. Vou criar um novo mapa que vai medir a profundidade. Nele, vamos registrar em qual profundidade encontramos o objeto. Além disso, todos que escavarem terão de fazer um registro diário sobre a área que foi escavada e o que foi encontrado. Esses registros diários serão inseridos no diário de escavação que abrange todo o trabalho dos escavadores, assim como também possui detalhes das condições climáticas, do solo e da ordem em que as coisas foram encontradas.

Cort revirou os olhos.

– É de admirar que com todos esses registros você nunca tenha encontrado algo...

– A verificação é importante da mesma forma que a atenção a cada detalhe.

– Aposto que ser uma possa compulsiva também ajuda.

Carter sorriu.

Depois do almoço, utilizaram um ponto fora do círculo de pedras onde a terra foi peneirada para assegurar que mesmo os minúsculos detalhes fossem encontrados. Em seguida, fizeram uma pausa e foram explorar a área ao redor da montanha.

Era final de tarde quando retornaram ao acampamento. Os olhos de Cort estavam distantes ao despedir-se de Carter.

– E então, vejo você amanhã?

– Claro. Obrigada mais uma vez por toda a dedicação com o trabalho.

Com um movimento desajeitado, o garoto desapareceu em meio à floresta. Carter esperava que aquele dia inteiro de trabalho tivesse acabado com a ilusão amorosa dele. Depois de trabalhar no solo, sentiu o corpo suado, desgrenhado e acreditou que a sua condição atual não era algo muito atrativo para o sexo oposto. Especialmente considerando que garotos de dezesseis anos provavelmente acreditem que as modelos das revistas são realmente do jeito que parecem ser sem uma escova de cabelo e um secador.

Carter pegou o mapa do local e seu bloco de anotações e voltou para a parte de trás da rocha, o mesmo lugar onde ela havia sentado logo no início do dia. Estava preparada para passar a próxima hora do dia – ou algum período próximo a isso – trabalhando na sua estratégia de escavação.

Deveriam fazer alguns pequenos buracos como teste ou simplesmente começar a escavação? O lugar estava suficientemente isolado...

Nick havia convidado aquela mulher para visitá-lo.

Carter olhou ao seu redor, como se tivesse sido atingida por uma bola de papel umedecida com saliva.

Franzindo a testa, voltou a olhar para o mapa.

O local estava suficientemente isolado, era compacto o bastante e já tinha pelo menos um artefato encontrado: a verdadeira cruz de Winship. Pequenos buracos como teste provavelmente não seriam necessários para...

Ela estava com ciúmes.

– Não estou! – o tom indignado de sua voz assemelhava-se a um esquilo assustado que grunhia e se escondia debaixo do tronco de uma árvore.

Colocou as mãos sobre a cabeça. Ela e Nick Farrell nada tinham em comum. Nem mesmo gostava dele. Ele era arrogante, sarcástico...

E beijava maravilhosamente bem.

– Ah! Pelo amor de Deus! – resmungou.

Mesmo quando as coisas estavam muito mal após a morte de sua mãe, mesmo naqueles momentos tristes quando o seu mundo girava e mudava de eixo, mesmo assim, ela era capaz de encontrar certo alívio no trabalho; pelo menos o suficiente para se virar. Mas agora, ao olhar para aquele mapa com todas aquelas marcações estatísticas e códigos alfanuméricos, não via nada além da própria superfície do papel.

– Droga!

Com a cabeça cheia de imagens de Nick Farrell, sentia vontade de correr, mas não tinha para onde ir. Custava a acreditar que se sentia tão sufocada em pleno ar livre.

Carter levantou-se e voltou para o acampamento. A mudança de cenário não ajudou em nada, então largou o mapa, bem como deixou de lado qualquer intenção de concluir alguma parte do trabalho, e saiu para caminhar em direção ao riacho. Ao chegar lá, agachou-se e colocou uma mão sobre a superfície da água. Sentiu a mão dormente no contato com a água fria.

Era exatamente o que ela procurava.

Tirou a roupa e entrou no rio. O frio tirou seu fôlego mesmo estando apenas com as coxas debaixo da água. Inclinando-se, fez uma concha com as mãos, pegou um pouco de água e jogou sobre o corpo, desesperada em livrar-se daqueles pensamentos e do calor que eles provocavam. Enquanto a água gelada escorria pelo seu corpo, ela desfrutava da sensação cortante e vagarosa causada pela temperatura do rio. Mesmo com os dentes batendo, pelo menos ela não estava pensando em Nick Farrell naquele momento.

Por entre as árvores, Nick a observava completamente concentrado. A única coisa que o impedia de ir até ela era a sua extrema determinação.

Determinação essa que enfraquecia a cada minuto que passava.

Ele havia ido até a montanha para conversar com ela sobre aquele beijo, e esperou até que Cort voltasse para casa para que os dois pudessem ficar sozinhos. Tinha a intenção de ter uma conversa direta sobre o que havia acontecido na noite anterior e estava determinado a colocar o fato em seu devido lugar. Nas horas seguintes ao fato, havia se convencido de que aquilo tinha sido nada mais do que um erro impulsivo e queria deixá-la ciente de como ele se sentia.

Era um plano perfeito. Até que ele caiu do seu próprio palanque.

Quando chegou ao acampamento, não a encontrou lá. Depois de procurá-la por todo o local da escavação, decidiu verificar se ela tinha ido nadar no riacho.

Foi quando decidiu caminhar fora da trilha.

Quando chegou ao riacho, Nick viu Carter curvando-se para pegar água com as mãos. Ela tinha a expressão séria, estava em um momento íntimo, então pensou que deveria voltar e esperá-la no acampamento. Foi quando ela começou a desabotoar a camisa, e os pés de Nick passaram a ignorar os seus comandos para voltar.

Apoiando-se em uma árvore, ele observou quando ela, centímetro por centímetro, abriu a camisa e deixou os ombros à mostra. Quando a camisa caiu sobre o chão, ela virou-se para tirar os sapatos e foi nesse momento que ele viu os seios dela. Sob a luz do sol, eles eram firmes e perfeitamente proporcionais, seus mamilos eram rosa e pequenos. Abaixo dos seios, sua barriga era plana e malhada.

O coração de Nick começou a bater como uma britadeira, e ele se sentiu excitado.

Disse para si que deveria virar-se e ir embora. Não era um voyeur, de maneira alguma. Tinha visto várias mulheres nuas antes. Não que ele não conhecesse suficientemente todos os atributos femininos, mas havia alguma coisa diferente. Quando ele a olhava, era como se estivesse vendo uma mulher pela primeira vez.

E gostou do que viu. Gostou tanto que podia sentir aquelas imagens queimando em sua memória.

Ela levou as mãos até a braguilha da calça jeans e a desabotoou. Puxando a calça pela cintura, deslizou-a tranquilamente pelas pernas. Seus quadris eram delicadamente elegantes, as coxas, fortes e bem torneadas. Ao ver sua calcinha branca e simples, Nick agarrou um galho da árvore com tanta força que o quebrou.

Carter congelou de medo e olhou em direção àquele barulho.

Nick abaixou para se esconder.

Ele esperou por um momento e apoiou-se na árvore novamente.

Carter havia voltado para o rio e estava alongando os braços por cima da cabeça, arqueando as costas.

– Oh, céus! – ele sussurrou, pressionando a mandíbula.

Durante toda a sua vida, havia cobiçado empresas, imóveis, obras de arte e até mesmo algumas mulheres. Nada, no entanto, chegou perto da necessidade latejante que ele sentia ao olhar para ela. Quando ela entrou no rio e jogou água sobre o corpo, arqueando o pescoço ao olhar para o céu, ele estava em um estado de desespero que jamais havia vivenciado.

Nick se atirou para fora daquela cena, temendo que, se permanecesse ali, acabaria cedendo aos seus impulsos. Sairia daquele esconderijo e revelaria o seu desejo... Levaria-a para a margem do rio e a penetraria, profundamente.

Perdido em sua própria montanha, esforçou-se para encontrar o caminho de volta.

Capítulo 6

Os dias que antecederam a chegada de Buddy e Ellie Swift foram um tormento para Carter, e ela passou a maior parte do tempo com Cort, que vinha todas as manhãs. Quando aparentemente ele parou de olhar para ela com esperanças, a arqueóloga começou a pensar que o garoto havia esquecido aquela paixonite e sentia-se à vontade na companhia dele. Juntos, eles se debruçaram sobre o diário de Farnsworth, investigaram a rota utilizada pelo grupo de Winship e conversaram sobre a sabedoria dos índios.

A única parte difícil de tudo aquilo eram as constantes atualizações sobre o andamento do trabalho que ela deveria levar até a mansão.

De acordo com os boletins de notícias, Candace havia chegado com bagagem suficiente para ficar o verão inteiro. Ao contrário das outras visitas, Nick parecia passar muito tempo com ela, um sacrifício pelo qual o resto das pessoas da casa estava pagando caro. Evidentemente, a proximidade com aquela mulher o deixava de mau humor e, ainda assim, ele estava determinado a permanecer com ela.

A sequência de fatos fez com que todos se sentissem desconfortáveis. Todos, com exceção de Candace. Ela estava alegre e radiante, de acordo com Cort, e aparentemente feliz pela perspectiva de um casamento. E, como resultado, estava se sentindo mais poderosa em seus comandos. A mulher havia chegado tão longe a ponto de informar a Gertie que ela precisava começar a usar uniforme, como toda governanta.

Isso estava prestes a acontecer. É desnecessário dizer que Gertie continuava usando as suas próprias roupas. Nick ficou aturdido quando soube o que havia acontecido e ficou ainda mais mal-humorado. Mas Candace continuou na mansão.

Carter tentou não demonstrar o quanto se importava. Ria quando ouvia os comentários ou dava respostas vazias, mas queimava de curiosidade por dentro para saber o que Nick estava planejando com aquela mulher. Ficava atordoada a cada palavra que Cort lhe contava e à noite revirava-se ao deitar, perguntando o que havia feito para merecer ser absorvida daquela forma no mundo de Nick Farrell. Ela simplesmente não conseguia tirá-lo da cabeça.

Embora logo ela tivesse outro problema para enfrentar.

Ao final de um longo dia de trabalho, ela e Cort estavam sentados sobre uma pedra, olhando para o lago e conversando sobre as munições coloniais, quando o garoto limpou a garganta e desabafou:

– Estava pensando que talvez você e eu pudéssemos ir ao cinema hoje à noite, se você aceitar.

Carter arregalou os olhos, surpresa. Ele não estava olhando para ela; estava com um pedaço de madeira na mão fazendo desenhos sobre o chão.

– O cinema da cidade tem dois filmes em cartaz – ele balbuciou. – Um deles é um filme de ação, e acho que o outro é uma história de amor. Daqui até lá, levamos meia hora de carro. Mas eu tenho a minha carteira de motorista provisória. Poderia ser um encontro... Algo do tipo.

Carter não fazia a menor ideia do que responder. Ela não havia entendido bem as intenções dele e estava desnorteada tentando encontrar as palavras certas para não machucá-lo.

– E então, o que você acha? – ele perguntou. Seu corpo estava completamente tenso, e a sua expressão tímida havia se transformado em um semblante de preocupação.

– Bem, agradeço pelo convite. Mas, não creio que essa seja uma boa ideia – disse ela gentilmente.

– Não? – ele lamentou.

– Não. Eu...

– Você não gosta de mim?

– Claro que gosto. Mas...

Ivan McNutt apareceu no momento em que ela ia esclarecer as coisas. Ele tinha uma aparência sombria.

– O que houve? – disse ela, ansiosamente. A julgar pela cara que ele fez, ela pensou que alguém havia morrido.

– A sua equipe chegou.

– Ah! Obrigada por avisar.

Ele resmungou e desapareceu no caminho de volta da trilha.

Levantando-se da pedra, Carter removeu com as mãos os espinhos dos pinheiros que ficaram em sua calça enquanto ofereceu um ligeiro sorriso de desculpas a Cort.

– Acho melhor nós irmos antes que o Ivan decida usar o seu calibre 12 como saudação de boas-vindas. Buddy desmaia facilmente.

O rapaz levantou-se, seus olhos vagavam pelas árvores e pelo campo.

– Cort, eu...

– Ei, pense sobre o meu convite, ok? Não me responda agora.

– Mas...

Cort pôs fim à conversa começando a caminhar pela trilha. Com o coração apertado, Carter o seguiu. Sentia que não havia lidado de forma adequada com a situação e procurava uma maneira de trazer o assunto à tona novamente. Cort, porém, caminhava à frente dela com a postura rígida e parecia não estar disposto a conversar. Ela respeitou o tempo dele.

Quando saíram da floresta, avistaram a Range Rover que havia entrado na mansão. Havia um grupo de pessoas ao redor do carro, olhando fixamente para a grade de ferro.

Aproximando-se um pouco mais, Carter deparou-se com Nick e Candace, e queixou-se ao reparar nas roupas e no cabelo da mulher. Com uma mão possessivamente repousada sobre o antebraço do seu homem, Candace estava usando um vestido amarelo pálido cujo comprimento chegava até os tornozelos em plena brisa de verão. Seu cabelo era levemente ondulado e caía sobre os ombros formando lindas ondas loiras. O rosto dela, inclinado em direção a Nick, estava levemente maquiado. Ela parecia como uma estátua de ouro.

Carter sentiu-se como uma bola de capotão em comparação àquela mulher. Percebeu que o seu cabelo provavelmente estava pegajoso e ficou curiosa para saber se tinha algum resquício de terra sobre o rosto. Ao olhar para o seu short e suas botas, deu-se conta de que ambos precisavam de uma lavagem. Desejou mais do que nunca que tivesse tido um momento para se vestir um pouco melhor. Ou que pelo menos tivesse se lavado no rio com a ajuda de algum pano.

Nick olhou em sua direção. A expressão dele era remota, mas o que havia por detrás de seus olhos era algo tão chocante que ela quase vacilou. Paixão, fogo e desejo pareciam chegar até ela. Subitamente, ela sentiu como se estivesse em seus braços, os lábios dele em contato com os dela, sua língua deslizando pela boca...

Carter prendeu a ponta da bota em um buraco e quase caiu de cara no chão. A ação rápida de Cort foi a única coisa que a impediu de cair, e ela corou, sentindo-se ainda mais suada e desgrenhada.

Ao se recompor, Candace lançou um olhar arrogante sobre ela. Observando aquela mulher cada vez mais aninhada a Nick, Carter pensou de maneira impertinente que aqueles dois realmente se mereciam.

Mas, para sua surpresa, ele não tirou os olhos dela. Enquanto ela caminhava em direção ao grupo, os olhos dele acompanharam cada um dos seus movimentos. Mesmo quando Candace franziu a testa e deu-lhe uma cotovelada advertindo-o, ele não desviou o olhar.

Aturdida, Carter desviou o olhar do casal e olhou em direção ao seu amigo que a esperava encostado sobre o carro. Foi um grande alívio vê-lo.

– Nunca vi isso acontecer – disse ele chacoalhando a cabeça.

– O que aconteceu? – Carter indagou.

Buddy Swift forçou um sorriso. Largo e amigável, seu sorriso deixava à mostra um pequeno espaço entre os dentes da frente e um dente de ouro que substituía o molar de trás. Embora fosse alto, se vestisse de maneira conservadora e usasse óculos de aro, quando sorria parecia mais um aluno do que um professor.

– Minha parceira favorita no crime! – ele envolveu seus braços longos em torno dela.

– Eu sou sua única parceira – disse ela enquanto o abraçava. – Você se recusa a trabalhar com qualquer outra pessoa.

– Isso é porque são todos muito chatos.

Carter arriscou um olhar em direção a Nick e ficou impressionada com a expressão de desaprovação com que ele olhava para Buddy.

Ao desfazer o abraço, olhou para frente do carro.

– Por Deus, Swift! O que você fez? E onde está Ellie?

– Tive um encontro inesperado com um carvalho, e Ellie está tendo algum encontro inesperado com alguma água encanada.

O capô da Range Rover estava todo amassado, e o para-choque dianteiro estava pendurado. No interior do carro, os air bags foram acionados e, já esvaziados, estavam estendidos sobre os assentos do carro. Ela esticou a mão e pegou um galho de árvore pela grade do radiador.

– Vocês estão bem?

– Sim. Apenas uma viagem imprevista no meio dos arbustos que terminou de maneira um pouco enfática – ele colocou a mão sobre o ombro dela. – Mas a sua preocupação me deixa comovido.

– Ei, preocupo-me com a sua saúde e a sua segurança. Não é todo mundo que faz um café como você.

Enquanto Carter brincava dando uma cotovelada nas costas de Buddy, notou que Nick e Cort faziam cara de desagrado. Candace, ao contrário, olhava de maneira mais relaxada.

– C.C.! – exclamou Ellie. Quando ela disparou pela porta da frente da mansão, seu cabelo loiro avermelhado movimentava-se pelo ar. Estava usando um vestido azul no tom da flor centáurea e calçava tênis.

Carter sorriu e abraçou a menina.

– Vejo que as habilidades de direção do seu pai não melhoraram muito.

– É o segundo acidente desde que ele comprou o carro. O que tem apenas dois meses.

– O outro acidente foi uma leve batida no para-choque – disse Buddy, pontualmente.

– Pai, você bateu em um carro de polícia.

– Foi no meio da estrada.

– Estava estacionado no acostamento. Com o pisca alerta aceso.

A garota virou-se para Carter.

– Mas dessa vez ele teve um bom motivo. Ele desviou para não atropelar um veado e um cervo que apareceram no meio da rodovia.

Buddy sorriu.

– Por um momento, pensei que acabaríamos conhecidos como a Família Swift Robinson de Adirondacks. Já estava preparado para construir uma casa para Ellie nas árvores e vivermos na casca da árvore até sermos resgatados.

A filha revirou os olhos.

Nick deu um passo adiante, desviando o olhar de Candace.

– Pode ser que você precise que Ivan dê uma olhada nisso – disse ele, secamente. – Não sabemos se há sinal de vazamento. Podemos rebocá-lo até a cidade, se for preciso.

Havia um olhar cauteloso e cheio de julgamento no rosto de Buddy quando ele olhou para aquele homem alto.

– Obrigado. Agradeço qualquer ajuda que possa me oferecer.

Carter virou-se para apresentar os Swifts a Cort.

– O especialista em demolição é Buddy, meu parceiro. E esta é sua filha, Ellie.

– Olá! – disse a garota, estendendo a mão e oferecendo um sorriso hesitante.

Cort assentiu com a cabeça em direção a eles.

– Há muita coisa dentro do carro. Devo pegar o quadriciclo?

– Seria ótimo.

Carter observou o garoto afastando-se, com semblante pouco afável como o do tio. Com todas as emoções complicadas pairando sobre o ar de verão, ela não podia esperar para voltar ao acampamento.

– Acho que todos vocês deveriam jantar conosco hoje à noite – Nick lançou o convite, subitamente.

Carter disfarçou uma careta.

– Sim, por favor, venham – disse Candace, aproximando-se de Nick novamente.

– Será ótimo – disse Buddy entusiasmado. – A comida do acampamento é boa, mas estraga muito rápido. Começaremos em alto estilo.

Quando Carter o fuzilou com os olhos, ele deu de ombros.

– Querido – disse Candace com a voz melosa, quase cantarolando. – Podemos nadar agora?

Nick assentiu de maneira distraída. Seus olhos penetravam Carter.

– Vejo você hoje à noite – ele respondeu a ela.

Logo que o casal retirou-se, ela sussurrou:

– Muito bem, Buddy...

– O quê?

– Não me pergunte o quê. Você sabe exatamente o que fez.

Quando ele fingiu inocência, ela resmungou:

– E não me olhe desse jeito.

– Que jeito?

– Esse olhar de "eu não mexi na casa do marimbondo".

– E quem disse que tinha casa de marimbondo para mexer? Não fui eu – ele sorriu ironicamente. – Mas, já que tocamos no assunto, o que houve entre você e Farrell?

Ela sentiu o sangue pulsando sobre o seu rosto e torceu para não ficar com as bochechas vermelhas.

– Nada.

– Aquele homem olha para você como um morto de fome.

– Não, ele não faz isso. E é melhor que você aproveite esse jantar porque será o único que teremos naquela casa.

– Penso que vou aproveitar sim. Mesmo que a comida não seja boa, aposto com você que podemos puxar uma cadeira e pegar um pouco de pipoca para assistir ao espetáculo.

Carter o olhou dos pés à cabeça.

– Você está oficialmente demitido do cargo de diretor social do acampamento.

– Isso significa que agora terei a função de enfermeiro?

– Sim, e você pode começar enfaixando o próprio traseiro depois que eu chutá-lo.

Buddy ainda estava gargalhando quando Cort apareceu ao seu lado com o quadriciclo.

– Ei! Que legal isso – disse Ellie, ao olhar para o quadriciclo. – Posso dirigi-lo um pouco?

Cort deu de ombros e afastou-se sorrateiramente, sem se dar conta do olhar triste de Ellie.

Com quatro pares de mãos, o porta-malas da Rand Rover foi esvaziado rapidamente, e Cort levou vários pacotes até o topo da montanha. Enquanto ele fazia a última viagem, Ellie vestiu um short, e Carter seguiu em direção ao acampamento.

– Boas instalações – disse Buddy quando olhou o lugar. – A Papercut Central voltou a funcionar na mais perfeita ordem pelo que vejo.

– E pronta para o trabalho.

– Ainda bem que eu trouxe vários *band-aids*.

Quando Cort terminou de trazer toda a bagagem dos Swifts, acenou friamente e desapareceu. Ellie o observou indo embora e, em seguida, disse que procuraria por lenha.

– Esse garoto puxou ao pai – Buddy comentou enquanto ele e Carter desfaziam a montanha de malas. – Não faz muito o tipo simpático e amigável.

– Ele é sobrinho de Nick – Carter o ajudou a tirar os dois rolos de lona da barraca que estavam no fundo da pilha de bagagem. – É um bom garoto, mas, quando os dois estão juntos, ele fica diferente. Espero que ele e Ellie possam se tornar amigos.

Enquanto Buddy esticava a lona da barraca no chão, Carter pegou um martelo e começou a fincar as extremidades com estacas.

– E então, falando sério, o que está acontecendo com Farrell?

Carter perdeu a concentração no que estava fazendo e acertou o polegar com o martelo. O lamento que veio em seguida não foi causado apenas pelo dedo machucado.

– Você está bem? – Buddy perguntou.

Estava longe de sentir-se bem, mas ainda assim balançou a cabeça dizendo que sim, ergueu o martelo novamente e dessa vez certificou-se de que estava mirando o lugar certo.

Quando fincou a estaca no chão e começou a enrolar a corda em torno dela, Buddy repetiu a pergunta.

Ela lançou um olhar sobre ele.

– Farrell é o proprietário desta montanha e ele está tolerando nossa presença. Fim da história.

– Tem certeza disso? Quando coloquei os meus braços em volta de você para abraçá-la, pensei que os olhos daquele homem fariam um buraco no meu crânio.

– Então eles combinariam com os buracos que você já tem.

– Quem é a loira?

Carter parou o que estava fazendo.

– Desde quando você está se dedicando à sociologia? Não me lembro de tê-lo visto tão interessado em pessoas antes.

– E eu nunca vi você atraída por alguém antes.

Aquela declaração direta fez Carter sentir como se tivesse atingido o polegar novamente.

– Do que você está falando?

– Estou errado?

– Claro que está errado!

– Está torturando C.C. com o quê, pai? – Ellie perguntou quando apareceu de repente. Seus braços estavam cheios de galhos e ramos.

– Aquele homem alto, moreno e hostil lá embaixo – seu pai respondeu.

– Ah, ele – Ellie jogou a lenha nas proximidades da fogueira. – Ele parece um pouco assustador.

Felizmente, o assunto foi deixado de lado quando Ellie perguntou sobre o local. Quando Carter os atualizou sobre o que ela já havia feito, os três terminaram de montar as barracas e seguiram em direção ao círculo de pedras. Como o sol se punha rapidamente, havia tempo apenas para uma análise superficial antes de se dirigirem à casa de Farrell. Na descida, Ellie e o pai andavam como se estivessem usando salto alto.

Carter sentia como se estivessem arrastando uma âncora atrás dela. Não podia acreditar que estava prestes a passar a noite com um garoto de dezesseis anos que estava a fim dela, um homem que ela havia beijado por impulso e a mais nova namorada socialite cujo apelido era loira aguada.

Buddy estava certo. Seria como uma sessão de cinema em uma segunda-feira à noite.

Mas o problema real nem era tanto as companhias daquela noite, mas a verdade a qual ela não poderia evitar. Ver Nick Farrell novamente seria como receber um choque de um fio de alta tensão.

Ela teria de se conter para permanecer durante o jantar. Desesperada em encontrar explicações plausíveis para os seus sentimentos, lembrou-se de que só Deus sabia há quantos anos ela não tinha um namorado. Certamente aquilo que aconteceu contava. A noite em que ela havia beijado Nick era a primeira vez em que ela beijava alguém depois de anos. Claro que ela sentiria algo ao vê-lo novamente: constrangimento.

Certo?

E, quanto ao jantar, logo que terminasse, ela subiria até a montanha e não voltaria novamente até que pudesse se controlar.

Era apenas uma refeição. Quanto tempo poderia durar?

Apenas uma vida inteira, pensou ela ao olhar para o relógio.

As pessoas ao redor da mesa tinham acabado de comer uma musse de morango. Ela nem havia tocado na sobremesa, e durante o jantar serviu-se apenas de um punhado de carne de cordeiro. Seu estômago revirava desde o momento em que ela pôs o pé na porta de entrada da casa.

A noite havia sido cansativa. Nick continuou prestando atenção nela, a maior parte do tempo. No restante do tempo, lançou olhares frios a Buddy. Na ponta da mesa, Candace irritava-se com a falta de interesse sobre ela e ficavam cada vez mais evidentes suas tentativas de chamar a atenção. Os adolescentes também pareciam não estar se divertindo. Cort estava com o semblante fechado e mantinha-se em silêncio, e Ellie estava quieta diante do martírio.

– Eu simplesmente adoro Paris – disse Candace. – Você se lembra, querido, daquele fim de semana maravilhoso que passamos lá?

Nick deu de ombros e tomou um gole de uísque do copo que ele havia trazido para a mesa. Seus olhos dirigiam-se a Carter, e ela desviava o olhar dele.

– Nós adoramos fazer compras lá, não foi, querido?

– Sim, você adorou – Nick respondeu.

Do outro lado, Ellie estava cochilando na cadeira. Buddy tossiu ligeiramente e deixou cair o seu guardanapo. Quando Carter olhou em sua direção, ele fez um sinal com a cabeça para que ela se abaixasse até o chão.

– Temos de sair daqui – ele sussurrou quando os dois estavam abaixados. – Minha filha está quase desmaiando de sono.

– Certo.

Quando se ajeitaram novamente em suas cadeiras, Carter interrompeu mais uma tentativa de Candace de inserir Nick na conversa.

– Muito obrigada pela noite agradável, mas acho que chegou a hora de voltarmos para a montanha.

– Está certa, C.C. – Buddy concordou. – Planejamos começar amanhã cedo e será um longo dia.

– Gostaria de falar com você em meu escritório – disse Nick autoritariamente ao levantar-se.

Carter já havia se levantado e estava a meio caminho da porta quando percebeu que ninguém a seguiu. Ao virar-se, percebeu que todos estavam olhando em sua direção. Nick estava falando com ela.

– Você não pode esperar até amanhã? – ela perguntou.

– Não.

Candace se enfiou na frente de Nick.

– Querido, espere até amanhã. Você não quer me deixar esperando, quer?

Carter sentiu uma pontada de ciúmes e esperou que Nick aceitasse a sugestão, que era na verdade, uma pressão psicológica. Mas ele não aceitou.

– No meu escritório – ele repetiu. – Agora.

Carter franziu a testa, com raiva dele e de si. Ciúmes não era algo que ela tinha o direito de sentir, e ela se ressentiu com a droga da atitude dominadora dele.

– Tudo bem – a raiva infiltrou-se no seu tom de voz, e ela se esforçou para entrar em contato com aquela emoção, certa de que tal sentimento a salvaria.

– Vamos esperar você aqui – disse Buddy.

– Certo. Encontro vocês aqui.

Carter seguiu Nick até o escritório, com o coração batendo três vezes mais rápido que o ritmo normal.

Quando chegaram ao escritório dele, Nick fechou a porta e pegou outra dose de uísque com gelo. Apoiando-se no bar com uma mão firmemente encostada sobre a pedra de mármore, ele girava o copo mexendo a bebida, mas mantinha silêncio. Estava prestes a se descontrolar, mas sabia que precisava de um minuto para se acalmar.

Carter havia entrado em uma sessão de tortura desde o momento em que entrou na casa dele com os seus parceiros. Ele passou a noite inteira observando o reflexo da luz das velas sobre a pele dela e suas diferentes expressões faciais. Gostou da maneira incessante que ela cruzava e descruzava as pernas na cadeira. Ela era tão cheia de vida, tão vibrante, que ele desejava se aproximar dela e tocá-la.

Graças às suas fantasias, passou a maior parte da noite extremamente excitado.

Toda aquela necessidade reprimida tornava incômodo o ar que Buddy Swift respirava. O bastardo passou a noite inteira olhando para Carter, com aquele olhar dissimulado por trás daqueles óculos ridículos de aro dourado. Ele a olhava tão carinhosamente, como se não pudesse esperar o momento em que os dois estivessem sozinhos. Nick sentia vontade de expulsar aquele cara com um chute bem no traseiro!

Pior de tudo era olhar a reação de Carter em relação àquele cara. De vez em quando, ela lançava um sorriso radiante para ele. Era óbvio que havia algo entre os dois, e ele não conseguia acreditar que os dois estivessem fazendo isso na frente da filha de Swift.

No momento em que a sobremesa foi posta à mesa, Nick estava furioso e fervendo por dentro por deixá-los sentarem-se lado a lado à mesa. Sentia-se extremamente frustrado por ela estar ao lado daquele arqueólogo em vez de estar ao lado dele.

– E então, o que você quer? – Carter perguntou a ele.

Ele a olhou por cima dos ombros. Suas mãos estavam sobre os quadris, uma postura que pressionava a camisa com força sobre os seios. Distraiu-se imediatamente pela lembrança do que havia visto sob a luz do sol e dentro daquele rio.

– Não consigo acreditar que você esteja agindo dessa maneira – disse ele, rispidamente.

– Desculpe? – ela fez cara de surpresa.

Ela era uma excelente atriz.

– Você e aquele... aquele tal de Swift – ele queria usar outra palavra para se referir àquele homem. Algumas outras palavras, na verdade.

– Sobre o que você está falando?

– Vocês, mulheres – ele ridicularizou, levando um gole de uísque à boca e colocando o copo sobre a mesma com força. – Vocês são todas iguais...

Ele notou que a raiva dela crescia cada vez mais. As bochechas dela ficaram delicadamente coradas, e a sua boca, ligeiramente aberta. Ficou tomado pela necessidade de colocar a língua sobre o lábio inferior dela.

– Graças a Deus isso não é verdade – ela bufou. – Aquela loira e eu não temos nada em comum.

– Não? Ela também já se envolveu com homens casados.

A expressão de descrença de Carter era tão autêntica que ele gargalhou.

– Embora eu não me lembre de ela ter sido ousada o bastante para ter um caso com um homem na frente da filha dele.

– Você acha que Buddy e eu...

– Você vai negar?

Ela balançou a cabeça com admirável convicção.

– De onde diabos você tirou essa ideia de que nós...

– Ah, desculpe – disse ele em tom de provocação. – Acho que pessoas que se escondem embaixo da mesa estão apenas trocando guardanapos.

– O quê? Eu... Ele... Ah, aquilo...

– Sim, *aquilo.* E não revire os olhos para mim como se aquilo não tivesse sido nada.

– Eu vou mais além – disse Carter abrindo a porta. – Vou fingir que essa conversa nunca aconteceu.

– Não suporta alguém chamando a sua atenção?

Ela deu meia volta, balançando seus lindos cabelos negros sobre os ombros. Estava com as bochechas coradas, completamente enfurecida, os olhos cheios de hostilidade.

Por Deus! Ele a desejava.

– Você não é ninguém para dizer isso – ela rebateu.

– Não sou conivente com um adultério.

Carter voltou e caminhou em direção a ele.

– Levando em conta a maneira como você me beijou naquela noite, não lhe cabe carapuça do *santinho.* Você não cabe em um pôster para crianças como garoto-propaganda da monogamia.

– Foi você quem me beijou primeiro.

Um assovio soou por trás deles. Viraram-se e olharam em direção ao barulho.

Cort estava de pé na porta do escritório, horrorizado. Ele virou-se e olhou para Nick com uma mistura de raiva e dor.

– Você a beijou?

– Espere, um minuto – Nick ergue a mão.

– Não posso acreditar – Cort rebateu. – Por que você tem de esconder tudo de mim?

Subitamente, ele saiu correndo pelo corredor.

Quando Nick saiu apressadamente do escritório e observou o garoto descendo as escadas, percebeu que Cort estava sentindo algo por Carter. Não sabia exatamente como aquilo aconteceu, o que também não importava.

Sua visão vagou por um instante diante da fúria irracional que tomou conta dele.

Em um acesso de raiva, ele se virou para Carter, que o seguiu até o corredor.

– Não me importo com o que você faz com a família dos outros, mas não vou deixar você arruinar a minha.

– O quê? – ela perguntou, espantada.

– Fique longe de Cort – Nick ordenou. – Se você quer diversão, pegue alguém da sua idade. Não aceito isso.

Carter gaguejou, sem poder acreditar no que estava ouvindo e deixou escapar:

– Você é louco? Nunca tive intenção alguma com ele...

– Que diabos você achou que iria acontecer? – Nick a fulminou com os olhos. – Dançando com esse short maldito, mostrando as pernas, vestindo essas camisetas justas... Ele é jovem demais para entender a diferença entre atração e amor, embora você já tenha ensinado a ele a droga de uma lição. O que mais você estava planejando ensinar a ele?

As pupilas de Carter se dilataram. Ela ergueu a mão e deu-lhe um tapa no rosto. A bochecha dele ardia à medida que o sangue fervia em sua pele.

– Como você ousa... – ela rechaçou – ele é apenas um garoto.

– Sim, e graças a você, subiu mais um degrau da fase adulta. Agora está com o coração partido.

Nick se dirigiu até as escadas, com o intuito de procurar pelo sobrinho, quando Carter o chamou, indignada.

– Assumo o que você quiser a respeito do meu colega, mas eu nunca incentivei Cort...

Ele virou-se.

– Não creio que você saiba como não atrair um homem. A direção norte é que atrai o ponteiro da bússola. É uma maldita lei da natureza.

Seus olhos percorreram o corpo dela, e ele não se preocupou em esconder o desejo que sentia.

– Não me olhe desse jeito – ela o repreendeu, cruzando os braços.

– Então, que tipo de mulher você é? – Nick sorriu com aspereza. – Você distribui chutes e sorrisos até que alguém arremate a sua oferta?

– Não estou lhe oferecendo nada.

– Não foi o que pareceu naquela noite. Poderia ter transado com você ali mesmo.

Ela lançou-lhe um olhar sarcástico.

– Você está superestimando sua capacidade.

Nick agiu rápido, de modo que não houve tempo para ela fugir. Agarrando-a com força pela cintura, ele a puxou para perto e colocou sua boca sobre a dela, um impulso de frustração e desejo. Ela tentou se desvencilhar dele, empurrando os seus braços, até que de repente abriu a boca, retribuindo ao beijo com o mesmo desejo enfurecido. Com um gemido de necessidade emanando de sua garganta, ele enfiou as mãos profundamente nos cabelos dela e a pressionou contra a parede. Seu corpo era repleto de curvas deliciosas, e ele a pressionava cada vez mais contra a parede, desejando penetrá-la.

Em uma sequência de pensamentos desordenados, ele começou a imaginar uma forma de continuar aquilo no escritório dele, com os corpos entrelaçados. Com a porta fechada, poderiam tirar a roupa e cair sobre o sofá. Ele cobriria a pela nua dela com a boca, mergulharia nas partes mais suaves de seu corpo e a faria gemer embaixo dele.

E ele a *faria* gemer, prometeu. Até que ela pudesse esquecer tudo, menos ele. Todos, menos ele.

– Vamos sair da parede – disse ele com firmeza, com a boca no pescoço dela. – Não podemos fazer isso aqui.

Ele sentiu o corpo dela enrijecer, e suas mãos empurram-no com força.

– Pare com isso – ela o repreendeu, sem fôlego. – Pare com isso agora!

Ele se afastou dela com relutância.

Quando ela finalmente conseguiu respirar, estava quase sem voz.

– Tendo em vista que você pode me beijar assim com sua mulher no quarto ao lado, nunca mais fale sobre fidelidade comigo.

Ela saiu do escritório apressadamente, fugindo dele. Da casa dele. Da fantasia de como aquela noite teria terminado.

Nick resmungou em voz alta e acertou a parede com um soco, fazendo um barulho estrondoso.

Capítulo 7

Na manhã seguinte, Carter acordou com o cheiro das panquecas e do café. Tateando a lona da barraca para olhar para fora, sentiu-se grata ao ver Buddy mexendo com uma panela sobre a chapa quente. Depois de uma noite com o estômago vazio e com a cabeça cheia de imagens que a faziam sentir-se tensa, um bom café da manhã era tudo de que ela precisava para começar o dia.

Vestiu a jaqueta para proteger-se do frio e saiu em meio à bagunça da barraca.

– Você é um anjo, sabia?

– Poderia muito bem ser útil para eu mesmo – ele resmungou. – Digo, em relação a tentar dormir.

– Noite difícil no chão? – Carter foi pegar um pouco de café. Ao colocá-lo sobre a caneca, o vapor emergiu no ar fresco.

– Você não ouviu aquele barulho?

Ela balançou a cabeça, tomando um pequeno gole do café. O gosto estava muito bom e forte.

– Algum pica-pau ridículo estava à procura de óleo no tronco da árvore. O barulho infernal continuaria se eu não tivesse ameaçado que o empalharia e o colocaria em uma parede.

– Devo ter me acostumado com ele agora.

Ellie apareceu, e Buddy colocou três pratos de panquecas à mesa.

– Sirvam-se, companheiras. Não é tão chique quanto o que comemos ontem à noite, mas a companhia é bem mais agradável.

– O jantar foi estranho – a garota disse enquanto todos se sentavam. – Ninguém é muito feliz naquela casa. Parece que eles não gostam uns dos outros. Ou não gostaram da gente.

Os olhos de Carter e Buddy cruzaram-se.

– Não precisaremos voltar lá – disse o pai dela.

– Que seja.

Terminaram o café em silêncio. Enquanto limpavam a mesa, Buddy perguntou:

– E então, o que Farrell queria com você ontem à noite?

Carter disparou uma resposta vazia, esperando que ele acreditasse.

– Nada.

– Nada?

– Bem, queria alguma coisa. Mas nada de mais...

Ela balançou a cabeça pensando que, em se tratando de Nick Farrell, deveria sempre manter respostas objetivas.

– Ele não está querendo cortar o nosso barato, está?

– Acho que não – mas a ansiedade bateu contra o seu peito.

Carter não havia considerado a possibilidade de que ele poderia expulsá-los da montanha. Estava muito ocupada pensando sobre o que havia acontecido desde o tapa que ela deu na cara dele... até o que havia acontecido depois. Durante toda a noite, ela olhou para o teto de náilon acima da sua cabeça tentando resolver toda aquela situação. Ao nascer do sol, as coisas não se esclareceram muito e agora ela tinha algo a mais com o que se preocupar. E se toda aquela briga entre eles atrapalhasse a escavação?

– E então, do que você está falando? – Buddy indagou, com os olhos curiosos por detrás dos óculos. – Aquele cara deve ter algum plano muito bem traçado na cabeça dele. Ele estava muito firme e determinado quando você saiu.

– Não era nada importante – ela olhou para Ellie. – Está preparada para o trabalho?

Carter sabia que Buddy não era idiota, mas ficou aliviada quando o assunto foi deixado de lado à medida que os três se dirigiram ao local da escavação. Quando entraram no círculo de pedras, ela o ouviu assoviando alto.

– Reli o diário de Farnsworth ontem à noite. Para um sadista de primeira viagem, ele certamente tinha uma grande habilidade para descrever as coisas. Cara, se este não for o lugar, não sei mais onde será.

– Não acho que precisamos fazer buracos como teste. O que acha? – Carter estava se referindo a uma prática de escavação que é utilizada para determinar onde os artefatos podem estar concentrados em uma determinada área.

– Não! Depois de ler aquela fonte na noite passada, aposto pela minha primogênita que aqui foi o lugar onde tudo aconteceu.

Ellie lançou um olhar fulminante sobre ele.

– Um dia desses, você vai perder sua aposta e eu vou acabar me tornando filha de outro alguém por aí. Se bem que, agora que estou pensando nisso...

Buddy puxou carinhosamente o rabo de cavalo da garota.

– Vamos nos espalhar pelo norte e depois seguiremos em direção ao sul – Carter sugeriu.

Dentro de dez minutos, pegaram todas as ferramentas e os baldes e posicionaram-se em diferentes pontos das marcações, prontos para começar.

Agachada, Carter retirou os vestígios dos ramos de pinheiros que estavam sobre o solo, limpando a superfície da montanha. Segurou a espátula e a enfiou sobre a superfície. O aroma familiar do solo emergiu até as suas narinas, e ela começou a colocar a terra no balde que havia deixado ao lado. Logo que o balde ficasse cheio, levaria-o para fora do círculo de pedras e peneiraria toda a terra para reter qualquer minúsculo fragmento. Carter sabia que essas interrupções regulares nas escavações – os momentos em que ela poderia levantar e alongar o corpo – eram bem-vindas no decorrer do dia.

Os três trabalharam incessantemente abaixados com as mãos e os joelhos em contato com o solo, enquanto a luz do sol brilhava cada vez mais forte no céu. Paravam apenas para tomar água e fazer uma refeição rápida. No decorrer do dia, Ellie encontrou um par de flechas, e Buddy desenterrou alguns ossos antigos de animais. Com o passar das horas, Carter esperou que Cort aparecesse, o que não aconteceu.

Por volta das três horas da tarde, Carter inventou uma desculpa dizendo que iria até seu carro pegar alguma coisa e desceu a montanha para procurar por Cort. Ao sair da floresta e entrar no campo, ouviu alguns ruídos na garagem e seguiu o som de alguns objetos metálicos. Ivan estava debaixo da Range Rover de Buddy, com várias ferramentas ao seu redor. O homem estava tateando o solo à procura de uma chave de fenda.

– Você precisa da chave Philips? – ela perguntou.

Ouviu um grunhido como resposta, que não compreendeu muito bem, então ela colocou a ferramenta sobre a mão dele e afastou-se. Não esperava um "obrigado" e surpreendeu-se ao notar que o próximo grunhido soou como um agradecimento.

– Estou procurando por Cort. Você sabe onde ele está?

Depois de um som abafado, Ivan saiu debaixo do carro. Estava todo sujo de óleo, e seus olhos negros estavam tão afiados quanto as flechas que Ellie havia encontrado na montanha.

– Provavelmente o garoto está na casa de barcos.

– Obrigada.

– Ei! – ele chamou enquanto ela se virava. – Se alguma coisa a incomodar lá em cima, me avise. Eu cuido disso.

Carter ficou surpresa com a oferta.

– Que gentileza a sua...

– Avisaram que eu tenho de cuidar de você – disse ele e, logo em seguida, entrou debaixo do carro novamente.

Ela agradeceu o caçador novamente e caminhou em direção à luz do sol, aliviada por estar fora do caminho dele. O fato de ter de cuidar deles não parecia algo atrativo para ele, mas isso não a surpreendia. O que mais a interessava era saber que Nick se importava com a segurança deles.

E, talvez, Nick apenas não quisesse outro grupo de pessoas perdido nas montanhas.

Ao atravessar o gramado em direção ao lago, ela afastou-se da mansão, esperando não encontrar alguém que estivesse por ali. Enquanto passava pelos arredores, pensou que era difícil acreditar que houvesse tanto conflito dentro de um lugar com uma aparência tão pacífica. A casa parecia um paraíso, com as paredes laterais refletindo a luz do sol, as varandas repletas de aconchegantes cadeiras de vime e as janelas cheias de flores.

Porém, a Caixa de Pandora[8] que havia ali também parecia muito grande quando vista pelo lado de fora.

8 A Caixa de Pandora faz parte da mitologia grega. Segundo o mito, a caixa era, na verdade, um jarro que continha todos os males do mundo. (N. T.)

À beira do lago, ela saiu do gramado e caminhou em direção à doca de madeira para chegar até a casa de barcos. Como não encontrou sinal de Cort à primeira vista, entrou na casa. Havia dois barcos amarrados por uma corda a um gancho. Um deles era uma embarcação de madeira antiga e próxima a ela havia uma lancha vistosa. Os barcos formavam um par desproporcional: um cantor de ópera amarrado a uma estrela do rock.

Ainda não havia sinal algum de Cort. Ela virou-se para ir embora – pois se recusava a procurá-lo naquela mansão – quando ouviu um assovio pelas costas, que a deixou congelada.

– Não pode ser – ela murmurou. Ouviu o assovio novamente e tensionou o corpo à medida que lembranças surgiram em seu pensamento. Enxergou o pai de uma maneira tão clara, que era como se ele estivesse atrás dela, e as lembranças alegres da infância arderam sobre o seu peito.

Trens. Trens de brinquedo. Era uma paixão que ela e o pai tinham em comum.

Quando ouviu o som novamente, avistou uma pequena escada no canto dos fundos da casa de barcos. Ao subir até o último degrau, viu que o segundo andar da casa era exclusivo para um modelo de plataforma de trens. Mais precisamente um modelo de trem inglês. Movendo-se sobre uma plataforma elevada que se estendia por todo o cômodo, a instalação era uma das maiores que ela já havia visto, competindo inclusive com a que ela e o pai tinham construído tantos anos atrás.

Cort era quem estava controlando os trens. Recordando suas lembranças, ela o observou.

– Isso é uma maravilha.

Ele a olhou com surpresa e enrubesceu.

– O que você está fazendo aqui?

– Estava procurando por você.

Cort acelerou a velocidade da locomotiva por meio do botão do controle remoto, aumentando o ritmo dos vagões ao longo dos trilhos. O som das rodas sobre os trilhos ecoava pelo espaço.

– Estava esperando por você essa manhã. Começamos a escavação.

O trem passou por diversos lugares. A cidade das minas, o correio, a carga de grãos.

– Estou ocupado – Cort estava totalmente concentrado, o que não condizia com as roupas que ele vestia. O short estava caído abaixo da cintura e ele vestia uma camiseta extremamente larga do time de basquete da University of Kentucky. Ela notou que o penteado dele não estava tão alto nem tão espinhoso quanto ele costumava usar. Durante um longo período de silêncio que se estabeleceu entre eles, o trem desapareceu debaixo de uma montanha e reapareceu do outro lado dos trilhos.

– Cort, sinto muito por ter machucado os seus sentimentos.

O garoto aumentou ainda mais a velocidade do trem, fazendo com que o ruído ficasse cada vez mais alto.

– Legal. Está tudo bem.

– Para mim, não parece que está tudo bem.

Ele permaneceu em silêncio.

– Cort...

– Eu estou bem, sério – ele parou o trem em um ponto bem à frente dele. – Você não vai sair?

– Você tem de entender...

Ele cortou a fala dela ao colocar os trens em uma corrida enfurecida.

– Tudo o que sei é que eu gostava de você e queria estar com você, mas o meu tio entrou no meio do caminho – ele finalmente a olhou nos olhos. – E por que ele? Por que tinha de ser ele? Deus, estou tão cansado de ver ele envolvido em tudo. Ele me faz ficar aqui todo verão, não me deixa sair com os meus amigos, e agora leva você de mim também.

– Eu não fui a lugar algum.

– É, bem, você não vai a lugar algum comigo, não é? – havia muita amargura na voz dele.

– Sou muito velha para você.

– Mas você tem a idade certa para ele?

Carter respirou fundo.

– Eu não estou com o seu tio.

– Mas você o beijou.

– Cort, eu... – ela balançou a cabeça, frustrada. Era difícil encontrar as palavras certas para algo que nem mesmo ela havia esclarecido em sua cabeça.

– Não lhe incomoda o fato de ele ter uma namorada? – seus olhos claros e cinzentos, tão semelhantes aos de Nick, desafiavam-na.

– Não se trata do seu tio. Um dia você vai entender...

– Poupe-me, ok? Já estou cheio dessa porcaria de "quando você crescer" que ouço o tempo todo dele.

– Você só teve uma queda por mim. Não é...

– Como você pode saber o que estou sentindo! – Cort fez um gesto no ar com a mão demonstrando frustração. – Todo o mundo está sempre me dizendo o que eu sinto, o que fazer, aonde ir. Por que as pessoas não podem simplesmente me aceitar, pelo menos uma vez?

Diante de toda agitação dele, Carter não sabia discernir as palavras que poderiam ajudar e as que poderiam machucar.

– Há quanto tempo você me conhece? – ela perguntou.

– Há uma semana – ele resmungou.

– Eu diria cinco dias, no máximo. Você sabe qual é a minha cor preferida?

– Não, mas por que isso...

– E qual é a minha religião?

Franzindo a testa, ele deu de ombros.

– E de onde eu vim, como é a minha família, se eu gosto de sushi ou de comida mexicana? Você sabe se eu sou uma louca ou uma completa idiota?

Com um olhar desafiador, ele respondeu:

– Sei que você é linda e inteligente e que tem um excelente senso de humor. Sei que eu gosto de estar com você. O que mais preciso saber?

Carter conteve um gemido.

Se pelo menos todos os homens fossem simples e transparentes em relação aos seus sentimentos...

– Estou muito lisonjeada – ela caminhou suavemente em direção a ele. – Mas odeio decepcioná-lo. Não sou santa. Você ainda não me viu irritada, estressada, xingando os motoristas no trânsito, chorando quando assisto a filmes antigos e quando vejo cartões de aniversário com desenhos lindos. Você ainda não me viu com raiva ou depressiva. Gostaria de poder dizer que acreditar que sou bonita e inteligente é o suficiente, mas não é.

– Você não gosta de mim? – as palavras foram ditas com delicadeza e seu rosto se contraiu, como se ele estivesse se preparando para receber um golpe.

– Claro que gosto – disse ela gentilmente. – Mas não como um namorado.

– Mas você gosta do meu tio como namorado.

Carter não pôde reagir diante daquela afirmação. Não queria mentir e sentia-se incapaz de confrontar a verdade.

– Gostaria que nós fôssemos amigos – ela sugeriu.

– Sim, claro.

– Estou falando sério. Gosto de ficar com você. E gostaria da sua ajuda na escavação. Preciso que me ajude.

– Você tem os outros dois.

– Mas é uma área muito grande para trabalhar.

Houve uma pausa.

– Vocês realmente já começaram a escavar? – ele olhou para cima.

Ela assentiu.

– Encontraram alguma coisa?

– Ellie encontrou um par de flechas.

Cort começou a mexer nos controles, fazendo os trens moverem-se para frente e para trás.

– Olha, nós realmente precisamos de uma ajuda extra lá em cima. Você vai se juntar a nós?

Ele deu de ombros.

– Talvez. Mas preciso trabalhar nos meus trens agora.

– Bem, espero vê-lo amanhã.

– Sim.

Carter saiu com uma dor no coração. Lembrou-se de quando teve a sua primeira decepção amorosa, que aconteceu com um professor por quem ela se apaixonou. Ele havia a decepcionado da maneira mais gentil possível, mas a dor da rejeição foi um verdadeiro golpe. Nunca havia pensado que um dia seria ela a pessoa do outro lado.

Aquela conversa com Cort não tinha sido mais fácil, pensou, enquanto caminhava pelo gramado.

Estava passando em frente da mansão, quando Candace apareceu na frente dela. A mulher estava usando um vestido estampado curto, verde com rosa – um traje de grife que mais se parecia com uma prancha do teste de Rorschach[9]. Com um colar de pérolas e um par de brincos

9 O psiquiatra suíço Hermann Rorschach desenvolveu um teste com o objetivo de fazer investigações sobre a personalidade, no qual seus pacientes eram expostos a pranchas coloridas e em preto e branco. Cada prancha possui características específicas em relação ao ângulo, à luminosidade, à proporção, ao espaço, à cor e à forma. Por meio da associação das imagens por parte do paciente, é possível identificar a dinâmica psicológica do indivíduo, colocando à prova as suas funções psíquicas. (N. T.)

combinando, parecia que ela pertencia a um *country club*, onde ficava tomando chá gelado e jogando cartas.

Bem, exceto pela sua expressão facial, que fez Carter lembrar-se de uma luta livre.

Candace ergueu o dedo indicador.

– Não sei que tipo de jogo você está fazendo, mas não vou permitir que você fique entre mim e Nick.

Carter respirou fundo.

– Não sei sobre o que você está falando.

Ela tentou dar um passo para trás, pensando que deveria ter ficado longe daquela casa.

Droga! Ela teria feito uma viagem para outro lugar para evitar esse tipo de situação.

– Não seja ridícula – os olhos de Candace eram como pequenas fendas em seu lindo rosto. – Vou ser a primeira e a única esposa de Nick Farrell. Se você acha que pode ficar no meio do meu caminho, terá uma surpresa desagradável.

A mulher parou, esperando por uma reação.

– Bem, obrigada pelo aviso – disse Carter secamente.

Por um momento, Candace pareceu perplexa.

– Acho que você não entendeu. Nick me ama. Você pode servir como uma paquera em uma mesa de jantar, mas sou eu quem está dormindo na cama dele.

O ciúme percorreu o corpo de Carter. Era o tipo de reação subconsciente que dizia a ela muitas coisas sobre o que estava sentindo. E era mais uma razão para que ela não entrasse em discussão.

Antes que ela pudesse dizer qualquer coisa, uma porta bateu, e Nick apareceu. O comportamento de Candace mudou em um instante.

– Vamos fazer aquele passeio de barco? – ela perguntou a ele, serenamente.

Nick desviou o olhar dela.

– Acabo de falar com Ivan, que chamou um guincho. O carro de Swift precisa ir para a cidade.

Carter tentou responder diretamente.

– Obrigada. Vou avisá-lo.

Tentou não olhar nos olhos dele. Não se sentia orgulhosa por tê-lo esbofeteado na noite anterior, mas também não sabia como poderia pedir desculpas mantendo a sua posição. E certamente ela não faria isso na frente de Candace.

Foi um alívio sair da frente deles.

Nick a chamou.

– A propósito, depois vou até a montanha para verificar como as coisas estão caminhando.

– Não se preocupe – ela murmurou, pensando que, de repente, sua vida estava repleta de pessoas, conflitos e situações dramáticas. Para onde foram todas aquelas horas de calma e tranquilidade que ela tinha em meio aos livros e documentos?

– O que você disse?

– Não se preocupe. Está tudo bem.

Buddy e Ellie estavam agachados próximos ao círculo de pedras quando Carter chegou.

– Chegou na hora certa! – disse Buddy, com um sorriso enorme.

– Cheguei? Por quê?

– Fizemos uma grande descoberta.

Carter entusiasmou-se.

– O que encontraram?

– É difícil identificar com precisão, como você sabe – disse ele cautelosamente. – Mas, à primeira vista, é o carburador de um T-bird, 1956.

Carter parou bem próxima a eles.

– Vocês estão brincando.

– Não – ele abaixou-se até o chão e pegou um pedaço de metal. – Nunca brinco quando o assunto é carros.

– O que isso está fazendo aqui? – Ellie perguntou enquanto Carter gargalhava.

Buddy manuseou o artefato em suas mãos.

– Algumas pessoas têm uma ideia errada do que precisa ser enterrado. Uma vez enterrei uma assadeira com um discurso fúnebre dentro. Uma página inteira em honra aos presuntos cozidos e aos perus mortos.

– Credo! Isso é assustador!

– Sim, considerando que sua mãe continua a usá-la...

– Mentira!

– Verdade. Com esse tipo de valorização do produto, ela teve de tentar.

Ellie murmurou:

– Por que você tem de me contar essas coisas?

Considerando a cena que acabara de presenciar com Candace, Carter sentia-se feliz por estar de volta ao lado dos seus amigos e do seu trabalho, e teve vontade de abraçar Buddy e a filha dele.

Ela sorriu e colocou a mão sobre o ombro de Ellie.

– Odeio ter de interromper esse momento de encontro entre Martha Stewart[10] e *A volta dos mortos vivos*, mas devo avisar que a Ranger Rover está prestes a ser rebocada para fora da região de Adirondacks.

Buddy levantou-se, aparentando indignação.

– Ivan, "o terrível", não conseguiu consertá-la?

– Creio que não.

– Bem, é melhor eu ir até lá. Você vem comigo? – Buddy olhou para a filha.

– Sim, capitão.

Depois que os dois saíram, Carter ajeitou-se para trabalhar em sua área, na esperança de que pudesse escavar por mais duas horas, antes que escurecesse. Seu pensamento voltava a todo tempo para aquele encontro que ela havia tido com Candace.

Carter nunca havia sido amante de alguém. Não que ela tivesse qualquer envolvimento com Nick – fez questão de lembrar-se. Mas ela nunca havia sido o alvo de uma mulher agressiva que está tentando proteger o seu território. Esta não era uma posição que ela apreciava.

Acima de tudo, ela queria Nick só para ela.

Carter resmungou consigo diante daquele pensamento.

Enquanto tentava fervorosamente conversar consigo para livrar-se de tamanha idiotice, sentiu que a sua pá atingiu algo de consistência firme. Colocou a ferramenta de lado e, grata pela distração, olhou para a terra e ficou agradavelmente surpresa ao ver uma flecha. Ela a pegou com uma das mãos e quando estava pronta para observá-la detalhadamente, escutou alguém se aproximando na floresta.

10 Marta Stwewart é uma apresentadora de TV norte-americana. Seu programa trata de assuntos relacionados ao lar, tais como culinária, costura e jardim. (N. T.)

O passeio de barco de Nick e Candace deve ter sido cancelado, pensou, sentindo-se tensa.

Pelo menos dessa vez, ela estava um pouco preparada para a chegada dele. Ao voltar para a montanha depois de ter descido à procura de Cort, ela compôs duas falas. A primeira delas seria sobre como eles manteriam as coisas em um nível profissional de agora em diante. Sem discussões, sem desavenças, sem beijos. O que ela tinha para dizer naquele momento seria algo breve e direto, embora tenha pressionado o seu estômago feito um punho cerrado.

A outra fala seria mais longa, porém mais fácil. Ela havia revisado mentalmente tudo o que pretendia fazer na próxima semana e estava preparada para enchê-lo com detalhes técnicos. Imaginou que isso evitaria constantes atualizações. Sua fala teria duração aproximada de quinze minutos e, com sorte, depois disso ele iria embora.

Para se fortalecer, começou a falar consigo antes que ele aparecesse em meio às pedras.

– Sobre o que aconteceu ontem à noite...

Porém, quem chegou ao círculo de pedras foi Conrad Lyst, não Nick.

Ela permaneceu em silêncio e sentiu uma pontada de medo ao se dar conta de que estava sozinha na montanha. Esperava que os Swifts voltassem logo.

Lyst caminhou tranquilamente em direção a ela. Se fosse outra pessoa, até poderia dizer que aquele era um andar elegante. Porém, considerando a maneira antagonista que ele a olhava, seu andar parecia algo sinistro. Seus olhos, pequenos e escuros em um rosto pálido, eram como os olhos de um predador.

Ela estremeceu.

– Suponho que logo você receberá parabéns – disse ele, gesticulando ao redor do local da escavação.

– O que você está fazendo aqui? – ela disse enquanto se levantava.

– Vim para ver a quantas anda a competição – quando ele se apoiou em uma das pedras, ela se afastou.

– Todas as suas pequenas caixas de cordas... Tão limpas e organizadas... – ele murmurou. – Alguma coisa chegou até aqui pelo seu próprio esforço?

– Acho que é melhor você ir embora – ela ficou impressionada ao se dar conta de que o seu próprio tom de voz soou forte.

– Você parece estar ansiosa para se livrar de mim. Que tal um pouco de respeito profissional com o seu colega?

Mostre-me que é um colega e talvez eu possa ter um pouco de respeito por você, Carter pensou.

– Então, estou morrendo de vontade de saber – disse ele com a voz suave. – Até onde você teve de ir para conseguir a permissão de Farrell para escavar?

A opinião implícita por trás das palavras dele a fez se sentir suja, e ela não estava apreciando o rumo que a conversa tomava. Seu instinto começou a dizer-lhe que deveria procurar uma maneira de fugir dali.

Onde estava Buddy quando ela precisava dele?

Os olhos de Lyst percorreram o corpo dela.

– Sabe, sempre achei que você era uma mulher com talentos escondidos. Não consegui nem mesmo marcar um horário com o poderoso Farrell, que dirá permissão para mexer no solo dele, mas aqui está você...

Carter deu um passo para trás, procurando uma posição próxima à saída das pedras. Mantendo a compostura, ele seguia os movimentos dela.

– Ok, você não vai me contar os detalhes. Posso entender. Não gostaria de beijar alguém e ter de contar – o sorriso falso dele fez com que o seu olhar parecesse ainda mais agressivo.

– Não.

Ele deu de ombros.

– Não se preocupe. Com sua experiência, tenho certeza de que não vai demorar muito para que você arranque ouro daquela terra.

Ela deu de ombros novamente e permaneceu em silêncio.

– Você fica muito feia quando está em silêncio – ele reclamou. – O gato mordeu sua língua?

– Estou apenas esperando que você vá embora.

Lyst olhou para o céu como se estivesse pensando sobre uma teoria matemática.

– Você quer que eu vá embora – de repente, seus olhos se voltaram para ela. – Eu encontrei a cruz que trouxe você até aqui, este lugar onde uma fortuna pode estar escondida debaixo da terra e tudo o que você me pede para fazer é ir embora...

– Aquela cruz era falsa.

Em um movimento rápido, ele se aproximou dela. Ela virou e tentou escapar, mas ele a agarrou pelo braço. Carter tentou se soltar, sentindo os dedos dele pressionando o seu braço, mas ele não era apenas mais rápido do que ela como imaginava, mas também mais forte. A garganta começou a ficar obstruída à medida que ela se sentia em pânico, sufocada.

– Sem a cruz aquela cadela da Hall Foundation nunca teria chamado você – ele a advertiu. – Você nem mesmo saberia da existência desse lugar se eu não tivesse ido até ela.

Ele a puxou para mais perto, de modo que ela pôde sentir a respiração dele, quente e úmida, em seu rosto.

– Você pode estar enfiando as pás no solo, mas essa escavação é minha.

– Me deixe em paz!

Lyst estendeu a mão e puxou uma mecha do cabelo dela. Com um movimento agressivo, ele puxou a cabeça dela para trás. À medida que ele a segurava naquela posição desagradável, ela observou que o horror no rosto dele se transformava em atração sexual.

– O que você deu a Farrell em troca da permissão para escavar? – ela se remexeu para que ele a soltasse.

– Você tem um corpo maravilhoso. Aposto que sabe usá-lo muito bem para conseguir o que quer.

Ela cerrou os dentes e disse:

– Conquisto os meus méritos por conta própria. Não preciso me rebaixar a esse nível...

Ele puxou o cabelo dela com mais força. Ela teve de morder o lábio para não gritar.

– Você deveria ser um pouco mais amável, sabe? Considerando o que você me deve.

– Não devo nada a você – disse ela, rispidamente.

– Merda. Você me decepciona com isso – os olhos dele percorreram o rosto dela. – O mínimo que você deve fazer é um bom proveito da situação. E, considerando tudo o que você tem para oferecer, acho que o prazer da sua companhia seria o suficiente. Pelo menos por enquanto.

Apavorada, Carter pensou que Buddy e Ellie não voltariam em menos de uma hora e que ninguém mais ouviria o seu grito de socorro. Ela teria de se salvar por conta própria e essa única opção a deixou em pânico.

Com a mão tremendo, ela alcançou Lyst e tocou o seu rosto. Com um sorriso nos lábios, pelo qual ela esperava que ele se sentisse atraído, ela murmurou:

– Tenho certeza de que podemos resolver isso.

Sua voz estava fraca, mas aparentemente o ego emprestou às suas palavras a credibilidade que não havia para aquela situação.

– Muito sábio de sua parte – disse ele, olhando para os lábios dela.

Ela sentiu as mãos dele soltando o seu cabelo e o seu braço. No momento em que ele aproximava os lábios em direção aos dela, Carter se arremessou contra ele, agarrou-lhe os ombros e o golpeou com o joelho de uma maneira tão forte que pôde sentir os ossos da pélvis dele quando o acertou.

Lyst se encolheu feito um saco de papel e caiu sobre o chão, gemendo. Correndo em direção à saída do círculo de pedras, ela saiu rumo ao acampamento, encontrou o começo da trilha e começou a descer em alta velocidade ao lado da montanha, com os sapatos cheios de lama e os braços balançando de um lado para o outro, impedindo-a de cair – estava a ponto de perder o controle na descida. Ao pisar sobre a extremidade de uma pedra, localizada no topo de uma rocha grande, ela derrapou e teve de se segurar no tronco de um pinheiro para não cair do penhasco. Neste exato momento, conseguiu voltar para o caminho da trilha.

E deu de cara com Nick.

Ela arremessou o corpo contra o peito dele com força o suficiente para desequilibrar os dois. Segurando-se sobre os ombros dele para não cair no chão, sentiu os braços dele envolvendo-a e entrou em pânico à medida que eles começaram a escorregar para fora da trilha. Em um momento de desespero, ela pensou que eles cairiam sobre um monte de pedras irregulares que havia logo abaixo.

Mas então, com um braço ele agarrou o tronco espesso de uma árvore. Usando toda a sua força, com todos os músculos enrijecidos, ele evitou que caíssem, exatamente a menos de meio metro de distância da borda da pedra.

Carter olhou para o lugar onde eles poderiam ter caído e subitamente colocou o rosto sobre o ombro dele. Sem pensar muito, ela sentiu os braços dele envolvendo o seu corpo e abraçando-a calorosamente.

– O que aconteceu? – perguntou. Como ela não respondeu, ele afastou-se um pouco e a olhou nos olhos.

– Meu Deus! Você está tremendo!

– Nada. Nada... Não foi nada – ela colocou o rosto sobre o peito dele. Pôde sentir o tecido macio da camisa polo de Nick em contato com sua bochecha.

– Claro que aconteceu alguma coisa. Você está bem?

Decidiu olhar para o rosto dele. Seus olhos de diamante eram penetrantes e pareciam preocupados, e ela teve a sensação de que, logo que tivesse a certeza de que ela estava bem, ele sairia atrás do que a havia assustado daquela forma e seja lá o que fosse, transformaria-o em mil pedaços.

Ficou surpresa ao perceber o quanto aquela atitude a agradava.

– Foi um animal?

Carter começou a sacudir a cabeça antes que aquela mentira se tornasse uma vantagem. Hesitou em contar a Nick sobre o que verdadeiramente aconteceu, temendo que isso piorasse ainda mais as coisas. E, tendo em vista a sede de sangue que havia no rosto de Lyst, percebeu que aquilo não deixaria de ser uma verdade.

– Er... sim.

– Que tipo de animal?

– Um urso – foi o primeiro animal que lhe veio à cabeça.

– Vou chamar Ivan para procurá-lo.

– Não, está tudo bem – disse ela, rapidamente. – Eu acho que o assustei.

No mínimo, o bastardo estava com uma perna mancando agora.

Carter forçou um sorriso enquanto afastava seu cabelo para trás.

– Estou exagerando. Nem sei para onde eu estava correndo.

Ela olhou para a trilha, refletindo sobre qual seria o melhor momento para voltar.

– Esqueça. Você não pode voltar para lá agora – disse ele, preocupado. – Você precisa ficar um tempo lá embaixo, em casa.

Carter sentiu-se tentada a negar, mas conteve-se diante da ideia de que Lyst ainda poderia estar por ali.

– Ok.

Nick levantou a cabeça dela delicadamente com o dedo, em direção a ele.

– Tem certeza de que está tudo bem?

O olhar de Nick estava inacreditavelmente dócil, sobretudo depois do que havia acontecido na noite anterior. Ela esforçou-se para entender o porto seguro que ele aparentemente queria oferecer-lhe. Fazia muito tempo que não se sentia daquela maneira; tendo ao seu lado alguém que se importava com ela e que poderia ser forte no momento de sua fraqueza.

Ele roçou a ponta do polegar sobre os lábios dela. De repente, ela se deu conta do quanto eles estavam próximos. Percebeu que a parede sólida que a protegia era o tórax dele pressionando os seus seios... Que uma das pernas dele estava entre as dela, pressionando-a suavemente.

O cheiro dele, uma mistura de uma colônia cara e o perfume natural de sua pele, invadiram suas narinas. O coração dela começou a acelerar novamente.

E, então, ele inclinou o corpo, e os lábios dele tocaram os dela suavemente.

Aquele contato sensual a tirou de uma espécie de transe e a fez se lembrar de que ele já tinha uma mulher em sua vida.

Afastou-se subitamente.

– Acho melhor irmos embora. Você não precisa voltar para Candace?

Sem se importar se ele estava seguindo-a, ela começou a caminhar, com a cabeça baixa, com os olhos concentrados nas marcas dos pés na trilha. A certa distância, ouviu o som dos pés dele, mas tentou ao máximo ignorá-lo.

Ao chegar à mansão, Nick levou-a para a varanda com vista para o lago. Ele ofereceu-lhe um xerez[11], e ela aceitou o drink, e embora estivesse em estado de tensão, sentou-se em uma cadeira de balanço feita de vime. Enquanto tomava um gole, observou Nick encostando-se a uma das colunas brancas. Estava olhando para o lago quando, finalmente, disse algo.

– Acho que você deve ficar aqui. Todos vocês – disse ele, com a voz autoritária.

Carter tomou mais um gole da bebida e sentiu o xerez queimar as paredes do estômago.

– Nós estamos bem.

– Não gosto de saber que você pode estar em perigo.

– Mas não estou, e nós vamos continuar no acampamento.

Ela observou certa impaciência na expressão de Nick.

11 O xerez é um tipo de vinho produzido entre as regiões de Cádis e Sevilha, na Espanha. (N.T.)

– Ivan nos dirá se o lugar está marcado como território de alguma fêmea. Você não terá escolha.

– Ele não precisa ir até lá – disse ela, bruscamente.

A última coisa que Carter desejava era ter aquele caçador por perto. Não tinha visto urso algum pelas proximidades desde que chegou e, se Ivan, "o terrível", fosse até lá, não encontraria nada. Talvez encontrasse as pegadas de Lyst.

Nick franziu a testa e a fulminou com os olhos.

– Nós estamos bem – disse ela rapidamente ao terminar sua bebida. – Vamos ficar bem.

Pôde sentir que ele a olhava, testando-a, e ficou aliviada quando tudo o que ele fez foi perguntar se ela gostaria de outra dose.

Ela olhou para a delicada taça de cristal.

– Sim, aceito.

Quando ele entregou-lhe outra taça da bebida, ela imediatamente tomou um gole. Qualquer coisa valeria para mantê-la ocupada.

Do outro lado da varanda, Nick observou Carter detalhadamente, lembrando-se do que havia sentido ao beijá-la.

A frustração invadiu seu corpo, fazendo-o tensionar os músculos dos ombros.

Aquele comentário sobre Candace – a mulher que os havia separado no momento do beijo na montanha –, tinha sido proposital, mas certamente indesejado. Serviu para apontar uma discrepância que ele considerava intolerável. Após alguns meses junto a Candace, ele sabia muito bem que não se importava com ela e ainda assim aquela mulher continuava fazendo parte de sua vida. Carter, a mulher que ele realmente desejava, era deixada de lado. Nick sentiu uma necessidade urgente de reverter tal situação.

Ouviu Carter suspirar e ele teve de cerrar os dentes ao sentar-se.

Carter inclinou a cabeça para trás e começou a balançar-se na cadeira, concentrando o olhar sobre o teto da varanda. Nunca tinha visto uma mulher tão atraente. Sua silhueta destacava-se na vista para o lago, e os contornos do seu corpo eram ressaltados pela luz do sol. Os cabelos dela recaíam sobre os ombros formando uma onda negra e, graças ao xerez, a cor dos cabelos refletia em seu rosto. Os olhos de Nick viajaram por todo o corpo dela e repousaram sobre suas panturrilhas e coxas.

Ao sentir-se excitado, ele remexeu-se na cadeira.

– Devo um pedido de desculpas por ontem à noite – disse ela. Carter girou a cabeça em direção a ele, com um olhar acanhado. – Desculpe-me por ter me exaltado daquela forma.

Ele balançou a cabeça, pronto para assumir a própria culpa daquela desavença.

– Você não precisa se desculpar.

Carter engoliu a última dose de xerez.

– Normalmente não me comporto daquela forma. Nunca me comportei assim, para dizer a verdade.

– Bem, eu mereci aquilo. Devo ser o filho rude de uma cadela – ele fez uma pausa. – Eu *era* o filho rude de uma cadela. Por que você está rindo?

Ele fez essa pergunta mesmo sem se importar com o motivo pelo qual ela estava rindo. Apenas o fato de observar os lábios dela arqueados e os seus olhos iluminados já o agradava.

– Jamais pensei que você fosse capaz de admitir uma coisa dessas.

Nick deu de ombros e cruzou os braços.

– Sim, você e uma porção de gente. Guarde isso com você. Gosto de manter o meu segredo.

– Você quer dizer que esse cara grosso é apenas um disfarce?

Nick disse para si que conversar era bom. Beijá-la era algo infinitamente melhor, mas pelo menos enquanto estavam conversando ele tinha um bom motivo para olhá-la.

– O poder é a soma de duas coisas: a força de vontade e a impressão de invencibilidade. Se as pessoas sentirem que são capazes de influenciar seu comportamento, vão explorar sua fraqueza. Não forneço ferramentas a ninguém para que possa usá-las contra mim.

Os olhos dela brilharam novamente em contato com os dele. Havia um julgamento naquele olhar e, por trás dele, uma vulnerabilidade tanto de predador como de protetor.

– Você é um homem muito difícil.

Ele sorriu delicadamente.

– Prefiro o termo "realista".

– E, quando Cort está por perto, você parece mais...

– Irritável?

– Humano.

Ele notou uma mudança sutil na voz dela, um ligeiro tom de aprovação em suas palavras. O que o agradou.

– Cort é a minha família. E família é diferente.

Quando ela ergueu uma sobrancelha, ele disse:

– Você parece surpresa.

Ela deu de ombros.

– Fico feliz em ver que você considera a família importante. Imagino que sua vida seria muito solitária se você não tivesse algum vínculo com pessoas.

Se aquele comentário viesse de qualquer outra pessoa, seria muito fácil rebatê-lo. Já havia contornado declarações como essas antes, normalmente ditas por mulheres que passaram por sua vida. Mas vindo de Carter, era impossível deixar o comentário de lado, por isso ele refletiu por um momento. Ele tinha vínculos com Cort, Gertie e Ivan. Ninguém além deles.

Carter estava certa. Ele tinha uma vida solitária.

Em vez de ficar em uma posição defensiva, ele gostou da sinceridade e da percepção dela.

– Este xerez é bom... – ela murmurou. Rapidamente, ela levantou-se da cadeira de balanço e atravessou a varanda. Serviu-se com mais uma dose, com as mãos firmes segurando a garrafa e a taça.

– Conversei com Cort – disse ela ao sentar-se novamente. – Tentei mostrar a ele que eu sou uma fantasia, nada além disso. Logo que ele se der conta de que eu ponho uma perna de cada vez ao vestir uma calça, como qualquer outra pessoa, ele vai ficar bem. Assim espero.

– Como ele está? – Nick sentiu os músculos do corpo enrijecendo devido ao estresse.

– Está magoado. Mas tenho certeza de que ele vai superar.

– Tentei falar com ele ontem à noite, mas não deu muito certo.

Carter olhou de relance para Nick, com seus lindos olhos azuis repletos de convicção.

– Sei que este momento é complicado, mas ele é um garoto excelente e vai se tornar um homem muito bom.

Nick livrou-se um pouco da sua frustração ao suspirar.

– É... Bem, espero por Deus que tenha sido *por minha causa* e não *apesar* de mim. É como se essa briga fosse tudo o que existisse entre nós.

– Vocês são muito parecidos agora para se entenderem e muito parecidos para não se entenderem daqui um tempo. Confie em mim, sei bem como funciona a dinâmica irregular de uma família. Vocês dois vão descobrir isso.

– Espero que você esteja certa.

Houve um grande silêncio entre eles. O vento trouxe uma brisa do lago em direção à varanda.

Os lábios dela elevaram-se.

– Você está sorrindo novamente – disse ele com delicadeza.

– Estou? – ela inclinou o copo e ingeriu um pouco mais da bebida.

– Seria porque você está apreciando minha companhia?

Carter inclinou a cabeça para trás novamente e o olhou. Pensou que havia certa sensualidade na expressão dela, e sentiu-se entusiasmado ao imaginar as consequências.

– Lamento decepcioná-lo, mas provavelmente é o efeito do xerez – disse ela, desviando o olhar. – E o fato de ter me esquecido de almoçar.

Mas, então, ela voltou a olhar para ele e o calor continuava presente em seus olhos.

– Acho que você está mentindo – disse ele com a voz meio rouca.

As bochechas dela ficaram ainda mais coradas, mas ela mudou de assunto com objetividade.

– A escavação está andando muito bem.

Ele franziu a testa, insatisfeito e faminto, e teve de fingir o entusiasmo na voz.

– Verdade?

Carter lançou um relatório detalhado, e ele praticamente não prestou atenção naquilo. Nick fez algumas perguntas, para estimulá-la, mas estava concentrado mesmo em como poderia fazê-la ficar para o jantar e em quando a veria novamente.

Sozinhos, ele pensou. Queria ficar sozinho com ela. Mas como?

Quando terminou de falar, inconscientemente Carter mostrou a ele uma oportunidade.

– Hoje fui à casa de barcos. Vi sua coleção de barcos – ela contou. – Você tem modelos de vários tipos... De cruzeiros, de corrida, à vela...

– Gosto de estar na água.

– Eu também.

O ronronar por trás de suas palavras tornou a sua expressão sonolenta absolutamente sedutora e transformou aquelas duas palavras em um convite. Esperava que ela tivesse essa intenção.

– Você gostaria de dar um passeio pelo lago?

– Gostaria – ela sorriu de orelha a orelha.

O corpo de Nick começou a arder de desejo. Sabia que a teria. Seu coração começou a bater acelerado, e ele se esforçou para manter a voz tranquila e sob controle.

– Parece que o vento estará bom a partir de amanhã e ficará assim até o início da próxima semana. Nós poderíamos dar um passeio de barco.

O semblante dela mudou e seus olhos entristeceram.

– E Candace?

Nick sentiu vontade de resmungar ao falar sobre aquela mulher.

– Ela vai embora em breve – disse ele com tom de voz áspero.

– Ah. Mas quando ela vai voltar? – o sorriso de Carter foi amargo.

– Ela não vai voltar – a afirmação soou como uma promessa e depois de um instante, ela assentiu para ele com uma expressão séria.

Quando ela falou novamente, sua voz apoderou-se dele da mesma forma que a brisa do verão invadia a varanda.

– Então, assim que ela for embora, faremos o nosso passeio de barco.

Observando os movimentos da boca de Carter, Nick estava preparado para caçar aquela mulher na mansão e mandá-la embora com aquela bagagem de grife naquela mesma tarde. Pensou no lugar onde Candace estaria e quanto tempo levaria para encontrá-la.

Então, um carro aproximou-se com os Swifts. Quando Buddy viu Carter, veio correndo ao encontro dela.

Ao avistar aquele homem, o entusiasmo de Nick desapareceu. Ele olhou em direção a Buddy e aproximou-se dela.

– Vou lhe dizer uma coisa – ele murmurou. – Você faz uma pequena limpeza lá em cima e então voltamos a conversar a respeito do nosso passeio de barco.

Nick estava tentado expulsar aquele homem de sua propriedade. Uma parte dele se sentia ridícula diante daquele surto de ciúmes, mas a lógica não tinha a menor chance diante daquelas emoções que ele estava sentindo. Imagens de Carter com Buddy, os dois com os corpos entrelaçados em um saco de dormir, faziam-no sentir vontade de jogar aquele cara no chão.

– Não posso acreditar – disse Buddy ao aproximar-se deles. – Consegui encontrar um carro para alugar em Adirondacks.

Os Swifts entraram na varanda com os pés rangendo sobre as tábuas do chão. Depois que Ellie seguiu em direção à casa para usar o banheiro, Carter começou a se levantar da cadeira de balanço e cambaleou. Os dois homens apressaram-se para segurá-la, mas Nick lançou um olhar fulminante na direção de Buddy. O parceiro de Carter parou imediatamente.

– Uau! – disse Carter, agarrando o braço de Nick. Logo que conseguiu se levantar, ela soltou o braço dele. – Acho que exagerei no xerez.

– Mas você não bebe – disse Buddy, demonstrando surpresa ao olhar para Carter.

– E agora estou me lembrando do porquê – Carter olhou para Nick. – Acho que é melhor eu me deitar um pouco. Você tem uma cama extra por aqui?

Nick assentiu, desejando fazer qualquer coisa para mantê-la longe daquele outro homem naquela montanha.

A porta com proteção de tela abriu-se, e Ellie apareceu ao lado de Cort.

– Eu me perdi – disse a garota com um sorriso no rosto.

– E eu a encontrei – Cort não estava sorrindo como ela, mas lançou um longo e profundo olhar em direção a Ellie.

– Melhor irmos para a montanha – disse Buddy à sua filha. – Carter vai nos encontrar lá depois.

Quando os Swifts saíram, Cort permaneceu no canto da varanda, observando-os enquanto eles atravessavam o gramado.

– Acho que vou ver a escavação amanhã – disse Cort antes de voltar para casa.

A porta com proteção de tela bateu depois que Cort entrou e, novamente, Carter e Nick estavam sozinhos.

– Basta me mostrar a direção, e eu farei o meu melhor para conseguir andar pela casa inteira – ela balbuciou.

– Vou levá-la até o andar de cima.

Ele a acompanhou pela mansão, desejando que ela soltasse a sua mão e que se apoiasse sobre o braço dele.

Subiram as escadarias, e Nick a conduziu pelo corredor até o quarto com a melhor vista da casa. Era um santuário na cor pêssego que tinha vista para o lago e uma varanda no segundo andar. Havia também uma cama com dossel antigo – a qual ele pensou que Carter gostaria muito – com lençol, fronhas e travesseiros florais.

Ele a imaginou deitada sobre aquela cama. Nua.

– Essa cama é linda – disse ela com admiração, em direção aos travesseiros. Seus dedos tocaram as fronhas delicadamente. – Aposto que esses lençóis são frescos e que ficam todos amarrotados como os da minha avó ficavam.

Ela ajeitou a calça antes de se sentar e balançou o corpo sobre o colchão macio.

– Você vai se sentir bem aqui – a voz dele estava rouca, e Nick se perguntou se ela teria notado.

– É difícil imaginar que alguém não se sinta bem aqui.

– E sinta-se à vontade para tomar um banho. O banheiro é logo ali – disse ele, apontando em direção à porta.

– Nossa! Isso parece o paraíso – ela começou a tirar as botas.

Nick se arrastou até a porta. Sabia que era hora de sair. Agarrou a maçaneta com força.

– Durma bem – disse ele.

Carter assentiu, aprontando-se para lavar o corpo e desfrutar daquele banheiro todo feito em mármore.

Nick saiu do quarto e fechou a porta, mas não conseguiu soltar a maldita maçaneta.

Quando ouviu o som da água caindo, imaginou-a debaixo do chuveiro, arqueando as costas para molhar o cabelo. Depois, virou-se e desceu as escadas. Sabia que se não saísse da frente daquela maldita porta, certamente tentaria entrar debaixo daquele chuveiro com ela.

Seguindo em direção à cozinha, foi procurar por Ivan e o encontrou tomando seu chá das quatro horas com a esposa.

– Você a acomodou bem? – Gertie indagou ao colocar um prato com alguns pães sobre a mesa, em frente ao marido.

– Você sabia que ela estava aqui? – Nick sentou-se e sorriu, enquanto Gertie trazia até ele uma xícara de chá.

– Imaginei que aquela taça vazia de xerez não fosse sua.

– Alguma coisa a assustou na montanha? – Ivan perguntou enquanto tomava seu chá. As mãos surradas do trabalho árduo seguravam a delicada alça da xícara com cuidado. As cicatrizes em sua pele e os calos pareciam deslocados diante daquela porcelana Limoges. Quando colocou a xícara sobre a mesa, o som do contato com o pires foi preciso.

Nick fez um gesto positivo com a cabeça, respondendo à pergunta.

– Ela teve de fugir de um urso.

– Quer que eu o procure?

– Será ótimo. Se você achar que há algum risco, vou arrancá-los daquele lugar, pelo menos até antes de escurecer. A última coisa que quero aqui é ter um bando de arqueólogos servidos como lanche da meia-noite. Durante o dia, pelo menos, eles têm como ver o perigo se aproximando...

– Não gosto de ver pessoas por ali... – disse Ivan olhando para baixo, mais precisamente para sua xícara de chá.

Nick sorriu. Aquela expressão de desagrado era o máximo que Ivan faria para desapontá-lo.

– Então, você vai ficar feliz em saber que eles já começaram a escavação. E devem terminar em menos de um mês.

Nick franziu a testa, aborrecido com as suas próprias palavras. Pensou sobre aquela mulher lá em cima no quarto, e ela muito provavelmente já havia secado o corpo e estava deitada sobre aqueles lençóis. Não aceitava a ideia de que ela iria embora em breve.

Ao terminar o chá, Nick levantou-se.

– Como eu disse, certifique-se de que ela estará segura lá em cima – ele ordenou a Ivan antes de agradecer Gertie com um gesto. – Não quero que nada aconteça com ela.

– Você quer dizer com eles? – o caçador perguntou.

– Sim, isso. Claro. Eles.

Nick sabia que os McNutts estavam olhando-o de maneira estranha, mas ele não estava com humor para responder a perguntas. Enquanto caminhava pela casa, pensou que era melhor se conter, pelo menos até que o desejo por aquela mulher dormindo no seu quarto de hóspedes passasse.

Porém, ao pensar por essa lógica, ele provavelmente teria de se trancar em seu escritório até que ela fosse embora.

Capítulo 8

Carter acordou em um quarto escuro e desconhecido e entrou em pânico. Estava com o corpo enrolado em uma toalha e não fazia a menor ideia de onde diabos suas roupas estavam. Apenas depois de sentar-se é que sua cabeça começou a funcionar e ela se lembrou de onde estava. E o porquê.

Cuidadosamente, afastou os cabelos do rosto, colocou os dois pés sobre o chão e levantou-se com um gemido. Aquela era a pior ressaca que ela já havia tido. Sentia como se houvesse uma peça mecânica pesada pressionando seu crânio. Um rolo compressor, para ser mais precisa. Ou talvez um caminhão tanque.

Como poderia uma bebida tão refinada quanto o xerez, ingerida em uma pequena taça de cristal, fazer tão mal? Esperaria isso de um vinho de pouca qualidade ou de uma dose de um coquetel de frutas ordinário servido em algum bar de esquina. Mas o xerez? Em uma varanda?

Carter cambaleou pelo quarto, até que encontrou uma lâmpada atrás da cama e a acendeu. A luz suave incomodou ainda mais, piorando a dor de cabeça. Desligou a lâmpada e percebeu que não conseguia enxergar absolutamente nada. Teria de se virar de algum jeito.

O que não era nada bom.

Seguindo uma direção na qual pensou ser a do banheiro, bateu o calcanhar na perna de uma poltrona e quase teve de voltar para a cama.

Claro, isso significava que ela provavelmente dormiria a noite inteira e teria de encontrar Nick na manhã seguinte.

Aquela não era uma situação com a qual ela se sentia confortável para lidar, sobretudo porque ainda estava de ressaca. Havia proposto a ele um encontro, com toda a intenção e o propósito, com a condição de que ele se livrasse daquela namorada.

Porém, quando se lembrou da resposta dele, sentiu como se estivesse com borboletas no estômago. Era um sentimento inebriante que perdurou até o momento em que ela percebeu que havia dado mais um passo para se aproximar daquele homem. Sim, aquele de quem ela havia decidido se afastar. Se tivesse o mínimo de consciência do que era bom para ela, teria se concentrado em escavar aquele lugar e não em criar buracos em sua própria vida.

Resmungando e mancando em meio à escuridão do quarto, Carter finalmente sentiu os pés tocando as pedras de mármore. Suas roupas estavam empilhadas no canto do banheiro, mas antes de tentar ultrapassar esse obstáculo, jogou um pouco de água no rosto e tomou dois copos de água. Ambos ajudaram a aliviar a dor de cabeça, e ela se vestiu rapidamente.

Depois de arrumar a cama, seguiu até a porta. Abriu uma fresta e esperou até que os seus olhos se adaptassem à luz do corredor. Não havia ninguém por perto, e ela se sentiu aliviada em meio àquele silêncio. Saiu do quarto e observou as três divisões do corredor. As opções causaram-lhe certa angústia.

Graças ao estupor causado pelo xerez, não conseguia se lembrar de qual era a direção que deveria seguir.

Escolheu uma das três aleatoriamente, caminhou um pouco e, como as escadas não apareceram, percebeu que estava perdida. Estava prestes a dar meia volta quando ouviu vozes.

– Por que as minhas roupas estão neste quarto de hóspedes? – o tom de voz de Candace era suave, porém repleto de mágoa.

Carter congelou. Um pouco mais para baixo, à esquerda, Candace e Nick estavam parados em frente à porta.

– Pedi a Gertie que trouxesse suas coisas para cá.

– Por quê?

– Porque as coisas mudaram – a voz de Nick tornou-se inflexível, e sua expressão estava coberta de frieza.

– Mudaram? – a histeria enfatizou a palavra. – O que você quer dizer com "mudaram"?

– As coisas não estão funcionando entre a gente.

– Mas você me convidou para vir aqui – Candace parecia confusa e frustrada, e em seguida olhou para ele, como se não pudesse acreditar.

– É aquela maldita escavadora, não é?

O silêncio de Nick soou como uma poderosa resposta. Carter suspirou, sem conseguir acreditar no que estava acontecendo.

– Diga a verdade – a mulher ordenou. – Vamos lá. Eu vi a maneira como você olha para ela.

Quando Nick permaneceu em silêncio, ela endireitou os ombros e afastou os cabelos para trás.

– Talvez eu deva apenas ir embora.

– Sim, creio que é uma boa ideia.

Ela respirou fundo.

– Como você pode ser tão cruel?

– Candace, você sempre soube, desde o início, como as coisas eram entre nós. Sempre fui muito sincero com você.

– Mas eu te amo. Pensei que nos casaríamos. Pensei que fosse esse o motivo pelo qual você me chamou aqui. Pensei que você me pediria em casamento.

– Nunca lhe dei essa esperança – Nick balançava a cabeça, furioso.

– Você está me magoando – essa frase foi seguida por um soluço embargado. Carter sentiu-se congelada.

– Eu sabia que deveria ter ouvido meu pai, meus amigos. Eles me advertiram em relação a você, me disseram que você sempre faz isso. Todas as vezes que alguém se aproxima, você a afasta. Eu apenas pensei que isso nunca aconteceria comigo.

Carter envolveu os braços em torno do seu corpo. Questionou-se se ela seria a próxima candidata ao mesmo destino, caso aceitasse aquele passeio de barco com ele. Obviamente ele estava interessado nela, mas deveria ter feito a mesma coisa com Candace. Se ela cedesse a ele, provavelmente seria rejeitada da mesma forma.

– Como você pôde? – a mulher murmurou e depois bufou. Como Nick não se moveu para confortá-la, ela ficou ainda mais furiosa e voltou a olhá-lo.

– E então, quanto tempo esse novo caso vai durar? Você vai brincar com ela como fez comigo?

– Você está tirando suas próprias conclusões. Fui muito claro com você sobre o que eu queria. Além disso, tenho certeza de que você vai se recuperar disso...

– Eu não sou uma de suas ações!

A voz de Nick demonstrava um ligeiro aborrecimento.

– Candace, sei que você está se encontrando com outra pessoa na cidade. Já faz quase dois meses. Não estou defendendo minha infidelidade, mas não tente bancar a vítima inocente, ok?

Nick respirou fundo.

Ele virou-se para sair dali, mas hesitou quando viu Carter abaixada. Quando os olhares se cruzaram, ela arregalou os olhos sentindo-se constrangida. Ele não esboçou reação.

Aparentemente, Candace entendeu a hesitação como um sinal de esperança.

– Querido, não vamos brigar – ela se aproximou e tocou o braço dele.

A imagem das unhas vermelhas daquela mulher tocando a camisa de Nick foi a última coisa que Carter viu antes de desaparecer daquele lugar.

– Não havia nenhum urso – Ivan disse a Nick no dia seguinte. Os dois estavam conversando na garagem, apoiados em um trator.

– Não entendo. Ela disse que viu um urso.

– Não conheço urso algum que use tênis e que caminhe de pé. Você conhece?

Nick franziu a testa, confuso.

– Você tem certeza de que não havia urso lá?

Ivan lançou um olhar seco sobre ele.

– Claro que tenho.

Nick resmungou:

– As pegadas podem ser dos Swifts?

– A pegada é de um homem, mas aquele Buddy usa botas de escalada. Além disso, as pegadas vieram de trás. Seja lá quem for, usou a trilha dos fundos que dá acesso à estrada.

– Então por que diabos ela mentiu?

Com um ruído agudo, a porta da frente da mansão bateu, e Candace apareceu. Estava vestida com um terno de linho azul, sapato de salto alto e várias joias de ouro. Mantinha a expressão rígida.

– E então, ela vai voltar para a cidade... – Ivan comentou.

– Sim, vai.

Nick não estava interessado em levá-la até a estação de trem. O percurso levaria menos que meia hora, mas ele tinha a sensação de que seria uma viagem interminável.

– Ela vai voltar?

– Não.

Ivan fez um sinal com a cabeça, concordando.

Nick olhou para aquele homem que era mais velho que ele e perguntou:

– Você nunca gostou dela, não é mesmo?

– Não faz diferença agora, faz?

Nick deu de ombros e entrou no Porsche.

O caminho em direção à cidade foi muito mais estranho do que ele havia imaginado, e quando ele a deixou na estação, desejou-lhe boas coisas. Ela não respondeu, apenas olhou para a direção de onde o trem viria. Parada ao lado de sua bagagem repleta de selos e marcas, ela parecia uma mulher perfeita, mas ele teve a sensação de que ela teria enfiado uma granada dentro do short dele caso tivesse a oportunidade.

No caminho de volta para casa, ele pensou na reação de Carter ao ouvir aquela conversa em que ele terminou a relação com Candace. Estava com as bochechas coradas quando correu e se escondeu no corredor. Ele sorriu ligeiramente ao lembrar-se da cena.

Não podia esperar para vê-la. Uma imagem fascinante dos dois, nus, naquele rio, veio à mente. Imaginou-se jogando água sobre a pele dela com as mãos, beijando seu pescoço e seus ombros...

Subitamente, o rosto de Buddy invadiu aquela fantasia, estragando tudo.

Resmungando em alto tom, Nick pisou com força no acelerador e disparou na estrada.

Jogo é jogo, pensou friamente. Ele havia se livrado daquela bagagem de grife, então Carter teria de se livrar daquela mochila extra.

Esse tipo de condição era algo novo para ele. Não era ele quem normalmente exigia fidelidade dos seus affaires. O que parecia justo, uma vez que ele não estava interessado em compromissos permanentes. Além disso, as mulheres com quem ele havia se relacionado cultivavam a fidelidade com satisfação, imaginando que aquela era a melhor oportunidade para agarrar um anel de ouro. Se elas realmente tinham outras pessoas na vida, ele não perguntava e elas não lhe contavam.

Mas Carter era diferente. Ele não a dividiria com ninguém.

– E então, como você se sentiu dormindo em uma cama de verdade ontem à noite? – Buddy perguntou a Carter enquanto enterrava sua colher de pedreiro no chão. – O colchão é confortável?

Carter olhou para as suas coisas. Como Ellie ainda estava dormindo, eles escavariam o lugar sozinhos.

– Foi bom. O banho foi a melhor parte.

– Fico surpreso que você não tenha passado a noite toda lá. Farrell mudou de humor? Não que eu não consiga imaginá-lo sendo uma pessoa perfeitamente acolhedora... – disse ele sarcasticamente.

Limpou a testa com a parte de trás das mãos.

– Você não gosta dele, não é?

– Mais que isso. Ele não gosta de mim.

– Ora, vamos. Ele é sempre um pouco ríspido com todo o mundo.

– Ríspido? Sinto que esse homem está encomendando minha lápide toda vez que o vejo.

– Não se chega ao topo de Wall Street sendo um cara legal.

Buddy lançou sobre ela um olhar duvidoso.

– Você acha que isso é apenas uma característica da personalidade dele?

– Tenho certeza que é – disse ela com firmeza, esperando que ele entendesse a dica e que deixasse o assunto de lado.

– Escute – a voz do amigo ficou séria à medida que ele aterrou a espátula e permaneceu parado. – Aquele homem quer você, Carter. E ele não vai permitir que nada nem ninguém atrapalhe o caminho dele.

Carter revirou os olhos e engoliu em seco um sentimento, enquanto enfiava a pá na terra. Ouviu-se um som agudo. Com a pá, ela havia batido em algo sólido.

– O que foi isso? – Buddy perguntou.

– Não sei.

Ela pegou uma ferramenta mais delicada. Movendo-a mais lentamente, ela empurrou a terra até que parte de um osso apareceu. Cavando ao redor do achado, ela encontrou um fêmur e a base de um quadril.

– Parecem ossos humanos – disse ela a Buddy, que imediatamente aproximou-se de Carter enquanto Ellie e Cort também apareceram.

– O que você encontrou? – perguntou Cort, entusiasmado.

– A perna de alguém, ao que tudo indica.

Todos se reuniram ao redor de Carter.

– Como você sabe que é um osso humano? – indagou Ellie ao olhar o artefato.

– Com base no tamanho e no formato – Carter destacou as características distintivas com um pincel. – Considerando o comprimento do osso e o ângulo da junta, diria que provavelmente é o osso de um homem de aproximadamente dezoito anos. Preciso analisar toda a área pélvica para ter certeza.

– Você tem de ligar para a polícia? – Cort perguntou.

Buddy balançou a cabeça respondendo que sim.

– Mesmo que sejam ossos antigos e mesmo que tenhamos permissão para escavar aqui, precisamos que a polícia venha para confirmar que essa não foi a cena de um crime. Se for comprovado que esse é um cemitério indígena, o que é pouco provável porque não encontramos artefato algum que supostamente tenha sido utilizado em tal cerimônia, também teremos de comunicar as respectivas autoridades das tribos indígenas. Vou avisar a polícia agora mesmo.

Quando Buddy saiu do acampamento, Cort aproximou-se para observar o achado mais de perto.

– Há quanto tempo ele morreu?

Carter inclinou a cabeça enquanto analisava os ossos.

– Com base no aspecto dos ossos e na posição do solo – estavam bem enterrados e a terra parecia intacta – eu diria que esses ossos foram postos aqui há muito tempo. Diria também que esse homem foi enterrado.

– Enterrado?

– Suspeito que se escavarmos mais, encontramos uma cova superficial. Alguém o encontrou morto ou colocou o corpo dentro desse buraco.

– Isso é assustador! – Ellie exclamou. – O que vocês vão fazer agora?

– Nada até que a polícia chegue. Mas é difícil não continuar escavando... Estou muito curiosa para descobrir mais sobre esse homem. Espero que possamos encontrar mais pistas para identificá-lo.

– Não coloque a carroça na frente dos bois – disse Cort, ironicamente.

Carter sorriu.

– Botões, fivelas, balas de revólver e moedas vão nos mostrar muitas coisas, caso os encontremos. Se ele tinha a idade que imaginei, qualquer roupa de pano ou couro provavelmente teria apodrecido, mas o metal permanece. Talvez tenhamos a sorte de encontrar algo pessoal.

Ela pensou na cruz de Winship.

Para surpresa e satisfação de Carter, não demorou muito até que Ivan aparecesse no local da escavação com dois policiais. Eram robustos, jovens, vestiam uniformes cinza e pareciam conhecer Ivan muito bem. Os policiais fizeram uma análise completa e minuciosa dos ossos e disseram que poderiam continuar com a escavação.

– Obrigada por virem tão prontamente – disse Carter antes que os policiais fossem embora. – Fiquei impressionada com a rapidez com que vocês chegaram.

O mais alto deles sorriu para ela.

– Faríamos qualquer coisa pelo senhor Farrell. Nós cuidamos das pessoas que são próximas.

Carter deve ter demonstrado sua curiosidade quando ele explicou:

– Eu sou sobrinho de Gertie McNutt e primo de segundo grau do meu parceiro Ivan.

– Por aqui somos todos uma grande família – o outro policial acrescentou. – Diga, você acha que vai encontrar outros ossos?

Ela mexeu os ombros.

– Talvez. Espero que sim.

– E o ouro? – os olhos do rapaz brilharam. – Nossa vida inteira ouvimos que há uma fortuna escondida por aqui.

Carter sorriu.

– Quem sabe? Para ser franca, estou mais interessada nas pessoas.

– Você já viu o Red Hawk?

O colega do policial revirou os olhos.

– Ora, McNutt. Claro que há falcões voando por aqui.

– Não me refiro aos falcões, estou me referindo ao índio. A minha avó sempre disse que o Red Hawk assombra a propriedade de Farrell. Durante o dia ele voa em forma de pássaro, mas à noite ele aparece em forma de fantasma. Lembro-me de ter ouvido histórias de pessoas que vieram até esse local e foram assombradas por ele. Ele não gosta de visitantes, ao que aparece.

– Ah, deixe-a em paz! – o policial mais alto piscou para Carter. – Basta chamar, caso encontre mais alguém. Viremos imediatamente.

Carter agradeceu aos policiais novamente e acenou quando eles saíram.

– Eles são pessoas legais – disse ela a Buddy. Quando ela o olhou, surpreendeu-se com a expressão de medo dele.

– Qual é o problema?

– Ninguém me contou nada sobre um fantasma.

– Ah, fala sério! Você não acredita nesse tipo de coisa, não é?

– Talvez sim.

Ellie sorriu.

– C.C., não o assuste. Ele vai ter pesadelos.

Buddy lançou um olhar de desdém à filha. Depois que Ellie e Cort caminharam até o acampamento, ele falou com seriedade.

– Agora é sério. Percebi alguém andando pelo acampamento durante a noite. E vejo pegadas recentes no chão pela manhã.

Carter franziu a testa enquanto sentiu uma onda de medo.

– Você tem certeza do que está dizendo?

O amigo deu de ombros.

– Fique alerta. Não sabemos quem está circulando pela montanha.

Carter sentiu-se desconfortável enquanto eles davam continuidade ao trabalho com as pás e baldes. Logo, porém, o artefato prendeu toda sua atenção. Trabalhou até escurecer, fazendo pausas apenas para fotografar o progresso da escavação. Continuou escavando até retirar toda a terra fresca que cobria o esqueleto dos pés ao tórax.

À medida que começou a escurecer, ficava mais difícil para enxergar, e ela esforçava-se ao máximo. Além disso, não queria revelar o crânio do homem durante a noite. Não parecia algo justo. Aquele homem já havia tido escuridão demais em sua vida e merecia "despertar" do seu descanso à luz do dia.

Carter colocou a pá e os seus pincéis de lado e inspecionou o seu trabalho com satisfação. Havia indícios de que o esqueleto pertencia ao período Revolucionário. Encontrou botões de metal entre as costelas e a vértebra, o que indicava que aquele homem era um soldado britânico. Por "sorte" o homem tinha sido enterrado com o seu uniforme.

– Os ossos estão em bom estado, não estão? – Buddy comentou.

– Sim, estão – ela concordou, levantando-se.

– E então, o que você acha?

– O osso da pélvis confirma que se trata de um homem e os artefatos metálicos sugerem que ele era britânico. Há uma evidência aqui – ela se inclinou e apontou para uma parte da costela – que mostra que provavelmente ele tenha sido esfaqueado. Pode ser sido com uma faca ou com uma baioneta. A estrutura da costela está rompida, e é possível que haja vários ossos quebrados, o que é comum nesse tipo de trauma.

Ellie e Cort aproximaram-se novamente.

– Eu ouvi algo sobre esfaqueamento? – a garota questionou.

Carter balançou a cabeça em sinal de afirmação.

– Parece que ele foi...

– Assassinado? – Cort interviu.

– Foi ferido por uma faca.

– Então ele deve ter sido assassinado. Pelo índio – ele acrescentou prontamente.

– Precisamos de muitas informações para chegar a essa conclusão.

– Mas ele era um soldado britânico, foi o que você disse. E do período Revolucionário. Então ele pode ter sido um dos homens do general Farnsworth – a cada palavra, o garoto ficava mais entusiasmado. – Talvez o ouro esteja por aqui também.

– Talvez. Mas, neste exato momento, precisamos nos concentrar no que encontramos. Pode, por favor, pegar aquela lona? É melhor mantermos o esqueleto coberto.

Cort trouxe um pedaço de lona azul, e eles cobriram o esqueleto, cravando as extremidades da lona com estacas presas ao chão.

– Eu me pergunto se ele vai começar a nos assombrar porque estamos incomodando-o – Ellie sussurrou.

– Você não precisa ter medo – Cort a tranquilizou. – Pelas histórias que eu já ouvi, os mortos não fazem mal a ninguém. Eles só andam perambulando por aí.

– Na verdade, eu estava procurando por isso. Posso não gostar de ossos, mas os fantasmas são legais.

Cort inclinou a cabeça e olhou para Ellie com a expressão séria. De repente, o garoto sorriu, como se tivesse sido atingido por um pensamento que o agradava.

– Bem, se você realmente ficar assustada, pode descer e ficar na minha casa – desconcertado, ele olhou para Buddy. – Todos vocês. Quero dizer, agora que Candace foi embora, estamos apenas eu e o meu tio naquela casa.

Carter, que já tinha começado a pegar suas espátulas e outras ferramentas, esforçou-se para agir naturalmente.

– Quando ela foi embora? – Buddy perguntou.

– Hoje. O tio Nick a levou até a estação essa manhã. Foi de repente, e ela não pareceu nem um pouco contente. Acho que ela não vai voltar mais. Nunca mais.

– O que o faz pensar isso?

– O tio Nick voltou assoviando. Ele sempre faz isso quando se livra delas para sempre.

Carter forçou as mãos para continuar trabalhando, enquanto se perguntava em que diabos ela estava se metendo.

Nick estava na cozinha, comendo com Gertie e Ivan, quando Cort entrou pela porta dos fundos.

– O esqueleto é legal – disse o garoto ao pegar um medidor de glicose dentro do armário. Dentro desse compartimento especial do armário havia seringas, tiras de teste e medicamentos. – E ele pode ter sido assassinado.

– Por Deus! – disse Gertie, que parou o movimento do garfo no ar. – Quem lhe disse isso?

– Carter – Cort esperou até que a máquina calculasse o nível de açúcar em seu sangue e, em seguida, injetou insulina no corpo com a ajuda de uma seringa. Quando terminou, sentou-se à mesa em frente a um prato vazio. Gertie passou trazendo uma travessa com carne de cordeiro em sua direção, mas ele balançou a cabeça. – Não, obrigado. Já comi. Sabe, Carter é uma pessoa muito legal. Ela conhece tudo. É muito inteligente. E você deveria ver aqueles ossos... É realmente incrível.

Nick tentou manter o tom de voz neutro.

– Talvez eu vá lá dar uma olhada.

Talvez? Droga, estava pronto para subir até a montanha logo que chegou daquela estação de trem, mas se controlou e decidiu esperar. Ele queria dar a ela um dia para se livrar do tal Buddy.

O que significa que nas primeiras horas da manhã, ele estaria calçando as botas de caminhada para ir até lá.

Quando Gertie levantou para trazer a torta de maçã como sobremesa, Ivan e Nick ajudaram-na a lavar os pratos.

– Aquela garota, Ellie, é muito legal – disse Gertie quando voltou a sentar-se. – Ela tem sua idade, não é?

– Sim – as bochechas de Cort ficaram na cor de cerejas.

– Você gosta dela?

– Gertie! – Ivan a repreendeu, enquanto pegava a cafeteira e algumas canecas. – Você não pode invadir os pensamentos de um homem dessa maneira!

Sua esposa deu de ombros e colocou um pedaço da torta sobre o prato do marido.

– Se eu não tivesse o encurralado naquela lanchonete, nós jamais teríamos nos casado. Você teria me enrolado por anos, preso naquele balcão como se estivesse com as calças pregadas.

Agora foi a vez de Ivan ficar com as bochechas coradas.

– Eu teria dito alguma coisa no último momento – ele murmurou enquanto enchia a caneca da esposa.

– Confissões no leito de morte não contam – ela ironizou.

– Não sabia disso – disse Nick, ao aceitar o pedaço de torta. – Vocês são tão sinceros...

– Pena que a sinceridade às vezes vem tarde – Gertie argumentou.

Cort olhou para o tio.

– Se você tem algo a dizer, é muito melhor que o faça o quanto antes. Minha mãe sempre disse que me amava. Exceto naquele dia que ela se foi para sempre. Ela queria dizer que me amava, eu acho. Mas eles estavam atrasados e... – todos ao redor da mesa congelaram. Cort olhou à sua volta, constrangido. – De qualquer maneira, me sinto feliz porque ela disse inúmeras vezes que me amava antes de morrer.

O garoto olhou para baixo e ficou remexendo os talheres que estavam à sua frente.

Ivan se aproximou e apertou o ombro de Cort. Se qualquer outra pessoa tivesse feito isso, ele teria se levantado da mesa. Todos sabiam disso. O garoto era tão fechado quanto um arame, mas depois que Ivan o tocou, ele pareceu um pouco mais alegre.

Nick assistiu à cena, com inveja. O sentimento de distância que existia entre ele e o sobrinho era algo terrível, e Nick sentia-se muito mal por não poder confortá-lo.

Viajando pelo tempo, buscando em suas memórias mais antigas, Nick lembrou-se do quanto era nervoso quando era adolescente. Assim como Cort, o silêncio e o amor de Ivan eram as únicas coisas que ele era capaz de aceitar.

Ele tinha onze anos quando, certa vez, seu cachorro saiu para caçar um porco-espinho e foi atacado por centenas de espinhos do animal. Nick encontrou o vira-lata todo contorcido na garagem, gemendo e com a boca sangrando. Ele estendeu a mão para ajudar o cão e foi mordido com força. Recolhido, com lágrimas escorrendo pelo rosto por conta da dor que estava sentindo na mão e pelo medo do cachorro, ele não procurou pela mãe ou pelo pai. Saiu à procura de Ivan.

Nick olhou para a palma da mão e viu as feridas, que agora não pareciam tão grandes. Precisou levar pontos na mão, e o cachorro precisou da mão firme de Ivan e de um alicate. Depois que o calvário terminou e que os espinhos foram retirados, o vira-lata foi deitar ao lado de Nick, que descansava em sua cama. Tentando consolar o animal, Nick acariciou a cabeça do cachorro suavemente com a mão que não estava machucada.

Ao anoitecer, Gertie trouxe o jantar, que ele não conseguiu comer, enquanto sua mãe se aprontava para uma festa, vestindo roupas elegantes e usando um perfume muito bom. Como de costume, os olhos dela estavam vazios quando beijou o filho na bochecha, mas Nick não se importou. De qualquer forma, ele não esperava consolo algum por parte dela.

Enquanto a luz do dia diminuía, Nick preocupava-se muito mais com a chegada de seu pai. Logo que ele chegasse e visse a mordida na mão do garoto, mandaria Ivan matar o cachorro. Com a mão ainda sangrando,

Nick implorou para que ele reconsiderasse, mas o homem o empurrou, frustrado, dizendo que cachorros poderiam ser substituídos.

Nick esperou ansiosamente até que tudo aquilo acabasse. Ele mal podia esperar, olhando para trás e para frente entre o cachorro e a porta.

Quando a porta finalmente se abriu, Nick arregalou os olhos. Ivan apareceu. Permaneceu parado e em silêncio.

Nick sentiu como se sua garganta estivesse fechada e mal conseguia falar.

– Você vai matá-lo?

– Não.

Houve um longo período de silêncio entre eles.

– Tem certeza?

– Sim.

Enquanto as lágrimas de alívio caíram sobre o travesseiro, Nick virou o rosto. Não queria que Ivan o visse chorando. Não queria parecer menos que um homem.

Ivan fechou a porta e sentou em uma cadeira. Ele inclinou-se para trás e cruzou as pernas, como se não tivesse mais nada para fazer e lugar algum para ir, mesmo sabendo que já era tarde e que ele tinha uma família esperando-o em sua casa.

Tentando manter-se o mais tranquilo possível, Nick continuou chorando até se sentir totalmente aliviado. O cachorro estava vivo porque Ivan o havia salvado, e Nick se sentia a salvo também. Era um milagre.

Ainda assim, Nick se sentia envergonhado por sua fraqueza, por suas lágrimas.

Quando acordou na manhã seguinte, Ivan tinha ido embora, mas sobre o criado-mudo havia uma pena de uma águia. O símbolo da coragem. O orgulho de um guerreiro índio.

Aquele foi um gesto que um garoto jamais se lembraria, mas o homem que ele havia se tornado jamais esqueceria.

De volta ao presente, Nick se concentrou em Cort. Desejava, mais que tudo, que aquele gesto de Ivan fosse o responsável pelo alívio do sofrimento do garoto.

Capítulo 9

No dia seguinte, Carter removeu cuidadosamente uma porção de terra com sua espátula, que ficou pesada por conta da grande quantidade de material removido. Depois que a colocou de lado, ela agachou-se e suavemente removeu parte da terra, revelando o arco gracioso e pálido da mandíbula do esqueleto. Observou que os dentes ainda estavam presos às suas cavidades. A arcada da frente estava irregular.

– Cort, segure o queixo aqui para não cair. Assim posso escavar o resto.

O garoto colocou a mão onde ela pediu.

Trabalhando com eficiência, ela removeu mais um pouco de terra até que o osso ficasse completamente apoiado sobre a mão de Cort.

– Ok. Pode retirar agora.

Cort sentou-se, segurando o osso do maxilar. Seus olhos estavam arregalados, e ele mal podia respirar.

Ellie apoiou-se sobre o ombro dele.

– Posso pegá-lo?

– Com cuidado – disse Cort, completamente admirado com o que via. – Não desloque nenhum dos dentes.

Ellie passou um dedo sobre a articulação.

– Fico pensando como ele deveria ser...

Carter ajeitou o boné de beisebol que estava usando, encaixando-o com firmeza sobre a cabeça. Embora o sol estivesse batendo em suas costas e ela estivesse em uma posição totalmente adversa, não sentiu desconforto algum. O foco no trabalho era suficiente para distraí-la de qualquer incômodo ou dor que sentisse.

Porém, não conseguia parar de pensar em Nick. Esperou que ele aparecesse a manhã inteira, com uma impaciência que a fez sentir-se desconfortável.

– E então, o que você acha? – Ellie perguntou. – Como ele era?

Carter olhou para o osso.

– Saberemos com maior precisão quando virmos o resto do crânio, mas creio que ele era jovem, tinha aproximadamente dezoito anos. Poderemos avaliar pela quantidade de dentes de leite e pelos molares do fundo. Em uma pessoa mais velha, os dentes seriam mais planos. Além disso, se observarmos os dentes da frente, veremos que alguns têm as bordas cerradas, o que ajuda os dentes permanentes a nascerem. Talvez ele tivesse próximo dos dezesseis anos. Ela apontou para uma caixa.

– Coloque a mandíbula aí dentro. Vamos juntar os ossos no momento de tirar as fotos.

Após meia hora de trabalho, Carter descobriu a cabeça do esqueleto por completo. Depois que a cabeça estava inteiramente descoberta, o grupo reuniu-se ao redor dela, para observá-la. Havia um buraco grande e profundo no crânio.

– Pensei que o ferimento com a faca tinha sido a pior parte – Carter murmurou.

– O que aconteceu? – Cort perguntou, curioso.

– Este homem foi golpeado na cabeça, pelo o que vejo aqui – ela apontou na direção do possível golpe. – Diria que ele foi atacado com um facão porque o osso foi quebrado, mas as extremidades se mantiveram intactas. É preciso algo pontiagudo para causar esse efeito.

– Deve ter sido o índio – Cort sussurrou.

Carter olhou para o céu, que estava ficando nublado.

– Vamos tirar algumas fotos. Quero tirá-lo do chão antes que comece a chover.

Enquanto Cort tirava as fotos, ela pegou uma fita métrica e mediu as várias dimensões do esqueleto, bem como a profundidade em que ele foi encontrado. Com os registros completos do achado, ela começou a remover os ossos um por um e a colocá-los em um contêiner que continha travas e por isso poderia ser fechado. Imaginou que o esqueleto estaria seguro ali até que ela pudesse levá-lo ao laboratório, em Burlington. Ela havia acabado de começar o trabalho na costela do esqueleto quando Buddy, que havia retomado a escavação, emitiu um assovio.

Ao olhar para a escavação na qual Buddy estava trabalhando, ele disse:

– É melhor chamarmos os policiais novamente. Parece que encontramos outro esqueleto.

Nick estava a caminho da montanha, muito bem-humorado. Estava certo de que Carter havia conversado com Buddy e estava ansioso para o passeio de barco que faria com ela. Sozinhos.

Quando chegou ao acampamento, estava tudo organizado, como sempre. Não havia o menor sinal de bagunça nem mesmo alimentos armazenados incorretamente. Os pratos estavam lavados e empilhados em uma pequena mesa, e a fogueira estava apagada. As três barracas, localizadas lado a lado, estavam muito bem fixas no chão. Olhar para aquelas barracas fizeram com que ele se sentisse furioso.

Imaginou Buddy se enfiando na barraca de Carter e pensou que era melhor que aquele maldito professor ficasse em seu devido lugar a partir de agora.

Nick caminhou até o local da escavação. Quando pisou no local do círculo de pedras, viu todos eles observando algo no chão. Carter e Buddy estavam ajoelhados próximos a um buraco, um ao lado do outro.

– E então, encontraram a peça que faltava? – Nick perguntou, sem se preocupar em esconder a ironia em sua voz.

Todos o olharam, e ele se sentiu satisfeito ao ver Buddy se afastando de Carter quando o viu.

– Encontramos dois esqueletos. Buddy acabou de encontrar o outro e creio que seja de um colono, com base nesta fivela do sapato – Carter explicou. Ela lançou um olhar para ele e virou-se em seguida, ao sentir um rubor nas bochechas.

Nick se juntou a eles, desviando o olhar de Carter o suficiente apenas para poder olhar para o chão. Viu a parte de um pé e um tornozelo naquela cova e, a um pouco mais de cinco metros de distância, um esqueleto quase completo, com uma parte faltando.

– Vocês andaram ocupados – disse ele inclinando-se em direção a Carter. Ela ergueu os olhos profundamente azuis em direção a ele novamente. Sua vontade era tomá-la nos braços, e ela parecia adivinhar o que ele estava pensando porque a respiração dela começou a ficar acelerada. Ela levantou-se rapidamente.

– Temos de agradecer a você e a Ivan pela prontidão no atendimento da polícia ontem – disse ela apressadamente. – Há alguma chance de realizarem essa mágica novamente?

– Talvez dessa vez eu possa mostrar a eles o carburador do carro – Buddy satirizou.

Nick o olhou com frieza.

– Você encontrou uma peça mecânica?

O parceiro de Carter assentiu.

– Nunca sabemos o que pode aparecer debaixo da terra.

– Sim, imagino que tudo depende do que você enterra – disse Nick com a voz sombria.

Buddy franziu a testa e levantou-se.

– Crianças, por que não vamos até o acampamento para jantar? Deixem Carter sozinha com o senhor Farrell para informá-lo sobre os detalhes enquanto preparamos os sanduíches.

Nick ergueu uma das sobrancelhas em direção a Buddy, pensando que o professor era um cara inteligente.

Imediatamente, Carter começou a falar sobre as descobertas com o tom de voz sério.

– O esqueleto que encontramos parece de um homem, entre dezesseis e dezoito anos de idade, que morreu por um trauma cerebral e por uma facada na altura no tórax. Com base nisso...

Enquanto ela continuava falando, Nick não estava nem um pouco interessado na escavação. Estava muito mais interessado em conversar sobre quando os dois ficariam juntos, sozinhos.

Ele a cortou de uma maneira gentil.

– Você está propositadamente fazendo uma imitação do Quincy ou todos os arqueólogos falam assim quando têm buracos ao seu redor?

Ela parou de falar e olhou para ele com os olhos arregalados.

– Desculpe?

– Quincy. Aquele médico, sabe? Lembro que ele se vestia com ternos supercoloridos, com lapelas enormes, esse tipo de coisa. Ele morava em um barco.

Ela ficou com as bochechas coradas de raiva.

– E qual é a relação entre mim e esse personagem da TV dos anos 1970?

– Você é muito séria – disse ele suavemente. – Não tinha a intenção de satirizá-la.

– Por acaso você aborda o conselho de administração da sua empresa fazendo uma imitação do Pato Donald? Este é meu trabalho. E eu o levo a sério – ela colocou as mãos sobre os quadris. – E então, podemos começar de novo?

Obviamente, Carter estava totalmente preparada para mandá-lo para o inferno se ele tentasse alguma coisa, o que o fez rir. Não duvidou por nem um momento que ela o deixaria falando sozinho caso não se comportasse.

Perguntou-se se haveria lugar em sua vida para alguém que o desafiava.

– E então, o que há de errado com você? – perguntou Carter com o tom de voz exaltado.

– Errado?

– Você está dando risada.

– Você não gosta de mim quando estou de bom humor?

Ela inclinou a cabeça para o lado. Vagarosamente, como se estivesse lutando contra os próprios instintos, ela sorriu para Nick, o que fez o coração dele parar. Era uma provocação tímida e intermitente.

– É como um terno xadrez. Nunca imaginei você vestindo um...

Nick gargalhou, tentando aproximá-la dele.

– Obrigado pelo voto de confiança em relação ao meu guarda-roupa, embora eu não tenha certeza se gosto do que você está tentando me dizer...

– Agora, podemos conversar sério por um minuto?

– Basta você continuar sorrindo desse jeito, e eu faço tudo o que quiser.

Ela ficou com as bochechas coradas antes de levá-lo até o esqueleto. Ele a ouviu e ficou impressionado com o que ela tinha para dizer. As conclusões dela eram concisas e lógicas, e ele percebeu que ela era muito mais cientista do que ele havia pensado.

– E então, quais são as chances desses dois esqueletos estarem envolvidos com o grupo de Winship? – ele questionou.

– São muitas. Farnsworth foi escoltado por dois norte-americanos, bem como Winship e Red Hawk. O grupo foi recebido pelos seus próprios homens do Fort Sagamore, e eu acredito que este primeiro esqueleto seja de um britânico. Encontrei vários botões sobre os ossos, que são tão consistentes quanto os botões dos uniformes dos soldados britânicos da metade dos anos 1700.

– E este outro esqueleto? – Nick movimentou a cabeça em direção aos outros ossos.

– Os ossos apareceram na mesma profundidade do solo e são basicamente da mesma época. Parece que esse corpo também foi enterrado em cova de pouca profundidade. Estou muito curiosa, mas não podemos escavar mais até que a polícia chegue.

– Você disse cova. Quem teria enterrado esses mortos?

– É isso que estou me perguntando. Depois do massacre, todos deveriam estar vivos, exceto Farnsworth. Talvez ele tenha enviado outros soldados do forte para fazer as covas, mas eu duvido disso. Como Walker conseguiu escapar, o lugar deve ter se tornado uma baderna, e a última coisa que Farnsworth teria em mente seria enterrar restos no meio da floresta.

A expressão de Carter era de entusiasmo. Ela acrescentou:

– Curiosamente, esse primeiro esqueleto não apresenta sinais de deterioração por necrófagos, o que sugere que o corpo foi enterrado logo após o assassinato, antes que fosse atacado por qualquer animal. O corpo foi enterrado com as roupas, com base nos botões que encontramos. Isso significa que ele foi enterrado por alguém que estava com muita pressa para tirar as roupas dele e a munição. Se Red Hawk os matou...

– Ei! Acho que estamos sendo observados – Nick a interrompeu ao perceber um vulto pelas proximidades.

Carter assustou-se.

– Por quem?

Ele apontou para uma árvore. Repousado sob o tronco de uma árvore, o falcão de cauda vermelha olhava para baixo em direção a eles, com os olhos arregalados.

– Eu não sou uma pessoa supersticiosa – ela sussurrou.

– Nem eu.

– Não acredito nessas histórias sobre o fantasma do índio.

Houve um momento de silêncio.

– Quer voltar para o acampamento para continuarmos falando sobre isso? – ela perguntou, ainda olhando para o pássaro.

– Ótima ideia.

Carter se surpreendeu diante da facilidade com que Nick aceitou o convite para jantar com eles. Ele parecia imensamente contente ao comer um sanduíche ao ar livre com todos os insetos – ao contrário de todo o luxo e formalidade de uma sala de jantar. Ele se ofereceu para recolher os pratos e copos e ajudou a cortar as frutas para a sobremesa.

Mesmo assim, quando ele a espremeu sentado à mesa de piquenique, ela desejou que ele tivesse comido em outro lugar. Durante a refeição, seus cotovelos tocaram-se e suas pernas encostaram-se. No momento em que ela recusou a maldita sobremesa, sentia o corpo ardente por conta do contato com ele e ficou enraivecida porque ele parecia não estar nem um pouco incomodado.

Havia outro motivo que a fazia se sentir pouco à vontade. A cena entre Nick e Candace que ela havia presenciado ainda pairava sobre sua cabeça. Além das questões levantadas sobre Nick, ela queria explicar por que estava no corredor naquele momento, mas sabia que seria difícil se justificar. Não havia uma desculpa plausível para aquele comportamento dela. Estava escutando por detrás das paredes e foi pega em flagrante.

Havia mais uma nuvem pairando sobre sua cabeça. Queria saber se ele manteria ou não o convite sobre o passeio de barco. Mesmo sentindo-se insegura em relação a ele e em relação à ameaça que ele representava, desejava ficar sozinha com Nick. Que Deus a ajudasse, mas ela queria aquilo. Queria que ele a tomasse em seus braços, que deslizasse a língua dentro de sua boca, que arrancasse sua camiseta...

– Certo, Carter?

Aturdida, ela olhou para Ellie.

– O quê?

– Você também queria dar uma volta pelo lago.

Carter empalideceu, pensando se havia demonstrado alguma coisa sobre a qual estava pensando.

– Sim, claro.

Nick disse com delicadeza:

– Então eu não seria um bom anfitrião se eu não fizesse a vontade de vocês, não é mesmo?

Ele olhou para Carter e ela, nervosa, levantou-se e começou a pegar os pratos. Quando foi retirar o prato de Nick, ele se levantou e ofereceu ajuda.

– Eu retiro, pode deixar – disse ela apressadamente, equilibrando os pratos com cuidado e seguindo em direção ao rio para lavá-los.

– Ei! Você esqueceu estes aqui – Buddy a chamou, segurando algumas facas. Quando ela disse que estava com as mãos cheias, Buddy correu para ajudá-la.

Passaram-se apenas alguns minutos quando eles retornaram, e o clima no acampamento havia mudado. Nick estava com uma expressão fria, e os garotos estavam em silêncio.

Franzindo a testa, Buddy pediu a Ellie e Cort que fossem colocar uma lona por cima do achado que ele tinha feito. Depois que os dois desapareceram no meio da floresta, Buddy virou-se para Nick demonstrando evidente frustração.

– Qual diabos é o seu problema?

Carter prendeu a respiração ao ver Nick olhando para o amigo.

– Parece que o problema aqui é você.

– Estou cansado de ver você me medindo como se eu estivesse vestindo uma mortalha, Farrell.

– Você sabe o que dizem por aí? – Nick rebateu. – Que todos nós aqui somos mortos e que vivemos perambulando por aí.

Carter começou a pensar em uma forma de apaziguar a situação.

– Por que não vamos todos até o local da escavação e...

– O que foi que eu fiz para você? – Buddy perguntou, exaltado. – Ou você é um bastardo tão miserável que trata todo o mundo desse jeito?

– Você não me fez nada.

– Chegou aonde eu queria.

– Porém, estou preocupado com o que você anda fazendo com sua esposa e com sua filha – havia crueldade nos olhos de Nick.

Buddy ficou chocado.

– O quê?

– Não conheço homem algum que tenha a coragem de dormir com a amante debaixo do nariz da própria filha. Você é um filho da puta depravado, sabia?

Buddy pestanejou, atordoado diante da fala de Nick. Ele olhou para Carter:

– Você sabe do que ele está falando?

– Não sei por onde começar – disse ela, erguendo as mãos em um gesto de defesa.

Buddy olhou de volta para Nick.

– Você está pensando que ela... e eu...

O parceiro de Carter começou a rir. A risada dele emitiu um som estridente, totalmente diferente do estresse que havia no ar. Buddy colocou uma mão sobre o ombro de Nick.

– Eu sabia – disse ele, respirando fundo. – Eu sabia o tempo todo.

– Vamos deixar isso de lado – Carter implorou. – Vamos esquecer tudo...

– Eu sabia que você estava a fim dela.

Nick franziu a testa diante daquela gargalhada de Buddy.

– Escute – disse Buddy com a voz tranquila e serena. – Carter é a mulher mais maravilhosa que já conheci, depois da minha mulher. Mas posso jurar pela vida dos meus filhos que eu nunca, nunca fui infiel à Jo-Jo nem mesmo em pensamento. Em partes porque ela tem um laboratório cheio de produtos químicos perigosos no porão de casa, mas principalmente porque eu a amo de todo o meu coração. Não que isso seja da sua conta, mas...

Carter notou que Nick estava ouvindo Buddy atentamente, pesando suas palavras.

Ainda com o sorriso no rosto, Buddy foi até a área da cozinha e separou a louça que ele havia lavado.

– Escute o conselho de alguém que teve sorte o bastante para encontrar o amor de sua vida e que teve mais sorte ainda de ter tido a coragem de fazer algo em relação a isso. O tempo está passando, e você deveria gastar menos tempo olhando para mim e mais tempo sozinho com ela.

Prestes a cair na gargalhada novamente, Buddy despediu-se alegremente dele com um aceno e saiu.

Depois que Buddy saiu, Carter e Nick permaneceram em silêncio por um tempo. Embora o amigo tenha saído sorridente, Carter sentiu como se a tensão tivesse aumentado com a saída dele.

– Seu parceiro é um grande filósofo – disse Nick. – Acho que devo um pedido de desculpas a ele.

– Ele é o tipo que desculpa as pessoas com facilidade – nervosa, Carter começou a balbuciar as palavras. – Certa vez, deixei cair uma marreta em cima do pé dele. Houve fraturas em três lugares diferentes. No pé dele, claro, não na marreta. Ele não se ofendeu, embora até hoje ele sempre se afaste de mim toda vez que me vê carregando ferramentas pesadas...

Subitamente, Carter decidiu manter a boca fechada antes que dissesse besteiras. Estava dividida entre o sentimento de fuga e o desejo de fazer planos para aquela viagem de barco ao longo do rio.

Sentiu Nick aproximando-se dela. Quando o olhou, os olhos pálidos dele não pareciam mais distantes. Estavam queimando de desejo.

– Acho que devo um pedido de desculpas a você também – disse Nick, quase sussurrando.

Um arrepio de expectativa percorreu-lhe todo o corpo.

Ele estendeu a mão e colocou uma mecha do cabelo dela atrás da orelha.

– Desde que a conheci, acho que já me desculpei mais do que já fiz com qualquer outra mulher.

– Se você está me incluindo nessa conta, devo dizer que essa é a segunda vez.

– Como eu disse... – seus dedos roçaram a bochecha dela, até a mandíbula. – Desculpe-me por me precipitar e tirar as minhas próprias conclusões em relação a você e Buddy.

– Nunca fomos mais que amigos.

– Posso ver isso agora. Apenas não estou acostumado com mulheres como você.

A voz de Carter transformou-se em um sussurro.

– Que tipo de mulher eu sou?

Os olhos dele percorreram todo o rosto dela, e um sorriso suave brotou no rosto de Nick.

– Não vou lhe dar nem uma pista.

Ela franziu a testa.

– Obrigada. Lembre-me de não vir aqui procurando por elogios quando estiver com problemas em relação à minha aparência física.

Nick sorriu e logo em seguida ficou com a expressão séria.

– Acho que você não tem a menor ideia do quanto é bonita – a voz dele soou como uma hipnose, uma mistura de uma ranhura com um ronronar que a fez esquecer temporariamente das dúvidas que sentia em relação a ele. – E tenho ficado acordado à noite por sua causa, porque você me faz lembrar daquilo o tempo todo...

– Lembrar o quê? – ela questionou.

– Que os seus lábios são tão doces quanto mel.

O coração de Carter saltou para a garganta. Ele a beijaria. Ela sabia disso. Queria isso.

Ele deu um passo, aproximando-se ainda mais dela.

– Você é um espetáculo de mulher – Nick colocou a mão na nuca de Carter, sentindo o peso de seus cabelos e acariciou seu pescoço. – Mas você é uma espiã terrível.

Carter ficou com as bochechas coradas, enquanto pensava no pedido de desculpas entalado na garganta.

– Desculpe-me por ter feito aquilo... – ela murmurou. – Eu me perdi tentando encontrar a saída da sua casa e não tive a intenção de me intrometer na conversa. Eu...

– Você gostou de ter ouvido que Candace estava indo embora por sua causa?

Ao ouvir o nome da outra mulher, Carter se afastou dele repentinamente. Deu alguns passos vacilantes, refugiou-se detrás da mesa e começou a pegar os guardanapos.

– O que houve? – ele perguntou.

– Houve outras partes da conversa das quais me lembro melhor.

– Sério? – a voz dele mudou para um tom mais objetivo e curto, o qual ela já estava acostumada a ouvir. Ela observou que o calor nos olhos dele se esvaiu, dando lugar à usual expressão fria e distante.

Enquanto ele esperava explicações dela, Carter se perguntou o quanto ela deveria ser honesta. Deveria assumir que estava com medo de se machucar? Acreditava que não. Ela já estava sentindo-se vulnerável.

E então, Nick falou antes dela.

– Eu não sou anjo algum, Carter. E nunca tive a intenção de ser um. Mas não me condene por ser honesto. Não há garantias em nenhum tipo de relação. Acredito que devemos encarar a situação e terminar a relação quando as coisas não vão bem. É melhor do que viver uma fantasia.

– Mas e as mulheres?

– As mulheres?

– Elas se machucam – *eu vou me machucar*, pensou consigo.

– Elas sabem no que estão se metendo. Acredite em mim, elas são fortes o suficiente para lidar com isso – a voz de Nick parecia esgotada.

Sentindo-se perdida, Carter olhou para os guardanapos que havia enrolado nas mãos.

– Você ainda pretende me convidar para aquele passeio de barco?

– Sim, claro que sim.

– O que você acha que faremos quando estivermos sozinhos?

– Vamos comer, beber e nadar. Aproveitar o dia.

Quando ela o olhou após um momento de silêncio, ele acrescentou:

– E fazer amor.

O coração dela começou a saltar no peito. Era exatamente o que ela queria ouvir, mas aquela declaração também a assustou.

Carter respirou fundo.

– E, baseado no seu espírito de honestidade, poderia me dizer para onde tudo isso vai nos levar?

A fisionomia sombria que despontou no rosto dele não era animadora. Tampouco o silêncio que se estabeleceu entre eles.

Carter sorriu, ironicamente.

– Considerando seus lábios fechados e todo esse silêncio, devo considerar que a resposta é *a lugar algum*?

Nick passou a mão pelo cabelo.

– Claro que não.

– E então, o que vamos fazer?

– Não sei – a voz dele pareceu frustrada.

– Eis o motivo pelo qual as suas mulheres se sentem confusas – disse ela, com desdém. – É isso que você sempre diz a elas?

– Não, não é.

– E então, o que é?

Ele colocou as mãos dentro do bolso da calça de brim. Parecia sentir-se desconfortável.

– Digo a elas para não levar a relação a sério. Que não estou procurando por um relacionamento duradouro e que, caso elas encontrem outra pessoa, que sigam adiante na relação...

Carter suspirou e balançou a cabeça, entristecida.

– Não sei por que fui perguntar.

– Você quer que eu minta para você? – ele ergueu as mãos, irritado. – O que você está procurando exatamente?

– Não tenho certeza, mas não é o que acabou de sair da sua boca. Não quero ser lembrada como o quanto fui tola por ter me envolvido com você – ela cruzou os braços.

Ele balançou a cabeça.

– Não sei o que lhe dizer. Desculpe.

– Agora não são mais duas. São três.

Ele a olhou fixamente, com as sobrancelhas arqueadas.

– Três desculpas.

Nick sorriu ligeiramente, e seu olhar mudou.

– Acho que estou começando a entender como fui um desgraçado insensível todos esses anos. Nunca pensei que isso poderia acontecer...

Seus olhos cruzaram-se. Quando Nick falou com Carter novamente, seu tom de voz era suave.

– Não quero machucar você.

– Isso é bom. Não quero me machucar.

– E, quando eu digo que não sei o que vai acontecer depois, quero dizer que não está claro para mim onde você se encaixa – disse ele com o semblante sério.

Ela sentiu que ele estava lhe dando a melhor resposta possível.

– Eu me encaixo em quê? – ela perguntou.

– Na maneira como as coisas normalmente acontecem em minha relação com as mulheres.

Uma ponta de esperança queimou no peito dela.

– Creio que sua reputação é algo que podemos deixar de lado, isso provavelmente é um bom sinal.

– Acho que sim – houve uma longa pausa.

– O tempo estará bom amanhã.

– Verdade? – disse ela com cautela.

– Será um dia propício para dar um passeio pelo lago.

– Ok. Vamos.

Na manhã seguinte, Carter passou uma hora perambulando pelo acampamento depois de tomar o café. A dificuldade que estava enfrentando – além do fato de estar prestes a ficar sozinha com Nick por um dia inteiro – era que não tinha nada especial para vestir.

O que era ridículo. Não se preocupava com seu guarda-roupa há anos. E mesmo assim, ali estava ela, ao lado de uma montanha, perguntando qual dos shorts de brim cairia melhor para sair com um homem com quem ela nem mesmo deveria ter se envolvido.

Tentando lembrar-se de que aquilo era apenas um passeio de barco, não o Oscar, ela ajoelhou-se e fuçou a mochila uma vez mais, mexendo na pilha de camisetas dobradas e nos shorts, à procura de uma inspiração que parecia ilusória. A homogeneidade do branco, do preto e do cáqui pareceram-lhe, pela primeira vez, algo frustrante.

Não tenho um guarda-roupa, pensou. *Tenho um uniforme.*

Carter finalmente selecionou um short, o vestiu e colocou uma regata branca que deixava à mostra os seus braços bronzeados. Depois de passar a escova sobre os cabelos, ela colocou na mochila um par de chinelos lilás, o livro de romance de mistério que ela quase havia terminado de ler e o seu boné de beisebol. Por um capricho, ela atirou a escova dentro da mochila e estava prestes a sair quando percebeu que havia esquecido o biquíni. Vasculhando a bagagem, procurou, em vão, o traje de banho.

– Droga!

– O que foi? – Ellie perguntou, pondo a cabeça para fora da barraca.

– Estou atrasada e não encontro meu biquíni.

– Pode pegar o meu emprestado.

Sentiu-se aliviada.

– Obrigada! Ótimo!

Ellie entrou na barraca novamente e voltou com um pacote embrulhado em uma toalha.

– Biquíni, toalha e protetor solar.

– Você salvou minha vida! – Carter enfiou o embrulho dentro da mochila enquanto as duas saíram na direção da luz do sol.

– Espero que você se divirta no seu encontro – disse Ellie com um tom provocativo.

– É só um passeio de barco.

– Claro que é.

– É sério – Carter tentou demonstrar seriedade, mas com toda ansiedade e nervosismo que sentia, foi difícil disfarçar.

– Uh-huh. Assim como um jantar e um filme são apenas uma oportunidade para comer e ficar um pouco sentada no escuro?

– Até mais tarde – Carter despediu-se com firmeza, tentando não rir.

Enquanto descia a trilha da montanha, não conseguia acreditar no que estava fazendo.

A surpresa daquela atitude, no entanto, não fez com que ela diminuísse o passo.

Quando chegou à casa de barcos, viu que o barco estava fora do seu ancoradouro e que estava amarrado à doca. A parte superior da embarcação, feita de madeira, e as cordas de arame reluziam à luz do sol, e o mastro de madeira grossa balançava delicadamente na direção do céu.

Carter enrubesceu quando Nick apareceu saindo da cabine. Ele vestia uma blusa de moletom da Harvard e uma sunga preta. Seu cabelo parecia molhado, como se tivesse acabado de nadar, e ele usava óculos escuros. Com flexibilidade, ele saltou do barco para a doca. Suas pernas eram torneadas e musculosas, como as de um atleta. Com toda aquela rigidez e ausência de gordura, ele deveria praticar algum treino de resistência pesado. Ela perguntou-se onde ele encontrava tempo.

Ele se abaixou, pegou um cesto de piquenique e voltou para o barco. Um sussurro que soou como uma melodia sob a respiração dele chegou até ela trazido pela brisa.

– Não fique parada olhando – disse ele. – Vamos.

Carter ficou com as bochechas coradas, pensando em quanto tempo tinha ficado ali, olhando para ele. Há quanto tempo ele havia percebido que ela estava ali.

Reprimindo o constrangimento, ela andou pela doca e disse:

– Lindo barco.

Nick ofereceu uma mão para ajudá-la, mas ela entrou a bordo sem a ajuda dele. Nick sorriu ligeiramente, diante da recusa dela. Carter ajeitou a mochila e seguiu em direção ao console que controlava o discreto motor interno do barco.

– Podemos ligar essa criança? – ela perguntou. Como ele não respondeu, ela o olhou e sentiu uma pontada profunda dentro do corpo.

– O que foi?

– Você sabe pilotar um barco, não sabe?

– Claro. E agora, podemos ir?

Ele sorriu.

– Claro. Apenas se certifique de que ele está em ponto morto, puxe o cabo do afogador e...

Ela ligou o motor do barco antes que ele terminasse a frase.

– Partindo – disse ela, olhando para o lago.

– Ei! Quem é o capitão aqui?

– Quem está no comando?

Quando ela se virou e olhou para ele, ambos sorriram.

– Vamos partir, companheiro.

Ela sorriu satisfeita ao ver que Nick concordou com o que ela havia dito.

Capítulo 10

Nick gostou de ver Carter no controle do barco. Ela tinha uma mão sobre o timão, outra sobre o controle do motor e um grande sorriso no rosto. Conduzindo o barco para o sentido inverso, ela acelerou o motor, afastou-se da doca e executou uma perfeita manobra em frente à casa de barcos.

– Boa manobra – disse ele enquanto ela os direcionava rio adentro.

– Obrigada.

– Você sempre pilota barcos?

– Sempre que tenho a oportunidade.

– Eu também.

Sentindo-se confiante ao vê-la sobre o controle do barco, ele foi até a proa e içou a vela. Satisfeito com seu trabalho com as cordas, Nick voltou para a cabine.

– Vamos para o sul. Podemos parar em uma baía isolada que tem uma área enorme para nadar.

– Qual é a temperatura do lago?

– Aproximadamente dezoito graus. Não está tão fria para transformá-la em um picolé, mas vai sentir um pouco de frio.

O barco a vela navegou pelas ondas agitadas da baía. A força das águas atingia as laterais do barco, jorrando até a proa. O céu estava limpo, exceto por uma eventual nuvem, e a luz do sol reluzia pelas águas do lago. Era um dia perfeito de final de junho, e Nick se sentia completamente eufórico.

Assim como estava completamente atraído por aquela mulher que estava ali de pé, na frente dele.

Depois de passarem pela península que isolava a casa de barcos, Carter desligou o motor à medida que a vela foi atingida por uma rajada de vento, e o barco deslanchou. Procurando pela melhor direção do vento, ela ajustou a vela para aumentar a velocidade do barco. O movimento da embarcação em contato com as águas emitia um barulho borbulhante, e Nick ajeitou-se na parte superior dela para compensar o peso do barco na água. Carter tinha total controle do timão ao avançar ainda mais em direção às rajadas de vento, garantindo que cada centímetro quadrado da vela fosse preenchido com a força do vento. O barco estava inclinado em uma posição íngreme, a quilha estava quase totalmente fora da água, e ainda assim ela continuou impulsionando o barco.

Nick não se atentou para a direção que estavam seguindo, porque não conseguia tirar os olhos de Carter. O cabelo dela balançava com a força do vento, os fios iam de encontro ao seu rosto, como um alegre balanço. Seus olhos brilhavam como a luz do sol que refletia nas águas. A alegria dela era evidente.

– Você é uma excelente marinheira! – disse ele em meio ao barulho. Ficou surpreso quando uma sombra passou pelo rosto dela.

– Passei muito tempo velejando quando eu era criança.

– Onde?

Quando ela permaneceu em silêncio, Nick pensou que ela poderia não ter escutado a pergunta.

Mas ela respondeu:

– No mar Egeu, nas Bahamas, fora da costa britânica. E também no Lago Michigan aqui nos Estados Unidos.

Ligeiramente receosa, ela acrescentou:

– Foi meu pai quem me ensinou.

Nick interessou-se pelo assunto e mudou de posição para ficar mais próximo dela.

– Ele lhe ensinou muito bem. Você o vê com frequência?

Carter arqueou o pescoço e rapidamente assumiu uma postura defensiva.

– Por que você está perguntando?

– Uma pergunta muito comum sobre o pai de alguém, não é?

Houve uma longa pausa, e ela parecia esforçar-se para lutar contra a raiva e a desconfiança.

– Não, eu não o vejo.

– Nunca?

Ela balançou a cabeça.

– Você se incomoda se eu perguntar por quê?

Ele observou que Carter pressionou as mãos no timão.

– Não quero estragar o dia com uma conversa dessas.

– Vocês não têm um bom relacionamento?

– Ninguém pode se relacionar bem com um antissocial – ela retrucou.

– Antissocial? Ele tem a reputação de ser uma pessoa muito ética.

Carter arregalou os olhos, quase em estado de pânico.

– Como você o conhece?

– Já o encontrei algumas vezes – Nick fez questão de tomar cuidado para que suas palavras soassem com gentileza. – Mas não há motivos para ficar chocada. Ele também trabalha com capital de risco, assim como eu.

– Eu deveria saber – ela resmungou. – Dois tubarões nadando na mesma água.

– Dois homens na mesma linha de negócios.

Os dois mantiveram-se em silêncio por um longo período.

Os olhos de Nick não se desviaram dela. Ele precisava saber o que havia acontecido que a fez odiar tanto William Wessex.

– Por que você não para de me olhar? – ela retrucou impacientemente, pressionando ainda mais o timão do barco.

– Por que você não quer falar sobre seu pai?

–Ah, por Deus! – ela o olhou, furiosa. – Será que você pode me deixar em paz?

– É só me falar o porquê.

– Porque falar sobre o meu pai é a garantia do meu mau humor, como você pode ver. Não sabia que você estava tão interessado em conversar sobre dinâmica familiar.

– Estou interessado em você.

Ela tensionou o corpo.

– Se interesse por mim de outras maneiras.

– Mas eu estou.

– Então se sinta satisfeito com o que estou disposta a lhe dar.

– Eu quero mais.

– Difícil – seu tom de voz foi hostil.

– Quero tudo de você.

Os olhos azuis de Carter brilharam em contato com os dele. Nick percebeu desejo naqueles olhos. E calor.

Nick ficou chocado com a própria sinceridade. Havia ultrapassado o seu próprio limite de honestidade e não poderia voltar atrás, caso desejasse.

– Você não pode condenar minha curiosidade – disse ele, mudando de assunto. – Apenas toquei no nome do seu pai, e você está segurando o timão como se fosse o seu último ato de sanidade.

Nick observou enquanto ela tentava relaxar as mãos.

– Você alguma vez se entendeu com o seu pai?

Carter permaneceu em silêncio por um longo período, e tudo que havia entre eles era o barulho das águas e o som do vento.

Até que ela disse, vagarosamente:

– Meu pai e eu... Quando eu era criança, eu o adorava. Ele não ficava por perto muito tempo, mas, quando estava comigo, minha vida se tornava mais feliz e estável. Mas isso foi antes de eu conhecer o homem de verdade que ele era. Tenho saudades da ilusão que eu tinha dele.

– E sua mãe?

– Morreu. Mas acredito que você já saiba disso, não?

– Desculpe. Sei bem como é perder os pais. Você estava perto dela?

Carter fingiu que o ignorou e concentrou-se no horizonte, embora duvidasse se estava realmente prestando atenção no que via à sua frente.

– Mamãe era linda. Jovem demais para o meu pai. No começo, ele a mimava como uma boneca, porque ela exigia atenção por parte dele e eles se entendiam bem, ou pelo menos fingiam. Ela me teve quando tinha 22 anos, um ano e dois meses depois que eles se casaram. As coisas começaram a se complicar depois disso. Ela estava muito mais preparada para ser uma criança do que para criar uma. Eu cresci. Acho que ela nunca cresceu.

Carter estava conversando consigo, Nick percebeu, e ele não a interrompeu, receoso de que ela não quisesse mais falar sobre o assunto.

– Eles não formavam um bom par. Meu pai estava sempre ausente, e ela não se saía muito bem fazendo as coisas sozinha. Claro, ela ficaria bem se ele tivesse sido fiel enquanto estava fora de casa – de repente, ela parou de falar. – Não é hora de pararmos o barco?

– Passou um pouco, até – disse ele segurando o timão para mudar a direção do barco. Nick sabia que a conversa poderia terminar ali, então retomou o assunto:

– Quando foi a última vez que você o viu?

– No funeral da minha mãe – disse ela, rispidamente. – Acho que devemos parar o barco.

– Ainda não. Temos de percorrer algumas centenas de metros... O seu pai alguma vez já tentou entrar em contato com você?

– Estamos chegando – disse ela, girando o timão novamente. O barco movia-se com muita rapidez, e Nick desequilibrou-se. Ele se recompôs rapidamente e saltou para pegar a corda da vela principal. Quando estavam firmes na nova direção, Carter o olhou friamente.

– Chega de falarmos do meu passado. Vivo o aqui e agora. É tudo o que tenho e tudo do que eu preciso.

Carter ficou em silêncio durante o restante da viagem, porém os dois trabalharam bem em dupla. Carter controlava a direção do barco com o timão enquanto Nick cuidava das velas. O clima bom entre os dois permaneceu no decorrer do trajeto e acabou com a tensão que havia se estabelecido durante aquela conversa.

Alguns momentos depois, Nick apontou para frente.

– Siga em direção àquela ilha. A baía fica atrás dela.

Ela direcionou o barco para o sentido leste. A ilha ficava a pouco mais de quatrocentos metros de distância da beira da praia e tinha o tamanho de um campo de futebol. Quando passaram pela ilha, observaram que não havia ninguém no espaço de acampamento do lugar. Depois do dia 4 de julho – o início oficial do verão – havia grande procura pelo acampamento, mas naquele momento, não.

– Aqui é um lugar tão tranquilo... – ela comentou.

Nick assentiu, satisfeito porque ela estava conversando com ele. Ele havia a pressionado demais em relação à sua família, mas conseguiu obter informações valiosas. As emoções fortes que ela sentia pelo pai o fez repensar sobre a oportunidade de uma reunião bem-sucedida entre eles.

– Você já acampou em alguma dessas ilhas? – ela perguntou enquanto eles passavam por uma doca vazia e por uma área de acampamento.

– Quando eu era criança, era muito legal ficar por aqui. Pegava um saco de dormir, uma sacola cheia de comida e passeava pelo lago sem uma direção específica... Foi uma grande aventura.

Quando chegaram à ilha e à entrada da baía, a vela principal do barco começou a se agitar. Nick a puxou para baixo e a segurou, enquanto Carter ligava o motor.

À medida que levava o barco para dentro daquele paraíso isolado, Carter ficou impressionada com a beleza da baía. A grande montanha imponente estendia-se até a margem do rio com inúmeras rochas à beira das águas e outras mais elevadas. Em um canto mais distante, havia uma área isolada com um declive suave e uma área plana perfeita para tomar sol e fazer piqueniques.

Carter desligou o motor e deixou o barco à deriva, em silêncio. A água estava tranquila e límpida, a brisa era suave e acolhedora. Patos-carolino, agrupados em pares, deslizavam delicadamente pelas águas, e em algum lugar ao longe ela pôde ouvir o canto de uma ave.

– Isso é espetacular! – ela exclamou.

– É um dos meus lugares favoritos no mundo – disse Nick, agarrando uma corda para puxar a âncora. – Já estive em mais hotéis cinco estrelas que a maioria dos escritores viajantes, mas eu troco esse lugar por qualquer um deles.

Nick jogou a âncora na água em um movimento único e preciso. A âncora caiu sobre as águas causando um esguicho, lançando respingos de água ao ar, refletindo-os na luz do sol.

Ao olhar para o lago e observar as ondulações que se propagaram ao redor do barco, ela se arrependeu de ter feito a ele tantas revelações. Não conversava sobre o pai com alguém há muito tempo e tinha sido duro reviver aqueles sentimentos. Misturar as emoções confusas em relação a Nick com seu passado sombrio foi algo particularmente perturbador.

E ela preferia que aqueles dois homens não se conhecessem.

Na tranquilidade que os cercava, ela sentiu-se pressionada a conversar, para enterrar o que ela havia dito sobre sua família naquela conversa inoportuna. Assuntos como o clima ou as taxas de juros pareciam tópicos atrativos, mas ela estava ali a passeio. Qualquer lorota que ela pudesse inventar seria algo menos óbvio, e sobre a qual ela se sentiria mais confortável do que falar sobre Alan Greenspan[12].

– Você vem sempre aqui? – esperou que sua fala soasse com naturalidade.

Nick estava de pé na proa, observando as montanhas e virou-se para ela.

– Apenas fora da temporada. Em julho e agosto este lugar é um território de acampamento. Os turistas lotam a área com as suas lanchas. Ironicamente, eles vêm aqui para apreciar a natureza, mas, em vez disso, acabam em um engarrafamento náutico, afogando-se na fumaça do escapamento e na poluição sonora. É uma vergonha.

Nick fez uma pausa e tirou a blusa de moletom.

Carter não ouviu mais nada do que ele disse.

Tentando disfarçar, fingindo que não estava observando-o, ela se esforçou para manter a conversa e, desconcertada, esperava que conseguisse fazer as pausas apropriadas. Vê-lo nu da cintura para cima esvaiu qualquer pensamento coerente de sua mente. O tórax dele era largo e musculoso, seus braços esculpidos, a barriga era um tanque. Levemente bronzeada, a pele dele era suave, com um pequeno traço de pelo delineando o peitoral e diminuindo na linha abaixo do umbigo.

– Olá! – disse ele com um tom de voz sensual.

– Desculpe... O que foi?

Nick sorriu ligeiramente, cheio de segundas intenções.

– Você gostou do que viu?

Carter tentou disfarçar.

– É... eu lhe disse, a baía é realmente muito linda.

– Não pensei que você estivesse olhando para a paisagem.

Ele se aproximou dela propositadamente, e ela deu um passo para trás.

– Claro que eu estava. A água, esses patos... a água...

Carter entrou em pânico, extasiada com o corpo dele e com o fato de estarem ali, sozinhos... Ela o desejava muito e poderia tê-lo ali.

– Tenho de mudar a direção agora – disse ela apressadamente, contornando o timão.

A risada dele, profunda e repleta de masculinidade, seguiu-a até a cabine de controle.

12 Alan Greenspan é um famoso economista americano que foi presidente da Reserva Federal dos Estados Unidos entre 1987 e 2006. (N. T.)

Com as mãos trêmulas, Carter fechou a porta e jogou-se contra a madeira.

Tentando se recompor, ela agarrou a mochila e tentou abrir o zíper. Quando finalmente conseguiu abrir, arrancou com mais força do que era necessário o pacote embrulhado com uma toalha que Ellie havia lhe dado. E abriu descontroladamente, lançando algo colorido sobre o chão.

Carter olhou, estupefata, para o que havia saído daquela toalha.

– Só pode ser uma brincadeira – disse ela em voz alta.

– O que foi? – Nick perguntou do lado de fora.

– Nada.

Era exatamente o que ela estava vendo: nada. Dois pedaços minúsculos de pano rosa unidos por uma corda e outro pedaço maior que tinha exatamente o tamanho de um lenço. Ela pegou o traje, perguntando-se onde estaria o resto do biquíni.

– Ellie, você tem apenas quinze anos! – disse ela, exaltada.

– O quê? – ele gritou.

– Está tudo tão limpo por aqui...

– Ah, que bom! Gosto de um barco bem organizado.

Revirando os olhos, ela se sentou em uma das camas e olhou ao redor da cabine, procurando por uma opção melhor.

Tudo estava extremamente organizado, da cozinha até os dois compartimentos de dormir e a área de estar. Por todos os lugares, a madeira e o bronze brilhavam, chamando a atenção. Tudo era muito luxuoso e elegante, perfeitamente decorado.

Mas, com certeza, ali não havia nada que ela pudesse utilizar para nadar.

Carter olhou para os pequenos pedaços de tecido rosa e então foi para a cozinha, pensando se ela poderia se contentar com um pano de prato ou dois. Droga! Se ela tivesse um *band-aid* ou algo do gênero, com certeza o utilizaria. Uma caixa de *band-aid*s cobriria as áreas mais expostas. Pelo menos deixaria o biquíni no lugar certo.

– Está tudo bem por aí?

– Bem – ela respondeu em voz alta e depois murmurou, com ironia: – Tudo maravilhosamente bem!

Ela se sentiria uma idiota reaparecendo no convés com as suas roupas e se sentiria uma exibicionista usando aquele biquíni de Ellie. O problema era que ela queria muito nadar. E, além disso, não tinha por que se sentir envergonhada. Anos de trabalho árduo haviam deixado o seu corpo em excelentes condições. Ela era totalmente esguia e, acima de tudo, não havia nada de diferente em seu corpo que ele não tivesse visto antes.

Ah, aquilo a ajudaria muito, pensou, imaginando todas as mulheres que ele já havia visto nuas.

Fazendo caretas, ela tirou as roupas e colocou o biquíni. Com algumas manobras astuciosas, ela conseguiu cobrir as partes que a levariam para a prisão por atentado ao pudor, mas estava longe de se sentir vestida apropriadamente.

Envolvendo a toalha ao redor da cintura com força, ela saiu da cabine, tentando demonstrar calma e compostura.

Nick a cumprimentou com um sorriso sensual. Ele havia tirado os óculos de sol e ela notou que os seus olhos percorreram as suas pernas e permaneceram nas suas coxas.

– Você quer nadar ou comer primeiro?

– Comer.

– Vamos ao nosso piquenique. Você pode, por favor, abaixar e pegar a cesta? Não tive tempo de colocar toda a comida na geladeira.

– Claro, sem problemas.

Mas o ato de abaixar-se, pegar a cesta e manter-se coberta, provou que aquilo era mais do que ela poderia suportar. A gravidade venceu a coordenação motora, e a toalha deslizou, caindo sobre o chão.

Ela ouviu Nick emitindo um som agudo entre os dentes.

Ao olhar para ele, percebeu que Nick estava encarando-a de um jeito que ela ficou sem ar. Em resposta, seus seios saltaram para as bordas do biquíni, esticando as cordas frágeis. Quando os seus mamilos enrijeceram, a expressão dele estava contraída, cheia de desejo.

– Você é... – ele não terminou, apenas sussurrou. – Vem aqui.

Ele estendeu a mão em direção a ela, e antes que ela pudesse pensar no que estava fazendo, segurou a mão dele. Ao se aproximar, sentiu a outra mão de Nick envolvendo lentamente sua cintura, repousando sobre a parte inferior das costas. A pele dele estava quente em contato com a sua, e seus seios roçaram os poucos pelos que ele tinha sobre o peito.

– Tenho imaginado como seria ter você nua nos meus braços – a voz dele soou profunda.

Carter sentiu as mãos dele deslizando sobre o seu corpo, até chegar aos quadris. Ele agarrou o corpo dela com força e a puxou para perto. Ao sentir que ele estava excitado, ela abriu a boca em um suspiro profundo.

Foi quando ele a beijou.

Surpreendentemente, o contato corporal entre os dois foi suave. Mesmo sentindo toda a força do desejo que queimava o corpo dele, os lábios de Nick tocaram os seus com delicadeza. Envolventes, sedutores, leves. Seus lábios a provocaram com a paciência que denotava a profundidade do autocontrole de Nick. Carter pôde sentir o seu corpo relaxando, entregando-se à sensação da língua dele deslizando quente e molhada dentro de sua boca, envolvendo-a completamente.

Totalmente entregue àquele turbilhão, ela se esqueceu de tudo.

Os dedos dele percorreram os seios de Carter à procura dos mamilos enrijecidos, e o seu toque era tão suave quanto a luz do sol que os aquecia. Ela gemeu enquanto o beijava. Sentiu uma descarga elétrica percorrendo o seu corpo e segurou-se com força sobre os ombros dele.

– Carter – ele sussurrou enquanto a beijava. – Faz amor comigo?

Ela sabia que a escolha era dela. Ele estava oferecendo a ela o poder de decidir o futuro de ambos.

Carter fitou os olhos brilhantes dele. Seus olhos não eram nada além daqueles que enxergavam o mundo com lucidez. Mas, agora, eles refletiam a tempestade torrencial que havia dentro dele, uma necessidade incandescente e perturbadora da qual ela sabia muito bem que era a grande causadora.

Ela deu um passo para trás, e ele contraiu o rosto, aturdido. Mas ela não estava fugindo. Devagar, ela colocou as mãos sobre as próprias costas e desamarrou as cordas da parte superior do biquíni, deixando-o cair sobre o chão. Carter notou que um tremor percorreu o corpo dele, deixando-o atormentado. Quando ela pôs a mão sobre o seu tórax, ele gemeu.

Dessa vez, quando ele a beijou, não houve o menor sinal de suavidade. O desespero os levou apressadamente até a cabine onde ele a jogou sobre um dos beliches e a cobriu com o peso do seu corpo. Enquanto ele tirava a calcinha do biquíni dela e sua própria sunga, as mãos de Carter corriam pelas largas costas dele, acariciando as curvas dos músculos e sentindo a maciez de sua pele.

Quando ele se ajeitou no meio das coxas dela, Carter teve uma sensação tão prazerosa que sentiu como se tivesse deixado o corpo para trás. Ela arqueou as costas, aproximando a cabeça dele do seu colo. Ele a beijou no pescoço e começou a mordê-la vagarosamente até chegar aos mamilos; colocou-os dentro de sua boca e passou a língua ao redor deles.

Gemendo, ela empurrou os quadris em direção a ele, sentindo-o pressionar o seu corpo. Mas ele não a penetrou; não ainda. As mãos e a boca dele exploraram o corpo dela, percorrendo suas partes mais íntimas. No momento em que ela não suportava mais, ele se aproximou dos seus lábios e a beijou intensamente. Lentamente, ele começou a penetrá-la.

No momento da penetração, Carter gemia profundamente. Os dois moviam-se juntos, em um ritmo rápido que se transformou em uma dança frenética de sensualidade. À medida que o ritmo aumentava, ela respirava profundamente, pendurando-se no corpo agitado dele, com o coração acelerado e com os quadris absorvendo todo o seu impulso, até ser banhada pelo jato de êxtase branco. Seus lábios pronunciaram o nome dele, deixando-o esvair-se no ar em um grito rouco. Ela sentiu o corpo ofegante dele estremecendo dentro dela e os seus braços contraindo-se ao redor do seu corpo.

Depois daquele temporal de desejo, Carter sentiu a cabeça dele recaindo sobre seu corpo e sua respiração ofegante. Sentiu na pele o suor deliciosamente úmido que cobria a testa dele. Quando ele ergueu a cabeça, ela ficou impressionada com a expressão dele. Todos os traços de cinismo e frieza desapareceram. Era uma transformação impressionante. Ele parecia mais jovem. Feliz. Satisfeito.

Ela sorriu para ele.

E ele retribuiu com um semblante tão cheio de ternura, que tocou o coração dela.

Nick tirou uma mecha de cabelo que ficou presa ao redor do pescoço dela; era como se ele estivesse à beira de uma revelação. Mas, em vez de pronunciar qualquer palavra, ele a beijou.

E o fogo reascendeu.

Depois de um almoço reforçado, deitaram-se sobre o convés para tomar sol. Nick se posicionou contra o mastro, e Carter colocou a cabeça sobre o peito dele, prestes a dormir, enquanto ele a observava.

Debaixo da forma triangular daquele biquíni, seus seios movimentavam-se delicadamente com o ritmo da respiração. Ela parecia tão desprotegida dormindo em seus braços... Um estranho sentimento arrebatou o coração dele. Era tão intenso que ele sentia-se incapaz de decifrar sua causa ou mesmo seu significado. O primeiro pensamento que teve era o de que deveria fugir daquilo, seja lá qual fosse aquela sensação.

Porém, ao olhar para o rosto dela, não sentiu a menor vontade de fugir. Lentamente, tentou entender o que estava fazendo-o se sentir incomodado.

Depois que fizeram amor pela primeira vez, e que ele a penetrou com força, percebeu que algo muito forte havia acontecido. Algo excepcional na vida dele, algo que fez com que ele se sentisse literalmente nu, expondo-o de uma forma que ele jamais esteve diante de alguém. E ele queria dizer a ela o que estava sentindo.

Mas, quando tentou organizar as palavras, elas saíram sem sentido algum, descompensadas. Seus pensamentos espalharam-se e fragmentaram-se até que não fizeram sentido algum, nem mesmo para ele. Foi quando ele a beijou novamente e tentou demonstrar com as mãos e com a boca o que sentia ser incapaz de explicar com as palavras.

Foi então que algo mudou. Quando ela caiu no sono, a única coisa que ele sentiu foi pânico. Uma necessidade urgente de fugir dela e da proximidade que ela representava.

Vagarosamente, Nick notou uma brisa que movimentou uma mecha do cabelo dela até o nariz. Com cuidado, ele afastou aquela mecha de cabelo, tomando cuidado para não acordar Carter. Ela se remexeu sobre o colo dele, encolheu-se e afastou-se um pouco, envolvendo os próprios braços ao redor do corpo. A graciosa curva de sua bochecha e os seus lábios chamaram a atenção dele e mantiveram o olhar de Nick sobre eles.

Amor.

A palavra surgiu no pensamento como um fantasma e, enquanto vagava pelo seu cérebro, ele pensou sobre o passado. Havia amado poucas mulheres, e a sua própria mãe não se incluía entre elas. Ao refletir novamente, percebeu que sua irmã e Gertie eram possivelmente as únicas exceções em relação à distância emocional que ele mantinha em relação ao sexo oposto. Tanto a irmã quanto Gertie o amavam pelo o que ele era e nunca exigiram mais que isso.

O que certamente as tornava uma exceção em meio à maioria das mulheres que ele encontrava.

Será que Carter teria essa mesma simplicidade e o aceitaria como ele era?

Sim, uma voz insistente lhe dizia isso.

Mesmo quando esse pensamento lhe ocorreu, ele considerou todas as implicações que se opunham àquela hipótese.

Não estava preparado para se apaixonar. Além disso, não tinha nem mesmo certeza se saberia amar alguém. Não mantinha relação com os pais. Não fez o suficiente por sua irmã enquanto ela estava viva. E Cort? Deus sabia o quanto aquela relação era extremamente complicada.

E então, o que ele poderia oferecer a Carter?

A resposta que ele recebeu foi completamente esparsa. Quase todas as relações que ele manteve com mulheres haviam sido meramente físicas. Ao olhar para trás, percebeu que sua vida amorosa era marcada por cenas como as que ele tinha acabado de vivenciar com Candace. Uma longa série de despedidas em que ele não sentia a menor dificuldade para começar.

Tenho uma grande facilidade para fazer isso, ele pensou com desdém.

Mas, agora, essa mulher linda e inteligente com quem ele havia acabado de fazer amor, essa mulher a quem ele suspeitava que seria capaz de amar, entrara em sua vida e ele se sentia perdido. Em vez de se sentir grato pelo presente, parecia sentir-se incapaz de aceitar o que ela tinha para oferecer. Ele era um executivo bem-sucedido, com quase quarenta anos, e que não tinha a menor ideia de como ter uma relação séria com uma mulher. De igual para igual.

Um arrepio completamente estranho percorreu seu corpo. Foi seguido por uma onda de raiva.

Como se pudesse sentir a mudança nas emoções dele, Carter acordou e olhou diretamente para ele.

Naquele momento, Nick fugiu para seu esconderijo. Vestiu a máscara de frieza e observou à distância enquanto a expressão dela perdia toda a alegria e o entusiasmo.

– Onde você estava enquanto eu dormia? – perguntou ela com delicadeza.

– Estou exatamente aqui.

– Não, você não está.

– Então você estava com a cabeça apoiada no peito de outra pessoa? – a voz dele estava aguda, pronta para iniciar uma discussão.

Quando Carter se sentou, ele sabia que tinha acabado de estragar toda aquela tarde. A luz do sol ainda refletia sobre eles, a baía continuava linda, mas o olhar dela ficou sombrio.

– O que há de errado? – a serenidade que havia no semblante dela deu lugar à ansiedade.

– Nada.

– Você está mentindo.

– Não aja como uma namorada. Eu não me dou bem com esse tipo de coisa – Nick evitou o contato visual com ela, pois se sentia incapaz de encarar a dor que ela deveria estar sentindo.

A voz dela estava completamente confusa.

– Como pode, estou apenas perguntando o que há de errado e soa como se...

– Viu só? Agora você quer falar sobre o que há de errado na minha resposta, sendo que eu disse que não há nada de errado. Esse tipo de conversa é inútil.

– Eu não... entendo – ela balançou a cabeça, movimentando os cabelos negros sobre a luz do sol. Havia um brilho nos olhos dela, mostrando que ela estava prestes a chorar.

Vê-la magoada e ter a consciência de que ele havia causado aquilo, apenas aumentou sua raiva.

Ele partiu para o ataque.

– Depois que Candace se foi, eu estava planejando uma pausa antes de me interessar por um rabo de saia. Acho que nos precipitamos.

Carter suspirou:

– Não acredito que você está me dizendo isso.

Sinceramente, nem mesmo ele conseguia acreditar no que estava dizendo.

– Fala comigo – ela implorou.

– O que você quer que eu diga?

Houve um longo período de pausa e então, subitamente, a expressão de Carter transformou-se da mágoa para a raiva. Ela se manteve firme.

– Vamos voltar. Agora. Antes que eu faça algo de que eu me arrependa.

– Mais?

– Dormir com você foi um grande erro. Não quero agravar ainda mais o meu erro tentando afogá-lo – com um gesto violento, ela envolveu a toalha no corpo.

– Sabe, nunca imaginei que você fosse uma mulher do tipo histérica.

Ela se virou para ele, enfatizando sua fala com frases curtas.

– Isso não é histeria. Isso é raiva. Há uma grande diferença.

Nick a observou enquanto ela seguia em direção à cabine e resmungou consigo, frustrado. As palavras que haviam saído de sua própria boca, o tom que ele usou, tudo naquela discussão soava familiar para ele. Era algo que ele já havia feito inúmeras vezes. Aquele tipo de comportamento era estranhamente seguro.

Foi quando algo lhe passou pela cabeça. Ele sabia o que aconteceria em seguida. Depois de uma cena como aquela, sempre havia uma sensação de conforto. Uma onda de alívio percorreria seu sangue, e ele perceberia o quanto estava imune, intacto. Livre.

Desesperadamente, ele esperou até que esse momento de salvação chegasse.

Minutos se passaram.

Ele respirou fundo, ansioso pela sensação de liberdade.

Passaram-se dez minutos. Nick passou a mão pelos cabelos. Sentia um aperto no peito. Seus músculos estavam rígidos, e o coração, em um nó.

– Droga! – disse ele rispidamente, sentindo-se enganado. Não poderia se sentir pior.

Então, pensou novamente que Carter não era como as outras.

Levantou-se, foi até a porta da cabine que ela havia acabado de bater. Surpreendeu-se ao se dar conta do que estava prestes a fazer. Estava mesmo disposto a pedir desculpas? Sim, estava.

Nick hesitou. Não tinha certeza do que deveria falar. Sabia apenas que estava se sentindo muito, muito pior depois que se afastou dela.

Quando a porta da cabine abriu de repente, ele dirigiu-se a ela.

– Carter, me desculpe.

– Ah, não, você não vai fazer isso – em um gesto de fúria, ela o empurrou. – Permita-me ensinar a você a diferença entre a raiva e a histeria. Todo arrependimento leva à histeria. Não se faz de idiota alguém que está com raiva. Então, pegue as suas desculpas e vá praticá-las em frente ao espelho. Sem a menor dúvida, você vai precisar delas para o próximo "rabo de saia" que for idiota o bastante para ir para a cama com você.

– Você não vai deixar que eu me explique? – havia um tom de súplica na voz dele que ele próprio jamais tinha ouvido.

– Não há nada para ser explicado. Eu vi o que aconteceu com Candace.

– Você não é como ela.

– Isso não é verdade. Eu também fiquei surpresa quando você me desprezou – ela foi até o timão. – Agora, pegue a âncora dessa maldita água e vamos acabar com essa farsa agora mesmo.

Nick a olhou por um longo período, e ela o retribuiu ao olhar, fitando-o com um ar frio e desafiador.

– O que você está esperando? – ela exigiu. – Se você pensa que eu vou deixar você me fazer de idiota, está completamente enganado.

– Olha, não sou muito bom nisso...

– Claro. Eu não estou nem aí! Quero ir para casa. *Agora*.

Seus olhos cruzaram-se.

Ele tinha estragado tudo. Tudo.

– Se você está esperando que eu mude de opinião, eu poderia muito bem começar a nadar, porque você vai ficar nessa maldita baía até congelar esperando que eu lhe dê uma nova chance – disse ela, rispidamente.

– Ok – ele virou-se, com a expressão enfurecida. – Pode ligar o motor.

– Com prazer.

Capítulo 11

Sozinha, Carter subiu até a montanha depois de recusar que Nick a acompanhasse na trilha. Estava ansiosa para ficar só. A viagem de volta da baía tinha sido longa, tensa, silenciosa. Conversaram apenas o necessário: ela emitia os comandos ao controle do timão e ele lhe dava respostas objetivas. Sentiu o tempo inteiro que Nick não tirou os olhos dela, como se estivesse perfurando-a.

Considerando o estado em que estava, ela pensou que havia feito um excelente trabalho ao manter a compostura naquele maldito barco. Mas agora que ela estava sozinha, sentia como se fosse desmoronar. O orgulho desapareceu, a raiva se dissipou e tudo que ela sentia era uma dor terrível. O fato de que ela já deveria saber qual seria o desfecho daquilo, tornou-se apenas mais uma sombra do pesadelo.

Quando ela havia acordado de um cochilo prazeroso, apoiada sobre o seu colo, esperava ver a mesma satisfação e alegria que estava sentindo no rosto dele. Em vez disso, ele a olhou com frieza. Tinha sido no mínimo um choque, e ele continuou tratando-a daquela maneira arrogante. Carter se retorcia ao se lembrar do que ele havia dito.

Depois de ter feito amor com ela de uma maneira que ninguém jamais havia feito ou poderia fazer, ele mudou completamente.

Ele é um perseguidor – ela pensou.

E homens que gostam de perseguir as coisas as quais não possuem muito interesse em mantê-las. Era exatamente o que ela temia.

Se ela tivesse pelo menos ouvido sua intuição...

Quando Carter chegou ao pico da montanha, olhou para o lago e tentou se recompor. Estava amargamente arrependida por ter permitido que as coisas chegassem àquele ponto com ele e sentia vontade de erguer a cabeça e gritar.

Em vez de seguir o seu impulso, olhou para o pôr do sol e observou os maravilhosos raios nas cores pêssego e rosa que se estendiam por toda a linha do horizonte. O céu apresentava-se de uma forma tão esplêndida que sua avó o teria chamado de "o céu dos amantes". Algo muito especial que deveria ser compartilhado com alguém.

Carter passou a refletir sobre aquela situação. O que ela esperava que acontecesse quando eles fizessem sexo? Esperava que miraculosamente ele mudasse e se tornasse um homem sensível, acessível, carinhoso e terno? Que o destino de Candace não fosse o mesmo que o dela? Que eles embarcariam em um relacionamento longo e satisfatório para ambos? Esperava que ela fosse uma exceção?

Bem, sim. E a outra metade do problema era que ela não havia pensado muito. E, quando ele a beijava, sentia-se completamente perdida por ele. Era simples assim.

Céu dos amantes o caramba, ela pensou, afastando-se do local.

– Onde está a impressão do meu registro diário? – Carter perguntou no dia seguinte. Estava conversando consigo enquanto procurava em meio a folhas de fichário, blocos de notas e arquivos.

– Está ali, não está? – disse Ellie, vindo em direção a ela para ajudá-la.

– Deveria estar. Pensei que tinha colocado aqui ontem antes de sair.

– Será que está na sua barraca?

Buddy enfiou a cabeça dentro da lona. Não tinha feito a barba nem penteado o cabelo ainda, e os seus óculos estavam um pouco desalinhados no rosto, contudo ele parecia perfeitamente feliz ao tomar um gole do seu café.

– Você perdeu alguma coisa?

– Também não consigo encontrar os registros da escavação – Carter murmurou.

Franzindo a testa, Buddy colocou a caneca sobre a mesa.

– Estão em algum lugar por aqui. Quando acabamos de retirar o segundo esqueleto ontem pela manhã, fiquei duas horas escrevendo. Estava sentado bem aqui.

Buddy procurou na pilha de papéis sobre a mesa e, como voltou com as mãos vazias, eles vasculharam todo o acampamento.

A procura não resultou em nada e Buddy coçou a cabeça.

– Talvez alguém esteve aqui ontem enquanto estávamos fora.

– Quanto tempo vocês ficaram fora? – perguntou Carter.

– Fomos até a cidade. Fizemos algumas compras e pegamos o carro de volta. Ficamos fora por duas ou três horas.

– Mas como pode alguém ter chegado até aqui? – Ellie interviu. – Ivan "o terrível" sempre sabe onde todo o mundo está.

Buddy deu de ombros.

– Há a estrada de acesso que Cort usa quando está com o quadriciclo. Fica do outro lado da montanha. É um caminho meio tortuoso, mas ninguém lá embaixo na mansão saberia... Para que alguém iria querer esses registros? Eles são até mesmo difíceis de ler. Quem se importaria com esses registros?

– Conrad Lyst – Carter disse com suavidade. Buddy desviou o olhar para ela.

– Quem é Conrad Lyst? – Ellie indagou. – Ele é um bandido?

– Um perdedor, para ser mais objetivo – respondeu Buddy. – E um arqueólogo podre. Ele poderia escavar um aterro que mesmo assim não encontraria lixo algum. Mas ele não estaria perambulando pelas áreas de Adirondacks apenas para estudar uma estratégia de escavação, certo, Carter?

Como ela não respondeu, os dois viraram-se em direção a ela.

Buddy olhou para a filha.

– Ei! Você se importaria de ir até o local da escavação para pegar...

– Você está tentando se livrar de mim?

– De maneira alguma.

– Olha, basta responder que sim – disse Ellie, amigavelmente. – Vou até o rio me lavar um pouco.

Depois que a garota saiu, Buddy franziu a testa.

– O que você estava me dizendo?

– Ele esteve aqui antes – Carter respondeu, sentindo-se mal por não ter contado o ocorrido ao parceiro antes.

– No dia em que você e Ellie foram levar o carro para a cidade.

– Senhor! Por que você não me contou?

– Eu ia contar.

– E por que não tinha me contado ainda?

– Não aconteceu nada de mais – ela desviou o olhar diante da visível preocupação dele. – Ele só bancou o touro e deu umas patadas no chão – ela percebeu pelo semblante de preocupação do amigo que ele não havia comprado a mentira.

– Gostaria que você tivesse me contado antes. Você contou para o Farrell?

– Não. Considerei que não era necessário.

– Mas agora sumiram os nossos papéis. Farrell deveria saber disso.

– Não, ele não deve – a voz de Carter vacilou ao escutar o nome de Nick, mas ela continuou. – Eu fiz uma cópia de segurança no meu disco rígido, e usei o meu *laptop* essa manhã, então sei que os registros estão por aqui. As provas impressas que perdemos não afetam a escavação.

– Mas isso é grave. Se Lyst voltar e pegar os registros...

– Ele não tem a menor ideia do que fazer com eles. As habilidades analíticas desse homem são tão aguçadas quanto uma massa de fazer pão e, além disso, as descobertas continuam aqui, então ele não pode se intrometer e começar a cavar.

Buddy franziu a testa, pensativo.

– Se ele não pode fazer nada com os registros, por que os roubaria?

– Muito provavelmente ele quer saber se encontramos o ouro, e ele provavelmente os manteria com ele para nos ameaçar. Ele é o tipo que faria isso para nos colocar medo e para mostrar que ele esteve aqui.

O amigo de Carter retirou os óculos e esfregou os olhos.

– Sabe, o problema não se restringe ao fato de eu não respeitá-lo. Há algo errado com aquele cara.

Você acertou, ela pensou.

Buddy olhou em direção à correnteza da água.

– Acho que vou ficar mais perto de Ellie a partir de agora.

Carter o observou partir apressadamente e desejou que houvesse algo reconfortante que ela pudesse dizer. Buddy sempre havia se preocupado muito com ela, e Carter sabia que agora ele estava preocupado não apenas com Ellie, mas com ela mesma.

Voltou à pilha de papéis e arquivos e começou a organizá-los. Ao ouvir o som de passos se aproximando, ela disse:

– Buddy, devo ligar para a Hall Foundation para dar notícias a Grace. Ela vai se entusiasmar com os esqueletos.

– Você pode usar o telefone lá embaixo – respondeu Nick.

Carter engoliu um suspiro e endureceu. Ela se recusou a se virar e continuou mexendo nos papéis.

– Que diabos você está fazendo aqui?

– Vim para ver você – disse ele com o tom de voz baixo e calmo, evitando assustá-la.

– Por quê? – Carter estava com as mãos trêmulas ao pegar um arquivo e tentou disfarçar. Desejava desesperadamente que ele fosse embora. Ela precisava de tempo para curar suas feridas, não de mais algumas para tratar.

– Precisamos conversar.

Ela jogou a pasta em cima da mesa e olhou para ele.

– Não tenho nada para falar. Agora, com sua licença, preciso voltar para o trabalho.

– Será que você não pode apenas me ouvir? – ela viu um traço de frustração no semblante dele.

Balançando a cabeça, ela não se preocupou em manter o tom de voz amargo.

– Eu já ouvi você ontem. Você foi muito eloquente ao mostrar os prós e contras e, como minha memória de curto prazo está funcionando muito bem, lembro-me de cada palavra que você me disse. Não preciso ouvir tudo aquilo novamente. Agradeço muito.

– Ah! Por Deus, Carter! Você não vai me dar um tempo?

– Ah! Agora você é a vítima? – ela riu ironicamente. – Sabe, raramente alguém passa por uma desilusão tão grande sem fazer uso de algum medicamento.

Nick passou a mão pelo cabelo.

– Não quero discutir com você. Vim aqui para me desculpar e para saber se podemos começar de novo.

– Não estou interessada em começar de novo. Uma viagem no matadouro com você já foi o suficiente. Além disso, sei como você não suporta "namoradas histéricas" e não gostaria de incomodá-lo novamente, certo?

Ela virou-se e começou a andar pelo local da escavação, mas ele a seguiu e agarrou o seu braço com força.

– Me solta – ela pediu com firmeza. – Por favor, me solta.

A reação dele foi igualmente intensa.

– Não posso fazer isso. Fiquei acordado a noite passada, pensando em você, arrependido por conta do que eu disse.

Com um movimento extremamente suave, ele aproximou a mão do rosto dela e acariciou a bochecha com a ponta do polegar. Ela bateu na mão dele, afastando-o.

– Não! – ela gritou, contrariando-o. – Não vou deixar você fazer isso comigo.

Ela deu alguns passos para trás, vacilando.

– Carter, por favor.

Ela balançou a cabeça impetuosamente.

– Preciso voltar para o trabalho agora, porque quanto mais rápido eu terminar, mais rápido me livro de você.

Ele manteve o olhar firme sobre ela. As íris empalidecidas formaram um contraste vívido com o centro negro de seus olhos. Houve um silêncio longo e tenso.

– Hoje à noite você vai jantar na minha casa – disse ele em um tom baixo, preciso e autoritário.

– Não.

– Sim, você vai. Precisa me atualizar sobre a escavação.

A mudança brusca de direção a surpreendeu.

– Não.

– Tenho o direito de saber o que está acontecendo.

– Então Buddy pode...

– Que ele vá para o inferno. Quero você.

Carter praguejou contra ele. Nick não vacilou, apenas permaneceu olhando para ela com extrema determinação.

Ele tirou os óculos de sol do bolso da jaqueta e os colocou sobre o rosto.

– Como foi você quem me pediu permissão para escavar aqui, você tem a obrigação de me trazer relatórios quando eu solicitar. Então, solicito que me faça um relatório. Hoje à noite. Às sete.

– Você é um bastardo.

– Eu sei.

Com essas palavras curtas, ele desapareceu na trilha. No momento em que ele partiu, Carter percebeu que ela estava tremendo da cabeça aos pés. Sentou-se à mesa e colocou as mãos sobre a cabeça.

A última coisa que ela queria fazer era ficar sozinha com Nick e tentar falar sobre seu trabalho. Mas qual seria sua escolha? Não correria o risco de perder o projeto da escavação e sabia que ele era completamente capaz de cumprir a ameaça de expulsá-los de sua propriedade.

Sentiu-se tentada a abandonar o projeto. Tremendamente tentada.

Mas então Buddy e Ellie voltaram do rio conversando sobre o trabalho e sobre o que haviam encontrado até aquele momento. Ao observar o entusiasmo e a euforia dos amigos, invejando a sua felicidade despreocupada, pensou que não queria desapontá-los.

Também não se sentia disposta a explicar por que teria de partir.

Ao chegar à conclusão de que não tinha escolha, Carter decidiu ir até a mansão e chegar um pouco mais cedo para ligar para Grace. Precisava dar notícias a Hall Foundation, mas muito mais que isso, estava desesperada por um apoio moral.

Mais tarde, quando o sol estava se pondo, Carter colocou novas cópias de seus registros na mochila e desceu a trilha da montanha com o coração apertado e com uma postura desafiadora. Passou boa parte da tarde vagando pelas trilhas. Usou o tempo para armar-se contra o que a esperava à noite.

Quando chegou à beira do lago, avistou a mansão brilhando em meio à escuridão. Diminuiu o passo ao chegar à porta de entrada. Quando finalmente levantou a aldrava e bateu, pensou sobre o primeiro dia em que esteve na casa de Nick. Parecia que se passaram anos desde então.

Ficou surpresa ao abrir a porta. Ele estava segurando um copo de uísque em uma mão e um telefone sem fio preso à orelha. Quando ele fez um gesto para que ela entrasse, uma onda de calor despontou no rosto dele, por trás de uma expressão reservada.

– Certo – disse ele para quem estava do outro lado do telefone. Ele fechou a porta depois que ela entrou.

– Escute, você precisa ajustar a análise para incluir o pagamento dos serviços de dívidas de até 60 milhões de dólares por ano e você está equivocado em relação aos valores de amortização...

Ele fez um gesto com a cabeça para que ela o seguisse. Enquanto caminhavam pela casa em direção ao escritório dele, a voz profunda de Nick pronunciava palavras emboladas que não faziam o menor sentido para ela. Era outro idioma, cheio de números e pontos percentuais.

– Escute, preciso desligar. Ligue para Ronning. Diga a ele que o barco está afundando e que é melhor que vocês voltem com algo melhor. *Bem* melhor. Ele é o melhor advogado corporativo da cidade – ele desligou o telefone. – Você está adiantada.

– Preciso fazer uma ligação antes de falar com você – disse ela objetivamente.

– Fique à vontade – Nick entregou o telefone a ela.

Com cuidado, ela pegou o telefone evitando o contato com a mão dele.

– Você quer um pouco de privacidade?

– Sim.

Ele a olhou por alguns instantes e fechou a porta ao sair.

Ao discar aquele número familiar, Carter rapidamente atualizou Grace sobre a escavação e sobre as complicações que inesperadamente entraram em sua vida. O incentivo da amiga a fez se sentir mais forte, e ela ficou grata pela motivação. Desejava que aquilo tornasse mais fácil enfrentar o encontro com Nick.

Ao desligar o telefone, ela percebeu que havia sentado sobre a cadeira de Nick e que estava olhando para uma pilha de documentos. Sem ter o que fazer, ela olhou para o fax, outros dois telefones e para o notebook.

Para passar o tempo, ela olhou por cima de uma pilha de papéis e viu que ele havia feito anotações nas margens. A caligrafia era arrojada e decisiva, e os comentários, diretos. Ela folheou algumas páginas, observando o nome CommTrans. Algo lhe surgiu à memória, mas ela não conseguiu se lembrar de onde tinha ouvido aquele nome antes.

Basta – pensou ao se levantar. Estava apenas prolongando o inevitável.

Deixou a mochila e suas anotações no escritório e foi procurá-lo. Ao chegar próximo à cozinha, sentiu o cheiro de algo que lhe pareceu peru assado. Seu estômago roncou ao sentir aquele cheiro agradável.

Ao abrir uma fresta daquela porta "de mordomo", ela viu Nick de pé, próximo ao fogão. Ele estava com uma faca e um garfo nas mãos.

– Está com fome? – ele perguntou olhando para trás.

Carter ficou surpresa ao perceber que ele a viu entrar.

– Não, mas...

– Hoje é a folga de Gertie. Os pratos estão à minha direita. Acho que ela deixou uma salada na geladeira.

– Não vim aqui para jantar com você.

– Ok. Então você pode pegar um prato apenas. Você fala. Eu como – quando ela hesitou diante daquela resposta, ele a fulminou com os olhos. Seu olhar era desafiador.

Virando-se, Carter seguiu em direção ao armário e pegou dois pratos. Não havia outra maldita maneira de não parecer fraca diante dele. Mesmo com toda a força que tinha, ela teria de fazer a refeição, relatar os detalhes da escavação para então voltar para a droga do acampamento. Somente o orgulho a faria permanecer ali. E nada mais.

Além disso, a noite era uma criança, como ela pensou. Ela ainda teria muito tempo livre para passar em sua barraca.

– Aqui ou na mesa de jantar? – ela perguntou. Quando ele balançou a cabeça em direção à mesa de carvalho, ela levou os pratos.

– Talheres? – ela perguntou rispidamente.

Ele olhou para a esquerda.

– Os guardanapos estão na gaveta de baixo.

Antes que ela percebesse, havia montado toda a mesa. Ele trouxe o recipiente com o peru, e os dois estavam sentados frente a frente na cozinha, jantando.

Enquanto se perguntava como diabos aquilo estava acontecendo, Carter começou a comer. A comida estava boa. O silêncio, terrível. Tudo que ela podia ouvir na cozinha era o som dos talheres batendo sobre os pratos. No meio da refeição, ela percebeu que não suportava mais. Colocou o garfo e a faca sobre o prato, deu um nó no guardanapo e estava prestes a sair, quando a voz dele a paralisou.

– A última mulher para quem eu disse essas palavras foi a minha mãe – Nick colocou um pedaço de peru na boca.

– Do que você está falando? – ela o olhou atentamente.

No momento de silêncio que se seguiu, Nick continuou comendo. Sabia portar-se muito bem à mesa. Cortava a carne cuidadosamente, repousava a faca sobre o prato e passava o garfo para a outra mão, levando um pequeno pedaço à boca.

– As palavras "Eu te amo". A última vez que disse isso foi para minha mãe. E eu não queria ter dito aquilo – a voz dele foi enfaticamente direta. – Lembro nitidamente porque eu disse para mim mesmo que não repetiria essas palavras se não houvesse sinceridade nelas.

Carter manteve-se de pé, com a postura firme.

– E o que isso tem a ver comigo?

– Eu estou... feliz porque fizemos amor – ele ficou com as bochechas coradas e, logo em seguida, demonstrou impaciência. – "Feliz." Mas que palavra mais estúpida. Arrasado, para dizer a verdade. Tudo que estive pensando sobre ontem é o quanto tive a sorte de estar com você. E o quanto fui idiota de maltratá-la daquela maneira.

Um rubor percorreu o corpo de Carter. Ela torceu o guardanapo, com força.

– Não quero falar sobre o que aconteceu.

– O que tivemos ontem significou muito para mim.

– Eu acho difícil acreditar nisso...

– Você é a primeira mulher... que realmente mexeu comigo – Nick limpou a boca e reclinou-se na cadeira. – Lamento o fato de não ter conseguido expressar com palavras o quanto o que aconteceu ontem foi importante para mim. E também o quanto me assustou.

Ela o olhou com atenção. Ele estava se dirigindo a ela com tanta franqueza e honestidade, que ela não conseguia encontrar um motivo para desconfiar dele. Por mais que tentasse encontrar um.

Foi assim que ela havia se machucado, lembrou a si mesma. Foi assim: acreditando nele.

– Não devo escutar isso – ela se levantou, e ele levantou em seguida.

– Carter, não tenho a menor ideia para onde isso vai nos levar.

– Bem, então me deixe ajudá-lo: a lugar nenhum.

– Não aceito isso.

– Você não tem escolha!

Ele passou a mão pelos cabelos.

– Tudo isso me assusta muito. Gosto de estar no controle de tudo e, quando estou com você, não tenho controle de nada. Entrei em pânico e disse coisas estúpidas, terríveis.

Como ela não disse uma palavra sequer, ele continuou com tom de voz áspero:

– Sou um filho da puta sem noção quando se trata de relacionamentos reais, mas estou disposto a tentar. Com você. Você precisa acreditar em mim. Ninguém nunca me fez sentir dessa maneira como você faz.

Carter balançou a cabeça.

– Não estou ouvindo isso.

Ele se aproximou e segurou a mão dela.

– Eu estou apenas pedindo outra chance.

Ela sentiu o corpo pegando fogo ao lembrar-se daquela tarde em que os dois fizeram amor. Percebeu que queria acreditar nele. Que Deus a ajudasse. Decidiu acreditar.

– Nick, você me machucou.

– Eu sei. E estou extremamente arrependido.

Ao olhar nos olhos dele, viu tormento e ternura.

– Você não é um homem fácil de se confiar.

Ele abriu a mão dela e acariciou a palma com a ponta do polegar. A sensação foi hipnotizante. Ele ergueu a mão dela lentamente e roçou os lábios sobre sua pele.

– Você está tentando me seduzir? – ela perguntou com delicadeza.

– Sim – a palavra ficou no ar.

Quando ele a puxou para aproximá-la do seu corpo, Carter relutou antes de render-se ao abraço.

– Eu quero você – ele murmurou em contato com os cabelos dela. – E não quero machucá-la.

Ela se afastou e o analisou de perto. Ele parecia verdadeiramente ressentido assim como aparentemente também havia compreendido e sentia-se arrependido pela dor que havia causado. Também havia nele certa vulnerabilidade, como se não tivesse certeza se seria perdoado.

Ela o desejava. E queria perdoá-lo mesmo lembrando-se da dor que ele a fizera sentir. Ela fez a escolha.

– Se eu der o meu corpo a você, isso não significa que estou lhe entregando o meu coração.

Com essas palavras, que ela disse para ele e para si, ela elevou os lábios em direção aos dele. Quando as bocas encontraram-se, o corpo de Carter fundiu-se ao dele.

– Odeio isso – disse ela gemendo enquanto ele apalpava os seus seios. – Eu *odeio* você.

– Eu te quero – disse ele com a voz rouca. – Tudo o que você quiser me dar... eu quero.

Ficaram apenas mais um momento na cozinha. Quando se deu conta, eles estavam cambaleando pelos degraus da escada, dançando um estranho *pas de deux*[13] até o segundo andar. Enquanto caminhavam pelo corredor, peças de roupas marcavam seus passos enquanto eles se despiam.

– Onde está Cort? – ela balbuciou, sem fôlego.

– Na casa de um amigo. Meu Deus, preciso muito de você – Nick rosnava enquanto a beijava. Ele colocou as mãos dentro do sutiã dela, segurou-lhe os seios enquanto esfregava a ponta dos polegares sobre os mamilos, fazendo-a gritar.

Invadiram um quarto que ela imaginou que fosse o dele. Ela teve a vaga impressão de ter visto a mobília e a decoração vermelha, dourada e verde-escura, mas perdeu a percepção da visão quando ele abocanhou o seio dela e a jogou na cama. Sentiu a maciez do colchão embaixo do seu corpo e o peso do corpo dele sobre o dela. Carter raspou as unhas sobre as costas de Nick ao sentir a pressão do corpo dele.

Quando ele procurou pelos seus lábios novamente, ela notou certo desespero na expressão dele. Independentemente do que estivesse acontecendo dentro dele, Nick a desejava. Disso ela tinha certeza.

Com os lábios colados nos dele, ela retirou o que ainda restava da roupa de Nick, puxando a cueca boxer que ele vestia. Ele fez o mesmo com ela e atirou sua calcinha no chão. Avidamente, ela o beijou e abriu as pernas para que ele pudesse penetrá-la. Ao sentir o pênis adentrá-la, ela gemeu.

– Quero ir mais devagar, mas não consigo – disse ele, gemendo.

Ele a penetrou, e ela manteve o corpo firme enquanto ele a impulsionava. Envolvendo suas longas pernas em torno dos quadris de Nick, ela

13 O *pas de deux* é um termo em francês, utilizado no balé clássico e que significa "passo de dois". Nesse passo, bailarino e bailarina executam diferentes passos na dança em dupla. (N.T.)

pressionava o corpo contra o dele. Em um ritmo agitado e frenético, resultado da raiva e da frustração, ela chamava o nome dele como se estivesse sendo arremessada para o céu.

Em seguida, ele repousou o corpo sobre o dela. Aquele corpo maravilhoso, completamente exausto, estava repousado sobre ela como uma euforia pacífica, a qual ela também pôde sentir.

Ao erguer a cabeça, seu tom de voz foi direto:

– Não dormi a noite passada.

– Não?

– Fechava os meus olhos, mas tudo o que conseguia ver era você. Senti sua falta. Não pude suportar a ideia de que nunca mais ficaria com você... De que tinha perdido você – ele a beijou vagarosa e carinhosamente. Lábios entre lábios e língua sobre língua. Internamente, ela pôde sentir que começava a ficar excitado novamente.

Rolando sobre a cama e colocando-a por cima dele, Nick a acariciou com os olhos e com as mãos. Ao se render, ela sentou sobre ele e gemeu quando ele segurou os seus seios. Dessa vez, eles fizeram amor mais lentamente, saboreando a sensação do toque e da provocação até que a paixão ultrapassou a paciência e eles se uniram em uma sensação ardente.

Quando ficaram juntos posteriormente, Carter sentiu uma tristeza inesperada. Apesar da proximidade em que estavam fisicamente, ela ainda não conseguia acreditar nele completamente. A distância a machucava, mas ela não falaria sobre o assunto. As palavras não os aproximariam.

Talvez o tempo. Talvez com o tempo pudesse se estabelecer a confiança.

– Quando Cort volta para casa? – ela perguntou ao olhar para a porta aberta e para as roupas jogadas sobre o chão do corredor.

– Às onze – Nick olhou para o relógio de bronze na parede. – Temos dez minutos!

Saíram apressadamente da cama e foram buscar as roupas. Abaixaram-se, procurando pelo short, calça e pelas camisas. Em uma corrida louca em direção à linha de chegada, eles chegaram até a porta de entrada no momento em que aquele relógio do avô de Nick pendurado na parede da sala de estar começou a anunciar que eram onze horas.

– A sua camisa – disse Nick enquanto se vestia.

Carter percebeu que os seus botões estavam nas casas erradas, então se apressou para abotoá-los novamente.

Quando o relógio parou de emitir o som, o ambiente ficou em silêncio e tudo que se podia ouvir era o barulho da respiração ofegante dos dois.

– Depois de tudo isso, vou brigar com ele por chegar atrasado – disse Nick de forma seca.

Com as roupas de volta no corpo, Carter sentiu-se surpreendentemente mais vulnerável. Ela limpou a garganta.

– Acho que vou embora agora.

Ele a olhou atentamente.

– Você não precisa ir.

Ela não respondeu à pergunta sutil que pôde ver nos olhos dele. Apenas virou-se e saiu.

– Deixei minha mochila no seu escritório – disse ela ao virar-se.

Carter entrou no escritório que estava com a luz apagada e pegou a mochila. Antes de sair, caminhou até a escrivaninha dele, surpresa com o que havia acontecido desde o momento em que ela havia sentado sobre a cadeira dele e conversado com Grace ao telefone. Passou os olhos pelos papéis e concentrou-se na palavra CommTrans novamente.

– Você está olhando para a minha escrivaninha como se houvesse alguma resposta nela para você.

Ela o olhou, sem se preocupar em esconder a incerteza dos seus olhos. Nick estava encostado sobre o batente da porta, e a luz acima de sua cabeça recaía sobre ele como uma cascata. A luz iluminou as maçãs de seu rosto, seus lábios muito bem contornados e o traço firme de sua mandíbula.

– Diga-me, Carter, qual é a resposta que você está procurando? – sua voz soou rouca, o que a lembrou do momento em que ele falou ao seu ouvido enquanto a penetrava.

– Procuro pela resposta que me diga quem você realmente é – ela encolheu os ombros ajeitando a mochila e saiu andando.

Ao passar por ele, foi agarrada pelo braço. Ele a beijou de tal maneira que refletia apenas a paixão.

– Você é diferente para mim – ele jurou.

Carter estendeu a mão em direção ao lindo rosto dele e passou os dedos sobre a bochecha

– Agora pode ser. Veremos depois, certo?

E então ela deixou a casa.

Sob a luz da lua em uma noite clara, ela atravessou o gramado e passou pelo prado. Fazia frio e ela parou para pegar uma blusa de lã na mochila antes que entrasse no caminho da floresta. Enquanto passava a gola da blusa pela cabeça, ouviu o ruído de alguns galhos se movimentando.

Cort apareceu correndo e esbarrou sobre ela.

– Devagar aí, cavaleiro! – ela sorriu enquanto o ajudava a se recompor.

– O que você está fazendo aqui?

– Acabo de me encontrar com o seu tio – ela se sentiu aliviada porque a noite cobria o rubor que percorria o seu rosto. – E você? Pensei que você tinha ido para a cidade com os seus amigos.

– Eu fui. Fiquei lá por um tempo. Não estava muito legal, então, eu... eu fui...

Ela não era a única a enrubescer no meio da escuridão, Carter pensou.

– De qualquer forma, acho que estou um pouco atrasado para o toque de recolher.

Com um aceno tímido, o garoto seguiu em direção à casa.

– Sim, certamente você está atrasado – disse ela, suavemente.

Balançando a cabeça, ela pegou a lanterna da mochila, ajustou um pouco de luz à sua frente e entrou na floresta.

Enquanto caminhava pela trilha, repensou sobre aquela noite diversas vezes. A forma como Nick havia falado com ela, a maneira como ele a tocou e beijou. O coração dela batia forte a caminho do acampamento, e não era apenas pelo esforço físico.

Eu não me apaixonarei por Nick Farrell, Carter prometeu para si.

Nick estava sentado na cadeira da escrivaninha quando ouviu Cort entrando pela porta. O garoto resmungava e não parou de falar enquanto subia as escadas. Estava dez minutos atrasado, e Nick não discutiria por causa disso.

Sentindo-se inquieto, Nick levantou da escrivaninha e saiu pela porta francesa em direção à varanda. Sentou-se sobre uma cadeira de vime enquanto observava o reflexo da lua sobre o lago. De repente, ouviu uma voz:

– Tio Nick?

A cadeira de vime rangeu quando ele olhou para o teto da varanda.

– Cort?

– Posso lhe perguntar uma coisa? – a voz do garoto parecia titubeante.

– Claro.

Houve uma longa pausa até que Cort falasse novamente.

– O que você faz quando gosta de alguém?

Nick ficou impressionado. Era a primeira vez que Cort o procurava para pedir um conselho.

Mas por que diabos ele não lhe perguntou sobre a Letra do Tesouro Nacional? Estava indo para a escola para fazer perguntas desse gênero.

Tentando ganhar um tempo para responder a pergunta, Nick indagou:

– Você está gostando de alguém?

– Talvez.

– O que o faz achar isso?

– Sempre que ela está por perto, minha cabeça não funciona muito bem, minhas pernas ficam como se eu estivesse correndo uma maratona, e meu estômago fica enjoado... Como se eu tivesse comido muitos tacos de uma vez...

Então é isso o que ele tem a dizer, Nick pensou.

– Você acha que essa pessoa também gosta de você?

– Talvez – Cort permaneceu em silêncio por um instante. – Não é Carter. Ela é muito velha para mim.

A hesitação na voz do garoto tinha quase que desaparecido completamente, e Nick sentiu-se aliviado porque aparentemente os dois haviam superado aquele assunto sobre Carter.

– E então, o que você faz? – Cort perguntou novamente.

Nick suspirou.

– Seja você mesmo. Passe um tempo com ela. Ouça-a. Certifique-se de que ela saiba o quanto é especial.

Fique louco fantasiando coisas sobre ela, Nick acrescentou em seu próprio pensamento. *Prepare-se para uma sessão de insônia. Prepare-se para dizer alguma asneira e ter de implorar pelo perdão dela depois.*

– Não era assim que você tratava Candace – Cort o desafiou.

Nick retraiu-se.

– Eu sei. Eu não gostava dela de verdade.

– Acho que ninguém gostava dela.

– Bem, você não deve ficar com alguém de quem não goste de verdade.

– Eu sei disso. Mas acho que você não sabia.

Nick sorriu suavemente diante da sinceridade do rapaz e achou curioso o fato de ele levar tanto tempo para aprender a lição.

O silêncio permanecia entre eles, e o som da correnteza contra a margem do rio marcava os momentos que se passavam.

– Acho que você tem razão – disse o garoto com determinação. – Vou ficar com ela. Obrigado.

– Cort?

– Sim?

– Fico feliz que você tenha me perguntado isso – Nick fez questão de garantir que as palavras fossem ditas com clareza e que Cort as ouvisse.

Houve uma longa pausa entre eles.

– Sim, eu também fiquei.

No andar de cima, a porta do quarto de Cort foi fechada suavemente.

Nick, por sua vez, não se sentiu rejeitado.

Ao permanecer na varanda, perdeu-se nas lembranças sobre Carter até que ficou tão agitado que teve de voltar para o escritório. Ao sentar-se na cadeira, pegou alguns papéis que estavam em cima da escrivaninha e tentou se distrair.

O acordo com a CommTrans estava progredindo bem, concluiu ao analisar um memorando de entendimento que havia sido enviado a ele mais cedo, naquele mesmo dia. Se tudo corresse bem, até o final do mês a transação estaria completa. Wessex compraria a empresa e logo em seguida venderia boa parte dela a Nick.

E ao final de toda a papelada, a presa de Nick teria um novo chefe.

Ele deu um pequeno sorriso, demonstrando tristeza. A vingança era uma droga.

No ano anterior, Nick foi obrigado a vender algumas ações por conta da legislação antitruste. Bob Packert, CEO da CommTrans, havia comprado as empresas de produção e provou ser incapaz de administrá-las. Nick se sentia tão mal diante do ocorrido que o valor do restante das ações desse homem foi para o ralo. O preço das suas ações despencou, e os acionistas ficaram furiosos.

Em vez de consertar os problemas que ele havia criado, Packert foi até a imprensa e alegou que Nick havia falsificado os documentos financeiros durante o processo de venda, fazendo com que a empresa parecesse mais idônea do que era. O homem havia declarado em alto e bom som que a fraude havia sido a causa da falha, não a sua própria incompetência.

Era tudo mentira, e Nick não era o tipo que deixaria barato um ataque como esse. Era nesse ponto que William Wessex entrava. Wessex estava muito satisfeito em comprar todas as ações de Packert em um *takeover* hostil[14] e passar a maior parte das ações para Nick por um preço justo. Para manter toda a transação em conformidade com a lei, ele manteria todas as fábricas de produção que Nick não poderia assumir por conta da legislação antitruste – uma pequena recompensa por fazer o favor.

Como estratégia, Nick possuiria até o próprio rabo de Packert, e sua primeira ação como novo presidente do conselho da CommTrans seria demitir Packert de sua própria empresa por justa causa. O próximo passo seria bani-lo da *Fortune 500 list*[15], assim Packert não conseguiria outro trabalho de alto nível com um salário estrondoso. Além disso, Nick estava pensando em expulsar o homem dos clubes privados e dos campos de golfe dos quais ele participava e também garantir que a esposa dele descobrisse as inúmeras amantes que ele tinha.

Wessex seria fundamental para o plano de vingança porque, legalmente, Nick não poderia retomar a titularidade dos negócios de produção e, sendo assim, não poderia estar à frente da aquisição da CommTrans. Contudo, a situação colocou os dois investidores em uma posição difícil. Nick teria de confiar que Wessex abriria mão da empresa logo que a tinta da assinatura do contrato secasse. Wessex teria de confiar que Nick pagaria a ele a quantia combinada pela aquisição da CommTrans.

Embora tivessem os mesmos interesses, o acordo era tão seguro quanto uma disputa em que dois leões famintos desejam um pedaço de carne.

Esse era o motivo pelo qual Nick queria oferecer ao homem a oportunidade de encontrar a filha. A gratidão de Wessex faria com que Nick se sentisse mais seguro e acrescentaria uma obrigação pessoal para assegurar que a obrigação profissional fosse respeitada.

---

14 O *takeover* hostil é um termo utilizado na área dos negócios que se refere à compra de uma empresa com a posição oposta aos gestores dela. Tais gestores não apenas aconselham os acionistas a não venderem as ações como também solicitam que apresentem formas de impedir tal tentativa. (N. T.)

15 A *Fortune 500 list* é uma lista de classificação das quinhentas maiores corporações do mundo. A lista é publicada anualmente pela revista *Fortune*. (N. T.)

Nick ajeitou-se na cadeira, sentindo-se encurralado por suas próprias manobras. Quando ele começou a seguir o seu plano, jamais poderia imaginar o que aconteceria entre Carter e ele. Subitamente, a influência de Carter sobre a operação pareceu-lhe algo totalmente errado.

Incomodado, Nick foi até o bar, colocou uma dose de uísque no copo e depois caminhou até a estante de livros. Ele ajoelhou-se na frente de uma coleção de cinco volumes sobre viagens da época Vitoriana. Com uma pancada leve sobre a alavanca, a repartição da prateleira onde se encontravam esses livros foi empurrada para frente, revelando um cofre.

Nick girou o botão para a direita, duas vezes para a esquerda e novamente para a direita. Ouviu o barulho de copos sendo liberados e empurrou para baixo a alça de bronze. Luzes se acenderam no lado de dentro, e o que ele sempre imaginou que fosse algo delicado, era apenas um pequeno e consistente frigobar.

Olhou para a cruz, ciente de que ao segurá-la teria a sensação de consolo. Era algo que ele fazia há anos, todas as vezes em que se sentia confuso.

Mas, antes de pegá-la, ficou distraído com a familiar pilha de caixas de couro que guardavam algumas das joias da coleção de sua avó. Por um impulso, Nick estendeu a mão e pegou uma pequena caixa da Cartier coberta por vermelho brilhante. Destravou a fenda e a abriu.

Um anel de diamantes reluziu sob a luz fraca. Sua avó havia sido presenteada com a joia no seu noivado com Rufus Lachlan Farrell. O anel continuava intacto, mesmo depois da morte da avó e de Rufus. Nick pensou que era uma pena manter uma joia como aquela trancada em um cofre.

Nick lembrou-se de sua mãe cobiçando o diamante, não por causa de seu tamanho e de sua qualidade, embora ambos os aspectos fossem impressionantes. O motivo pelo qual sua mãe invejava aquele diamante era que a joia fora usada por uma mulher com quem ela se sentia incapaz de competir. A avó de Nick, conhecida como Ma Farrell, era uma anfitriã consumada, uma jardineira invejável e, em uma época em que as mulheres deveriam levar a vida passiva de uma lady, ela também foi amazona, jogadora de pôquer e nadadora. Era uma pessoa muito carismática, charmosa e querida por todos os que tinham a oportunidade de conhecê-la.

Sarah, a mãe de Nick, era exatamente o oposto. Ela era esbelta, não muito forte, antissocial e agressiva. Não era uma mulher agradável, tampouco querida. Também sofria pela sede de aprovação das pessoas e sentia-se magoada porque nunca conseguira o suficiente. Para piorar as coisas, ela teve de encarar o complexo de Édipo ao saber que seu marido, Ashland, preferia infinitamente passar o tempo com a própria mãe a ter a companhia da esposa.

Essa carga teria sido mais fácil de suportar se Ashland tivesse algum vínculo bizarro com Ma Farrell. Sarah teria sido capaz de transformar essa patologia embaraçosa em uma culpa induzida resultando em compras descontroladas na Tiffany. A verdade, porém, era um tanto mais aborrecedora e difícil. O homem apenas apreciava a companhia da mãe, e sua esposa nunca o perdoou por essa divisão de afeto.

Essa teria sido a razão para o nascimento de Nick, de acordo com o que lhe foi dito. Sarah considerou que, ao se tornar mãe, faria com que o marido parasse de pensar apenas em si. Essa foi uma estratégia fracassada. Ashland fez um quarto para o filho bem próximo ao de sua mãe, e Sarah, em vez de receber mais consideração, ficou ainda mais afastada.

O que fez com que Nick sempre tivesse a sensação de que era rejeitado pela mãe.

Por uma crueldade caprichosa ou talvez por misericórdia, a vida de Sarah chegou ao fim antes que a mulher que ela odiava falecesse. Ma Farrell viveu até quase uma década depois da morte dela, e o anel de diamantes havia comido muita poeira nos jardins à beira do lago. Depois da morte de sua mãe, Ashland mandou avaliar o anel e, em seguida, o colocou em um cofre seguro. A joia nunca fora usado por mais ninguém desde então.

A história que Nick mais gostava a respeito do diamante era uma que Gertie sempre lhe contava. O estilo de vida ativo de Ma Farrell fez com que a platina do anel se desgastasse ao longo dos anos. Quando Asland levou a joia de volta a Cartier para que fosse avaliada, os joalheiros propuseram que a pedra preciosa fosse posta em um engaste inteiramente novo.

– Não se reinicia uma vida, senhores – Ashland disse a eles. – Esse anel recebeu esses entalhes e algum dia, se ele for repassado a alguém, a mulher que o usar saberá exatamente quem o colocou aí. É um legado que deve ser cumprido, não alguma coisa que possa ser substituída.

Nick olhou para o anel, observando os arranhões na superfície do metal. Ficou desnorteado ao imaginar o anel de diamantes no dedo de

Carter. Ao devolvê-lo à caixa, ficou impressionado com o fato de que entrava e saía do cofre há anos e nunca havia prestado atenção ao anel antes.

Dirigindo-se a uma prateleira mais baixa, ele vasculhou algumas pilhas de dinheiro e separou cerca de 100 mil dólares em *krugerrands*[16] que ele havia colocado no cofre duas semanas antes. Na parte de trás, estava o pacote de feltro que ele tinha levado para Carter naquele dia.

Ao retornar para sua escrivaninha, ele desembrulhou a cruz. A madeira envelhecida, repleta de rachaduras, parecia brilhar.

Uma sensação familiar atingiu seu estômago, por conta do conflito entre a história particular de sua família e a de sua propriedade. Pensou novamente nos homens que haviam morrido naquele lugar que agora era seu. Ficou, como de costume, comovido.

E então ele congelou.

Aquela estranha mudança na gravidade era o que ele sentia quando estava perto de Carter. Era a maneira como ele se sentia quando pensava nela.

Era isso o que sempre esteve faltando. Ele nunca se sentiu tão envolvido por uma mulher antes. Era capaz de permanecer perto delas e de esquecer que estavam no mesmo espaço físico; poderia até mesmo sair do país sem sentir falta delas, assim como também poderia simplesmente ir embora, sem segundas intenções.

Mas Carter... Ela o consumia. Ela o desafiava com sua sagacidade e inteligência. E quando faziam amor, ele se sentia inteiro.

Nick inspirou o ar enquanto lutava contra um medo interno.

Embalando a cruz sobre o pedaço de pano, percebeu que algo dentro dele estava mudando.

E ele nunca mais seria o mesmo.

---

16 O *krugerrand* é uma moeda de ouro emitida pela República da África do Sul. A moeda é comumente vendida por um preço um pouco mais elevado que o valor de mercado do ouro que a moeda contém. (N. T.)

Capítulo 12

Duas semanas depois, Carter e sua equipe estavam abaixados, com os joelhos e as mãos sobre a terra, trabalhando sob a luz do sol, quando completaram metade do trabalho a ser executado. Apesar do calor do ambiente e do progresso que atingiram, não houve comemoração alguma. Continuaram a trabalhar com empenho e determinação.

Carter percebeu o ponto que haviam atingido apenas quando fez uma pausa para beber alguma coisa e viu a distância que tinham coberto. O solo no interior do círculo de pedras estava agora dividido ao meio, com um nível maior e outro mais baixo. Era o resultado de inúmeras horas de espátulas cavando a terra e da terra enchendo os baldes de plástico.

A área de escavação era rica, e muitos itens foram encontrados, alguns mais significantes que outros. De volta ao acampamento, contêineres dobráveis haviam sido expandidos para acomodar todos os tipos de flechas, fragmentos de cerâmica, balas de mosquete e o que mais aparecesse. No dia anterior, Cort e Ellie haviam encontrado os restos de um Brown Bess, a arma utilizada pelos soldados britânicos durante o período Revolucionário. Felizmente, a parte metalizada da arma estava em bom estado e parte da madeira também estava conservada. Foi quase um achado, e todos ficaram entusiasmados porque ela poderia ter pertencido a um dos homens cujos restos mortais foram desenterrados.

Em relação aos esqueletos, eles foram retirados do solo e os ossos foram cuidadosamente armazenados em caixas longe da luz do sol. Como os esqueletos eram os itens mais importantes que eles haviam encontrado, Carter via-se cada vez mais ansiosa para levá-los para a universidade onde ela sabia que eles estariam seguros. Não queria que nada acontecesse com os achados antes que ela tivesse a chance de estudá-los.

Ela olhou em direção a Cort e Ellie. Os dois estavam brincando e rindo juntos, flertando um com o outro quando se esbarravam movimentando as espátulas. Lembrou-se da paixonite que Cort tinha sentido por ela e sentiu-se feliz ao ver que ele havia superado bem aquilo.

Seu próximo pensamento foi sobre Nick.

Na noite anterior, os dois haviam saído juntos para um passeio de barco à meia-noite. A lua brilhava sobre as ondas suaves do lago à medida que elas cruzavam lentamente a costa. O som gutural do motor e o canto das mobelhas os acompanharam durante toda a viagem pelo lago. Carter apoiou-se sobre o peito dele, aconchegando-se sobre os seus braços. Sentiu a forte tentação de acreditar que aquela noite quente de verão perduraria para sempre.

Embora o prazer físico que Nick lhe oferecia fosse algo intenso e satisfatório, ela tentou controlar os seus sentimentos ao máximo. Havia momentos, principalmente depois que conversavam sobre o passado dele ou sobre os planos dela para o futuro, em que ela o sentia inseguro. Ele ficava com o olhar distante, como se estivesse procurando por um refúgio, e uma tensão lhe percorria todo o corpo. Ainda que ele nunca tivesse demonstrado vontade de seguir aquele impulso, ela se manteve cautelosa.

Havia outro motivo para que ela não se preocupasse. Ela conseguira se lembrar de onde tinha ouvido o nome da CommTrans, a empresa mencionada nos papéis em cima da escrivaninha dele. O dono dessa empresa acusava Nick de ter falsificado documentos financeiros. A notícia se espalhou por toda a imprensa, de tal maneira que mesmo ela, muito distante do mundo dos negócios, tinha lido que a negociação azedou e que estava sob investigação. Mesmo que o problema não tivesse ligação direta com a relação entre eles, a ideia de que ele havia enganado alguém a mantinha apreensiva.

E havia algo a mais a incomodando. Sempre lhe surgia a lembrança de Conrad Lyst e dos registros da escavação que não foram encontrados. Em certa manhã, Buddy havia mostrado a ela inúmeras pegadas na terra fresca. Ao seguir as pegadas, eles caminharam pela floresta até que chegaram à trilha dos fundos. Lá, como o rastro de um pequeno exército, havia muito mais pegadas agrupadas, que demarcaram de maneira acentuada o solo rígido.

Ivan aparecia ali por acaso, mas nunca tinha deixado pegadas como aquelas. Buddy, Carter e os garotos usavam apenas a trilha da frente. E, considerando a homogeneidade das pegadas, era pouco provável que elas fossem de turistas curiosos. Só poderiam ser de Lyst.

Logo que retornaram ao acampamento, ambos concordaram que os esqueletos precisavam ser retirados da montanha nos próximos dias. Embora o ouro fosse o que realmente interessava a Lyst, era impossível saber o que ele seria capaz de fazer.

Nem ela nem Buddy correria risco algum em relação àquele homem.

Carter lançou uma porção de terra sobre o seu balde e logo em seguida notou que ele estava cheio. Estava levantando-se para esvaziá-lo na área externa do círculo de pedras quando Nick apareceu na clareira.

Um rubor percorreu o seu corpo, e ela observou os lábios dele elevando-se delicadamente. Foi um sorriso especial, destinado somente a ela.

– Se isso não for uma prova de dedicação, não sei o que é – disse ele atravessando o local da escavação, mas mantendo os olhos sobre ela. Os demais o cumprimentaram com um "oi".

– Não consigo acreditar que vocês já fizeram tudo isso – ele comentou ao se aproximar dela.

– Venha e veja isso – disse ela rapidamente, sentindo-se desconcertada e entusiasmada diante da presença dele. Ela foi até uma caixa em que guardava alguns fragmentos de cerâmica.

– Encontramos isso hoje pela manhã.

Ao colocar um fragmento sobre a mão dele, seus dedos tocaram a palma da mão de Nick. Ele sorriu amplamente.

– Quanto tempo tem? – ele perguntou ao examinar um pedaço de barro cozido.

– Talvez mais de mil anos.

– Fantástico.

– Este ponto tem sido um local popular por séculos. Aquela fogueira já viu muitas coisas por aqui.

Nick devolveu-lhe o artefato, acariciando o pulso dela.

– Achou mais alguma coisa que tenha pertencido ao grupo de Winship?

Distraída com o toque dele, Carter tropeçou nas palavras.

– É... não, mas ainda temos muito para escavar.

– E não encontraram ouro?

– Nenhum.

Ele caminhou até o ponto onde havia a fogueira antes deles escavarem.

– Quanto tempo mais vai levar a escavação?

– Três semanas mais ou menos.

– E depois, o que vai acontecer?

– Vou reencontrar minha esposa – Buddy murmurou.

Carter percebeu um gesto de aprovação no semblante de Nick ao ouvir o amigo mencionar Jo-Jo. Para seu alívio, os homens estavam se entendendo muito melhor.

– Logo que terminarmos, iremos para o laboratório – ela respondeu. – Temos de fazer uma série de análises. E então vamos escrever sobre a escavação e sobre qualquer conclusão que atingirmos.

Buddy colocou sua pá sobre o chão e levantou-se.

– Depois disso, vem o circuito dos jantares.

– Temos de fazer apresentações em várias universidades – Carter consertou o que o amigo havia dito, lançando a ele um olhar dissimulado. – Dependendo do que encontrarmos, isso pode levar pouco tempo ou se estender para um mês ou dois.

– E isso é ruim? – Nick indagou.

– Claro que não! – respondeu Buddy, entusiasmado. – É o mais próximo que um arqueólogo pode chegar de se tornar uma estrela do rock.

Conversaram um pouco mais sobre a escavação e então Buddy e os garotos fizeram uma pausa e voltaram para o acampamento para tomarem alguma bebida. Logo que ficaram sozinhos, Nick envolveu os braços sobre Carter. Ela sentiu o cheiro dele, respirando a fragrância de uma loção de barbear especial.

– Oi – disse ele com os lábios sobre os dela. – Senti sua falta.

Ao fechar os olhos, ela se rendeu à sensação do corpo dele em contato com o dela.

– Você me viu ontem à noite. Ou tenho de lembrá-lo do que fizemos sob a luz da lua naquele lago?

Ele se moveu contra ela.

– Quer me mostrar de novo?

A língua dele deslizou entre os lábios dela, e Carter arqueou o corpo em direção a ele. Colocando as mãos embaixo da camisa dele, ela acariciou a sua pele até ele gemer. O calor que se acendeu entre eles a fez pensar no fluxo de uma correnteza, e o imaginou com o corpo nu, nadando com ela sob as águas.

Estava a ponto de convidá-lo para ir até o rio quando escutaram a risada de Cort e Ellie.

Contra a vontade de ambos, eles se separaram.

– Que pena que não estamos sozinhos aqui – disse Nick com a voz ligeiramente áspera.

– Estava prestes a convidar você para irmos para o riacho.

– Vou me lembrar disso mais tarde.

Os garotos apareceram no círculo de pedras e pareciam mais bem-dispostos ao caminharem de volta ao local da escavação. Para Carter, a ideia de voltar ao trabalho não era tão atrativa quanto costumava ser. Sentia-se distraída por causa de Nick e só pensava no que os dois faziam juntos. E certamente não tinha nada a ver com pás.

– E então, qual é a técnica aplicada aqui? – Nick perguntou ao pegar a pá que ela estava usando.

– Você já plantou alguma coisa?

– Uma vez. Foi uma fofoca maldosa sobre um concorrente para a *WSJ*. Mas foi o cara quem começou – ele piscou para ela.

Ela não conseguiu se conter e sorriu para ele.

– Estava pensando mais sobre bulbos de lírio.

– Ah, então a minha resposta é não.

– Já mexeu em uma caixa de areia?

– Nunca.

– Hum... E que tal um pedaço de grama arrancada ao acertar o taco na bola de golfe? – Carter sabia que Nick estava brincando com ela.

– Também não.

– Você não joga golfe?

– Não arranco pedaços da grama.

Carter gargalhou.

– Meu Deus, eu adoro ver você sorrindo – disse ele suavemente ao inclinar o corpo na direção dela. – Entre outras coisas.

Carter pegou sua pá de volta e enrubesceu.

– Você quer mesmo aprender a fazer isso?

– Se isso significa que posso ficar com você, com certeza.

– Ok, então se ajoelhe.

– Pensei que você jamais me pediria isso – disse Nick com a voz um pouco rouca.

Quando Buddy voltou, encontrou Carter e Nick com a cabeça voltada para o chão, examinando uma porção de ossos que pareciam ser os de um cervo.

– Encontrou o que estava faltando? – disse Buddy entusiasmado ao aproximar-se deles.

– Muito provavelmente o que eles comeram no jantar – Carter respondeu.

– Está se divertindo? – Buddy perguntou a Nick.

– Muito. Estou achando... impressionante.

Com um olhar de relance, Carter percebeu que ele estava olhando-a. Ela evitou olhar para ele, tentando não demonstrar nada à sua equipe.

Quando retomaram o trabalho, Nick sussurrou no ouvido dela:

– E então, quando vejo você de novo? Sozinha.

Ela olhou para cima, sentindo o calor percorrer seu corpo.

– Bem, vou para Burlington daqui alguns dias – disse ela, calmamente. – Você poderia vir comigo...

– Não sei se posso esperar tudo isso.

– 48 horas?

– Que significam dois dias – ele resmungou.

– Espero que os deleites do corpo não tenham comprometido suas habilidades matemáticas.

Ele sorriu.

– Vou com você para Vermont, mas apenas se me prometer que não vai usar as suas mãos para executar o seu trabalho.

– Acho que isso pode ser providenciado.

Nick estendeu a mão e acariciou a bochecha dela. O gesto foi rápido como um raio, porém penetrante.

– Tenho de ir. Os negócios estão esperando – Nick levantou-se e alongou o corpo.

Carter sorriu para ele, lamentando o fato de que ele estava indo embora.

– Odiaria ver sujeira no caminho do progresso.

– Os meus acionistas também odiariam.

Ao olhá-la demoradamente pela última vez, ele desapareceu em meio à floresta.

No caminho de volta da montanha, Nick pensou sobre como Carter era capaz de atraí-lo e prendê-lo apenas com o seu olhar. Seus olhos eram simplesmente bonitos, embora a coloração azul-cobalto fosse fascinante. O que chamava mais a atenção dele era a combinação de força e vulnerabilidade que ele enxergava nela. E essa combinação velada fazia com que ela olhasse para ele de uma maneira que ele sentia como se pudesse pular altos edifícios com um único salto.

Estava esperando ansiosamente a viagem para Burlington como se fosse o Natal.

Ao entrar na cozinha, viu Gertie de pé, mexendo em uma massa. Ela estava amassando o pão em uma tigela funda de madeira e a farinha se espalhava pelo ar formando uma fumaça branca enquanto ela amassava e dobrava, amassava e dobrava.

Como costumava fazer quando era criança, ele inclinou-se sobre o batente da porta, cruzou as pernas na altura do tornozelo e balançou a ponta da bota.

– Por que você está nervoso? – ela perguntou.

– Quem disse que eu estou nervoso?

– Você está balançando o pé como se fosse uma bandeira.

Ele acalmou-se.

– Tenho passado bastante tempo com Carter. Estou ficando... apaixonado por ela – ele próprio não podia acreditar em suas palavras.

– Sim, eu percebi – Gertie afastou a tigela, colocou um pano de prato por cima e lavou as mãos. – Ela é uma boa mulher. Qual é o seu medo?

Nick respirou fundo.

– Não sei.

– Bem, espero que você continue encontrando-a – Gertie tirou o avental feito de um tecido de algodão que já havia sido lavado várias vezes e por isso tinha uma cor rosa desgastada.

– A propósito, o pai dela ligou hoje.

Nick prendeu a respiração.

– O quê?

– William Wessex ligou.

– Como você sabia que ele era pai dela?

– Perguntei a ele porque eles têm o mesmo sobrenome. Ele ligou para dizer que está vindo para cá este fim de semana e que está trazendo uma pessoa com ele. Disse ainda que você vai gostar de ver essa pessoa. Parece que ele ficou surpreso ao saber que Carter está aqui – Gertie franziu as sobrancelhas.

– Ele disse mais alguma coisa?

– Apenas que quer falar com você e que vai esperar sua ligação – Gertie o olhou com certa estranheza. – Você está bem?

Nick balançou a cabeça respondendo que sim e saiu apressadamente em direção ao seu escritório.

Sem chance. Ele não colocaria em risco sua relação com Carter.

Nick sabia o tempo todo que teria de contar a ela sobre o plano de negócios com o seu pai. E ele estava se preparando para conversar com ela a respeito disso. Precisava apenas de um pouco mais de tempo para descobrir como abordar o assunto, para organizar as palavras de tal forma que amenizasse o choque.

Estava certo de uma coisa. A visita daquele homem definitivamente não era a forma que Nick desejava para resolver as coisas.

Sentou-se à cadeira atrás da escrivaninha e ligou para o número privativo de Wessex.

– Wessex – a voz do homem era aguda.

– É Farrell.

– Diga: quando você iria me contar que minha filha está na sua montanha? Antes ou depois que eu chegasse? – as palavras seguiram diretas e curtas.

– Óbvio que eu contaria a você – Nick respondeu prontamente.

– Muita consideração de sua parte – havia verdadeira raiva no tom de voz de Wessex.

– Olha, eu ia lhe contar. Mas considerando que ela está aqui, acho que deveríamos nos encontrar em Nova York.

– Bem, infelizmente é tarde demais. Convidei Packert para ir até a sua casa neste fim de semana. Chegaremos na sexta-feira.

A voz de Nick foi enfática.

– Não, vocês não virão aqui. E que diabos está acontecendo? Não estamos prontos para concluir a emboscada ainda.

– Packert descobriu parte do nosso plano. Ele sabe que, se você assumir a administração, ele será despedido. Ele disse ainda que ou marca uma reunião com você ou vai à imprensa novamente.

– Dane-se! Que ele chame qualquer repórter maldito na rua – Nick resmungou. – Ele não tem nada para dizer a eles.

– Não tenha tanta certeza disso. Ele está preparado para contar ao mundo que eu e você estamos contornando as leis antitrustes. Que estamos atuando juntos.

– Ele está louco! – a raiva fez com que Nick cerrasse o punho. – Tudo está dentro da mais perfeita ordem. Será que esse cara quer morrer?

– Tudo que posso dizer é que ele tem voz alta quando se trata de fazer acusações, e você sabe como os repórteres amam esse tipo de coisa. Ainda que tudo na negociação esteja dentro da lei, para a opinião pública pode parecer algo muito ruim. Não estou disposto a receber esse tipo de golpe e nem você. Sobretudo depois do ano passado...

– Juro por Deus, vou acabar com esse filho da puta – Nick passou a mão pelo cabelo. – Mas diga a ele que vamos nos encontrar em Nova York. Podemos fazer isso em qualquer lugar. Pego um voo para lá neste fim de semana.

– Ok – houve um longo período de silêncio e então Wessex perguntou com a voz baixa: – Agora, você se importa de me dizer o que minha filha está fazendo na sua casa?

Nick respirou fundo.

– Ela está na montanha. Escavando. Quando falei com você pela última vez, não tinha a menor ideia de que escavaria minha propriedade.

– O quanto você a conhece?

Houve uma longa pausa. Nick não queria entrar em detalhes com o pai de Carter. Tinha a sensação de que ela veria isso como uma traição.

– Bem o suficiente.

– Pessoalmente?

– Sim.

– Como ela está?

Havia um desespero por trás da fala dele, que Nick não associou ao homem.

– Ela está bem.

– Ela lhe contou por que nós estamos afastados?

– Contou algumas coisas.

Um suspiro de tristeza e resignação surgiu em meio à ligação.

– É difícil lidar com os caprichos do destino.

E então, como se estivesse se sacudindo sobre o passado, Wessex limpou a garganta e disse bruscamente:

– Bom, vou ligar para Packert.

– Você me avisa quando precisar que eu vá até a cidade.

Depois de desligar o telefone, Nick pegou os documentos da CommTrans. Pela primeira vez, ele os viu não como uma chave para a vitória, mas nada além de uma pilha de papéis, amontoada sobre o lado esquerdo da mesa, presa por um clipe preto. Folheando os documentos, ele viu onde havia destacado cláusulas, escrito notas nas margens e riscado algumas seções. O contrato parecia frágil entre os seus dedos.

Ele jogou a pilha de papéis sobre a mesa e pensou no corpo de Carter. A maneira como ela se movimentava sobre os seus braços, o quanto sua pele era quente, como ela sussurrava o nome dele sobre o seu pescoço quando chegava ao orgasmo. Tudo aquilo parecia muito mais importante do que aquela papelada de negociação empilhada sobre sua escrivaninha.

Ao imaginar o azul dos olhos dela, de repente pensou que durante todos esses anos talvez estivesse ansiando pela coisa errada.

– Vamos para Burlington – Nick disse a Carter na manhã seguinte. Estavam sozinhos no acampamento, enquanto os outros haviam saído para o local da escavação.

– Agora? – ela perguntou.

Nick assentiu e sentou-se à mesa de piquenique. As primeiras horas da manhã eram muito agradáveis no topo da montanha. A luz dourada do sol reluzia sobre os pinheiros, e a visão do céu era vasta e clara.

– Por que a pressa?

– Hoje vai esquentar muito. Você vai se sentir horrível debaixo de todo esse sol.

Aquela era a verdade parcial. Ele queria passar o dia com ela e estava preocupado porque teria de ir para a cidade em breve. Não queria perder a chance de ficar sozinho com ela.

Ela ofereceu-lhe uma xícara de café. Antes de se virar, ele agarrou a mão dela e a puxou para beijá-la.

– Além disso, quero ficar sozinho com você. Logo.

Ele observou que ela ficou com as bochechas coradas e afastou-se ligeiramente, olhando ao redor para ter a certeza de que estavam sozinhos.

– Acho que não há motivo para não irmos...

– Então está marcado – disse Nick, satisfeito.

Quando ela sentou-se ao lado dele, Nick puxou-a com seus braços e a beijou ardentemente. Ao sentir a respiração ofegante dela, imaginou que aquele dia estava repleto de promessas agradáveis.

Capítulo 13

Na garagem, Ivan estava limpando uma vela de ignição quando Nick entrou procurando pelo quadriciclo.

– A máquina está abastecida?

Ivan balançou a cabeça confirmando.

– Está indo para a montanha?

– Sim – Nick não escondeu o prazer no tom de sua voz. – Vamos passar o dia fora... Vamos levar os esqueletos para a UVM.

Ele emitiu um grunhido.

– Tenho visto muitas pegadas na trilha de acesso ultimamente.

Nick hesitou.

– Mais do que o habitual?

– Creio que sim.

– Desde quando?

– Pouco tempo. E não são pegadas de urso...

Os dois olharam-se por um instante.

– As pegadas não poderiam ser dos arqueólogos?

Nick foi até o veículo e montou sobre ele, franzindo a testa.

– Não.

– Então estamos falando de turistas?

– Sim.

Enquanto girava a chave para ligar o veículo, Nick parou.

– Apenas um?

– Sim. As pegadas indicam o movimento para cima e para baixo da montanha.

– Com que frequência?

– Diria que duas vezes por semana.

– As pegadas vão até a escavação? – Nick perguntou, pensativo.

– Sim. E são as mesmas pegadas que encontrei quando fui procurar pelo urso.

Nick tentou encontrar um motivo para Carter ter mentido.

– Não estou gostando disso.

– Não estou louco, sei quem é... Queria que o meu objetivo tivesse sido atingido em maio.

– É aquele que você quase matou?

Ivan assentiu.

– Que diabos ele está fazendo aqui? – Nick resmungou.

– A pergunta é outra. Quem ele está procurando?

Nick ligou o quadriciclo rapidamente.

– Ache esse homem e traga ele aqui para ter uma conversinha comigo.

– Com prazer – Ivan gritou.

Ao sair da garagem com o veículo, Nick não conseguiu compreender aquele fato. Perguntou-se por que Carter ou Buddy perderiam seu tempo com um concorrente, em uma escavação que tinham conquistado às custas dele.

Ao chegar à rodovia principal, ele dirigiu por quase meio quilômetro e virou à esquerda para entrar na estrada de acesso. Subindo a via, passou muito tempo olhando para baixo, bem como para a direção da estrada. Frequentemente, parava o veículo e olhava para o chão, observando os rastros que Ivan havia descrito.

A estrada na parte de trás sempre foi um espinho no caminho de Nick por conta do fácil acesso à montanha. A menos de um quilômetro de distância, havia um estacionamento público fora da estrada principal que pertencia à montanha estatal e que ficava próxima à propriedade dele. Tudo que os invasores precisavam fazer era estacionar lá e andar um pouco. Certos do que estavam procurando, bastava esticar o corpo no local apropriado para espiar e ter uma visão clara de sua propriedade.

Ele havia colocado muitas placas de "PROIBIDO ULTRAPASSAR A ÁREA", mas Ivan era a primeira e melhor linha de defesa contra os invasores. O homem tinha um prazer pessoal em rastrear sua presa, e com a ameaça dele, a maioria dos invasores não voltava. Um encontro com o caçador sempre era o suficiente para desencorajar futuras visitas.

Mas aquele outro arqueólogo era um descarado maldito, Nick pensou. *Ou tinha um propósito muito claro.*

Quinze minutos depois, Nick estava próximo ao topo da montanha, mas longe de uma conclusão satisfatória a respeito de suas preocupações. Passando o círculo de pedras, ele manobrou o quadriciclo, estacionou-o o mais próximo possível do acampamento e o desligou.

Ao aproximar-se das barracas, Carter olhou de onde estava, agachada próxima à braseira.

– Nossa, você voltou rápido – disse ela, sorrindo.

Nick pensou nas pegadas, e a sua intuição lhe dizia que Carter estava escondendo alguma coisa.

– Nick, aconteceu alguma coisa?

Ele a olhou fundo nos olhos e tudo o que pôde ver foi uma preocupação sincera. Mesmo assim, ficou pensando que ela poderia estar enganando-o. Sabia por meio de amigos da área das artes que Lyst trabalhava no mercado negro como um bom apresentador do programa QVC. Se ela encontrasse o ouro, Lyst poderia ser o canal perfeito para transformá-lo em dinheiro, que, por sua vez, sempre serviu de grande motivador para as pessoas. Acima de tudo, ela havia se afastado do pai, e a renda de um professor de arqueologia não poderia ser tão alta assim.

Além disso, tendo em vista a maneira como o acampamento estava muito bem equipado com a mais alta tecnologia e com recursos muito bons, ela sabia claramente como gastar uns trocos.

– Nick? – a ansiedade assombrava a expressão dela.

Talvez Ivan tivesse cometido um erro, ele considerou, pensando sobre a ideia de deixar aquele acontecimento de lado. Ele a desejava demais. Com pegadas ou sem pegadas. E depois, haveria inúmeras possibilidades para conversar sobre aqueles rastros e sobre a hipótese do aparecimento de ursos. Não havia o menor motivo para perder aquele momento do curto e precioso tempo que eles passariam juntos.

– Está tudo bem – disse ele suavemente. – Você precisa de ajuda para embalar as coisas?

Ela o olhou com certa estranheza e depois deu de ombros.

– Está tudo arrumado, obrigada. Vamos colocar os esqueletos na parte de trás do quadriciclo.

Quando chegaram ao jipe de Carter, colocaram os esqueletos lado a lado no bagageiro, para que os achados não se movimentassem muito durante a viagem de balsa. Então Nick retirou o quadriciclo da garagem, e Carter o observou enquanto ele atravessava o gramado. Sob o brilho da luz do sol, ele parecia feliz novamente, e ela perguntou-se sobre o que ele estaria pensando no momento em que chegou ao acampamento.

Ao aproximar-se do jipe, ela brincou:

– Você está estranhamente contente.

– Contente? – seus olhos brilharam ao olhar para ela.

– Sim, não está com aquela expressão carrancuda.

Nick lançou sobre ela um olhar de gracejo do outro lado do capô, e logo em seguida entraram no carro.

– Por acaso, estou ansioso para passar o dia com você.

Rapidamente, ele estendeu a mão até o assento do passageiro e segurou a mão dela.

– Vem aqui – ele a puxou e a beijou com firmeza. – Agora podemos ir.

Ele não precisou pedir duas vezes. Ela girou a chave, engatou a marcha do carro e saiu pela estrada. Ao seguir em direção à rodovia principal, ela notou que ele a olhava.

– O que você está olhando?

– Você – ele pronunciou a palavra enfática e lentamente.

Carter ficou com as bochechas coradas de felicidade, mas conteve-se.

– Por que você faz isso? – ele perguntou delicadamente.

– Faz o quê?

– Congela toda vez que vou cumprimentá-la.

Carter não tinha consciência de que fazia isso, mas sabia o porquê. Estava a ponto de se apaixonar por ele e tal sentimento a assustava.

– Vamos curtir o dia – disse ela. – Tudo bem?

Ela pôde sentir a frustração nos olhos dele.

– Não o entendo.

Carter respirou fundo. Era difícil viver em um mundo subterrâneo, dividida entre o que ela desejava e o que temia. Não sabia o quanto poderia dar de si. O quanto poderia se entregar a ele.

Nick virou-se, com uma expressão de contrariedade.

Contornando a rodovia principal, Carter teve de passar por curvas apertadas e sentiu-se satisfeita pela concentração que se fazia necessária. O silêncio entre eles foi algo estranho. Ela tentou conversar um pouco, mas ele mal respondia, apenas observava a paisagem pela janela lateral enquanto mexia em uma moeda de 25 centavos com a mão direita.

Vinte minutos depois, eles chegaram às docas da balsa. Havia duas docas idênticas, uma de cada lado e ao seu redor estacionamentos e restaurantes idênticos. Esses restaurantes não tinham nada de muito especial, mas eles serviam o melhor sorvete de casquinha.

Carter pagou o pedágio e esperou na fila que aguardava a saída da próxima balsa.

Ela olhou para Nick e sentiu-se aturdida. Ele continuava mexendo na moeda, e ela se perguntou se ele finalmente diria alguma coisa.

Quando ele finalmente decidiu abrir a boca, ela se assustou com o som.

– Você quer alguma coisa do restaurante? – ele perguntou, colocando os óculos escuros.

– Não, estou bem.

Nick saiu do carro e atravessou pela calçada; ele era um homem incrivelmente bonito que chamava a atenção das pessoas. Ele voltou com um sorvete de baunilha.

Ela o observou com certa tristeza enquanto ele lambia o sorvete. Um calor invadiu seu estômago e ela teve de desviar o olhar. Com certa indiferença, ela notou que era um dia maravilhoso de verão, com muito sol e céu azul. Ao contrário do clima alegre, Carter sentiu-se mal, triste diante do silêncio de Nick.

– Chegou a nossa vez – disse ele, ao morder um pedaço da casquinha.

Repentinamente, ela ligou o jipe e dirigiu até a balsa.

Quando pararam o carro novamente, ela o observou morder o último pedaço da casquinha e limpar os dedos naquele guardanapo frágil. Logo que terminou, Nick olhou para ela. Os dois olharam-se fixamente por muito tempo.

– Sempre achei o sorvete de baunilha o melhor de todos – disse ele.

Carter abaixou a cabeça e olhou para suas próprias mãos.

– Imaginar você tomando um sorvete de casquinha parecia algo impossível na primeira vez que o encontrei.

– Ah?

– É um prazer simples demais.

O apito da balsa soou, e a embarcação partiu da doca. Os motores, potentes e barulhentos, giravam as hélices que agitavam as águas.

Carter abriu a porta do carro, procurando um pouco de ar fresco. Quando ela começou a caminhar pela balsa, ele a seguiu.

– Então você pensou que eu só comia canapés e salgadinhos sem graça?

– Algo do gênero – ela sorriu para ele e ficou aliviada ao vê-lo falar novamente.

A conversa arejada combinava com o vento que vinha do lago, e Carter tranquilizou-se ao ver que parte da tensão que existia entre eles havia desaparecido.

Quando Nick se aproximou dela, Carter se sentiu satisfeita porque ele a apoiou em seu braço e em seguida colocou os braços ao redor de sua cintura. Ele a beijou no topo da cabeça.

– Você me dá trabalho, sabe? – disse ele enquanto a abraçava. – Resistente como um prego, mas também é meiga. Você me confunde totalmente.

– Não é minha intenção.

– Eu sei. E esse é um dos motivos pelos quais você me deixa assim, preso a você.

A voz dele era áspera e, encostada sobre sua bochecha, ela sentiu o som ressoando no peito dele. Ele acariciava as costas dela de forma rítmica. Com o sol banhando as suas costas e com a água cintilante ao seu redor, Carter sentiu-se relaxada.

Ela esticou o pescoço e olhou para o traço da mandíbula e para as linhas masculinas do rosto dele. Ao olhar debaixo dos óculos escuros de Nick, ela observou seus olhos apreciando o horizonte e olhando para os veleiros que passavam pelo lago.

– Agora, sou eu quem vai perguntar – disse ele, olhando para ela com um sorriso. – O que você está olhando?

– Nada – ela murmurou, apoiando a cabeça novamente sobre o peito dele.

Ele sorriu discretamente.

Quando a margem oposta apareceu imponente na vista da paisagem, eles voltaram para o carro. Com outra guinada e um guincho com amortecedores de borracha, a balsa ancorou, e eles desembarcaram, seguindo em direção à Universidade de Vermont. Com a ajuda de Nick, ela tirou os artefatos do carro em 15 minutos.

– Obrigada! – disse ela, olhando para o relógio de pulso. – Conseguimos terminar em um bom tempo. Onde vamos almoçar?

Ele se virou e sorriu com um lampejo de sensualidade.

– Que tal comprarmos alguma coisa e levarmos para a sua casa?

Quando pararam em frente à casa dela, Carter desligou o carro e estava prestes a abrir a porta quando Nick se aproximou do assento dela.

– Espere – ele tirou os óculos. Seu olhar estava sombrio e sério. Ele abriu e fechou a boca inúmeras vezes sem pronunciar palavra alguma.

A ansiedade reteve todo o apetite de Carter, e ela tentou se preparar para o pior. Ele era um homem que falava clara e abertamente. Sempre. E ela não estava certa de que aquela hesitação seria algo bom.

Finalmente, ele limpou a garganta.

– Eu te amo – disse ele rapidamente.

No silêncio que se seguiu, Carter ficou atônita.

– Você me ama?

– Sim, amo. Eu amo você – ele pegou a mão dela e a beijou na palma delicadamente. Depois a colocou sobre o seu peito.

Carter observou o rosto dele. Havia ternura e admiração em sua expressão, não um indício de alguém calculista. O que a surpreendeu, no entanto, foi um leve traço de vulnerabilidade em seus olhos.

– Ah, Nick – ela murmurou ao estender a mão e tocar o rosto dele. – Acho que eu também te amo.

Ele a abraçou e a beijou, movendo os lábios sensualmente sobre os lábios dela. Quando ele colocou a língua dentro de sua boca, ela suspirou ao ser invadida por uma onda de prazer.

– Quando você descobriu que me ama? – ela perguntou após se beijarem.

– Apesar do meu cinismo, acho que sempre soube. Apenas não conhecia o seu rosto até que você apareceu batendo à minha porta.

Depois do almoço, Nick se sentiu satisfeito ao se sentar com ela na varanda, em uma cadeira de balanço. Ele manteve o ritmo para frente e para trás, balançando a cadeira com o impulso do pé sobre o chão. Carter se encolheu sobre a cadeira, com os joelhos flexionados e com a cabeça apoiada na curva do braço dele. Ela permaneceu com os olhos fechados.

Ao olhar para o céu, Nick viu que o sol começou a se pôr, e ele lamentou pelo dia estar chegando ao fim. Dizer a ela que a amava foi mais fácil do que ele havia imaginado. As palavras saíram certas, e ele sentiu-se contente por tê-las dito.

Porém, aquelas palavras não eram o que ele havia planejado dizer. Nem de perto.

Ele queria esclarecer as coisas sobre o pai dela.

Carter se mexeu sobre os braços dele, sorrindo ao olhar para ele. Ele estendeu a mão e acariciou sua bochecha. Havia um brilho inconfundível nos olhos dela, e ele se sentiu excitado.

Carter esticou o corpo graciosamente e, em seguida, pegou a mão dele e o levou até as escadas em direção ao seu quarto. Logo que chegaram ao espaço com aroma de pinho, ele a segurou em seus braços e a beijou enquanto a despia. Sem pressa, ele saboreou a sensação da pele dela e apreciou o seu corpo sobre a luz. Quando ela estava inteiramente nua, ele arrancou as próprias roupas e a deitou sobre a cama. O sorriso de desejo de Carter o deixou sem fôlego.

As mãos de Nick percorreram os seios dela e acariciaram sua barriga lisa. Ao beijá-la, engolindo os gemidos de prazer e ao desvendar os seus segredos mais íntimos, ele sentiu como se ela realmente o deixasse adentrá-la. Mais e mais, ele lhe dava prazer, fazendo-a sentir o amor que ele tinha por ela, para que Carter se lembrasse do sentimento para sempre.

Quando a penetrou lentamente, com uma ternura que desabrochou em seu coração, ele a viu arqueando a cabeça e deixando os lábios ligeiramente entreabertos. As unhas dela passavam sobre suas costas, e ele a pressionava mais e mais, até que ficaram completamente molhados de paixão. Quando ele chegou ao orgasmo, gemeu com um grito rouco, algo que ele nunca havia visto sair de sua boca antes.

Permaneceram deitados, ainda com os corpos entrelaçados por muito tempo, até que ele sentiu uma umidade sobre o seu pescoço e virou-se. Carter estava chorando, suas lágrimas escorriam pelo canto dos olhos até a bochecha, molhando o travesseiro.

Nick passou a mão sobre o rosto dela, preocupado.

– Não ligue para as minhas lágrimas – disse ela com a voz embargada.

– Eu a magoei?

Ela balançou a cabeça.

– Eu só não esperava... isso. Você...

Nick aparou outra lágrima com o dedo e beijou as pálpebras dela. As lágrimas escorriam rapidamente, e ele a abraçou. Nick rolou na cama e envolveu os braços sobre ela, balançando-a enquanto acariciava suas costas.

Depois que as lágrimas cessaram, Carter afastou-se dele. Seus olhos ficaram molhados, e o azul profundo e denso assemelhava-se ao céu à meia-noite. Ela sorriu demonstrando certo constrangimento.

– Eu devo estar horrível.

– Não poderia estar mais bonita – ele sussurrou.

Puxando-a para perto novamente, Nick a beijou demorada e vagarosamente, contornando a borda dos lábios dela com a língua. O suspiro de prazer que ela sentiu exalou pelo ar.

– Vou fazer de tudo para nunca machucar você – disse ele suntuosamente.

– Por Deus, espero que sim – ela murmurou com um tom de medo.

– Confie em mim.

– Vou tentar.

Nick a abraçou, beijando-a de maneira sincera e intensa. Quando os dois tomaram um fôlego, ela estava sorrindo.

– Então, me diga, senhor Pomposo, você já tomou banho em um banheiro muito apertado? – Carter disse com a voz áspera.

Ele sorriu gentilmente.

– Ensine-me, mestre.

Depois do banho – que teve muito mais sexo do que água e sabão –, eles fecharam as portas e janelas da casa e seguiram em direção à balsa. Enquanto aguardavam a sua vez em fila, Nick saiu do jipe e voltou com dois sorvetes de casquinha, que eles tomaram encostados sobre o para-choque dianteiro do carro. Durante a viagem pelo lago, eles se sentaram no convés superior, com as mãos dadas enquanto observavam os barcos navegando pelas águas à noite.

Logo que voltaram para o carro, Carter olhou para ele e disse:

– Obrigada pelo dia maravilhoso.

– Você vai ficar para o jantar, não vai? Estou pensando em uma sobremesa e acho que você vai gostar.

Carter enrubesceu.

– Essa sobremesa tem chantili?

– Apenas para você – ele respondeu inclinando-se em direção a ela e beijando-a.

O impacto da balsa entrando na doca fez com que os dois se separassem.

Enquanto seguiam em direção à montanha, Carter o olhou. Os olhos dela estavam cheios de alegria, repletos de uma luz que atingia diretamente o peito dele.

– Lamento que este dia tenha terminado.

– Podemos fazer isso de novo.

– Nos apaixonar?

– Não, isso já fizemos. Estava pensando em fugir.

Carter estava radiante quando saiu da estrada principal e entrou na garagem da casa dele.

– Acho que poderíamos jantar em Montreal – ele sugeriu. – Poderíamos ir até o Ritz.

Nick franziu a testa no momento que fizeram a volta final na garagem.

Em frente à mansão, havia uma limusine preta.

– Está esperando alguém? – Carter perguntou, hesitando.

A porta de entrada da casa estava entreaberta e, ao saírem do carro, eles ouviram vozes.

Quando Nick viu o rosto redondo de Bob Packert e o seu corpo troncudo surgindo na porta, seu coração gelou.

Como ninguém seguiu o homem até a porta, Nick sentiu-se ainda pior. Wessex estaria atrás dele?

Então o pai de Carter apareceu. Nick virou-se em câmera lenta e viu Carter empalidecer, com as pernas vacilantes e estendendo uma mão em direção à cabeça. Ele a segurou, impedindo-a de cair.

– Olá, como vai, Nick Farrell? – perguntou Packert com seu sotaque do Texas. – Acho que você não nos esperava por aqui hoje. Perdoe-me por estar adiantado, mas nós três temos muito o que conversar. Melhor que comecemos o quanto antes. Você sabe o que quero dizer, não é?

Nick nem mesmo conseguia reconhecer o homem. Ele notou que Carter afastou-se dele, horrorizada.

– Por que ele está aqui? – disse ela suavemente no momento que deu um passo para trás.

– Carter...

Parker perguntou:

– Wessex, essa não é a sua menina, aquela sobre quem você estava me falando? Muito bom que Farrell tenha conseguido reunir vocês dois novamente. Agora você deve uma a ele, não é, Wessex?

Carter virou-se, distanciando-se ainda mais de Nick. Ela arregalou os olhos, perplexa. Nick estendeu a mão e a agarrou pelo braço.

– Não queria que isso acontecesse.

Ela se remexeu, fazendo-o soltar o seu braço. Ela balançava a cabeça para frente e para trás, com uma expressão transtornada.

– Não toque em mim. Nunca mais chegue perto de mim.

Ela correu em direção à montanha, deixando as portas do jipe abertas, a chave sobre o contato e sua mochila sobre o assento do carro.

Nick resmungou em alto e bom tom.

– Bem, esse é um excelente cumprimento de boas-vindas – Packert comentou.

Nick partiu em direção ao homem, enfurecido, quando Wessex, que parecia trêmulo, colocou-se entre os dois.

– Que tal uma volta pela casa? – Nick sugeriu ao homem de sotaque texano.

– Parece uma excelente ideia.

Packert aproximou-se de Wessex e sussurrou:

– Esse homem age como se estivesse com um carrapicho na cueca. Melhor dar um tempo para ele se acalmar.

Enquanto Packert caminhava pela casa, Wessex se manteve um pouco distante.

Nick olhava para Parckert com uma expressão sombria.

– Que diabos você está fazendo aqui?

– Tentei te ligar. Tentei muitas vezes. Mas Packert estava determinado a vir até aqui. Ele ligou enquanto estava no voo, viajando para Albany. Não percebi. Passei o dia todo ao telefone tentando avisá-lo, mas você estava fora.

Nick lançou um olhar em direção à montanha.

– Vou acabar com esse desgraçado – disse ele de maneira breve. – Volto logo.

Capítulo 14

Carter não levou lembrança alguma da viagem no caminho de volta para a montanha. Em um momento ela estava olhando para os olhos do pai pela primeira vez depois de dois anos e, logo em seguida, estava no acampamento, fazendo as malas. Ainda que sua mente tivesse apagado as lembranças da viagem com Nick, suas mãos pareciam saber o que estavam fazendo. Pegou uma mala e começou a enfiar as roupas dentro dela.

O progresso foi lento também pelo fato de que ela não parava de soluçar.

Subitamente, alguém abriu a lona da barraca.

– Encontramos outro! – disse Ellie, entusiasmada.

Carter escondeu o rosto e enxugou as lágrimas do rosto.

– Encontraram outro o quê?

– Esqueleto! Rápido, venha e veja... O que você está fazendo?

Carter procurou por uma mentira convincente. Nada lhe veio à mente.

– Preciso ir embora.

– Por quê?

– Preciso ir, só isso.

Enfurecida, Carter terminou de fazer as malas, e não percebeu quando Ellie desapareceu.

Alguns minutos depois, ela ouviu a voz gentil de Buddy.

– Carter?

– Vai embora.

– O que está acontecendo? – ele abriu a lona da barraca.

– Não entre – disse ela com a voz embargada. – Não quero que me veja desse jeito.

Foi possível ouvir a risada dele do lado de fora da barraca.

– Já vi você após uma semana sem tomar banho. De manhã, antes de você tomar café. E aquela fantasia terrível de Bo Peep no último Halloween? Nada mais pode me assustar.

Carter continuou embalando suas coisas e pegou outra mala, que ficou escorregando em suas mãos.

– Fale comigo – ele implorou. – Por favor.

Mas ela apenas balançou a cabeça e começou a desmontar sua cama portátil. Buddy a interrompeu abraçando-a e fazendo-a se sentar.

– Respire fundo e me diga o que está acontecendo.

– Tenho de ir embora – as palavras saíram desarticuladas e ásperas.

– Ok. Por quê?

– Eu... Ele está aqui. Nick o convidou para vir aqui. De propósito – o desespero e a mágoa fizeram sua voz vacilar.

– Quem está aqui?

Carter desabou no ombro do amigo.

– Ah, meu Deus, Buddy! Ele me usou. Ele sabia exatamente o que estava fazendo. O tempo inteiro nós...

Acariciando os cabelos dela e murmurando delicadamente, Buddy a deixou desabafar até que se cansasse.

Quando finalmente ela levantou a cabeça, ele afastou uma mecha do cabelo dela para trás da orelha e perguntou, pacientemente:

– Quem está aí?

– Meu pai.

Buddy arregalou os olhos.

– Santo Deus! Por quê?

Nick o convidou.

Buddy franziu a testa.

– Farrell sabe dos problemas que você tem com o seu pai?

– Contei para ele. Ele soube duas semanas atrás – ela enxugou as lágrimas. – Como eu fui idiota!

– Você não é idiota.

– De que outra maneira você chama alguém que se joga nos braços de um mestre manipulador? Brilhante não pode ser – Carter levantou-se. – Nick planejou a visita dele com um propósito: fazer um favor para o meu pai.

– Você não sabe se foi realmente isso.

– Sim, eu sei. Eu vi quando ele expulsou Candace como se ela fosse lixo. Por que será que estou surpresa ao ser tratada tão mal? Ele é um mentiroso nato e um oportunista por natureza.

– Carter, você está se precipitando. Tente se acalmar e...

– Ele tem um maldito histórico com mulheres. E eu sabia disso. Meu Deus, como pude me deixar levar por um homem desses?

– Não entendo – os olhos de Buddy ficaram estáticos, presos ao pensamento.

– O que ele ganharia convidando Wessex para vir aqui?

– Meu pai é um homem de poder e faria qualquer coisa para me ver. Ele deverá a Nick um maldito favor por ele ter preparado um truque como esse – Carter começou a andar. – E só preciso sair daqui. Preciso ir embora. Você termina a escavação se quiser, mas eu estou fora.

– Espere – Buddy mostrou as palmas das mãos em um gesto de cautela. – Acalme-se um pouco. Pare e pense no que você está fazendo.

– Acredite em mim, é o que estou fazendo.

– Carter, quero que você faça o que acha que tem de ser feito, mas é o seu nome que está em jogo. Se você for embora, a escavação acabou.

– Então vamos falar com Grace, e você me substitui, ocupando a função de principal investigador. Não me importo.

– Mas não podemos deixar o local sem supervisão, mesmo que seja por um dia apenas para que eu possa falar com a direção da Hall Foundation. Seja lá quem foi que pegou os registros da escavação, poderia chegar aqui e encontrar o local vazio, com Ivan ou sem Ivan.

– Por Deus, Buddy. O que você quer que eu faça? – ela ergueu as mãos para cima. – Não estou me importando se eles pegarem essa montanha e a partirem em pedaços. Não posso ficar aqui e fingir que está tudo bem.

– Você não tem de fingir. Não quero parecer um insensível, mas acho que você deve terminar o que começou – seu olhar foi solidário, porém firme.

– Mas não consigo – ela gritou.

– Olha, são apenas mais algumas semanas... Você acha que vai se sentir melhor voltando para a sua casa? Fique aqui e se afunde no trabalho. Eu cuido de todo o resto. Você não tem de sair da montanha até que nós dois façamos as malas para ir embora.

Carter imaginou sua casa, que agora estava contaminada por todas as lembranças de Nick. A varanda onde eles se sentaram e conversaram sobre as reformas que ela já havia feito. A cama dela, onde eles fizeram amor. O chuveiro, por Deus! De repente, a ideia de voltar para casa e de ficar sozinha com as lembranças parecia-lhe pior do que permanecer no acampamento sob a companhia dos amigos.

Além disso, não importa onde estivesse, ela sabia que não haveria como escapar da dor. Havia sido traída por Nick, tinha sido usada como um peão no jogo do mundo dos negócios que ele dominava. Nenhuma mudança de cidade seria capaz de afastar aquela dor.

Ela esforçou-se para manter a compostura.

– Não sei como enfrentar isso. Aqui ou em qualquer outro lugar. Meu Deus, eu sabia que nunca deveria ter confiado nele.

Buddy levantou-se e envolveu o braço sobre ela.

– Estou do seu lado. Qualquer coisa que você quiser ou precisar, farei com que aconteça.

Ela ergueu os olhos entristecidos em direção ao amigo.

– Você pode fazer tudo isso desaparecer? Você pode mudá-lo e transformá-lo na pessoa que eu quero que ele seja?

Buddy balançou a cabeça, lamentando-se.

– Gostaria de poder fazer isso.

Nick estava atravessando o gramado, com a mochila e a chave de Carter nas mãos, quando Ivan o seguiu.

– Está vindo uma tempestade – o homem o advertiu. – E vai ser uma daquelas bem fortes.

– Quando ela vai chegar aqui? – Nick indagou com o tom de voz desanimado. Ele sentia como se a tempestade já tivesse chegado.

– Amanhã à tarde. Vai se estender pelo menos até a noite.

Nick olhou para cima e viu o céu limpo.

– Agora pelo menos o tempo está bom.

– As coisas mudam. Bom... Vou ajeitar os barcos amanhã e tirar as cadeiras do gramado. Vou até fechar as persianas do outro lado da casa. Ei, você está bem?

– Não, não estou. Não estou nada bem – Nick começou a atravessar o prado, sentindo-se desolado e chateado consigo.

Ele subiu a montanha rapidamente, com o pensamento fixo em Carter. Estava preocupado porque ela poderia abandonar a escavação. Desaparecer de sua vida para sempre.

Sentiu-se aliviado ao perceber que sabia onde ela morava.

Quando chegou ao acampamento, não viu ninguém. Estava dirigindo-se para o local da escavação quando ela apareceu na barraca, com um livro de registros na mão. Ela parou imediatamente ao vê-lo e percebeu a angústia flamejando em seu rosto. Rapidamente, a expressão dela encheu-se de raiva.

– Pelo amor de Deus, será que você não pode me deixar em paz? – a voz dela soou precisa e forte.

Ele a abordou cautelosamente.

– Carter, por favor. Deixe eu...

– Por que você tem de vir aqui? Veio buscar a carcaça? – ela caminhou até a área do escritório e começou a revirar os papéis. – Pensei que o atropelamento tinha sido suficiente. Normalmente os motoristas não voltam para conferir se o animal atropelado está morto.

– Deixe-me explicar.

– Espera. Já sei. Você veio para se certificar de que o trabalho está concluído – ela sorriu amargamente. – Você veio porque precisava saber se eu tinha sobrevivido à passagem das rodas dianteiras. Por acaso, nós já passamos por toda essa cerimônia de desculpas algumas vezes. Parece que não tem fim, não é?

– Carter, você precisa acreditar que...

Ela então se virou.

– Não *tenho* de acreditar em nada que saia da sua boca. Fui ingênua o suficiente para cair na besteira do "Eu te amo". Não vou repetir esse erro.

– Mas eu realmente te amo.

Ela falou logo em seguida.

– Uma das primeiras coisas que falei pra você foi que eu não acredito na mudança de pessoas como você. Eu deveria ter me escutado.

– Eu não sabia que ele viria hoje. Desculpa!

– Não me importo com as suas desculpas! Você quer fazer as coisas certas, então me diga que você não planejou um encontro entre mim e meu pai para que ele pudesse ficar em dívida com você.

Carter o encarou enquanto ele procurava pelas palavras certas. Como ele não se manifestou imediatamente, ela balançou a cabeça.

– Você fez isso, não fez? Você planejou tudo isso. Eis o motivo pelo qual você me deixou vir aqui escavar a sua montanha logo no início, não é? Foi por isso que você mudou de ideia.

Nick fez questão de que sua voz soasse serena.

– Olha, no começo, confesso que pensei na possibilidade de que seria bom para mim reunir você e o seu pai. Eu sabia que ele sentia sua falta e...

Carter jogou uma pasta em cima da mesa.

– Minha família não é... não *era* da sua conta. Meu pai pode ir para o inferno e levar você junto.

– Por favor, me escute. Logo que eu percebi que estava me apaixonando por você, eu sabia que teria de acabar com tudo isso. Eu não queria colocar a nossa relação em risco.

– Então, por que você não me contou isso antes?

– Eu ia lhe contar hoje, mas não queria estragar o nosso dia – Nick aproximou-se, mas, quando ela começou a olhar ao redor desesperadamente procurando por uma rota de fuga, ele congelou.

– O que o seu pai pode ter feito para merecer isso? – ele murmurou.

– Meu pai está morto por causa dele mesmo – ela gritou. – Isso não é o bastante para você? Não é o bastante para justificar ao grande Nick Farrell por que eu escolhi não falar com esse homem?

– Carter, eu...

– Mas espere. O senhor Farrell quer os detalhes – os olhos dela queimavam enquanto ela falava com a voz estridente. – Minha mãe e eu morávamos sozinhas enquanto ele viajava pelo mundo procurando por negociações e por outras mulheres. Sua vida era uma porta giratória de socialites eufóricas para estar com um homem repleto de contatos e cheio de dinheiro.

Ela notou que ele estava com o olhar concentrado.

– Isso lembra alguém?

Nick envergonhou-se.

– Dois anos atrás, depois que eu mudei e minha mãe não tinha ninguém além dos empregados da casa, ela decidiu ir atrás dele. Eles brigaram porque ele se recusava a ficar em casa e a conversar com ela sobre o casamento deles. Ele tinha de correr para Paris porque tinha uma *reunião muito importante*. Depois de mais de vinte anos juntos, imaginava-se que ele poderia ter adiado uma droga de um compromisso, mas ele estava ocupado demais para isso. O motorista dele o levou até o aeroporto e minha mãe saiu de carro atrás deles.

Repentinamente, Carter ficou em silêncio.

– Levei três horas para chegar até o leito de hospital onde ela estava, e quase cheguei tarde demais. Eu a vi morrendo, e as suas últimas palavras foram sobre o meu pai. Como ela o amava...

Os olhos azuis de Carter estavam tão cheios de dor que, apenas ao olhar para eles, Nick sentiu-se triste. Ele não se afastou.

– Você quer saber onde o meu pai estava quando ela morreu? Sobrevoando o Oceano Atlântico. No momento em que o avião dele fazia o trajeto de volta para casa, ela se foi.

Carter passou a mão pelo cabelo. E continuou:

– Meu pai teve a ousadia de querer fazer o discurso fúnebre, mas eu não deixei. Não ia permitir que um galanteador falasse em frente ao caixão da minha mãe. A última vez que o vi foi quando o deixei no túmulo da minha mãe. Até hoje.

Nick ficou chocado com a história.

– Sinto muito.

– Ah não, não sente – ela balançou a cabeça veementemente. – Você não precisa lamentar-se por nada. Vou facilitar as coisas para você. Você não precisa se desculpar. Nem se explicar. Não ofereci essa oportunidade para o homem que colocou minha mãe debaixo da terra e não tenho a menor vontade de conceder privilégios a você. Não mais.

– Carter, você tem de me deixar falar – a voz dele era iminente enquanto ele rezava para que ela confiasse em seu lado bom. – Nunca quis machucar você...

– Sim, acredito nisso – ela rebateu rispidamente. Você sempre esteve ocupado demais consigo para isso.

– Será que você pode me deixar falar pelo menos uma vez?

– Preciso voltar para o trabalho – ela pegou uma prancheta que estava em cima da mesa e a segurou contra o peito. – Sabe, você e meu pai se parecem muito e aposto que vocês já fizeram coisas terríveis juntos. Foder as pessoas é algo natural para vocês dois.

Frustrado, Nick resmungou. Estava prestes a contestá-la novamente, quando ficou imóvel. Ela o olhava furtivamente, como se não estivesse notando sua presença. Isso, mais do que qualquer outra coisa, assustou-o muito.

Carter ajeitou os ombros.

– Vou terminar a escavação. Não porque preciso provar algo a você, mas sim porque quero provar a mim mesma. Tenho me saído muito bem morando sozinha. Gosto da minha vida. E não vou perder parte alguma dela porque você se transformou exatamente na pessoa que pensei que você era.

– Não sou como o seu pai.

– Nesse caso, talvez você tenha de se conhecer um pouco melhor. Você cumpriu as expectativas a respeito da sua reputação admirável e me fez lembrar por que é importante não confiar nas pessoas. Eu havia me esquecido, como você pode ver.

– Vou falar para o seu pai ir embora.

– Não se incomode. Não vou sair da montanha até terminarmos a escavação.

Sem olhar para trás, Carter saiu deixando-o de pé, parado próximo às brasas da fogueira.

Não era para as coisas acontecerem assim – ele pensou. O fim não poderia estar tão próximo. Ou simplesmente não deveria existir.

Nick permaneceu próximo ao punhado de cinzas por um longo tempo, olhando ao redor do acampamento. Notou coisas estranhas, como a garrafa de ketchup meio vazia em cima da mesa e um par de óculos pendurados no varal.

Quando não suportava mais, quando os seus arrependimentos e recriminações ameaçavam vencê-lo, ele voltou para a mansão. Pensou em pegar o carro e dirigir para algum lugar. Qualquer lugar.

Mas, logo que chegou à porta de entrada de sua casa, ouviu a voz de Packert chamando-o.

Sentindo o cheiro de sangue, Nick foi para a varanda.

– Então, chegou o dono da casa – disse Packert, segurando um charuto na mão direita. – Você está preparado para conversar como uma pessoa civilizada agora?

Nick deu um sorriso vingativo e reagiu friamente.

– Se eu fosse você, não me preocuparia tanto com as boas maneiras.

– Minha mãe me ensinou assim.

– Talvez, mas você tem outras coisas com as quais deva se preocupar – Nick rebateu. – Acredite em mim.

Enquanto Packert lançou-lhe um olhar sinuoso, Nick olhou ao redor procurando o pai de Carter. Wessex estava sentado sobre uma cadeira de vime, vestido em um terno de linho branco. Era um homem muito elegante e poderoso, que parecia ter envelhecido vinte anos nas últimas horas.

Packert tragou o charuto e forçou um sorriso conciliador em direção a Nick.

– Diga, porque você não tira uma folga? Você parece abatido, velho... E nós temos muito sobre o que conversar.

– Abatido? – Nick encostou-se sobre uma coluna da varanda. – Engraçado. Estou me sentindo bastante agressivo.

Nick lançou um olhar furioso em direção ao homem cujo sorriso autoconfiante vacilou.

– Bem, acho que estou bem. Gosto de um adversário forte – Packert exalou uma nuvem de fumaça pela boca. Por trás dela, os olhos do homem pareciam afiados. – Então, garotos, o que vocês acham de confessar o que estão planejando?

Nick respondeu com a voz entediada.

– A CommTrans está passando por problemas.

– Problemas? – Packert gargalhou. – Tivemos muitos desafios no ano passado, mas a empresa está indo bem. Não graças a essa porcaria de divisão de produção que vocês inventaram...

– Não acho que você queira falar sobre isso, não é mesmo?

Packert desviou o olhar para o charuto, que já estava perto do fim.

Nick continuou, com as palavras curtas e diretas.

– Sua empresa está desvalorizada, descapitalizada e cheia de dívidas. Você está afundando rápido.

– Não me lembro de ter dado permissão para insultos.

– São fatos, senhor Packert. Não insultos.

– E então, o que vocês estão planejando? Comprar minha empresa e me chutar de lá?

– Esse é o plano.

Packert ficou surpreso.

– Você está falando sério?

– Estou – disse Nick secamente. – Não ponho minha reputação em risco. Você jogou meu nome na lama porque você falhou ao administrar a própria empresa. Não posso deixar isso barato, posso?

– Espera aí. Eu não fiz nada disso.

– Então você deve ter interpretado os artigos de primeira página do *Wall Street Journal* de maneira diferente de todas as outras pessoas. Você não se lembra daquelas páginas em que você me acusa de fraude? Tenho cópias aqui, se for preciso refrescar sua memória. E há uma ordem de investigação sobre mim emitida pelo procurador geral do estado de Nova York. Você também ouviu falar sobre isso, não ouviu?

Packert parecia entrar em pânico.

– E então, vamos jantar? – disse Nick. – Acho que vamos ter carne fresca hoje.

Depois de um silêncio tenso, os três homens seguiram para a sala de jantar onde havia três lugares postos ao final da mesa extremamente enfeitada. Foi uma refeição horrível, ainda que a comida de Gertie estivesse perfeitamente saborosa. Packert sentia-se derrotado e nem Nick nem Wessex estavam no clima para conversa.

Depois que o texano pegou uma garrafa de Bourbon e subiu as escadas até o quarto, Wessex seguiu Nick até o escritório.

Logo que fechou a porta, o homem perguntou:

– O que ela disse?

Nick sentou-se na cadeira da escrivaninha.

– Ela não quer ver você. Nem eu.

– Ela está bem?

– Não – Nick olhou para Wessex, recordando o que Carter havia contado sobre ele.

– Você está me olhando de um jeito estranho – Wessex murmurou. – Ela lhe contou alguma coisa, não contou?

– Não é da minha conta – Nick queria ter descoberto tudo aquilo muito antes.

– As coisas não aconteceram da maneira como ela pensa. Era isso que eu queria dizer a ela – Wessex olhou ao redor, como se estivesse revivendo o passado. Então ele olhou para Nick.

– Você está apaixonado pela minha filha, não está?

Nick elevou as sobrancelhas, mas não hesitou em responder:

– Sim, estou.

Naquele momento, a porta se abriu com força, tanto que chacoalhou a prateleira dos livros.

– O que diabos você fez para a Carter? – Cort questionou.

Capítulo 15

Nick disse severamente para Wessex:

– Permita-me apresentá-lo o meu...

– Não quero conhecer mais um dos seus ursinhos de pelúcia – Cort retrucou. Estava quase tremendo de tanta raiva.

Nick franziu a testa.

– Quer tentar de novo?

Cort disparou um olhar afiado em direção ao homem.

– Você se importa de sair? Sem ofensas, mas será que você não pode folhear os seus papéis em outro lugar?

Wessex ergueu as sobrancelhas, mas respondeu em tom firme:

– Se vocês vão falar da minha filha, então eu não quero "folhear os meus papéis em outro lugar".

Cort arregalou os olhos.

– Esse é o pai de Carter – disse Nick pontualmente. – Agora, onde está seu pedido de desculpas?

– É... desculpe – parecendo confuso, Cort esfregou o topo de sua cabeça, arrepiando os fios do cabelo. – Mas o que você está fazendo aqui?

– Você é sempre assim, rude? – havia uma expressão de indulgência na expressão de Wessex, que surpreendeu Nick.

– Quando alguém está sendo pisoteado pelo meu tio, eu fico muito mal. E, como ele faz isso com bastante frequência, acho que você pode dizer que eu sou *sempre* assim.

Cort voltou a falar com Nick:

– E então, o que você fez para ela?

– Nada que diga respeito a você.

O garoto entrelaçou os braços rijos sobre o peito.

– Você quer dizer que não quer falar sobre isso?

– Exatamente.

Nick sentiu que seu desgosto aumentava. Ele estava extremamente chateado com o que havia acontecido com Carter. A última coisa que precisava era de outra briga com seu sobrinho.

Cort bufou.

– Só porque você não quer assumir para si e nem para ninguém que você não tem coração!

– Chega! – Nick bateu as mãos sobre a escrivaninha e ficou em pé. – *Não* diga isso!

Cort recuou, aturdido diante da reação.

Nick respirou fundo e sentou-se, arrependido pela explosão e sentindo-se perturbado.

– Não sabia que você se importa tanto assim... com ela – Cort murmurou enquanto olhava para ele com os olhos arregalados e atentos.

Farrell passou a mão pelo cabelo.

– Sim, eu me importo.

Cort inclinou a cabeça para o lado e o observou de perto.

Durante o silêncio que se seguiu, Wessex levantou-se e serviu-se de uma dose de conhaque no bar.

– Há um monte de gente que se importa com ela – disse o homem sentando-se novamente e girando o copo com a mão.

Cort olhou para o homem.

– Você se parece com ela... sabia?

– Sei.

– Ela está muito chateada – o rapaz olhou para os dois homens mais velhos que estavam em silêncio diante dele. Por fim, ele abordou Wessex.

– Ei, você é o pai dela. Deveria ir lá falar com ela. Isso era o que o meu pai faria se me visse chateado. Sempre que eu acordava no meio da noite tendo um pesadelo, ele estava lá. Aquilo me fazia sentir melhor.

Cort começou a balançar o corpo para frente e para trás, como se estivesse esperando que o pai de Carter se levantasse daquela cadeira e saísse da casa.

– Então, você deveria falar com ela – ele insistiu.

– Você está certo – Wessex respondeu. A consternação sem esperança na expressão do homem destoava do seu traje sofisticado e de sua voz polida.

– Então, por que você não vai?

– É uma longa história.

– Mas é só uma caminhada até a montanha.

Wessex, que continuava olhando para o seu copo, não respondeu.

Cort encolheu os ombros, sem jeito.

– Bem, faça o que você quiser. Mas eu iria até lá se fosse você. Quem não quer a presença do pai quando está se sentindo chateado?

Nick observou enquanto o homem ficava tenso.

– Então... hum... Boa noite, tio Nick.

– Boa noite – Nick respondeu delicadamente.

Cort saiu do escritório e fechou a porta calmamente.

– Meu Deus, gostaria de ter feito tudo tão diferente – Wessex lamentou. – E se eu pudesse pelo menos ir até aquela montanha, sentar e conversar com ela, pedir para ela me ouvir...

Nick recostou-se na cadeira, esticando os braços sobre a cabeça e pensando que ele e Wessex estavam no mesmo barco.

– Talvez você deva tentar – ele sugeriu. – A gente nunca sabe. O tempo muda as coisas.

– Você observou a expressão dela? Não creio que o tempo tenha trabalhado ao meu favor – o homem bebeu o último gole do conhaque e se levantou.

– Boa noite, Farrell.

Nick assentiu.

Sozinho, ele ficou olhando para o nada. Uma hora depois, levantou-se da cadeira e subiu as escadas. Foi até o quarto, tomou um banho e caiu na cama sem a ilusão de que o sono viria facilmente.

Deitado de costas, com os olhos bem fechados e com o corpo tenso sobre os lençóis, esperou pelo sono por horas. Quando finalmente dormiu, passou a noite perturbado com pesadelos nos quais Carter estava em perigo e ele não conseguia salvá-la.

Na manhã seguinte, Carter observou o nascer do sol sobre as montanhas, sentada em sua rocha predileta, que tinha vista para o lago. Permaneceu lá, presenciando o amanhecer do dia, com pouco entusiasmo. Estava esperando até que pudesse encarar Buddy e Ellie, mas à medida que o sol se mostrava cada vez mais no céu, ela não se sentia nem um pouco melhor. Então, desistiu.

Levaria muito mais que algumas malditas horas para que ela pudesse sentir-se inteira novamente.

Chegando ao acampamento, viu Buddy acendendo a fogueira. Incapaz de suportar a preocupação dele marcada pelo silêncio, ela pediu a ele que a encontrasse no local da escavação.

Dentro do círculo de pedras, ela se aproximou da mais nova descoberta – outro esqueleto – e puxou a lona. Junto ao achado, eles encontraram botões do uniforme militar do período Revolucionário e a baioneta de uma Brown Bess, o que indicavam que o homem era britânico. Isso significava, com três quartos do local escavado, que faltava ainda encontrar outras três pessoas do grupo. Winship, outro compatriota e o índio. Carter desviou o olhar da parte do solo que ainda estava intacta. Aquilo era tudo o que havia entre ela e sua própria liberdade.

Quanto tempo vai levar para que tudo isso acabe? – ela perguntou-se com indiferença.

Flexionando os joelhos para se abaixar, ela examinou os restos mortais novamente. O esqueleto estava quase totalmente descoberto, e ela passou a trabalhar sobre os pés do homem.

Apesar do som bucólico do canto dos pássaros e do aroma de pinho no ar, era capaz de sentir tudo, menos paz. Logo no início da manhã, considerou praticamente impossível não pensar em Nick e em seu pai. Mesmo tendo passado toda a noite refletindo sobre a traição deles, o desejo de sua mente de reprocessar o que havia acontecido parecia interminável.

Quando Buddy apareceu com um pouco de café, ela pegou a caneca da mão dele na tentativa de sorrir um pouco.

– Você não precisa fingir nada para mim – disse ele, colocando uma mão sobre o ombro dela.

– Sim, eu sei, mas nesse momento sinto que preciso fingir para eu mesma.

Quando Ellie apareceu, o esqueleto estava totalmente exposto, e Buddy estava tirando fotos.

– Você acha que vamos encontrar os outros? – questionou a garota dançando ao redor das brasas. Ela havia feito um rabo de cavalo no cabelo que balançava de um lado para outro conforme os seus movimentos.

Ao ver o entusiasmo da garota, Carter sentiu-se repleta de tristeza. Estava há anos e quilômetros de distância desse tipo de felicidade despreocupada. Sentia-se velha e abatida em comparação à Ellie.

– Teremos de esperar para ver. Primeiro, precisamos tirar esse esqueleto do solo.

Ela olhou ao redor procurando por um contêiner maior.

– Ei, alguém precisa de alguma coisa da escavação? Vou até lá para pegar uma caixa.

– Mais café – Buddy respondeu enquanto tirava as fotos.

Carter pegou a garrafa térmica e caminhou por entre as árvores.

Nick acordou de uma noite de sono perturbada com alguém batendo à sua porta.

– Saia daí – a voz de um homem gritou.

A batida na porta não parou.

– Que diabos está acontecendo? – ele gritou da própria cama, pegando um lençol e envolvendo-a ao redor de sua cintura. Quando ele abriu a porta enfurecido, Wessex deu um passo para trás.

– Desculpe por acordá-lo.

O homem parecia não ter dormido nem um pouco também.

– Tudo bem – Nick esfregou uma mão nos olhos. Sua voz soou como um gemido rouco. – Que horas são?

– Não são nem oito. Que tamanho de sapato você calça?

– 41 – Nick respondeu de imediato. – O que foi? Por que está perguntando isso?

– Preciso de uma bota de caminhada.

Nick despertou completamente.

– Passei a maior parte da noite pensando nela – Wessex explicou. – Tenho de tentar ou então nunca vou me perdoar. Estou aqui tão perto dela e se eu não tentar...

– Encontro você na cozinha – disse Nick rapidamente. Ele fechou a porta, jogou o lençol e começou a se vestir.

Ao descer as escadas, Wessex estava andando de um lado para o outro em frente à geladeira. Agora que estava realmente acordado, Nick percebeu que o homem vestia outro terno de linho muito elegante. Vestir o terno sem a gravata parecia a única permissão que Wessex tinha para o lazer.

– Guardo as botas de caminhada na antessala – disse Nick. – Quer algumas roupas emprestadas?

Wessex pareceu surpreso e olhou para o próprio corpo analisando o que estava vestindo.

– Isso é confortável o suficiente.

– Quando foi a última vez que você subiu uma montanha?

– No acampamento de verão, talvez. Mas eu vou ficar bem.

Nick ficou em dúvida e saiu da cozinha em direção a um cômodo onde guardava todos os equipamentos esportivos. Pegou um par de botas de caminhada, e Wessex os calçou.

– E então, como faço para chegar lá?

– Vem aqui. Vou lhe mostrar o caminho da trilha.

Quando foram para a área externa da casa, Nick apontou para a margem da floresta.

– Você tem de atravessar aquele espaço entre as árvores...

– Que espaço? – Wessex comprimiu os olhos.

– É... eu vou lhe mostrar.

Droga, Nick estava pronto para arrastar Wessex até a montanha se fosse necessário. Estava esperando que o melhor acontecesse. Se de alguma forma o pai dela pudesse chegar até lá e conversar com Carter, se um milagre acontecesse...

– Farrell, você tem certeza de que há uma trilha dentro dessa floresta?

Se de alguma forma aquele homem não se perdesse e fosse parar no Canadá...

– Posso levá-la até uma parte do caminho?

– Isso seria muito bom.

Os dois homens entraram na floresta e permaneceram em silêncio por um tempo. Até que Wessex falou:

– Quando Carter era criança – disse ele, como se estivesse falando consigo mesmo –, eu passava muito tempo fora de casa. Na verdade, também foi assim durante a adolescência dela, mas eu me arrependo mais da minha ausência quando ela era criança. Enfim, quando ela era pequena, ela esperava por mim até a noite. Não importava o quanto eu estivesse atrasado, ela sempre esperava.

A trilha começou a ficar íngreme, e Wessex começou a respirar mais ofegante. Nick diminuiu o passo, concentrando-se nas palavras do homem.

– A casa onde ela cresceu, a mesma onde eu moro até hoje, tem um hall de entrada grande com uma escadaria enorme. É uma área cavernosa da casa, e deveria ser muito assustador para uma criança ficar ali no escuro. Quando eu chegava, Carter estava encolhida com seu pijama, dormindo nas escadas. Sentia-me extremamente mal...

Wessex limpou a garganta puxando um pouco de ar para os pulmões.

– Ela era... tão pequena naquele espaço... tão pequenina...

Nick fez uma pausa para que Wessex pudesse respirar. Enquanto tomavam um pouco de ar fresco proveniente das montanhas, o homem pegou um lenço e enxugou a testa.

– Eu abria a porta de ferro e, mesmo que nunca fizesse nenhum barulho, ela acordava instantaneamente. Não sei como ela sabia que era eu. Mas sabia. Ela pulava e corria para os meus braços, atirando-se em mim. Havia tanto... amor nos olhos dela. Em toda a minha vida, ninguém jamais demonstrou esse tipo de amor por mim.

Os dois começaram a caminhar novamente. O coração de Nick doía enquanto ele se lembrava dos olhos de Carter observando-o com tanto carinho...

– Quando ela cresceu e foi para um colégio interno, eu chegava em casa, abria a porta e olhava ao redor procurando por ela. Levou anos para que eu lembrasse que ela não morava mais com a gente. Eu lhe digo: aquele hall de entrada nunca esteve tão vazio quanto no momento em que eu percebi que ela não estava mais esperando por mim.

O homem manteve-se em silêncio por um tempo, respirando com tanta dificuldade que mal podia falar.

Dessa vez, quando pararam, Nick sentou-se sobre uma pedra para que Wessex não ficasse constrangido por sua falta de ar. Sentando-se aliviado sobre uma rocha, o pai de Carter inclinou-se e apoiou as mãos sobre os joelhos.

– Enchi o hall de entrada de pinturas. O saguão. Está cheio de obras dos velhos mestres. Mudei o tapete também. Antes era um tapete pálido que combinava com o mármore branco. Agora coloquei um tapete vermelho.

Ele olhou para Nick.

– Mesmo assim, o lugar continua frio, sem a menor graça.

Eles retomaram a caminhada, e Nick o levou para os jardins da clareira, onde ele poderia ver o lago.

– Mantenha essa direção – disse ele. – Você vai chegar a um trecho aberto com uma vista ampla, e a trilha continua por trás dele. Você vai enxergá-la claramente.

– Obrigado – Wessex murmurou e começou a caminhar sozinho.

Nick o observou desaparecer em meio às árvores, perguntando-se sobre o que havia acontecido na noite em que a mãe de Carter faleceu. Não fazia a menor ideia se o homem com quem acabara de subir a trilha era uma pessoa cruel ou simplesmente repleto de erros. Suas emoções, porém, eram óbvias. Ele sentia saudade da filha e estava disposto a fazer de tudo por uma segunda chance.

Nick entendia perfeitamente o que Wessex estava sentindo.

Capítulo 16

Carter estava remexendo nos papéis no escritório central do acampamento quando seu pai apareceu em meio às árvores. Ficou imobilizada ao olhar para ele. Disse para si que não deveria estar surpresa por vê-lo ali. Mas estava.

Ele parecia mais velho que antes, mais abatido. Estava com as calças sujas de terra e um pequeno galho de uma árvore pendurado sobre o ombro.

– Olá, Carter.

Logo que ouviu a voz dele, começou a sentir raiva de novo.

– O que você está fazendo aqui?

Carter percebeu, sem nenhum sentimento específico, que a voz dele continuava a mesma, carregando apenas um traço de sotaque britânico. No entanto, o tom soou leve. Estava mais hesitante do que costumava ser.

Carter virou-se e voltou a procurar pela caixa.

– Você perdeu a viagem e estragou o seu terno caro.

Wessex não foi embora, apenas permaneceu de pé na entrada do acampamento.

– Sinto sua falta – disse ele de maneira delicada. – Tem sido muito difícil... ficar longe de você.

– Bom – ela levantou-se ao encontrar o contêiner. – Espero que doa muito mesmo. Agora, vá embora.

Ela começou a caminhar em direção ao local da escavação.

– Você quer saber por que lhe enviei os relógios?

Carter virou-se, pronta para rebatê-lo.

– Porque a sua secretária não se lembra do que me enviou no ano anterior?

– Sou eu mesmo quem compra os relógios. Procuro outra coisa para você, mas os relógios parecem tão apropriados... O tempo passando... Tem sido assim há algum tempo.

A expressão triste do pai ao pronunciar aquelas palavras fez com que ela sentisse pena dele por um instante. Foi uma emoção inesperada. Até que imagens do funeral de sua mãe surgiram-lhe à mente, acabando com qualquer compaixão que ela pudesse sentir por ele.

– Então você deveria manter esses malditos relógios com você. Não estou marcando o tempo. Deixei você no passado por um bom motivo e não olhei para trás.

As palavras eram um golpe baixo, e Carter tinha consciência disso. Ela o observou enquanto ele fazia uma careta.

– Sei que você não olhou para trás – disse ele suavemente. – Mas os relógios simbolizam... minha espera, minha expectativa.

Houve um longo período de silêncio enquanto os olhos azuis idênticos de ambos cruzaram-se em meio à distância que havia entre eles.

– Carter, tenho muitos motivos para pedir desculpas. Nunca pensei de verdade sobre o quê e quem eu deixei para trás em todos esses anos da minha vida. Nunca refleti sobre o quanto deve ter sido difícil ser deixado de lado até que eu fui abandonado por você.

Wessex pegou um lenço e enxugou a testa.

– Sabe do que mais senti falta? Da maneira como podíamos nos comunicar mesmo sem dizer uma palavra sequer. Você e eu somos muito parecidos.

– Eu não sou como você – em cada sílaba pronunciada, a aversão por ele ficava clara. Ficou confusa, porém, ao se dar conta de que precisou forçar um pouco o seu sentimento de rancor.

O pai dela assentiu, com a expressão séria.

– Sim, acho que você é mais forte do que eu. Você sempre foi mais forte do que eu e a sua mãe. Certamente, você foi capaz de lidar com ela muito melhor que eu.

O primeiro impulso de Carter foi gritar e dizer que ele não tinha o direito de tentar explicar algo tão repulsivo. Enfurecida, ela abriu a boca, mas hesitou ao ver a postura retraída do pai. A demonstração de fragilidade impediu que as palavras saíssem de sua garganta.

Carter pensou sobre sua infância. Como, naquela mansão cheia de adultos, ela sentia como se fosse a única que realmente sabia o que estava acontecendo. Seu pai havia partido ou estava prestes a partir, e sua mãe continuava... no mundo dela. Outras memórias começaram a borbulhar em sua mente, cenas em que sua mãe se aborrecia por coisas triviais. Carter imaginou o esconderijo que tinha quando era mais jovem até se sentir segura para sair dele.

Por que ela havia esquecido todas aquelas coisas?

Então ela parou.

– Não se atreva a culpar a mamãe pela sua ausência em casa. Era uma escolha sua, não culpa dela.

– Ela estava doente, Carter – ele desviou o olhar para ela, clamando por compreensão.

A risada de Carter tinha uma ponta de provocação.

– Porque você a deixou sozinha naquela casa enquanto dançava no meio do caminho até um quarto onde, Deus sabe, quantas mulheres passaram por lá.

– Eu nunca – ele enfatizou com cautela –, *nunca* fui infiel à sua mãe.

Carter abriu a boca para discutir com ele, mas ele a interrompeu imediatamente.

– Não importa o que ela tenha dito a você, não importa se ela acreditou em mim ou não, nunca estive com outra mulher.

– Não acredito em você – Carter balançou a cabeça com veemência. – Ela disse que você...

– A sua mãe estava com problemas mentais.

Carter jogou no chão a caixa que estava segurando e cerrou os punhos.

– Como você se atreve! Como você se manteria saudável se fosse deixado sozinho o tempo todo?

– Foi ela quem quis assim.

– Ela *quis* assim? Ela estava deprimida!

– Carter, ela não saía de casa.

– Nunca vi você convidá-la – ela pontuou com o tom de voz amargo.

– Isso porque eu perdi as esperanças antes de você nascer.

Carter começou a caminhar à medida que lembranças surgiam-lhe ao pensamento. Lembranças do sofrimento e da tristeza de sua mãe.

– Não, isso não é verdade. Ela dizia que você não a queria por perto. Disse que você não a levava nos lugares porque sentia vergonha dela.

– Não é verdade. Ela própria se trancou. E eu não poderia me tornar um prisioneiro da doença dela. No final, ela acabou me odiando por eu ter essa liberdade – ele ergueu as mãos, com o tom de voz gentil. – Implorei para que ela fosse ao médico. Ela não ia, pelo menos não até que os médicos começassem a prescrever remédios. A partir desse momento, ela ia sempre aos médicos, e eu não consegui mais afastá-la deles.

Carter refletiu e lembrou-se dos frascos de pílulas que sempre estavam em torno de sua mãe. Ficavam ao lado da cama dela, próximos à poltrona de leitura no terraço, em sua bolsa de tricô.

O pai de Carter foi até a mesa de piquenique e sentou-se. Colocou as mãos sobre a cabeça.

– O meu maior arrependimento foi ter deixado você lá. Não havia espaço para você crescer. Eu deveria... Você não deveria ter de lidar com ela sozinha. Eu sabia que os empregados da casa estavam todos lá, mas você estava sozinha. Tentei levar você comigo uma vez, mas sua mãe me ameaçou... Parecia mais perigoso tirar você dela... Eu fui um covarde.

O ódio de si mesmo ressoou sobre os ouvidos de Carter, e ela não pôde fazer nada para afastar aquela dor.

– Na noite em que ela morreu, eu deveria ter desconfiado que ela havia tomado muitas doses dos remédios – disse ele com a voz vacilante. – Ela estava completamente fora de controle, mas não consegui distinguir o que era efeito das drogas e o que era apenas mais um dos seus ataques. Nunca me passou pela cabeça que ela pegaria um carro. Nem mesmo sabia que ela dirigia. Quando soube da notícia, só conseguia pensar em você. Voltei correndo para ver você.

Carter relembrou-se do momento em que seu pai veio do hospital e da cena que veio logo em seguida.

Seu pai olhou para cima, com o olhar suplicante.

– Tenho muitas coisas para me desculpar. Há muitas coisas que eu deveria ter feito de forma diferente. Passei os dois últimos anos analisando as minhas falhas como pai e como marido e ainda tenho um longo caminho a percorrer. Se tivesse sido mais corajoso, se tivesse tomado atitudes mais drásticas, como interná-la em um hospital, talvez ela tivesse recebido a ajuda necessária – ele abrandou o tom de voz. – Mas eu não fiz isso. Ela está morta, e você foi embora.

Quando Carter olhou para o pai, os ombros dele sucumbiram. Com um movimento brusco, ele ficou em pé.

– Acabei com boa parte do meu casamento tentando fugir da solidão e do isolamento em que sua mãe vivia. Como consequência disso, estou exatamente onde nunca quis estar.

Uma brisa forte alcançou o acampamento, sacudindo a borda das lonas e agitando os pinheiros. Wessex olhou para o céu, e o vento levantava as extremidades do seu paletó.

– Era tudo o que eu queria dizer – confessou o homem, com delicadeza. – Eu te amo e sempre te amarei. Vou parar de te enviar presentes também. Nunca foi minha intenção aborrecê-la com eles.

Wessex ergueu a mão, mas logo em seguida a abaixou e voltou para a trilha.

Carter assistiu ao pai indo embora, mergulhada em suas memórias.

Surpreendeu-se ao vê-lo emocionado. Sempre o conheceu como um homem completamente estoico e forte. Insensível ao caos que havia criado para a mãe dela. Estava sempre acima de tudo. Vê-lo tão esgotado, tão humano, foi algo chocante.

Carter sentiu os joelhos vacilarem e deixou-se cair sobre uma cadeira dobrável. Ainda estava sentada quando Buddy voltou ao acampamento, meia hora depois.

– Ei, estava começando a ficar preocupado com você.

– Desculpe. Eu... me distraí.

Buddy olhou para as árvores, que começavam a balançar com a força do vento.

– Acho que uma tempestade está se aproximando.

Carter olhou para o céu, que havia escurecido totalmente. O sol escondeu-se por trás das nuvens negras.

Ela respirou fundo.

– É melhor embalarmos tudo e tirarmos esses ossos do solo. Por que você não termina a escavação enquanto eu trabalho por aqui?

Depois que Buddy saiu com o contêiner, Carter caminhou ao redor, atordoada. Verificou a barraca e as cordas da lona e pegou qualquer coisa que pudesse ser arrastada por conta da tempestade. No momento em que os Swifts retornaram, o vento havia se intensificado.

– O local da escavação está seguro – disse Buddy, colocando o esqueleto sobre uma cobertura no escritório central do acampamento. – Parece que essa tempestade vai ser algo surreal.

De repente, fora do caminho da trilha, Cort apareceu correndo em direção a eles. Ele vestia uma capa de chuva amarela e parecia preocupado.

– Vocês precisam descer. Há um aviso de uma tempestade forte se aproximando, e vocês precisam ficar lá em casa hoje à noite. Até Ivan disse isso.

Carter e Buddy trocaram olhares ansiosos.

– Mas não podemos deixar todos esses equipamentos aqui, sem ninguém para cuidar deles – disse ela olhando para o companheiro de trabalho.

– Então vão você e Ellie. Eu fico aqui e cuido das coisas.

Ellie balançou a cabeça com firmeza.

– Pai, se você ficar, eu também fico.

– Não quero que você fique aqui porque vai ser perigoso...

– Idem – ela o desafiou.

– Vou ficar – Carter interviu. – Quero ficar aqui.

Todos olharam para ela, em dúvida.

Buddy franziu a testa.

– Não quero que você fique aqui sozinha.

– Por favor, o que pode acontecer de tão ruim? – Carter revirou os olhos, enquanto os demais mantiveram a mesma expressão. – Vamos lá, pessoal. Não sou uma medrosa. Posso ficar aqui e enfrentar a tempestade sem problemas.

Ninguém se moveu.

– Vá em frente – ela cutucou o braço de Buddy. – Se o pior acontecer, eu me amarro em uma árvore para não ser levada pelo vento. Por Deus, vocês não podem me dar um tempo? Eu vou ficar bem.

Bob Packert e Nick estavam na entrada da casa, observando a correnteza do lago ficando acinzentada e agitada. Estavam aguardando Wessex voltar.

O olhar de Packert parecia calcular enquanto ele falava:

– Farrell, se eu for aos jornais e limpar seu nome, ainda terei meu emprego ao vender a minha empresa para você e Wessex?

Nick ergueu uma das sobrancelhas.

– Você não está vendendo sua empresa. Estamos fazendo uma oferta, e seus acionistas vão aceitar imediatamente. Em relação a contar a verdade para a imprensa, é um pouco tarde demais para isso e tal atitude não faria de você um empresário melhor.

Packert bufou, indignado.

– Não gosto nem um pouco da sua atitude.

– A verdade dói.

Houve um momento de silêncio.

– Pelo menos você pode me contar quando está planejando fazer a oferta?

– Você saberá logo que os seus acionistas souberem – Nick estava aborrecido com a conversa e com a presença daquele homem. Estava pensando, de fato, em como Wessex havia se saído com Carter. O homem havia saído há algum tempo, o que poderia significar duas coisas: ou ela o teria expulsado imediatamente e ele se perdeu no caminho de volta, ou eles realmente conversaram.

– Olha aqui, rapaz, a minha empresa é uma das mais aquecidas no mercado. Há mais investidores batendo à minha porta do que a Gorton's[17] tem de iscas para peixe. Você e Wessex não são os únicos interessados.

Diante do silêncio de Nick, Packert gargalhou em alto e bom som.

– O que falam sobre você no mercado é verdade.

– Fico feliz em fazer jus à minha reputação.

As primeiras gotas de chuva começaram a cair.

Packert limpou a garganta e mudou a abordagem.

– Sabe, essa chuva me fez sentir sede. Que tal tomarmos alguma coisa? Talvez possamos nos conhecer um pouco melhor.

– Posso lhe mostrar onde fica o bar, mas peço desculpas por não poder acompanhá-lo – Nick afastou-se. – Tenho trabalho a fazer.

---

17 A Gorton's é uma empresa tradicional do setor alimentício que foi criada em 1849 e cuja especialidade são os frutos do mar. (N. T.)

Depois de despejar Packert na biblioteca, Nick foi até o seu escritório para verificar suas mensagens. Contudo, em vez de pegar o telefone, caminhou até a varanda lateral e olhou para o lago uma vez mais. A tempestade seria devastadora. Não havia o menor sinal de Wessex, Cort havia desaparecido na montanha e Carter e os Swifts poderiam estar em perigo no pico da montanha.

Nick ouviu o primeiro trovão e tomou uma decisão.

Seguiu em direção à antessala quando avistou Wessex, Cort e os Swifts correndo no meio da chuva em direção à casa. Procurou por Carter entre eles – que vestiam uma capa de chuva –, mas não a encontrou.

Quando o grupo se aproximou da porta dos fundos, ele o fuzilou com os olhos.

– Onde ela está?

Todos olharam para Buddy.

– Ela ficou no acampamento – ele respondeu, com a voz temerosa.

– Vocês a deixaram lá? Sozinha? Vocês estão loucos?

– Não gostei nem um pouco disso, assim como você – Buddy olhou para a filha. – Eu teria ficado, mas...

O clarão de um relâmpago piscou sobre as janelas. Todos se mantiveram em silêncio, esperando pelo trovão. Depois de uma pausa, o trovão passou pelo vale do lago.

Wessex empalideceu apesar da pele bronzeada.

– Talvez você pudesse convencê-la a descer.

Nick já estava calçando as botas de caminhada. Ao levantar-se, Packert apareceu no canto da varanda com um copo na mão.

– Ei! Finalmente teremos uma festa! – o homem aproximou-se de Wessex, arrancando o paletó molhado e sujo dele. – O que diabos aconteceu? Você parece um trapo.

Enquanto ninguém prestou atenção a ele, Packert continuou falando.

– E então? O que vocês planejaram para hoje à noite? Umas piadas? Pelo entusiasmo que vi por aqui, esse lugar bem que poderia ser uma casa de repouso – ele gargalhou. – Bem, fico triste porque eu e meu companheiro Wessex vamos sentir falta de toda essa alegria, mas pelo menos há um bar dentro da limusine. Vai ser uma viagem longa de volta para a cidade...

– Infelizmente, você não vai a lugar algum – disse Nick em tom ríspido. – Se essa tempestade cumprir sua ameaça, ela vai arrastar todas as estradas da montanha. Vocês estão presos aqui até que ela passe.

Packert engoliu a informação com um riso forçado.

– Acho que vou beber o seu uísque em vez de beber o de Wessex.

Com uma saudação prepotente, o texano voltou ao bar.

Nick vestiu a capa de chuva.

– Temos muitos quartos e banheiros lá em cima. Achem Gertie e...

– Estou aqui – a mulher colocou o braço ao redor de Ellie, que parecia angustiada.

– O que vai acontecer com Carter? – a garota indagou.

– Vou arrastá-la daquela montanha ou sentar sobre ela como uma galinha que choca um ovo para protegê-la – Nick abriu a porta. – De qualquer forma, ela não vai ficar sozinha.

Carter estava sentada sobre a borda de uma pedra observando o lago quando a tempestade chegou. Ela apreciou a fúria da natureza. O vento forte e as ondas furiosas da água combinavam com o seu humor. Estava se chacoalhando e girando internamente, atordoada pelas memórias de seu passado.

Durante a infância, ela levou muito tempo para perceber que não eram todas as mães que perambulavam à noite, verificando e conferindo se todas as portas e janelas estavam trancadas. O clique rítmico, o mesmo som emitido por travas e parafusos quando são testados inúmeras vezes para garantir a segurança, era o que ela associava à noite, como as cigarras que surgem no verão ou como o farfalhar das folhas secas no outono. Seu quarto ficava em um corredor com muitas janelas, e ela adormecia ouvindo a mãe executar esse ritual todos os dias. O clique ficava cada vez mais alto à medida que ela se aproximava do seu quarto e diminuía gradativamente enquanto ela ia embora.

Certa vez, Carter pulou da cama e espiou pela porta. Ela observava que o movimento sobre as janelas funcionava como um exercício. As trancas eram movidas quatro vezes, uma delas em ritmo lento. Aparentemente, o problema era que as janelas nunca estavam lacradas o suficiente. Carter voltou para a cama confusa e perguntando-se o que havia de errado com a sua mãe. Ela não conseguia ver que tudo estava perfeitamente trancado?

Mas a vigilância incansável não era o único problema.

Os hábitos alimentares de sua mãe eram igualmente peculiares e um tanto quanto ameaçadores. Ela olhava para tudo que havia sobre o prato com desconfiança, como se a comida estivesse estragada ou contaminada. Se houvesse uma folha de alface murcha ou se ela visse uma mancha em uma batata cozida que lhe chamasse a atenção, começava a bater o pé freneticamente sobre a campainha que ficava escondida embaixo da mesa para chamar os empregados. Muito mais rápido do que se possa imaginar, ela mandava retirar a comida que lhe fora servida. Empalidecendo e furiosa porque os seus medos haviam sido desencadeados por uma cozinheira descuidada, ela colocava a mão sobre o bolso e pegava um frasco de remédio.

As pílulas.

Como Carter poderia ter se esquecido das pílulas?

Na última visita que fez à mãe antes de ela morrer, Carter foi ao banheiro da suíte principal, procurando por algo para acalmar o estômago. Ao abrir o armário de remédios, ficou chocada com os frascos de pílulas que lotavam as prateleiras, dispostos de maneira que os rótulos ficassem visíveis. Estavam organizados por ordem alfabética. Um por um, ela leu todas as minúsculas letras impressas em preto, até que suas costas começaram a doer por permanecer inclinada durante tanto tempo. De Codeína a Valium, os remédios representavam os esforços para controlar a ansiedade e eram a evidência de que sua mãe lutava contra uma extrema desordem interna. Mas, em vez do alívio, aparentemente eles apenas criaram uma dependência química crescente.

Uma imagem de sua mãe com as mãos frias sobre o leito de morte pairou sobre o pensamento de Carter. Ela viu a pele bonita, pálida e sem mancha alguma, corroída por dentro pelos anos. Essas características impressionantes, porém, não foram danificadas pelo tempo. O cabelo longo e negro repousava sobre o travesseiro branco no leito do hospital.

Sentiu uma raiva amarga naquele momento, e nos minutos que se seguiram, a emoção transformou-se em ódio pelo seu pai. Logo que Wessex havia chegado, ela havia dito a ele palavras horríveis, e ele manteve um silêncio que a enfureceu ainda mais. No momento que estava enraivecida, tomou a falta de reação do pai como uma confirmação de sua crueldade.

Comparou a falta de expressão no rosto dele com a dor que havia sentido horas antes, naquele mesmo dia, e ficou perplexa diante da diferença. Será que ele teria mudado durantes esses anos? Ou ele estava apenas mostrando a ela o que estava sentindo?

Os olhos de Carter desviaram-se para a trilha da montanha que levava até a casa. Pensou em Nick e uma dor aguda atingiu o seu peito. Uma imagem dele no momento em que os dois chegaram em frente à casa no dia anterior surgiu em sua mente. Foi um pouco antes de seu pai aparecer na casa. Nick voltou-se para ela e sorriu, os olhos cheios de ternura e alegria.

Percebeu que estava sentindo saudades dele e deixou o sentimento de lado.

Estou sentindo falta de uma ilusão, ela pensou. *Nada além disso.*

Com um toque suave, o primeiro pingo de chuva caiu sobre a sua mão e, ao olhar para o céu, outros pingos caíram sobre as suas bochechas. Levantou-se da pedra, olhou uma última vez para o lago e pensou que as tragédias se pareciam muito com as tempestades. Elas atingem a vida das pessoas e, às vezes, quando são muito violentas, fazem com que a vida dessas pessoas nunca mais seja as mesmas.

Uma rajada de vento a empurrou.

Mas as coisas mudavam, ela refletiu. *Sempre há um tipo de cura.*

No momento em que voltou para o acampamento, a chuva havia ficado mais forte e, depois de verificar novamente as barracas e as lonas, ela entrou em sua barraca e fechou as abas. Do lado de fora, a força do vento ficava cada vez maior, e a fina cobertura de náilon a manteve seca em meio à ventania. Tirou a blusa de lã, que estava molhada, e deitou-se sobre a cama, sentindo-se cansada, porém inquieta. Não havia nada a se fazer a não ser esperar que a tempestade passasse, e pensou na possibilidade de dormir um pouco. Nesse momento, ouviu o primeiro barulho de um raio.

O raio atingiu algum lugar próximo de onde ela estava. Sabia disso porque ouviu o barulho do trovão imediatamente e sentiu o cheiro de queimado no ar. Sentiu uma pontada de medo percorrer-lhe a espinha.

O raio havia caído em algum lugar muito próximo.

Um relâmpago surgiu novamente, transformando o verde-escuro da barraca em neon, e outro barulho de trovão surgiu imediatamente. Fortes rajadas de vento atingiam a montanha. De repente, com um clarão assustador, ela ouviu o barulho de uma árvore caindo.

Carter pulou da cama, tremendo de medo diante da proximidade dos raios, e vestiu a jaqueta. Logo que saiu da barraca, o capuz que havia posto sobre a cabeça foi arrancado pela força do vento. A água da chuva, gelada e agressiva, escorria sobre o seu pescoço enquanto ela verificava os danos causados pelos raios. Um pinheiro enorme havia sido atingido por um deles, e o impacto rachou o tronco ao meio. A magnífica árvore estava caída sobre o chão.

O único lugar que lhe restava era o escritório central do acampamento.

Carter gemeu.

Lutando contra a força do vento, esperava que o último esqueleto encontrado não tivesse sido atingido. Sua outra preocupação era a lona, que estava isolando a área de trabalho e que poderia representar um grande perigo. O tecido pesado, repleto de orifícios de metal, estava se chacoalhando violentamente. Foram várias tentativas de tentar pegar uma aba da lona sem correr riscos, até que, por fim, ela conseguiu amarrar uma ponta solta na árvore que estava caída. Com a área de trabalho coberta e sob segurança, ela saiu procurando por outros possíveis danos.

Ao encontrar o contêiner com o esqueleto, ficou parcialmente aliviada. O achado havia sofrido alguns danos, mas não estava destruído. Infelizmente, a trava da caixa havia sido quebrada, e a água começava a entrar. Pegou as alças da caixa e com a chuva escorrendo sobre os olhos, agarrou uma delas e a puxou com força, mas o contêiner não se moveu. Tentando novamente, ela jogou todo o peso do corpo para tentar abri-lo, mas o esforço foi em vão.

Outro relâmpago surgiu e soou como um alarme na cabeça de Carter. Pensou por um momento em voltar para a barraca, mas o abrigo frágil ofereceria apenas proteção contra a água e a manteria seca, mas não a protegeria do perigo real. De qualquer forma, a ideia de permanecer dentro sob a proteção de náilon enquanto o mundo acabava pareceu-lhe menos assustadora que a ideia de ficar do lado de fora em meio à tempestade.

E ela também concluiu, com um humor negro, que teria de proteger o esqueleto e mantê-lo longe da água.

Seguindo em direção à bagunça da barraca, ela vasculhou os equipamentos até encontrar um serrote. De volta à árvore caída sobre o chão, pressionou os dentes do serrote contra a casca – que por estar molhada, estava mais macia – com toda a força do braço até que o galho fosse quase que totalmente arrancado da árvore. Esticou as costas e foi tentar cortar outro galho que estava bloqueando a passagem no caminho.

Carter estava manuseando o serrote quando a serra escorregou e cortou a sua mão esquerda, que ela estava usando como apoio. Ela encolheu a mão contra o peito, resmungando e deixando a ferramenta cair sobre o chão.

Não machucou tanto quanto ardia e, a princípio, ela pensou que a ferida seria pequena. Foi então que notou uma mancha grande de sangue sobre a manga de sua camisa e deu-se conta de que o machucado tinha sido mais grave. Deixando um pouco de lado o esqueleto, ela pegou o kit de primeiros socorros em meio à bagunça e voltou para a barraca.

O que ela viu na penumbra da lamparina deixou o estômago enjoado. O corte foi profundo e grande, entre o polegar e o dedo indicador. Devagar, ela tentou mexer os dedos e sentiu-se aliviada ao perceber que aparentemente não havia nenhuma lesão nos tendões. Ainda assim, o corte parecia mais grave do que algo que um simples *band-aid* pudesse resolver.

Ao pegar um pouco de água da garrafa, ela inclinou-se dentro da barraca para limpar a ferida e depois colocou um pouco de peróxido de hidrogênio sobre o corte aberto, reclamando do ardor que sentia. Logo que enfaixou a mão, achou uma luva de esqui que a ajudaria a manter os curativos secos e voltou à caixa com o esqueleto.

Mexer no serrote dessa vez foi difícil. Sem a força da outra mão para puxar e empurrar, o trabalho foi quase impossível, mas ela insistiu até que a alça do contêiner fosse cortada. Estava curvando o corpo para tentar abrir o contêiner quando ouviu outro ruído em meio ao vento e à chuva. Ocupada com o seu trabalho, ela ignorou o som e continuou tentando retirar o esqueleto do recipiente.

Quando uma mão a agarrou pelo braço por trás, Carter gritou.

Capítulo 17

– Que diabos você está fazendo? – Nick gritou em meio ao barulho da tempestade. Com um raio cortando o céu, Carter observou que a expressão dele estava tensa e enraivecida.

Por um momento, ela ficou atordoada ao vê-lo ali, na montanha, em meio àquela tempestade violenta e às rajadas de vento. E então a mágoa e a raiva retornaram.

– Me deixe em paz! – ela puxou o braço para que ele a soltasse.

– Vamos sair dessa montanha. Agora!

– Não vou a lugar algum com você! – ela rebateu.

Ela estendeu a mão para mexer no contêiner, mas ele agarrou o braço dela uma vez mais, concentrando o olhar sobre a luva de esqui. Para desviar a atenção dele, ela providenciou:

– Você pode puxar essa caixa?

– O quê? – ele gritou.

Ela apontou em direção ao contêiner

– Puxar! Preciso cobri-lo!

Com uma expressão de raiva, ele puxou com força a caixa que armazenava o esqueleto e lançou um olhar penetrante para ela.

Carter retribuiu o olhar enraivecido e começou a andar. Quando chegaram à barraca, ela segurou a parte de trás da lona enquanto ele entrava.

Hesitou por um momento antes de segui-lo, tentando pensar em uma maneira de afastá-lo daquela montanha. Ela espreitou a cabana e notou que ele estava olhando-a com determinação.

Terei de desenvolver um bom argumento, ela pensou.

Logo que ela saiu da chuva, entrou na barraca e começou a fechar a lona, ele começou a gritar de novo.

– Não se incomode em fechar essa coisa! Não vamos ficar aqui!

– Você quer dizer que você não quer ficar aqui – ela tirou o casaco.

– Você quer morrer aqui?

– Estou bem – ela gritou. – E tenho certeza de que não preciso de você para cuidar de mim.

A resposta desafiadora dela parecia enfurecê-lo ainda mais.

– Sabe aquela árvore ali? Que está caída no chão? Poderia ser você e não a árvore.

– Bem, mas não fui eu. Agora me deixe sozinha!

– Você vai comigo.

– Não, não vou – Carter não se importava por estar em meio a um furacão.

– Sim, você vai.

Carter cruzou os braços e se manteve firme.

– O que você vai fazer, me arrastar com você? Porque essa é a única maneira de eu ir a algum lugar com você.

Nick estava pronto para contra-atacar quando, de repente, acalmou-se.

– O que você fez na mão? – ele olhava para frente e para trás entre a caixa de primeiros socorros aberta e a luva de esqui.

– Não foi nada – Carter escondeu a mão colocando-a nas costas.

– Deixe-me ver isso.

– Não – Carter deu um passo para trás antes de se dar conta de que não havia outro lugar para onde pudesse ir.

Nick segurou o braço dela que não estava machucado.

– Pare de me apertar – ela puxou o braço com força. Ele a agarrava com a força de uma barra de ferro.

– Se não foi nada demais, então me mostra – disse ele desafiando-a.

Carter queria rebatê-lo, mas ela própria estava começando a ficar preocupada com o corte. O machucado começava a latejar muito. Também teve a sensação de que estava lutando por uma batalha perdida.

Havia uma determinação no semblante de Nick que indubitavelmente o faria enfrentar qualquer oposição que surgisse em seu caminho.

Quando Carter removeu a luva, contrariada, ela viu que havia uma mancha vermelha no curativo.

Nick ficou assustado.

– O que aconteceu?

– Cortei com o serrote – ela admitiu.

– O corte foi muito grande?

– Não muito.

– Então por que ainda está sangrando? – ela não tinha uma boa resposta para aquela pergunta. – Deixe-me ver isso.

Com cuidado, ele retirou todo o curativo. Quando o corte ficou exposto, outro raio cortou o céu. Com o clarão do raio sobre o rosto dele, Carter notou uma preocupação verdadeira misturada a uma frustração.

– Precisamos ir ao médico.

– Não quero sua opinião – ela reagiu desesperada ao tentar afastá-lo. Carter poderia suportar a raiva dele, mas aquela preocupação ameaçava dominá-la.

– Carter, deixe-me ajudá-la.

– Não, obrigada – ela começou a colocar os curativos novamente. – Considerando a sorte que tenho com você, eles vão acabar amputando a droga do meu braço se você estiver envolvido nisso. Agora, se você me der licença e puder sair do meio do caminho, posso começar a recuperar todas as coisas que estão ficando encharcadas lá fora.

– Você está agindo feito uma criança.

– Então talvez você possa me ensinar uma lição e deixar que eu mesma me defenda. Que tal?

Nick resmungou em voz alta.

– Por que você não pode apenas deixar que eu cuide de você?

Ao cruzar o olhar com o dele, Carter mal conseguia falar de tanto que seus dentes estavam cerrados.

– Não há nada de errado em querer se proteger de pessoas que magoam você. Pessoas sensatas veriam isso como um sinal saudável de autopreservação.

– Você tem todas as respostas, não é? – disse ele em tom amargo. – Você sabe o que todos estão pensando e sentindo e quais são as suas motivações.

– Não. Apenas sou capaz de reconhecer um bastardo no momento em que o vejo.

Nick a encarou por um longo tempo, e ela esperou que ele reagisse com algum comentário destrutivo.

Em vez disso, ele abriu a lona da barraca com calma e saiu sem dizer uma palavra sequer. Ao deixá-la dentro da barraca, surpreendentemente ela sentiu algo próximo ao arrependimento.

O que era uma loucura.

Como ele ousa me fazer sentir culpa? – pensou, começando a andar pelo espaço apertado. Foi ele quem a magoou, não o contrário. O homem não tinha o menor direito de fazê-la sentir como se de alguma forma fosse ele o prejudicado.

Carter andou de um lado para outro inúmeras vezes.

Praguejando, ela abriu a lona da barraca com a intenção de alcançá-lo na trilha e dizer o quanto ele foi injusto...

Ficou paralisada logo que saiu da barraca.

No meio da fúria da tempestade, Nick estava no escritório central do acampamento, abaixado em meio aos escombros, pegando a impressora dela. Quando virou e olhou para Carter, não demonstrou surpresa. Sem dizer uma palavra, caminhou até a barraca de Buddy. Saiu com as mãos vazias e voltou em direção à árvore caída.

A ira que Carter estava sentindo desapareceu. O cabelo dele estava totalmente emplastrado, ele deveria estar com o corpo todo encharcado debaixo da jaqueta, mas ainda assim continuou trabalhando.

Quando ele voltou a mexer nos escombros, Carter aproximou-se para ajudá-lo. Com a mão machucada, ela agiu como uma observadora procurando pelas coisas que precisavam ser resgatadas. Nick, por sua vez, ficaria encarregado de mantê-las em um local seguro.

Seus olhos cruzaram-se entre a cortina de chuva e a força do vento.

Quando outro clarão de um raio surgiu próximo ao acampamento, ele agarrou o braço dela, e eles entraram rapidamente na barraca.

Dentro da barraca, Carter forçou-se para olhar dentro dos olhos dele e dizer:

– Obrigada.

Ele assentiu. Houve um silêncio constrangedor enquanto ela esperava que ele saísse.

– Então, acho que você vai embora agora? – ela olhou propositadamente para a o zíper da barraca.

– Quem lhe deu essa ideia?

Enquanto ela o olhava sem acreditar na reação dele, Nick começou a tirar a jaqueta e a olhar ao seu redor procurando um lugar para se sentar.

O pânico queimava o seu peito. Não queria passar o resto da noite com ele dentro da barraca. Não poderia.

– Mas eu pensei que você estava indo...

– É mesmo?

– Mas você estava com raiva e...

Nick chacoalhou a cabeça tentando retirar os respingos de água.

– Não vou a lugar algum. A menos que você tenha em mente algum lugar mais seco e mais razoável para passar a noite... Você pode acabar com o nosso sofrimento agora mesmo, basta concordar em descer a montanha e ir para casa comigo.

O olhar de Nick era sereno e estava repleto de determinação, fazendo com que Carter perdesse a vontade de brigar. Talvez fosse simplesmente exaustão. Ou fosse o machucado. Talvez ela estivesse fatigada e cansada de estar naquela montanha-russa de emoções.

– Ok – disse ela com o tom de voz baixo e resignado. – Faça como quiser.

Como seus dentes começaram a bater de frio, ela sabia que teria de se livrar das roupas molhadas que vestia. Movendo-se com cuidado, para não bater a mão em algum lugar e evitando esbarrar em Nick dentro do espaço apertado, ela tirou a jaqueta e a blusa de lã.

Mas não foi o suficiente. As calças jeans estavam ensopadas e sua camiseta molhada deixava transparecer o corpo. Estava tentando pensar em uma solução para que não tivesse de trocar de roupa na frente dele. Foi quando ela percebeu que Nick estava parado, imóvel. Ela olhou para o rosto dele e descobriu o motivo.

Os olhos de Nick, quentes e penetrantes, concentraram-se nos seios dela, que estavam enrijecidos e colados no algodão da camiseta molhada. Quando ela percebeu para onde ele estava olhando, ficou com as bochechas coradas e virou-se. Ao pegar uma blusa seca, estava prestes a vesti-la quando ele falou com a voz baixa e rouca:

– Não seja ridícula. A blusa vai ficar ensopada por cima dessa camiseta molhada que você está vestindo – ele abriu a lona da barraca e o vento entrou. – Avise quando você terminar de se vestir.

Depois que ele saiu, o desejo em sua expressão pairou sobre a mente dela. Carter sentiu um calor sobre o estômago. Ficou tentada a puxá-lo para dentro da barraca para lançar os lábios sobre os dele.

Mas isso não aconteceria, ela decidiu. Se houve algo que aprendeu durante as últimas 24 horas foi que o preço de tê-lo era extremamente alto.

Afastando as lembranças dos dois fazendo amor, Carter começou a tirar a roupa tomando cuidado para não machucar a mão lesionada. Quando tirou a camiseta, ela retraiu os ombros ao vestir uma nova peça seca e estendeu a mão procurando os botões da calça jeans.

Não conseguia abri-los.

Praguejando, tentou inúmeras vezes tirar os botões dos orifícios, mas foi em vão. Tentativas sucessivas não funcionaram e, ciente de que Nick estava lá fora encharcado, ela finalmente desistiu e o chamou para entrar.

– Qual é o problema? – ele perguntou, olhando para as calças molhadas de Carter.

– Nada – ela balbuciou ao vestir a blusa de moletom.

– Na última vez que disse isso, você estava escondendo uma mão com curativo.

Ela o fulminou com os olhos.

– Por que você é tão intrometido?

– Porque você é muito evasiva – ele tirou a jaqueta e começou a desabotoar a camisa.

– O que você está fazendo? – ela o advertiu com a voz aguda.

– Tirando as roupas. Estou aqui para protegê-la, mas não sobre o ônus de pegar uma pneumonia – ele a olhou enquanto tirava a camisa.

Rangendo os dentes, Carter tentou ignorá-lo. Ela sentou-se sobre a cama e examinou suas unhas com determinação. Ao ouvir a camisa molhada caindo sobre o chão e logo em seguida o barulho das calças sendo tiradas, ela lembrou de cada parte do corpo dele. A sensação de sua barriga torneada, a maneira como suas pernas eram rijas e fortes. Sentir-se tão atraída por ele parecia um truque do destino.

– Você não tem uma roupa com um tamanho um pouco maior por aqui?

Nesse momento ela teve uma ideia. Mantê-lo coberto era algo muito oportuno.

Pulou da cama, sem se preocupar se teria de cobri-lo com um maldito saco de dormir.

Foi até a pilha de mochilas, pegou a maior camiseta que tinha e uma blusa de lã irlandesa enorme. Jogou a peça com a mão sem ter uma direção certa e vasculhou a mochila até encontrar uma calça velha de hospital de amarrar na cintura que ela usava como pijama.

Quando parecia seguro, ela arriscou um olhar e não pôde evitar uma gargalhada. Ele parecia ridículo. As calças, que cobriam os pés de Carter quando ela as vestia, chegavam apenas até as panturrilhas de Nick. A camiseta e a blusa, que ficavam extremamente folgadas nela, chegavam apenas até um pouco acima do umbigo dele. Ele parecia um travesti muito mal vestido.

– Você sabe que não sou um especialista em moda – disse ele com um ligeiro sorriso. – Mas pelo menos estou seco.

Carter disfarçou a risada ao franzir a testa e espirrou.

– Você tem certeza de que vai ficar com essa calça jeans? – ele questionou.

Com lembranças nostálgicas, ela olhou para algumas calças de brim que estavam secas e ao seu alcance. Ao sentir um calafrio que lhe percorreu o corpo, Carter tensionou os músculos e afastou-se dele.

– Quer ajuda?

Ela pulou. A voz dele estava bem próxima ao seu ouvido e percebeu que ele estava bem atrás dela.

– Não – ela tentou se afastar. – Você se importa?

Com a sobrancelha arqueada, ela sentou-se sobre a cama.

Depois de mais algumas tentativas fracassadas e pelo menos mais um espirro, ela desistiu.

Com determinação, ela o confrontou.

– Você poderia... é...

– O quê?

A expressão dele parecia desinteressada, porém seus olhos diziam outra coisa. Estavam repletos de uma sensualidade velada.

– É... Você poderia... tirar as minhas calças?

Antes que ela pudesse pedir a ele que ignorasse o seu pedido, ele estava de pé em sua frente estendendo as mãos. Os dedos dele roçaram a pele de sua barriga enquanto abria o botão da calça dela e, quando ela prendeu a respiração, ele parou.

– Você quer que eu pare?

Nick estava bem próximo a ela agora, com os lábios quase sobre a sua orelha e com o corpo curvado.

– Apenas se apresse – ela murmurou firmemente, concentrando o olhar sobre o chão.

Nick voltou a mexer nos botões da calça, e ao abrir cada um deles, seus movimentos ficavam cada vez mais lentos. O puxar e soltar eram incrivelmente eróticos, os lábios dela ficaram entreabertos e o ritmo de sua respiração tornou-se irregular.

Quando chegou ao último botão, ficou com os dedos paralisados. Inclinou um pouco mais a cabeça, e sua respiração roçou o pescoço dela.

– Você me enlouquece – ele sussurrou, puxando os seus quadris e aproximando-a de seu corpo. Carter pôde sentir o pênis dele, ereto, grosso e quente pressionando seu corpo.

Ela inclinou a cabeça para trás.

O clarão de relâmpagos cobriu o céu.

Logo em seguida veio o trovão, e o ruído rompeu o nevoeiro que pairava sobre o pensamento de Carter. Ela se afastou, tropeçando.

– Não faça isso – ela o repreendeu.

Seus olhos cruzaram-se, e ela imaginou que ele discutiria com ela. Mas então, Nick encolheu os ombros, com indiferença. Sua expressão ficou séria, e o desejo foi substituído por uma postura disciplinada. Ao sentar-se sobre a cama dela, ele parecia ter total autocontrole.

Carter, por outro lado, sentia um emaranhado de desejo, ressentimento e autodepreciação.

Ela se virou e começou a tirar a calça jeans. Quando finalmente tirou o jeans e vestiu uma calça de brim, ficou com medo de se virar novamente. Não sabia o que falar nem onde sentar e tampouco o que fazer.

– Você sabe que há muitos quartos lá embaixo.

Carter olhou para ele. O semblante dele estava totalmente inexpressivo e, por fim, ela se juntou a ele, mantendo a máxima distância possível.

Sentados, permaneceram em silêncio, ouvindo o ruído do vento e da chuva.

– Quanto tempo essa tempestade vai durar? – ela questionou.

– A noite toda.

Ela lançou-lhe um ligeiro olhar. Seu corpo grande estava curvado, os braços encostados sobre o joelho e seus ombros largos esticando a blusa. Nick olhava para a frente, e embora a impressão que se tinha era a de que ele não estava olhando para nada em particular, sua expressão estava extremamente concentrada.

Outro raio caiu bem próximo a eles. Carter pulou.

Quando Nick falou depois do trovão, sua voz estava mais suave do que ela esperava.

– Você ia mesmo ficar aqui sozinha, não é?

– Claro – ela respondeu. – Buddy e Ellie devem ficar juntos. E eu... sou por mim mesma.

– E você passaria a noite inteira limpando esse lugar. Mesmo com a mão machucada.

Ela franziu a testa, perguntando-se até onde ele queria chegar.

– Sim.

– Por acaso lhe ocorreu que você poderia pedir ajuda?

– De quem?

Houve uma pausa. Ele respondeu em tom seco:

– Minha. Por exemplo.

Ela balançou a cabeça. Quando Nick deixou escapar um grunhido de irritação, ela reagiu:

– Você pode me condenar?

Nick lançou um sorriso fechado. O silêncio pairou novamente entre eles, até que ele sorriu com suavidade.

– Você realmente é uma pessoa difícil. Pelo menos ao vê-la do lado de fora – Carter sentiu algo soando na voz dele como uma ponta de respeito.

– Olha, eu não quero falar – disse ela grosseiramente. – Não estou em condições de dizer algo coerente agora.

Ela elevou o olhar em direção a ele. Ficou surpresa ao encontrar ternura nos olhos dele.

Ao desviar o olhar, Carter colocou a cabeça entre as mãos.

– Você pode parar de fazer isso?

– Fazer o quê?

Ele sorriu ligeiramente.

– Você prefere meu lado rude?

– É mais fácil odiar você desse jeito.

– Mas eu não quero que você me odeie.

Permaneceram calados por um longo período. Em certo momento, ele se remexeu sobre a cama, e ela se afastou.

– Não vou pular em cima de você – a amargura encurtou suas palavras.

Quando Carter olhou para ele, Nick parecia realmente contrariado.

– Você fica nervoso quando não consegue o que quer, não é?

– Você conhece alguém que não fique?

Carter deu de ombros.

– Algumas pessoas ficam mais nervosas que outras.

Olhando de relance, ela viu que ele estava esfregando o pescoço. Como se aquele gesto pudesse aliviar um pouco da tensão, ele disse com a voz mais branda:

– Minha irmã era muito mais equilibrada que eu. Era uma pacificadora.

A melancolia suavizou seu semblante, e ela sentiu-se extremamente tentada a perguntar-lhe sobre a mulher.

– Ela era mais nova ou mais velha?

– Mais nova. Foi a última tentativa de minha mãe para conseguir atenção. Ela ficou deitada na cama todos os nove meses, embora estivesse perfeitamente saudável. Melina nasceu em uma cesariana, então minha mãe se arrastou por um mês depois, dramatizando tanto o nascimento que você poderia jurar que ela havia sido cortada ao meio e teria sido abandonada até a morte.

Seu tom austero ressoou sobre os ouvidos de Carter. Lembrou a maneira como ela falava sobre o seu pai.

– Você e Melina se entendiam bem?

– Gertie e ela foram a salvação da minha infância. Minha mãe não se preocupava muito comigo, e o meu pai era melhor com números do que com pessoas. Teria sido muito fácil para mim se afastar de todo mundo, e acho que Mel sabia disso. Ela sempre teve o cuidado de ficar por perto quando eu precisava, embora eu possa dizer que não retribuí todo esse carinho de maneira apropriada. Essa é uma das razões pelas quais eu quis tanto cuidar de Cort depois da morte dela.

Nick limpou a garganta, e Carter sentiu que ele não queria mais falar sobre a família. Foi difícil não relacionar sua história à dele.

– Meu pai veio aqui hoje – ela deixou escapar.

Ela percebeu que ele virou a cabeça em sua direção.

Sentindo-se vulnerável, ela dobrou as pernas. Arrependeu-se de ter trazido o assunto à tona, mas ao mesmo tempo sentiu-se aliviada ao fazer isso. Como se de alguma forma ela tivesse assumido o controle daquela situação que tanto a machucava.

– Ele estava bem diferente de como eu lembrava que ele era. Fiquei surpresa ao ver que ele está arrependido de muita coisa.

– Claro que ele está arrependido. Ele te ama.

– É, talvez sim. Quase senti que foi algo bom ele ter vindo aqui – Carter viu surpresa e esperança brotarem na feição de Nick, mas logo tratou de acrescentar:

– Mas eu continuo com muita raiva por você ter me usado.

Com um ar de frustração na voz, ele explicou:

– Eu não usei você.

– Sim, usou.

– Por Deus, Carter, se você e o seu pai se reconciliarem, isso é problema seu e dele. Não vou tirar vantagem disso e me arrependo amargamente de algum dia ter imaginado isso.

Carter deu de ombros, tentando não se envolver.

– Deus! Às vezes tenho vontade de te estrangular – ele murmurou.

– Sei o que você quer dizer – ela rebateu. – Sinto exatamente o mesmo em relação a você.

Os dois se olharam, com os olhos cheios de paixão e desejo, e ela ficou pensando em como eles se pareciam, ambos tentando levar a discussão até o final. Pensou também no quanto era absurda aquela discussão em uma barraca no meio de uma tempestade, quando poderiam ser atingidos por um raio a qualquer momento.

Começou a rir. Não conseguiu evitar. E, depois de um momento, ele começou a rir também. A alegria dos dois ultrapassou a lona da barraca, ficando à deriva na tempestade.

Enxugando uma lágrima, ela murmurou:

– Você quase pensou que nós fomos feito um para o outro.

Nick parou de rir lentamente.

– Nós fomos feito um para o outro.

Ela o olhou fundo nos olhos. A atmosfera entre eles mudou, tornando-se séria.

– Eu não menti quando disse que te amava. Carter?

Ela continuava olhando para ele, com relutância.

– Desejo felicidade a você e ao seu pai. Você sabe disso, não sabe?

No silêncio que se seguiu, Nick continuou:

– E sinto muito ter magoado você. Pedi a ele que não viesse, e enquanto estávamos em Vermont, tentei encontrar uma maneira de lhe contar. Queria contar tudo.

Um trovão soou em meio ao silêncio de Carter.

– Isso significa alguma coisa para você? – ele perguntou.

Ela deu de ombros.

– Não muda onde estamos. Nem quem você é.

– Por que é tão difícil acreditar que eu te amo?

– Não duvido de você quando diz que me ama.

– E então, qual é o problema?

– Eu não... Não posso confiar em você.

Nick praguejou baixinho e depois, com um movimento rápido, o qual Carter não teve tempo de se afastar, ele a tomou em seus braços. Beijou-a com firmeza, e ela, depois de tentar se afastar por um instante, rendeu-se a ele. O barulho da tempestade diminuiu, e tudo que ela pôde sentir foi o corpo dele contra o seu, as mãos dele sobre o seu cabelo e a língua dele deslizando dentro de sua boca.

Com um impulso, ele se afastou.

– Você não confia nisso?

Devagar, ela balançou a cabeça.

– Somente um tolo pode confiar no incêndio de uma floresta para se aquecer.

Ele a soltou.

Depois disso, não disseram mais nada.

A tempestade estendeu-se pelo vale do lago ao longo da noite. Não foi possível dormir. Quando o clima violento finalmente desapareceu nas primeiras horas da manhã, a quietude que reinava no despertar era perturbadora. Ao amanhecer, Carter ouviu as gotas de água caindo sobre o chão e sobre o teto da barraca. Havia um ritmo encantador na delicadeza do som.

Nick levantou-se e vestiu sua jaqueta.

– Volto logo.

Depois que Nick saiu, ela deitou, bastante preocupada com o ferimento em sua mão. Precisava se esticar um pouco; ela fechou os olhos e caiu no sono profundo em um completo estado de exaustão.

Do lado de fora, Nick caminhou ao redor do acampamento e avaliou os estragos causados pela tempestade. O acampamento estava destruído. Todas as outras barracas haviam sido derrubadas, a lona que cobria toda a área do acampamento estava amontoada e emaranhada, e havia lama por toda a parte.

Nick seguiu em direção ao riacho, que estava duas vezes maior que o tamanho normal e descia a montanha abaixo formando uma corrente de espuma branca. Ajoelhou-se e jogou um pouco de água no rosto. Com a água escorrendo sobre os olhos e o queixo, ele saiu para assistir ao nascer do sol sobre o lago.

Observou a luz do sol que irrompeu sobre o céu e sentiu vontade de despertar Carter. Mas sabia que não poderia. Então permaneceu sozinho, de pé, apreciando a paisagem e sentindo falta da amada, que estava a menos de um metro de distância.

Ao retornar para o acampamento, enfiou a cabeça dentro da barraca. Na penumbra, conseguiu ver o peito de Carter subindo e descendo, conforme o movimento da respiração. Seu cabelo negro repousava sobre o travesseiro e uma das pernas fora da cama. Estava observando-a dormir, quando ela acordou.

– O que você está fazendo aí parado? – ela perguntou com a voz confusa.

– Precisamos ir ao médico.

Com um gemido, ela se sentou. As ondas de seu cabelo recaíram sobre os ombros, e Nick desejou passar as mãos sobre elas.

– Que horas são?

Ele não precisou verificar o relógio.

– Ainda é cedo. Mas devemos descer.

Contraindo os músculos da face, ela se levantou. Em vez de discutir com ele, simplesmente vestiu o casaco e saiu da barraca. Foi quando ela percebeu que estava sentindo muita dor.

Sob a luz frágil da aurora, eles seguiram até a trilha. Foi horrível observá-la descendo a trilha com dificuldade, distanciando o braço do corpo com medo de batê-lo em algum lugar. Nick desejou mais que tudo poder fazer algo para tornar a viagem mais fácil para ela. Entre o tronco da árvore caída, a inundação e o sofrimento silencioso de Carter, ele pensou que os dois jamais deveriam ir para a mansão.

Logo que os dois saíram da floresta, Buddy, Ellie e Cort vieram correndo em direção a eles. Estavam sorrindo, aliviados em vê-los, mas a alegria deu lugar à preocupação no momento em que notaram os curativos na mão de Carter e sua aparência abatida.

– O que aconteceu? – Buddy indagou.

– Cortei com o serrote – Carter murmurou com os lábios pálidos. Rapidamente, ela contou a eles o que havia acontecido.

– Vou levá-la para a cidade – disse Nick. – Façam um favor: peçam para Gertie ligar para o médico. Ela sabe com quem deveremos falar lá.

Nick levou Carter até o seu caminhão, jogou uma serra elétrica na parte de trás do veículo e seguiu dirigindo até a estrada principal. Tomou cuidado para dirigir com atenção. Por onde passaram, os estragos da tempestade foram grandes. Córregos inundaram a estrada, três árvores caíram e, em certo ponto, havia um carvalho caído bloqueando a estrada. Com a serra elétrica, ele cortou a árvore em pedaços grandes e os jogou sobre o ombro. Ao voltar para a cabine, notou um sorriso triste no rosto de Carter.

Diante da expressão preocupada dele, ela explicou:

– Estava me lembrando da primeira foto sua que eu vi. Devo ter visto quando ainda estava na faculdade. Você tinha acabado de começar uma operação importante na Wall Street – Carter sorriu mais abertamente. – Você era considerado um dos solteirões mais cobiçados da América.

Ele ligou o caminhão e continuou o trajeto.

– Não me lembro dessa – disse ele, na esperança de que ela continuasse falando.

– Estava na capa de alguma revista de finanças. Você estava olhando para a câmera com a expressão extremamente séria. Parecia muito mais velho do que alguém com seus vinte e tantos anos; que era a sua idade real, segundo o artigo. Lembro-me de que um grupo de meninas se amontoou ao meu redor para olhar a revista. Para elas, você era o marido dos sonhos.

– E o que você pensava?

– Eu não tinha certeza. Mas a razão pela qual eu sorri foi que eu nunca poderia imaginar que aquele mesmo homem na capa da revista estaria retirando uma árvore caída do meio de uma estrada em Adirondacks, vestindo as minhas calças de pijama rosa, desbloqueando o caminho para me levar ao médico.

Nick lançou um olhar penetrante na direção dela.

– Estou feliz porque você permitiu que eu a ajudasse.

Ele esperou por uma reação dela, mas Carter manteve-se em silêncio. Ela apenas encostou a cabeça sobre o assento do caminhão e fechou os olhos.

Capítulo 18

Depois de receber o atendimento do médico na cidade, Carter estava se sentindo aliviada e muito mais confortável enquanto Nick tirava o caminhão da garagem. Sentiu-se muito exausta também.

– Gostaria de tomar café? – ele perguntou.

– Na verdade, gostaria de dormir um pouco.

– Há muitas camas lá na minha casa.

Carter pensou no acampamento, na barraca cheia de lama, na cama dura e no fato de que ela estava tão cansada que podia sentir a fadiga até mesmo nos ossos.

– Obrigada. Algo seco e macio me parece ótimo.

Depois de levá-la para comer alguma coisa, Nick a conduziu até o mesmo quarto em que Carter havia dormido antes. Ele ficou parado na porta.

– Você precisa de alguma coisa?

Ela balançou a cabeça.

– A rabanada de Gertie é capaz de curar uma infinidade de males.

– Durma bem, então.

Carter sorriu para ele, de maneira curta.

– Obrigada mais uma vez por sua ajuda.

– Por nada.

Ela tensionou os músculos do corpo no momento em que Nick começou a se aproximar. Ele esticou a mão e a colocou sobre o ombro dela.

– O que preciso fazer para você acreditar em mim?

Carter encolheu os ombros, entristecida e confiando muito pouco na fala dele.

Seus olhos procuram os dela e, em seguida, ele tirou a mão de seu ombro. A expressão de Nick perdeu o viço.

– Não posso continuar pedindo desculpas para você. Não vou mais fazer isso – ele resmungou.

Ao virar-se, não havia mais ternura em seu rosto.

– Aproveite a solidão – ele fechou a porta com força.

Carter jogou-se em cima da cama.

Ela conhecia aquele olhar. Ele a olhou da mesma forma na primeira vez que se viram. Impermeável, remoto e selvagem.

Acabou, ela pensou, quase caindo no sono. Ele faria o que ela estava lhe pedindo e se afastaria.

Mas então, por que ela não se sentiu aliviada? Aquela conclusão deveria fazer com que ela se sentisse melhor. Deveria aliviar o tormento. Era exatamente o que ela queria.

Arrastando-se até o banheiro, ela tirou a roupa e entrou debaixo do chuveiro. Enquanto a água quente caía sobre o seu corpo, ela abaixou a cabeça deixando-a escorrer até os ombros.

Precisava refletir por que a escolha certa a machucava tanto.

Wessex foi procurar por Nick, ao saber que ele e Carter haviam retornado do médico. Ao encontrar o homem em seu escritório, distribuindo ordens ao telefone, ele notou de maneira clara a mudança em seu companheiro de negócios. Farrell tinha uma expressão sombria.

Wessex parou na porta e perguntou-se o que teria acontecido. Nick parecia muito preocupado quando foi até a montanha para buscar Carter. Agora, toda aquela ternura e preocupação haviam desaparecido, como se nunca tivessem existido, e o homem parecia mais frio até mesmo do que era antes.

Com uma mão impaciente, Wessex fechou a porta e sentou-se. Ele ouviu enquanto Nick pronunciava frases curtas e palavras bem escolhidas.

– Então, vou para o Japão em dois dias – o homem rosnou. – Deixe-os ousarem a esfregar essas condições do acordo na minha cara. Vou comê-los vivos na sala de reunião de vocês e eles sabem muito bem disso.

Nick desligou o telefone e passou os olhos inexpressivamente pela escrivaninha.

Wessex hesitou. Havia muitas perguntas em sua mente, especialmente a respeito de sua filha, mas ele tinha a sensação de que não obteria as respostas de que precisava. Nick não parecia estar disposto a falar sobre assuntos pessoais de tipo algum.

– E então, o que vamos fazer com Packert? – Nick indagou.

Ele reclinou-se na cadeira, cruzando os braços.

– Estou ansioso para esmagá-lo e depois quebrar a CommTrans.

– Você vai vender a empresa? – Wessex ficou surpreso. – Mas isso não era parte do nosso plano. Posso admitir que Packert é um tolo, mas por que...

– Porque eu quero fazer isso. A CommTrans vai ser uma memória distante daqui um ano. O legado de Packert vai se transformar em pó.

– Mas você não precisa do dinheiro e é...

– Ficou piedoso de repente?

Wessex olhou por trás da mesma daquela escrivaninha e perguntou-se como alguém tão jovem poderia ser assim, tão duro.

– E então, você está dentro ou não? – as palavras de Nick foram diretas.

– Estou dentro – Wessex respondeu lentamente. – Mas eu realmente acho que você deveria reconsiderar...

– Tudo o que eu fizer depois dessa maldita negociação não é da conta de ninguém, diz respeito somente a mim.

Nick pegou o telefone novamente, e Wessex sabia que deveria sair. Ao levantar-se e ajeitar o paletó, ele esperava que houvesse alguma maneira de abordar o homem.

– Tenha uma boa viagem de volta à cidade – disse Nick enquanto fazia a ligação. – E você deve lembrar Packert para que desfrute da limusine. Quando eu acabar com ele, terá sorte caso consiga pagar uma tarifa de táxi.

Wessex ficou muito pensativo ao sair do escritório, perguntando-se o que poderia ter acontecido entre Nick e sua filha. Levando em conta o sentimento de vingança na expressão do homem, parecia que era pouco provável que as coisas tivessem sido resolvidas.

Ao virar em direção à sala de jantar, ele seguiu em direção a Packert. Olhando nos olhos do texano, Wessex vacilou um pouco ao pensar no que estava prestes a acontecer ao homem.

– O que há de errado com você? – Packert indagou, carregando um prato cheio de comida o qual se serviu no bufê disposto no canto da sala.

Wessex não diria a ele que seu patrimônio líquido em poucos dias estaria no zero.

– Perdoe-me – ele respondeu. – Estou um pouco distraído.

– Bem, anime-se! Vamos embora daqui ainda hoje – o texano bateu no ombro de Wessex com a mão pesada. – Diga, você está com fome. Melhor você comer antes de partirmos.

Wessex começou a sentir dor de cabeça, como se tivesse levado um golpe entre as orelhas. Decidiu que um almoço com Packert não ajudaria nem um pouco no alívio da dor. Preparou uma desculpa e fugiu para a porta lateral para respirar a brisa do verão. Sem um destino específico em mente, seguiu em direção ao lago e encontrou algum consolo no som das águas batendo sobre as pedras. Com o passar da tempestade, tudo parecia fresco e viçoso, e ele respirou fundo inúmeras vezes enquanto caminhava às margens do lago. Seguiu caminhando até chegar à casa de barcos, quando entrou na doca com os seus sapatos lustrosos pisando sobre a madeira úmida. Apoiando as mãos sobre as costas e segurando-as, ele se inclinou e olhou para a água.

Ao ver um peixe nadando, pensou sobre o passado. E perguntou-se, com um sentimento de dor, se veria a filha novamente.

Na mansão, sobre a varanda do quarto onde ela estava, Carter observou a caminhada do pai.

Apesar da exaustão, ela não havia conseguido dormir. Permaneceu na cama até que a decepção tomou conta do seu ser. Abrindo totalmente duas portas francesas, ela ficou do lado de fora, levando seu descontentamento consigo para a luz do sol.

A primeira coisa que ela notou foi o progresso lento de seu pai caminhando até a margem. Com as mãos apoiadas sobre as costas e com a cabeça inclinada como se estivesse com o pensamento muito concentrado, ele passeou sobre o gramado. Ela viu quando ele foi até a doca.

Carter decidiu-se. Moveu-se apressadamente, entrou no quarto, vestiu-se e arrumou a cama. Um momento depois já estava fora da casa, passando pelo mesmo gramado que o pai acabara de atravessar.

Wessex virou-se ao ouvir o som de passos na doca. Surpresa e esperança invadiram-lhe o rosto.

– O tempo está bem limpo, não está? – disse Carter ao aproximar-se dele.

– Sim. Ao que tudo indica – o sorriso dele transpareceu um gesto de boas-vindas. Ele a olhou.

– Como se sente?

Ela mexeu os dedos da mão

– O melhor que posso, imagino.

Carter não sabia ao certo o que dizer em sequência, tampouco Wessex ao que parecia. Os dois estavam há poucos metros de distância e olhavam para a água.

– Você vai voltar para a cidade agora? – ela perguntou com a voz suave.

– Logo que Packert terminar de almoçar. Ele tem o entusiasmo alarmante de um faminto, mas a agilidade e rapidez de um gorila para comer. Então, pode ser que leve um tempo...

Carter sorriu ligeiramente, olhando para ele.

– Fiquei muito preocupado com você ontem à noite – Wessex desabafou depois de uma pausa.

– Não posso dizer que gostei da experiência, mas ainda bem que no final tudo acabou bem.

De repente, ela teve uma ideia.

– Você viu o que tem ali em cima?

– Não.

– Você tem de ver isso – disse ela entusiasmada, levando-o até a casa de barcos e os degraus apertados da escada.

Quando chegaram ao segundo andar, Wessex viu a plataforma de trens e disparou um assobio de encantamento.

– Tive a mesma reação quando vi pela primeira vez – Carter aproximou-se da plataforma e apertou o botão principal. O mundo em miniaturas começou a funcionar. Luzes brilhavam sobre as vitrines. O vapor começou a sair das chaminés. A água começou a escorrer ao lado da montanha. Manuseando os controles, ela colou um trem sobre os trilhos.

Os dois começaram a conversar sobre os trens e sobre a estrutura da plataforma, uma conversa tranquila que a surpreendeu. Aquele momento a fez se lembrar do quanto havia sido fácil conversar com o pai um dia. E também fez com que ela sentisse falta dele.

Divertiram-se com o brinquedo, até que Carter observou que o ângulo de elevação do sol estava menor.

– Você sabe que horas são? – Carter perguntou.

Wessex olhou para o relógio de ouro no pulso.

– Senhor! Já são mais de três horas. Algumas horas atrás eu deveria estar naquela limusine com aquele homem insuportável.

Com o controle remoto, Carter reduziu a velocidade do trem, fazendo-o parar vagarosamente na frente dela. Não queria desligá-lo. Não queria sair daquele lugar. Não queria voltar para a maneira como as coisas eram.

Mas não sabia o que fazer.

Quando as luzes cintilantes apagaram-se, Wessex disse:

– Isso foi maravilhoso.

Carter concordou com ele.

– Seus trens continuam na sala de bilhar?

– Sim. Da mesma maneira quando você...

Ele não concluiu.

– Lembro-me de como eles eram – disse ela, querendo afastá-lo das lembranças ruins.

– E aquela cordilheira de montanhas continua pela metade?

– Sim.

Os dois começaram a descer as escadas.

– Talvez eu passe lá algum dia desses, quando eu estiver na cidade.

Os passos de seu pai vacilaram.

– Vou ficar muito feliz em vê-la.

Carter sorriu sobre a sombra.

Juntos, seguiram em direção à luz do sol. Enquanto caminhavam em direção à mansão, seus passos diminuíram sobre o gramado.

De repente, ela parou e olhou para o pai.

– Fico feliz que você tenha vindo ontem.

Ela observou, atônita, o brilho de uma lágrima surgindo sobre os olhos dele. De maneira instintiva, ela estendeu a mão para confortá-lo. Com a mão apoiada sobre o ombro do pai, ela agarrou-se a ele.

– Você sabe que sua mãe e eu amávamos muito você? Da melhor maneira possível? E que eu continuo te amando muito?

– Não chore – disse ela com um tom de voz delicado, enquanto ele se atrapalhava com o lenço. À medida que ele enxugava as lágrimas, ela pôde sentir que um tipo de fio os unia. Uma espécie de laço extremamente delicado e fino. Os dois permaneceram de pé abraçados por um longo tempo, em silêncio.

Quando finalmente chegaram à casa, avistaram Gertie arrumando as flores no hall de entrada. Ela os avisou que Packert já havia partido para a cidade e que Wessex teria de pegar o trem. Carter ofereceu-se para levá-lo à estação.

Enquanto o pai subia as escadas para pegar suas coisas, ela observou as mãos de Gertie emaranhando-se com as flores lilases e perfumadas.

– Seu pai é um homem bom... pelo que pude ver nele. Vocês passam bastante tempo juntos?

– Vamos passar a partir de agora – Carter ficou perplexa diante da vontade de encontrá-lo novamente. Parecia algo tão impossível alguns dias antes e agora muita coisa havia mudado. Tudo, ao que parecia, havia mudado.

Wessex reapareceu com sua mala preta que continha as iniciais de seu nome.

– Onde está nosso anfitrião?

– Atrás de você – respondeu Nick, ao aparecer na sala de espera. Estava vestindo um smoking, mas calçava botas de caminhada.

Carter assustou-se ao ouvir a voz dele e o olhou nos olhos. Ele desviou o olhar, como se ela não estivesse ali, o que a machucou, mesmo dizendo para si que aquilo não poderia acontecer. Também não conseguiu deixar de notar a largura de seus ombros cobertos pelo paletó preto e como a camisa branca contrastava com sua pele bronzeada. E, por fim, observou o quão alto e imponente ele era.

– Um pouco formal para um passeio de barco, você não acha? – Wessex ofereceu-lhe um sorriso que não foi retribuído.

– Há um jantar beneficente hoje à noite na casa de Winnie e Curt Thorndyke. Disse a Curt que eu vou ajudar a assar o porco. O homem não seria capaz de diferenciar um poço de um pêndulo.

As palavras foram casuais, porém frias.

– Eu conheço Thorndyke – disse Wessex. – A mulher dele é muito grosseira. Eles são membros da Borealis, não são?

– Exatamente – Nick estendeu a mão. – Tenha uma boa viagem. Vamos manter contato.

– Obrigado... – Wessex hesitou durante o aperto de mão, olhando para Carter. – ... por tudo.

Com um sorriso fechado, Nick virou-se

– Eu que agradeço.

Quando a porta fechou, Carter o observou pela janela. Ele enfiou as mãos nos bolsos e caminhou até o lago, com um olhar despreocupado como se não houvesse nada no mundo com que pudesse se preocupar.

Carter sentiu-se desconfortável diante da indiferença dele, com a sensação de que teria sido muito fácil esquecê-la.

O que era ridículo, disse para si com raiva. Aquele não era o momento do seu ego mostrar as caras. A autopreservação teria de vencer sua identidade. Tinha de ser assim.

Ainda assim, foi difícil não resmungar enquanto ela e o pai entraram no jipe.

Enquanto seguiam pela estrada da montanha, ele perguntou a respeito da escavação e sobre o que eles haviam encontrado. Carter sentiu-se satisfeita pela distração.

– Estamos investigando o grupo do Winship.

– Uma grande parte da história americana. Por quanto tempo vocês vão ficar?

– Algumas semanas. Talvez menos – ela se perguntou se o pai teria percebido um ar de tristeza em sua voz. Ela própria percebeu.

– Você o ama, Carter? – a pergunta foi feita com delicadeza e compaixão.

Ela olhou para o pai, observando os seus olhos azuis vibrantes.

– Não tenho muita experiência sobre o amor, mas imagino que somente ele seja capaz de machucar alguém assim.

Wessex ficou pensativo.

– Conheci Farrell pessoalmente poucos anos atrás, desde que o encontrei na Wall Street. Ele é um homem difícil – Wessex refletiu. – É uma pessoa boa, acredito, mas muito difícil de se lidar. Somente uma mulher extraordinária poderia ser a dona do coração dele.

A dor queimou seu peito ao pensar na próxima mulher que Nick teria.

– Bem, tenho certeza de que essa mulher está em algum lugar por aí.

– Ele acha que já a encontrou.

Carter balançou a cabeça.

– Não mais. Eu o remediei pelo seu equívoco. Ele vai seguir em frente. E eu... vou superar isso de alguma forma.

Carter mudou de assunto e sentiu-se satisfeita ao ver que o pai respeitou sua vontade.

Quando chegaram à estação de trem, ela o acompanhou até a plataforma e esperou até que o trem das 4h19 chegou com o ruído dos freios e o assovio da maria-fumaça. De repente, não havia mais tempo.

Com pressa, ela envolveu os braços sobre o pai, abraçando-o com força.

– Eu quase perdi a esperança – disse ele enquanto a abraçava.

– Tchau – ela despediu-se com delicadeza. – Vejo você em breve.

Wessex fechou os olhos, como se um desejo tivesse sido realizado. Então ele a beijou na testa e subiu os três degraus do vagão. Quando o trem partiu, Carter o observou sentado próximo à janela. Ela acenou, enquanto o trem desaparecia em meio aos trilhos.

Capítulo 19

Ao retornar às ruínas do acampamento, Carter sentiu que suas forças escoaram pelas solas dos pés. Tudo estava desordenado, ensopado e coberto de lama. Galhos de árvores estavam caídos ou pendurados em diferentes lugares e o grande pinheiro caído sobre o chão já estava murchando.

Olhou para o curativo do ferimento e sentiu-se incapacitada.

Enquanto pensava por onde começar, Buddy, Ellie e Cort chegaram ao círculo de pedras.

– Parece que houve uma festa e tanto aqui ontem à noite – seu parceiro brincou. – O que é uma vergonha porque eu preciso de tudo isso para trabalhar agora. Temos um trabalho sério de escavação para concluir.

Cort sorriu.

– Com toda essa bagunça aqui, acho que vocês vão ter de ficar na minha casa por um tempo.

– Você acha que seu tio se importaria de abrigar duas lindas senhoritas debaixo do seu teto? – Buddy questionou.

– Duas? – Carter interrompeu bruscamente. – Vá você. Eu vou ficar por aqui.

Ela franziu a testa.

– Não seja ridícula. Você está com um ferimento.

Quando Carter lançou um olhar fulminante sobre ele, Buddy levantou as calças largas com uma rabugice ludibriosa e virou em direção aos adolescentes.

– Parece que a pequena mulher e eu precisamos ter uma conversa. Enquanto isso, por que vocês não tentam arrumar as barracas e levantar tudo o que puderem?

– Nós não precisamos conversar sobre isso – Carter rebateu. – Já me deci-

– Vamos? – Buddy a olhou fixamente e ofereceu-lhe o braço.

Com um comentário a respeito da força braçal dos homens, Carter desvencilhou-se dele e caminhou com relutância em direção à floresta.

Quando estavam longe o bastante para não serem ouvidos, ela colocou as mãos sobre os quadris.

– Não podemos deixar esse lugar sem supervisão, você sabe disso. E, além disso, Ellie precisa de você.

– Ela ficou preocupada com a tempestade de ontem à noite, mas vai ficar bem desde que não haja mais tufões – a voz de Buddy soou leve, suave. – Olha, eu sei que dormir lá embaixo não é a melhor coisa a se fazer... mas estou preocupado com sua saúde. É um corte grande e você deveria pensar na sua recuperação.

– Vou ficar bem aqui – ela persistiu.

– Com esse ferimento, você não poderá fazer absolutamente nada caso alguém apareça para espiar a escavação. Faz muito mais sentido que eu fique. É mais seguro para todos nós.

Mesmo com toda sua criatividade, Carter sentiu-se incapaz de rebater aquele último argumento. O que ela faria caso alguém – *caso Lyst* – aparecesse no meio da noite? Assustá-lo com movimentos espalhafatosos usando uma mão só? Se ela realmente fosse para a mansão, pelo menos poderia dormir em uma cama de verdade e tomar um bom banho para aliviar todas as dores.

Bem, pelo menos as dores físicas.

Pensou em como Nick havia a olhado naquela sala de estar. Seu olhar parecia tão distante, e a frustração dela parecia inapropriada e desconcertante. O que ela esperava? Havia dispensado Nick por motivos justos e ele voltou a ser o homem frio que ela conheceu desde a primeira vez que entrou em sua casa. O que ela pensou que aconteceria? Que ele esperaria por ela para sempre? Que apodreceria sentado em uma cadeira desiludido por uma decepção amorosa?

Sim, ela pensou. Era o que ela queria que ele fizesse. Queria que ele sofresse como ela ou que pelo menos ficasse com uma aparência triste pela decepção que estava sentindo. Não queria que ele vestisse um smoking e que saísse para uma festa. Não era justo. A vida dela estava uma bagunça e ele estava de saída para assar um maldito porco.

Buddy estalou os dedos na frente da amiga.

– Olá! Tem alguém aí?

– Tudo bem. Eu vou passar a noite lá embaixo – Carter resmungou com resignação.

– Bom. A propósito, você se importa se eu dormir na sua barraca? Felizmente a minha está livre de goteiras, mas não teremos tempo de colocar todo o material do lado de fora até que possamos ressuscitar o escritório central do acampamento.

– Por mim, tudo bem.

Quando Buddy e ela voltaram ao acampamento, Cort e Ellie haviam transformado o lugar em uma lavanderia. Sacos de dormir, toalhas e roupas estavam pendurados em cordas que eles esticaram e amarraram entre as árvores, e as barracas já estavam reerguidas.

– Decoração interessante – Buddy comentou. – O que antes era um cesto de roupa suja transformou-se em uma vista extravagante. Gostei disso.

Estavam conversando sobre qual seria o próximo passo para colocar as coisas em ordem quando Cort olhou para o relógio e entristeceu o rosto.

– Tenho que ir.

Ellie sorriu para ele.

– Se você puder esperar um pouco, preciso apenas terminar...

– Não, preciso ir agora. Vejo você lá embaixo no jantar.

Depois que ele saiu com pressa, Ellie olhou para Carter com uma expressão desolada.

– Não consigo entender os homens.

Em um gesto de generosidade, Carter pôs a mão sobre o ombro da garota.

– Gostaria de poder dizer que a sabedoria vem da experiência com eles.

– Mas você estaria mentindo, não é?

– Exatamente.

– Ei, um momento – Buddy interrompeu. – Como único representante do sexo masculino aqui, devo me sentir ofendido com isso. É impossível compreender vocês, mulheres. É como tentar pegar um macarrão *linguine* do chão usando um ímã.

– Pai, essa metáfora enche o saco.

Carter sorriu.

– Ellie, também gostaria de dizer que a sabedoria vem da experiência com elas.

– Mas não funciona assim, não é?

– Exatamente.

Os três passaram o resto do dia tentando organizar a bagunça do escritório central. Graças à serra elétrica que Ivan emprestou a Buddy, ele conseguiu cortar o pinheiro e levá-lo para a floresta. Ao terminar, Ellie e Carter o ajudaram a levantar a lona. Embora a mesa estivesse em mau estado, eles conseguiram consertá-la para que ficasse em condições de uso.

Quando finalmente desceram até a montanha, foram recepcionados na casa com uma refeição preparada por Gertie. Cort, que parecia muito feliz ao ver Ellie, fez questão de sentar-se ao lado dela. Depois do jantar, os dois foram assistir à TV sozinhos na casa e Buddy voltou para o acampamento.

Deixada à sua própria sorte, Carter retirou-se para o quarto e vestiu os pijamas de seda, um luxo raro para uma escavação. A experiência havia mostrado a ela que havia sempre um momento em qualquer projeto – em meio à poeira e às noites de sono no chão – que seria uma extravagância. Aquela noite seria esse momento, e ela chegou à conclusão de que merecia aquele tratamento depois de tudo que havia passado. Antes de permanecer no quarto, foi até a varanda para apreciar as estrelas.

O ar da noite roçou sobre sua pele e ela observou a luz da lua dançando sobre as águas do lago. Um curiango, tentando pousar sobre o solo, fez com que ela sentisse a falta de alguém com quem pudesse partilhar aquele momento.

Mas não qualquer pessoa.

Onde ele está agora? – ela pensou. A imagem de Nick segurando outra mulher nos braços a fez estremecer.

Deixou as portas da varanda bem abertas, voltou para o quarto e deslizou sobre a maciez dos lençóis. Fechou os olhos. Inquieta. Agitada.

Socou o travesseiro com a mão que não estava machucada. Levou muito tempo até conseguir cair no sono.

O zumbido constante do motor do Hacker diminuiu gradativamente enquanto Nick entrava na garagem da casa de barcos. Depois de desligar o barco, saiu da parte superior da embarcação e pisou na doca. Logo que os seus pés entraram em contato com o chão de madeira, ele olhou para o assoalho, perguntando-se por que ainda sentia como se estivesse sobre a água.

Ar. Precisava de ar.

Ou talvez tivesse exagerado nas doses de uísque.

Provavelmente foi isso.

Com mais cautela do que de costume, ele amarrou o barco e começou a caminhar em direção à mansão. Percebeu que enquanto mantinha a cabeça erguida, a vertigem e a tontura passavam. O clima noturno parecia ajudar seu pensamento. Ele desamarrou a gravata borboleta e abriu o colarinho engomado. Ao sentir-se melhor, tirou o paletó e o jogou sobre o ombro.

Que noite terrível, ele pensou. Os Thorndykes eram pessoas suficientemente agradáveis, mas convidaram o pai de Candace, mesmo sabendo do rompimento da relação dela com Nick. O homem criticou Nick por uma hora, dizendo o quanto sua filha havia sido maltratada, e contou que, felizmente, ela havia encontrado alguém que a fez sentir-se melhor.

Nick começou a tomar uísque desde o início da conversa com Hanson. Continuou bebendo enquanto o porco era assado, o que não lhe fez bem. Graças ao desejo de manter o copo vazio, o prato principal saiu do espeto todo petrificado e com metade do tamanho que tinha. Depois de algumas tentativas de cortar o assado, uma faca foi quebrada e outras duas ficaram tortas. Thorndyke desistiu e decidiu servir hambúrgueres e cachorros-quentes para os seus convidados de alta classe. Quando Nick estava indo embora, foi informado de que os serviços de churrasqueiro seriam dispensados em uma oportunidade futura.

Ele parou por um momento e olhou em direção à montanha. Com a visão turva em meio à escuridão, tentou enxergar se havia uma fogueira acesa no acampamento.

Será que Carter está dormindo?, ele se perguntou. Será que ela está com o corpo encolhido, respirando profundamente e devagar, com os cílios recostados sobre as bochechas?

Ele praguejou em alto e bom som, e seu mau humor piorou ainda mais. Havia sido repreendido por Hanson, falhou em uma tarefa que lhe foi atribuída – assar um porco – e agora estava entrando em uma terrível ressaca. E o pior de tudo: estava enlouquecido porque sabia que Carter iria embora em breve.

Nick passou as mãos pelos cabelos e entrou na casa. Percebeu que as luzes estavam acesas no quarto de hóspedes. Os Swifts vieram dormir na mansão novamente, era óbvio.

Seus olhos, mais alertas, olharam em direção à montanha uma vez mais.

Ele mudou de direção.

Saindo da casa, movimentou-se com rapidez pelo prado na margem da floresta. Encontrou a trilha no meio do escuro e escalou a montanha com plena convicção. Seguindo o caminho até o topo, ficou ensaiando seu discurso. Como ela era uma pessoa de mente fechada, intolerante, injusta...

Ao chegar ao acampamento, avistou uma espécie de luz na barraca de Carter e seguiu adiante, determinado. Abriu a aba da lona e proferiu:

– Mulher, você precisa ouvir o que eu tenho...

Buddy Swift, que estava lendo uma história em quadrinhos, levantou a cabeça, surpreso.

Nick piscou, aturdido.

Buddy começou a gargalhar.

– Já me chamaram de muita coisa, mas *mulher* é a primeira vez.

– Onde ela está? – ele interrogou.

– Lá embaixo, na sua casa.

– Ah! – Nick balbuciou.

Quando Buddy olhou para o homem que havia interrompido a leitura, precisou esconder o sorriso por detrás da Superman nº 7 que estava lendo. Não era sempre que se via um bilionário desgrenhado e bêbado.

– Você está bem?

– Claro que sim – o tom de Farrell foi grosseiro e seus olhos estavam sombrios diante do desgosto. Também parecia que estava a ponto de cair.

– Ei, você não quer descansar um pouco? Parece que você precisa de um tempo sozinho.

– Não é uma má ideia.

– Aqui – Buddy levantou-se da cama. – Por que não se senta um pouco? Eu já ia mesmo levantar para dar uma olhada ao redor.

Durante toda a noite, Buddy cochilava um pouco e depois saía caminhando entre o acampamento e o círculo de pedras. Estava à procura de invasores noturnos, mas em vez de supostamente encontrar alguém, esse alguém teria de encontrá-lo.

Enquanto seguia a sua rota, sentiu-se triste ao pensar em Nick e Carter. Os dois não paravam de brigar, e ele desejou que as circunstâncias da chegada de William Wessex tivessem sido diferentes. Carter estava muito feliz antes da chegada do pai. Ela estava entusiasmada e despreocupada pela primeira vez desde quando a conhecia. Estava verdadeiramente feliz.

Como não encontrou nada fora do comum, voltou ao acampamento. Assim que enfiou a cabeça dentro da barraca, surpreendeu-se.

Roncando como um buldogue, Nick Farrell estava dormindo com um braço para fora da cama, pendurado, e outro apoiado no pescoço.

Esse cara não vai mais a lugar algum, Buddy pensou.

Percebeu que não teria outra escolha, então tirou sua jaqueta e a enrolou para fazer um travesseiro. Esperava que o solo ainda estivesse macio por conta da chuva e que o chão da barraca estivesse livre de vazamentos.

Na manhã seguinte, Carter acordou cedo, ansiosa para sair da casa sem encontrar Nick. Arrumou a cama, vestiu os shorts e a blusa de moletom e seguiu em direção à cozinha. Lá, viu Cort e Gertie preparando alguma coisa juntos. Rapidamente, os dois disfarçaram e colocaram de lado o que estavam fazendo.

Quando Carter os cumprimentou, Cort mal murmurou uma saudação e vestiu o roupão de banho. Parecia que tinha acabado de sair da cama, estava com o cabelo emaranhado – em vez do penteado pontiagudo – e seus olhos estavam quase que totalmente fechados.

– Vá tomar um banho para acordar – disse Gertie, espantando o garoto. – Só de ficar aqui você está me deixando cansada.

– Bom dia, Carter – Cort respondeu ao passar por ela.

– Teve uma noite mal dormida?

– Nós assistimos a *Tubarão*.

Carter sorriu, imaginando que os dois deveriam ter aproveitado o tempo juntos.

– Não acho que isso o cansaria tanto assim.

– É que nós assistimos três vezes – ele justificou.

– Ah!

Ele se virou.

– Então, Gertie, nós podemos ir?

– Você vai ter de pedir ao seu tio.

Carter enrijeceu os músculos do corpo e olhou por cima do ombro de Cort, considerando que Nick poderia aparecer a qualquer momento. Começou a se dirigir até a porta.

– Onde ele está? – Perguntou Cort.

Gertie deu de ombros.

– Não o vi. Talvez ele ainda esteja dormindo.

– Não... a cama dele não está desarrumada. Sei porque passei pelo quarto dele e a porta estava aberta.

Gertie franziu a testa.

– Ele veio para casa ontem à noite?

Carter sentiu o estômago pesado e aproximou-se ainda mais da porta. No entanto, Gertie a seguiu e colocou uma caneca de café na mão sadia.

Cort foi quem se dirigiu até a porta.

– Vou descer para ver se o barco está lá.

Depois que ele saiu, Gertie lançou um olhar pontual sobre Carter.

– Estou certa de que há uma boa explicação. Nick conhece esse lago como a palma de sua mão e não é do tipo que sai passeando por aí, se é que você me entende.

Carter sorriu ligeiramente por trás da borda da caneca e tentou tomar o café o mais depressa que pôde. Perguntava-se o que seria pior: o fato de ele não ter voltado para casa porque teria sofrido algum acidente ou porque havia passado a noite com outra mulher.

Essas eram duas grandes opções. Como escolher entre uma clavícula quebrada e um ombro deslocado.

– Não é da minha conta – Carter reagiu pontualmente. – Ele é um adulto, livre para fazer o que bem quiser.

A dor latejante entre as orelhas despertou Nick e, a princípio, ele pensou que fosse mais uma crise de enxaqueca. Foi então que se lembrou do uísque.

Rolou na cama, gemendo.

– Posso lhe assegurar que eu também não gosto de acordar com você do meu lado – disse uma voz seca.

Nick abriu os olhos. Mesmo que seus olhos se recusassem a manter o foco, ele conseguiu enxergar o sorriso irônico de Buddy Swift. O homem estava deitado no chão com a cabeça sobre uma jaqueta toda embolada.

– Que diabos você está fazendo aqui? – Nick questionou com a voz rouca.

– Não sei. Você apareceu aqui ontem no meio da noite.

Ambos sentaram-se devagar. Nick percebeu que a careta de Buddy era exatamente a mesma que a sua.

– Isso significa que nós estamos sóbrios? – o homem perguntou com um sorriso travesso.

– Desculpe. Ficamos juntos apenas por uma noite – ele brincou. – Que horas são?

– Deve ser quase sete.

Os dois levantaram-se. Ao saírem da barraca, Nick arregalou os olhos diante da leve luz do sol e da promessa de um dia bonito. Percebeu que Buddy não parecia nem um pouco animado.

Quando o homem se esticou, seus ossos estalaram e ele soltou um gemido.

– É difícil imaginar que houve um tempo em que as minhas costas poderiam suportar qualquer coisa que eu jogasse em cima delas. Que diabos eu estava pensando quando carreguei aquela árvore sozinho?

– Isso se chama arrogância – Nick esfregou os olhos. – A mesma coisa que me fez beber meia garrafa de uísque ontem.

– Estou me sentindo como se tivesse sofrido um acidente de carro.

– E eu sinto como se fosse o próprio acidente de carro.

– Quer café? – Buddy entrou no acampamento e acendeu o fogão que funcionava à base de propano.

Nick assentiu. Devagar.

Enquanto preparava o café, Buddy disse:

– Então, acho que não era bem eu que você estava procurando ontem à noite, certo?

Nick sentou-se à mesa de piquenique.

– Não estava procurando por ninguém. Saí apenas para dar um passeio à noite.

– Vestindo um smoking?

– Sim, porque já passavam das cinco horas.

Buddy sorriu.

– Você pareceu desapontado ao me encontrar na barraca de Carter.

Nick esticou os braços por cima da cabeça e alongou o corpo de um lado para o outro.

– Graças ao uísque, a noite passada teria sido uma tragédia, que consegui evitar por sorte. Ainda bem que você estava aqui.

Buddy pegou as duas canecas, colocou uma sobre a mesa e sentou-se.

– Tem certeza disso?

– Absoluta – Nick tomou um gole do café e recuou. – Santo Deus, essa coisa poderia acordar um morto!

– Considerando o estado em que nos encontramos, acho que o café é apenas um bilhete para isso.

Os dois permaneceram sentados, tomando o café em silêncio, até que Buddy disse, com cautela:

– Conheço Carter há muito tempo. Ela parecia estar muito feliz com você.

– Isso mudou agora.

– Eu sei. E queria que fosse diferente.

– Você e eu também – Nick abaixou a caneca de café meio vazia.

– Quer mais café?

Ele começou a sacudir a cabeça, mas parou ao fazer uma careta.

– Não. Não quero correr o risco de ter um ataque.

Buddy tomou um bom gole do café.

– Esse está muito leve.

Com um sorriso cínico, Nick levantou-se.

– Bem, obrigada pela noite maravilhosa.

– Não há pelo que agradecer. Quando nos veremos de novo?

– Eu te ligo.

– Claro que sim – com uma piscadela atrevida, Buddy acenou e voltou para o seu café.

Nick começou a descer a trilha, esperando que conseguisse chegar lá embaixo inteiro.

Capítulo 20

Carter engoliu o último gole de café, que queimou o céu de sua boca. Não tinha interesse em ouvir a confirmação de que Nick não havia dormido em casa. Já havia deixado claro em seu pensamento o que ele estava fazendo nas altas horas da noite.

– Acho que vou subir para a montanha – disse ela a Gertie, tentando demonstrar indiferença.

– Você vem para o jantar?

– Acho que não. As coisas já devem estar bem secas lá em cima.

E ainda que ela tivesse de comer o milho frio de uma lata e dormir em um lamaçal, ficaria no acampamento.

– Você não deveria se preocupar com Nick. Como eu disse, deve haver uma razão muito boa por detrás de tudo isso.

Claro que há, Carter ridicularizou no pensamento. *Ele encontrou uma modelo de 1,80 m com o cabelo da cor do sol e lábios de mel que seriam capazes de enlouquecer um homem. Nesse exato momento, os dois provavelmente estariam fazendo os planos para o casamento em Majorca.*

– Ele não estava com uma mulher – disse Gertie, como se pudesse ler o pensamento dela.

Carter deu de ombros.

– Se ele estivesse com alguma mulher, tudo bem. Não tenho nada a ver com a vida pessoal dele. Entre nós há somente negócios.

Diante do olhar duvidoso de Gertie, ela enfatizou:

– É verdade.

– Vocês dois são muito parecidos – afirmou a mulher de maneira melancólica.

– Sim, nós dois somos mamíferos, é verdade, mas os elefantes e os golfinhos também são – Carter abriu a porta e estava quase de saída quando se lembrou das roupas que havia deixado no quarto. Correndo pela casa, ela subiu as escadas e pegou a mochila. Estava prestes a descer as escadas quando viu Nick chegando à porta de entrada.

Ela escorregou no piso, parando no degrau mais alto.

Ajeitando o corpo, ela notou que ele estava incrivelmente sexy com uma aparência desgrenhada. O paletó do smoking estava pendurado sobre o ombro e sua camisa estava aberta no colarinho. Os olhos cinzentos estavam com as pálpebras pesadas, e o cabelo como se tivesse passado os dedos sobre ele.

Os dedos de quem?, ela imaginou.

– Bom dia – ele a cumprimentou ao avistá-la.

Ela o olhou com raiva. Carregando a mochila, desceu as escadas. Ao chegar ao último degrau, ele a parou.

– Dormiu bem? – ele perguntou com ironia.

– Sim, ao contrário de você, ao que tudo indica – Carter disparou. – Você está com uma aparência terrível.

– Foi uma grande noite – ele tinha um sorriso malicioso sobre o rosto. – Uma noite inesperada, para ser sincero.

– Espero que tenha se divertido – ela colocou a mochila entre eles e tentou empurrá-lo, mas ele se recusou a sair.

– Você se importa de sair da minha frente?

– Espero que você tenha um excelente dia de trabalho – disse ele com a voz dissimulada.

– Pode apostar que terei. O quanto antes terminarmos, mais rápido sairei daqui.

– As acomodações da minha montanha e da minha casa não estão ao seu gosto?

– Não. Estão mais ao gosto do anfitrião – ela sussurrou, empurrando-o com força.

Ele finalmente se movimentou e ela correu até a porta de entrada.

A caminhada até a montanha foi marcada por muito murmúrio e passos apressados. Chegou ao acampamento duas vezes mais rápido que normalmente faria.

Buddy estava tentando acender uma fogueira quando ela chegou.

– Comida – disse ele em forma de saudação. – Precisamos de mais comida.

Carter se recompôs com dificuldade.

– Como você conseguiu estragar a sobremesa de ontem à noite?

– Isso é que o chamam de boca grande. Eu estava apenas seguindo o manual do proprietário – ele se levantou. – Várias coisas aqui estão acabando. Estava pensando que eu deveria ir embora. Ellie e Cort podem ficar aqui com você.

Carter franziu a testa.

– Não preciso de uma babá. Tenho um corte na mão, não uma deficiência neurológica.

Buddy elevou as sobrancelhas diante do tom de voz áspero de Carter. Ela respirou fundo e tentou sorrir.

– E então, como foi a noite por aqui? Tranquila?

– Não – disse ele com um sorriso. – Recebi uma visita ilustre e estou atordoado pensando em como vou contar a Cort que estou namorando o tio dele.

– O quê?

– Ontem à noite, o grande homem e eu dividimos a barraca. A sua barraca.

Carter ficou boquiaberta.

– Nick?

– Ele mesmo.

– Ele estava aqui? Com você?

– Sim, e ele ronca feito um texugo fatigado. Você sabia disso?

Carter começou a sacudir a cabeça, sem conseguir acreditar no que acabara de ouvir.

– Mas por que ele veio aqui?

– O que você acha? Bebeu uísque demais e teve a sua companhia de menos. Estava pronto para começar um discurso. Você tinha de ter visto a cara dele quando me viu.

A amiga sorriu.

– Você só pode estar brincando.

– Juro que não.

– Não consigo acreditar – ela murmurou enquanto se sentava.

Buddy suspirou.

– Ele ficou até para tomar uma xícara de café comigo de manhã. Um cavalheiro.

– Por que ele não me contou?

– Quando?

– Hoje de manhã. Ele me fez pensar que passou a noite com... – ela balançou a cabeça. – Bem, acho que isso não importa.

Buddy sentou-se próximo a ela.

– Ora, vamos, um bilionário sobe até o topo de uma montanha, no meio da noite, vestindo um smoking, apenas para encontrar você. Acho que isso não significa nada, não é mesmo?

– É... – ela resmungou, tentando não se entusiasmar. – Ele é louco.

– Certo.

Carter ficou olhando para o amigo por muito tempo até abrir um sorriso.

– Buddy, não me diga que esse é um beco sem saída para o qual você está me empurrando!

– Eu sou louco, e você vai ter de me aguentar.

– Mas eu não estou apaixonada por você – ela respondeu pontualmente.

O rosto de Buddy encheu-se de esperança.

– Isso significa que...

– Não, eu não estou apaixonada por ele. E não me olhe desse jeito.

– Que jeito?

Ela revirou os olhos.

– Será que podemos voltar a falar sobre o trabalho em vez de conversar sobre minha vida amorosa que nem mesmo existe?

Buddy apoiou o braço sobre os ombros da amiga com uma expressão séria.

– Você deveria falar com ele.

Ela sacudiu a cabeça.

– Não há nada para se dizer.

– Acho que você está com medo.

– Droga! Você acertou.

– Você é louca por ele e, depois de ontem à noite, sou capaz de apostar tudo o que tenho que ele sente o mesmo por você – disse o amigo, de maneira delicada.

– Buddy, você vive no alojamento da universidade em Cambridge. Você não tem grandes posses para fazer essa aposta. E deixe-me ver se entendi. Você acha que estou errada de me afastar de um homem cruel que tem a fama de tratar as mulheres com quem se relaciona como fraldas descartáveis?

– Você foi um pouco longe demais, não acha?

– Ora, ele é o garoto-propaganda do "use apenas uma vez e jogue fora".

– Não seja exagerada. E, de qualquer forma, você é diferente – a convicção na voz de Buddy a deixou dividida, lembrando-a de tudo o que ela queria acreditar.

– Você não é uma daquelas socialites que não valem nada além de um centavo e que sobrevivem à base de uma dieta líquida de Chardonnay. Além disso, elas vivem com a palma da mão estendida à procura de dinheiro para comprar roupas o tempo todo.

Carter levantou-se, tentando encontrar o que precisava para deixar o assunto de lado, para se livrar de Nick.

– Não estou convencida de que o problema seja o tipo de mulheres com as quais ele se envolve. Agora, podemos parar de falar nisso? Já faz muitos dias que eu perdi todas as minhas expectativas em relação a ele.

Buddy estendeu o braço e segurou a mão dela.

– Carter, há quanto tempo nos conhecemos?

– Meu Deus... Não sei. Seis anos? Alguma coisa assim.

– Alguma vez já lhe dei um conselho que foi ruim?

Ela teve vontade de rebatê-lo com uma resposta ousada, mas viu muita seriedade em seus olhos. Carter balançou a cabeça. O que ele disse em seguida a surpreendeu.

– Sei que ele machucou você. Muito. Mas quer saber? O percurso do amor nunca é indolor, e as pessoas fazem coisas estúpidas. Elas cometem erros. E, confie em mim: conheço um homem quando está apaixonado porque eu sou um deles. O que apareceu aqui em nosso acampamento ontem à noite foi um homem que estava sentindo falta de sua mulher. Não foi um malandro à procura de sexo. Ele te ama. Sei disso. Então acho que você deve dar uma chance a ele. Certo?

– E se ele me magoar de novo?

O sorriso do amigo estava repleto de sabedoria.

– Ele vai magoá-la. E você vai magoar ele também. E vocês dois vão superar isso. É assim que funciona.

Carter bufou.

– Deveria haver uma maneira mais fácil.

– Se você encontrar essa maneira, por favor, me avise. Mas lhe digo uma coisa... – os olhos de Buddy encheram-se de lembranças e de amor – ... Jo-jo e eu brigamos e nos acertamos em quase todos esses vinte anos, e eu não trocaria esses momentos por nada.

A amiga levantou-se.

– Bem, eu já disse o que tinha para dizer. Vamos ver como está a escavação.

Enquanto seguiam em direção ao local de escavação, Carter sabia que tinha muita coisa para pensar.

Ao chegarem ao local, avaliaram a drenagem do solo, que estava muito melhor do que o esperado e decidiram que já era possível retomar o trabalho. Ainda pensando em Nick, Carter sentou-se sobre a área de trabalho que havia demarcado. Sentiu dificuldade ao escavar com apenas uma mão, mas tentou fazer o melhor que pôde. Depois de certo tempo, ao usar sua espátula de escavação de maneira desajeitada, surpreendeu-se ao batê-la em algo no meio da terra. Parecia um osso.

– Acho que encontramos outro – disse ela ao chamar Buddy.

O amigo aproximou-se e a ajudou a tirar a terra de cima de algo que pareciam as costelas. Entre os ossos, encontraram alguns botões de metal característicos do escasso exército colonial.

– Parece ser outro revolucionário – Carter sentou-se sobre os calcanhares, satisfeita pela descoberta. – Então temos dois revolucionários e dois britânicos.

– Esse aqui estava há apenas alguns metros de distância do soldado britânico que encontramos. Alguém deve tê-los enterrado exatamente no local onde eles caíram após terem sido mortos.

– Considerando que este é mais um *minuteman* – ela arriscou –, então parte do que estava escrito no diário de Farnsworth pode ser verdade. Ele foi levado pelas montanhas por dois membros da milícia e encontrou-se com dois dos seus próprios homens que deveriam estar com Nathaniel Walker.

– Mas não estavam com ele porque preparavam uma emboscada para o grupo.

– Começaram a lutar.

– Red Hawk matou todos, exceto Farnsworth.

– E então desapareceu com o ouro – ela concluiu. – Então, onde está o reverendo?

Os dois olharam para outra parte do solo que ainda não havia sido escavada.

Juntos, Carter e Buddy trabalharam rapidamente sobre o esqueleto e, no momento em que Ellie e Cort chegaram, um pouco antes do almoço, conseguiram descobrir a maior parte do tronco.

– Vocês acharam outro! – Cort exclamou. – Vocês acham que pode ser Winship?

– Duvido que seja – respondeu Carter, levantou-se para alongar o corpo. – Ele era conhecido por não usar uniforme. Os botões aqui indicam que o homem era um soldado do lado colonial.

– E então, onde está o reverendo? – a garota questionou.

– E onde está o ouro? – Cort interviu.

– Não tenho resposta para essas perguntas – Carter correu o olhar sobre todo o local. – Mas não acredito que haja outro por aqui. Se alguém teve tempo para enterrar esses corpos, acho difícil acreditar que não tenham levado o ouro com eles.

Pelas próximas horas, o grupo concentrou-se em desenterrar o esqueleto. O trabalho progrediu bem, e Carter sentiu-se confiante de que poderiam fotografar os ossos e os outros achados ainda naquele mesmo dia, depois que estivessem totalmente desenterrados. Poderiam, ainda, armazená-los para mantê-los sobre segurança também naquele dia. No momento em que o sol começava a se pôr, Buddy espreguiçou-se com um gemido, levantou-se e avisou que estava indo para a cidade.

– Vou com você – disse Ellie. – Cort, você quer ir com a gente?

– Não... Acho que vou ficar por aqui.

Por um momento, Ellie pareceu desconcertada, mas logo ergueu o queixo e seguiu o pai.

Quando Cort e Carter ficaram sozinhos, o rapaz dirigiu-se a Carter, com sutileza:

– Você está bem?

Carter estava concentrada nos ossos do braço do esqueleto.

– Claro. É difícil escavar com uma mão só, mas...

– Eu estava falando do seu pai.

Ela olhou para Cort. Os olhos dele estavam firmemente concentrados no local onde ele escavava. Ele trabalhava com vigor, como se não tivesse dito nada, mas havia certa cautela em seu olhar.

Carter sorriu, comovida com a preocupação dele.

– Sim, estou bem. Foi bom me encontrar com ele.

– Legal.

– Obrigada por perguntar.

Os dois estavam trabalhando concentrados quando ouviram o som de algumas folhas se remexendo em meio à floresta, na direção da trilha dos fundos.

Carter tensionou os músculos do corpo e Cort olhou em direção ao barulho. Não poderia ser Buddy, ela pensou. As demais possibilidades ela não quis considerar: Nick ou Lyst.

– Provavelmente é só um cervo – ela murmurou.

– Pelo som não se parece nada com o Bambi.

– Talvez seja um turista bisbilhotando a montanha. Ou talvez seja Ivan.

– Não. Se fosse Ivan, ainda assim não conseguiríamos ouvi-lo se aproximando na floresta. Mesmo que seja outono e que as folhas estejam caídas sobre o chão – Cort voltou a trabalhar.

O som ficou mais evidente. Um pressentimento de perigo invadiu o peito de Carter, fazendo-a se levantar. Naquele momento, Conrad Lyst entrou no círculo de pedras. A respiração de Carter ficou ofegante.

– Não precisa parar por minha causa, Carter – disse Lyst de maneira dissimulada. – E então, quem é seu novo companheiro de escavação?

Antes que ela se pronunciasse, o rapaz levantou-se.

– Sou Cort Farrell. Espere, eu te conheço. Você é o cara que Ivan expulsou daqui antes.

– Ah, o filho do mestre – Lyst murmurou enquanto se apoiava sobre uma das pedras maiores. Seus olhos concentram-se em Cort, tentando descobrir com quem o garoto se parecia.

– Sou sobrinho dele.

– De fato.

Cort estufou o peito e indagou:

– O que você está fazendo aqui?

Lyst deslizou o olhar sobre Carter, acariciando-a de uma maneira que a fez sentir-se enojada.

– Eu não consegui ficar longe da minha... amiga aqui.

– Talvez você deva se esforçar um pouco mais – ela retrucou com o tom de voz baixo, enquanto Cort a olhava de maneira confusa. Carter estava preocupada com aquele homem ali na montanha, tentando pensar em uma forma de expulsá-lo daquele maldito lugar.

Lyst começou a sorrir.

– Senti muito a sua falta, Carter – havia um tom de amante em suas palavras. – Odiei ficar longe de você.

Cort lançou um olhar furtivo a Carter, e ela pôde imaginar a que conclusão o garoto estava chegando. Não conseguiu compreender o que Lyst estava fazendo. Ele estava tentando simular uma situação entre os dois. Ou talvez ele estivesse, de fato, atraído por ela.

Carter pensou nas diversas vezes que havia se banhado totalmente nua no riacho e sentiu-se mal ao considerar a ideia de que ele poderia estar observando-a.

– Vejo que vocês encontraram outro esqueleto. Já são quatro, não?

– Acho que você deveria ir embora – disse ela pontualmente. – O senhor Farrell deixou claro que você não é bem-vindo na propriedade dele, e ele está prestes a chegar aqui.

Era uma grande mentira e Carter esperou que Cort não a desmentisse. No pensamento, calculava enlouquecidamente quando Buddy estaria de volta. Levaria pelo menos uma hora.

– Gostaria de ver Farrell de novo – Lyst disparou e depois começou a inspecionar o local. – Vocês andam bem ocupados por aqui. Já estão perto do fim...

Houve uma pausa tensa entre eles. Lyst percebeu que Cort forçava um riso.

– Você se importaria de me deixar um minuto sozinho com minha amiga? Temos algumas coisas para conversar que são... pessoais.

Cort hesitou.

– Tudo bem – Carter respondeu subitamente. – Por que você não desce e avisa Gertie que logo mais eu desço para o jantar?

Os olhos de Carter lançaram um comando a Cort, e ela rezou para que ele não se opusesse. Cort abriu a boca como se fosse dizer algo, mas saiu rapidamente do círculo de pedras. Carter sentiu-se um pouco aliviada.

– Que rapaz mais atraente – disse Lyst aproximando-se dela. – Ele pareceu um pouco confuso sobre nossa relação.

– Do que você está falando? – ela retrucou, tentando não demonstrar medo ao dar um passo para trás.

Lyst franziu as sobrancelhas.

– Sabe, eu vi você com Farrell. Percebi o jeito que você olha para ele. Se eu fosse outro tipo de homem, me sentiria traído.

Carter olhou para a espátula da escavação que havia deixado sobre o chão. Decidiu que se ele a atacasse, ela pegaria a espátula para se defender. Era a única coisa que havia por perto e a qual ela poderia usar como uma arma.

– E o que você fez na sua mão? Deixei você sozinha por alguns dias e aí está você, com um ferimento. Ainda bem que fez um curativo. É muito importante cuidar de coisas que sangram, como um ferimento.

Por trás de sua máscara de compostura, passou pelo seu pensamento que, ao assumir que Lyst era um antiético, ela teria o subestimado em grande proporção.

– Parece que não há mais muitos lugares onde procurar o meu ouro – disse ele, aproximando-se ainda mais dela.

Carter não estava disposta a discutir sobre aquilo.

– Não acho que seu ouro esteja aqui.

– Não? Bem, eu acho e raramente me engano a respeito dessas coisas. O ouro está aqui, em algum lugar – ele percorreu o corpo dela com os olhos.

– Posso sentir o cheiro dele. Talvez não esteja exatamente aqui, nesse lugar, mas está em algum lugar dessa montanha. Qual é o próximo lugar que vocês vão escavar?

– É aqui. Depois que escavarmos aqui, vou embora.

– Tem certeza disso? Estou dependendo de você para executar o trabalho que Farrell me impediu de concluir.

– Não estou fazendo nada por você.

– Não? Acho que isso a motivaria mais. Você tem muito a perder agindo assim. Aquele celeiro em Burlington, por exemplo, onde você passou tanto tempo trabalhando. Sabe, incêndios atingem casas com frequência. E que tal aquele adorável rapazinho? Seria terrível se alguma coisa acontecesse com ele. Algum acidente, talvez uma queda no meio da floresta? Os adolescentes podem ser muito distraídos às vezes...

Um suor frio cobriu toda a pele de Carter.

– Não se atreva a chegar perto dele.

– Meu Deus! Como você é defensora! Um instinto maternal – Lyst deu mais um passo à frente dela. – Mas o que realmente me fascina é aquela jovem menina. Lindo cabelo vermelho e pele pálida. Há tantas coisas que posso ensinar a ela...

Lyst estendeu a mão para impedi-la de falar.

– Eu sei, eu sei... Não chegue perto dela – disse ele com ironia, imitando a voz de Carter. – A questão é: o que você vai fazer para mantê-los a salvo?

Vozes surgiram em meio à floresta, o som mais agradável que Carter já tinha ouvido. Ela soltou os músculos, sentindo-se aliviada.

Lyst lançou um olhar raivoso em direção aos samaritanos.

– Escute, vou falar o que você vai fazer. Você vai terminar essa escavação e caso encontre o ouro, vai entregá-lo diretamente a mim. Se não encontrá-lo, você vai ficar aqui nessa montanha até achá-lo.

– Você está louco.

Lyst inclinou a cabeça.

– Engraçado. Estou me sentindo muito lúcido.

As vozes aproximavam-se cada vez mais.

– Seus amigos estão preocupados com você – disse ele. – Tenho certeza de que você vai se sentir tentada a contar a ele sobre o nosso pequeno acordo, mas vamos mantê-lo somente entre nós, ok? Pelo bem das crianças.

Lyst sorriu e agarrou o braço dela, com um movimento rápido. Tirou o boné dela e puxou seu cabelo para trás com força, de maneira que ela chegou a pensar que ele quebraria seu pescoço. Seus olhos percorriam o rosto dela.

– Sei que você está com Farrell. Ele é um bom partido e gosto de mulheres que pensam alto – os olhos negros de Lyst percorreram seu rosto. – Sabe, não me importo com a infidelidade. Desde que você pense em mim quando ele penetrar você.

Carter fez uma careta e olhou para longe, mas a mão dele prendeu seu queixo, forçando-a a encontrar seus olhos.

– Nos vemos em breve – disse ele, a poucos centímetros dos lábios dela.

– Tente me beijar, e eu arranco o seu lábio.

– Promete? – ele sussurrou.

E logo em seguida saiu.

Carter cambaleou para trás, encostando-se sobre uma das pedras no exato momento em que Cort e Ivan apareceram.

– Com licença – disse Ivan, seguindo em direção à floresta. Estava com a arma sobre o ombro.

– Ele te machucou? – Cort correu em direção a ela.

Carter sacudiu a cabeça com firmeza.

– Não sei do que ele estava falando. Eu mal o conheço.

Cort relaxou um pouco.

– Ele é estranho. Por isso chamei Ivan.

– Não se preocupe com Lyst. Ele é inofensivo – ela tentou demonstrar um sorriso tranquilizador.

– Para mim ele não pareceu nada inofensivo.

– Ei, aposto que os Swifts logo estão chegando. Vamos descer, assim podemos ajudá-los a trazer os mantimentos.

Cort lançou-lhe um olhar sagaz, como se não tivesse engolido a afirmação de Carter, mas saiu logo atrás dela em direção à trilha. Antes que começassem a descê-la, ela olhou para ele de maneira séria.

– Quero ser a primeira a contar para Buddy o que aconteceu aqui, tudo bem?

– Acho que você deve fazer isso. E eu não quero que Ellie fique assustada.

Quando chegaram à mansão, Buddy e Ellie estavam descarregando o carro.

Carter colocou um sorriso sobre o rosto e cumprimentou os amigos com uma voz alegre.

– É bom saber que o espírito de caça e de equipe não se perdeu no mundo moderno.

– Nossa, isso é uma verdadeira carga – disse Cort, aproximando-se de Ellie. Ela o cumprimentou de maneira reservada.

Buddy surgiu na parte de trás da Range Rover carregando sacolas cheias de comida.

– Carter, você pode levar essa aqui para Gertie?

Carter foi até ele e pegou a sacola com ruibarbo e morangos.

– Para que isso?

O sorriso dele tinha um traço de expectativa.

– Alguns encontram em seu coração a habilidade de fazer tortas. Outros são derrotados por elas.

Carter virou-se, lutando contra suas emoções. Por trás do fingimento, ela tentava se recuperar com dificuldade do susto que acabara de passar na montanha com Lyst. E ela sabia que precisava conversar com Buddy a respeito disso. Logo. A ameaça que Lyst representava era real e ela não sabia muito bem como poderia proteger a si e aos Swifts.

Enquanto caminhava até a porta dos fundos em direção à cozinha, o calor da tarde foi substituído pelo bálsamo fresco da mansão. Respirou fundo e sentiu o cheiro de maçã verde, espiando uma tigela grande repleta delas que estava sobre um balcão.

Foi nesse momento que ela viu Nick de pé, em frente à pia. Surpresa, ela ficou parada.

– Pensei que você estava com pressa de ir embora – disse com a voz áspera. Com as mãos ele descascava uma das maçãs usando uma faca e tirava a casca brilhante e verde. Carter colocou a sacola sobre a mesa.

– Sim, nós realmente estamos com pressa – o tom de voz soou perfeitamente regular, ela pensou.

– Aquilo é muita comida para uma curta estadia – a expressão de Nick era remota enquanto sua mão segurava a faca.

– Provavelmente Buddy estava com muita fome quando foi às compras.

– Soube que Ivan foi até a trilha hoje com a espingarda – Nick terminou de remover a pele da maçã, colocou a faca sobre a pia e cravou os dentes sobre a fruta, emitindo um estalo. – Você teve problemas lá em cima?

Carter ficou com o pensamento confuso. A última coisa que ela queria dele seria que se envolvesse na escavação. Se soubesse que Lyst havia retornado, Nick teria condições suficientes para monitorar o maldito lugar por si mesmo. E ela queria ver aquele homem cada vez menos, não com mais frequência.

– Não exatamente – ela respondeu.

– Então Ivan foi até lá apenas para se adornar com uma arma de fogo? Normalmente ele não se interessa tanto assim por moda – Nick deu outra mordida na maçã, seus dentes afiados e brancos cortaram um pedaço da fruta.

– Você está sendo assediada por alguém?

– Foi só um turista. Não foi nada de mais – toda a tensão naquela conversa fez com que ela sentisse vontade de gritar. Ela se virou e começou a sair.

– Você está mentindo para mim.

Carter congelou com uma mão apoiada sobre a porta.

– Cort me disse quem ele era. E você também mentiu sobre o urso, não é?

Carter parou, sentindo vontade de chutar-se.

– Há alguma coisa que você queira me dizer? – o tom de voz dele foi frio, livre de qualquer emoção.

Devagar, ela se virou em direção a ele, tentando criar algo inteligível em sua mente.

No silêncio que se seguiu, ele terminou de comer a maçã e jogou a fruta no lixo.

– Não – ela respondeu.

– Não? – ele cruzou os braços. – Um homem, o mesmo que eu havia expulsado da minha propriedade, aparece no local da escavação e você mente sobre ele duas vezes e acha que não me deve uma explicação?

– Eu não pedi a ele que aparecesse. Não quero que ele vá até o local da escavação.

Carter lançou um olhar tenso sobre Nick e depois saiu da cozinha. A porta de tela bateu.

Ao ouvir o som da porta novamente, ela sabia que ele estava vindo atrás dela.

A voz de Nick cruzou o gramado.

– Não terminamos nossa conversa. Não conversamos nem metade do que deveríamos.

Carter girou o corpo. Ao olhar para Nick, recordou o quanto ele era alto.

– Não tenho mais nada para falar.

Ele a fulminou com os olhos.

– Você passa boa parte do tempo falando sobre confiança e você tem provado que não é uma pessoa confiável – disse ele em tom amargo.

Ela abriu a boca para dizer algo, mas ele a interrompeu.

– Você está colaborando com Lyst?

– Por Deus, claro que não!

– E, então, quer tentar me explicar por que você está escondendo de mim as visitas dele? Você está dormindo com ele?

Carter engoliu seco.

– Como você se atreve!

– Você está protegendo-o. Deve haver uma razão para isso.

– Bem, posso garantir que não é porque... – ela estremeceu. – E eu não estou protegendo ele.

Nick apontou um dedo para ela.

– Eu não gosto de bancar o idiota. Se eu descobrir que há alguma coisa entre vocês dois, vou fazer com que você perca o subsídio da escavação por fraude.

– Não há nada entre nós – Carter sacudiu a cabeça. – Olha, Lyst está desesperado porque ele tem mais ambição do que talento. Ele vai fazer qualquer coisa para conseguir o que quer, mas eu não vou ajudá-lo.

– E sobre a mentira?

– A mentira?

Nick inclinou a cabeça para trás e gargalhou. Não soou como uma expressão de alegria.

– Deveria ter pensando melhor antes de acreditar que receberia um pedido de desculpas seu. Você só sabe como recusá-lo – a voz de Nick estava cheia de raiva. – Apenas me faça um favor: da próxima vez que você condenar alguém por omissão, lembre-se desse pequeno episódio, assim você evita se transformar em uma hipócrita. *Acredite.* Deus! E pensar que você me julgou tanto...

Com isso, ele se virou e saiu em direção à garagem.

Carter ficou parada olhando para ele. Ao refletir sobre suas reações de dupla personalidade, ela sentiu uma ponta de arrependimento. Nick estava certo. Ela havia mentido para ele, e as razões pelas quais ela havia se decepcionado pareciam-lhe vazias agora.

A queda causada pela indignação de ver-se como uma hipócrita foi dura, ela pensou.

Ao juntar-se ao grupo ao redor da Range Rover, Carter sentiu-se preocupada com a bagunça que ela havia criado.

– E então? Vocês vão jantar com a gente hoje? – Cort perguntou.

Carter tensionou os músculos do corpo.

– Já fiz o meu pedido de uma torta – disse Buddy próximo ao quadriciclo. Ele estava amarrando os mantimentos com um cabo.

– Espere até você experimentar o bolo de frutas dela. Ivan jura que é o melhor de todos – contou Cort, sentando-se sobre o quadriciclo.

– Ellie, você quer vir comigo?

Ainda que parecesse indecisa, Ellie sentou-se atrás dele. Quando os dois saíram no rugido do quadriciclo, o cabelo loiro avermelhado de Ellie balançava na brisa do verão.

– Amor juvenil – murmurou o pai da garota com um sorriso. – É sempre tão bom quanto uma torta doce.

Depois de ajeitar as mochilas sobre as costas, Carter e Buddy seguiram em direção ao prado.

Andando pelo extenso gramado, Carter sentiu como se sua vida estivesse se desatando e perguntou-se quando as coisas se juntariam novamente.

E *se* elas se juntariam.

– Você fica terrível quando está quieta – Buddy comentou.

Carter olhou para o amigo. Pensando sobre o que Lyst havia dito, ela decidiu contar a Buddy sobre a mais recente visita do maldito.

– Acho que Ellie deveria dormir na casa.

– Para ela poder assistir a mais filmes de terror com Cort? Queria que ela aprendesse algo nesse verão, mas não era exatamente a história de terror dos filmes.

– Lyst voltou a aparecer.

O passo firme de Buddy vacilou.

– Quando?

– Hoje.

Uma expressão de alarme resplandeceu em seu rosto.

– Você o viu?

Carter assentiu, mantendo o semblante calmo.

– Você estava sozinha?

– Cort estava comigo.

– O que ele queria?

– Acho que Ellie deve ficar na casa – as palavras suaves de Carter carregavam um tom de extrema preocupação.

Buddy parou de repente.

– O que diabos aconteceu?

– Ele só estava perambulando pela área para ver como estava nosso trabalho.

– E então por que você quer Ellie fora da montanha?

Carter forçou a voz para se manter firme.

– Só pensei que seria mais seguro para ela.

Detrás dos óculos, Buddy arregalou os olhos.

– Ela deveria voltar para Cambridge, não deveria?

Carter assentiu.

– Então ela vai embora hoje à noite.

No final da conversa, quando os dois pararam de falar, apressaram o passo.

Capítulo 21

Nick estava chegando à garagem quando Ivan surgiu da penumbra.

– Estava procurando por você mesmo. Que diabos está acontecendo lá em cima?

– Tenho um presentinho para você lá dentro.

– O quê? – a voz de Nick soou sombria.

– Peguei o papa-léguas.

– Lyst?

– Não sei o nome, mas pelo traseiro é o mesmo que eu tinha expulsado antes.

Ivan abriu o caminho da garagem. Em um canto da parede estava Conrad Lyst amarrado por uma corda desfiada de esqui aquático em uma cadeira de praia.

– Vou processá-lo por falso aprisionamento... – ele começou a esbravejar.

Nick cruzou os braços e apoiou o corpo sobre o capô do Porsche.

– Ivan, você tinha de usar a corda de esqui? Pensei que havíamos combinado que os invasores seriam amarrados com arame farpado.

– Devo ter esquecido.

O semblante de Lyst se enchia de raiva.

– Vou ligar para a polícia, para os jornais e...

– Você o quê? – Nick o interrompeu. – Vai explicar para o mundo por que você anda perambulando pela minha propriedade?

– Fui barbaramente espancado por esse seu... esse... troglodita que me amarrou como um cachorro!

– Ivan, você espancou ele?

– Não.

– Que pena – Nick virou-se para Lyst. – Agora me diga, o que você está fazendo na minha montanha? De novo?

– Estava visitando uma colega.

Com um olhar sutil e malicioso, o homem acrescentou:

– A convite dela.

Nick cerrou os dentes.

– É mesmo? Pergunto-me por que ela não comentou comigo que você viria...

– Isso deveria ser óbvio. Ela adora a minha companhia em um... nível pessoal. Imensamente. Nossos encontros são íntimos.

Nick aproximou-se do homem amarrado e colocou suas mãos sobre o ombro dele. Chegou ainda mais perto e disse:

– Estou muito generoso hoje, então vou lhe propor um trato. Você fica longe da minha propriedade e mais longe ainda de Carter e eu posso pensar em soltar você e deixá-lo ir embora sem um colar cervical.

– Não posso acreditar que você esteja me ameaçando, Farrell. Só por que você não precisa mais da minha publicidade negativa?

Nick olhou para Ivan.

– Ofereci ao cara um ótimo acordo e ele o joga de volta na minha cara.

– Um pouco ingrato, não? – disse Ivan com a voz sombria.

– Ou isso ou então ele é um estúpido – Nick o fulminou com os olhos. – Claro que você não é tão burro assim. Você não estaria me provocando, estaria?

– Você não pode me manter longe dela.

Os olhos de Nick aniquilaram a jugular do homem.

– Quer repetir isso?

– Você não está fazendo o seu tipo – Lyst rebateu. – Sua fama não é de ser uma pessoa possessiva, pelo menos se os tabloides estiverem certos. Sei que ela é boa de cama, mas...

As mãos de Nick envolveram a garganta do homem.

– Vou ser bem cuidadoso na próxima mentira que você soltar.

Lyst ficou sufocado.

– Me solta!

– Por quê? Estou me divertindo à beça – os olhos de Nick e Ivan cruzaram-se. – Além disso, não foi você quem me disse outro dia que eu estava precisando melhorar meu condicionamento físico?

– Sim, eu disse. Aqueles passeios de barco podem ser um levantamento de peso. Você precisa estar em forma.

– Vê? – Nick apertou o pescoço dele com mais força ainda, observando os olhos esbugalhados do homem.

– Você poderia fazer parte dos meus treinos regulares. Podemos manter você aqui, no canto da parede. Penduramos você no teto e usamos como saco de pancadas.

– Vá... pro... inferno!

– Então, me diga, como é sentir hipóxia? Imagino que a sua visão esteja escurecendo e que as extremidades do seu corpo estejam ficando dormentes. Acho que os seus pulmões devem se sentir em um incêndio.

– Deve ser a mesma sensação de afogamento – Ivan completou.

– Me solta... – a voz de Lyst começou a se tornar um sussurro.

– Quero que você fique longe de mim e dos meus.

– Ok – Lyst respondeu.

Nick soltou o pescoço do homem que deixou o corpo desmoronar – à medida do possível – e tentou tomar um fôlego.

– Então esse é o trato – disse Nick com firmeza. – Se você procurar os jornais, se você voltar a invadir minha propriedade, se você se aproximar de Carter, mesmo depois que ela tenha saído daqui, vou caçar você e fazer da sua vida um inferno. Mais do que ela já é. Entendeu?

A cabeça de Lyst pendeu para os lados, mas seu olhar continuava desafiador.

– E se ela quiser me encontrar?

– Duvido que ela faça isso.

– Você não pode controlá-la.

– Nesse caso é melhor você rezar para que ela não queira nada com você. Assim suas chances de sobrevivência aumentarão.

Nick virou-se para Ivan.

– Tire essa porcaria daqui.

– O quê? – Ellie exclamou, indignada.

Não conseguia nem mesmo ouvir o pai direito.

– Você vai ter de ir embora – Buddy repetiu com a voz suave.

– Do que você está falando? Não, eu não vou! – a menina ficou com as bochechas coradas.

Ela não poderia ir embora, não agora, quando as coisas com Cort pareciam tão promissoras. Ele havia desabafado com ela na noite anterior e lhe contou sobre seus falecidos pais. Os dois estavam se aproximando. Muito. Tornavam-se íntimos, como um casal de namorados.

Seu pai colocou uma mão sobre o ombro dela, a expressão dele era uma mistura de preocupação e determinação que a fez sentir como se tivesse com uma corda no pescoço.

– Já estamos quase terminando o nosso trabalho aqui.

– *Quase* – ela rebateu. – Então por que eu tenho de ir embora agora?

– Você vai pegar um trem até Albany e um ônibus que a levará até Boston. Vou ligar e pedir para sua mãe buscá-la.

Ellie o fulminou com os olhos.

– Você não está me dizendo isso.

O pai deu de ombros.

– Não há muita coisa para se fazer aqui. Se você voltar para casa agora, ainda terá tempo de participar do programa de verão em Harvard.

– Trabalhei com muito empenho como todos aqui e mereço ficar até o final do projeto. Quero ficar aqui – ela olhou para Cort.

– Você poderá receber visitas em casa sempre – Buddy acrescentou com o tom de voz delicado.

– Eu não vou!

– Desculpe-me...

– Não há do que se desculpar. Vou ficar.

Inesperadamente, a voz do seu pai caiu para uma oitava e sua voz soou como um grunhido.

– Faça as suas malas ou então eu mesmo vou fazê-las.

Ellie ficou sem voz. Seu pai nunca era autoritário, a menos que houvesse alguma coisa muito errada acontecendo.

Mas ela tinha o direito de saber o que estava acontecendo, pensou.

Antes que ela pudesse dizer qualquer coisa, percebeu algo no olhar de Cort. Ele fez um pequeno aceno com a cabeça, como se quisesse dizer: *Concorda com ele porque nós vamos descobrir o que está acontecendo.*

– Não posso acreditar que você esteja agindo assim – ela resmungou. Quando foi para a barraca para fazer as malas, Cort a seguiu.

Foi gratificante para Ellie perceber a angústia no rosto dele enquanto os dois se sentavam sobre a cama.

– Não quero ir – ela sussurrou. – O que nós vamos fazer?

– Você não pode falar com ele sobre isso de novo?

Desanimada, ela sacudiu a cabeça.

– Eu o vi assim uma ou duas vezes na vida. Ele não vai ceder. Gostaria de saber o que causou isso.

– Vou falar com você a respeito disso depois. Você pode ligar para a sua mãe? Talvez ela possa fazê-lo mudar de ideia.

– Não. Para começar, ela ficou nervosa porque eu ia ficar muito tempo fora de casa para vir até aqui. Ela vai ficar feliz em saber que estou indo para casa.

– E Carter poderia falar com ele?

– Talvez. Mas duvido que ela consiga fazê-lo mudar de ideia – Ellie olhou ao redor, esperando que uma solução surgisse.

Cort respirou fundo e falou sem pensar:

– Ok, então nós dois vamos sair daqui.

Ellie olhou para ele, surpresa.

– O que você disse?

– Vamos embora. Nós dois juntos.

– Você não pode estar falando sério.

– Claro que estou.

– Espere... Isso é loucura – ela balançou a cabeça – Para onde nós iríamos? E eles vão encontrar a gente de qualquer forma.

– Então deixe que nos encontre. Estou cansado de ser observado o tempo todo, e eles não vão mudar. Pelo menos uma vez vamos deixar que façam isso. Se eles quiserem nos encontrar, que venham atrás da gente.

A confiança crescente na voz de Cort fez com que a ideia não parecesse tão ridícula assim.

– Mas quando? Teoricamente eu teria de ir embora hoje à noite.

– Diga ao seu pai que você quer ficar até o jantar. Depois que comermos, vamos dizer que queremos nos despedir. Eles não vão nos impedir. Sairemos escondidos da casa e subiremos a montanha. Depois vamos para a trilha antiga que nos levará até o outro lado. De lá, podemos ir para a casa dos meus amigos. Os Canton, que são irmãos, sabem como lidar com esse tipo de coisa. Eles fogem o tempo todo. Eles vão nos ajudar.

Medo e entusiasmo aceleraram o coração de Ellie. Ela nunca havia desobedecido aos pais antes, mas uma aventura com Cort era algo tão empolgante, difícil de recusar.

– E se nos perdermos na montanha?

– Não vamos. Tenho escalado esse monstro há anos.

Ellie pensou por um momento.

– E Ivan? Ele pode nos encontrar.

– Eu o ouvi conversando com Gertie. Amanhã ele vai sair para pescar, o que significa que vai sair correndo do jantar. Eles não vão conseguir encontrá-lo com facilidade, o que vai fazer com que ganhemos tempo – Cort segurou as mãos dela, apertando-as. Seus olhos tinham um brilho emocionante e sincero que a deixou tonta.

– Vou cuidar de você. Prometo.

A convicção de Cort era tão sólida quanto uma rocha e Ellie estava preparada para confiar nele completamente. Todas as vezes em que ela o viu com um olhar distante, todas as perguntas e dúvidas que ela tinha – se ele realmente gostava dela ou não – todas as ambiguidades pareciam muito claras agora. Eles fugiriam e ficariam juntos.

– Ok. Vamos fazer isso – ela respondeu sem respirar.

Logo após o pôr do sol, Ellie e Cort levaram duas malas cheias de coisas dela até o quadriciclo. Antes de saírem, Cort distraiu os adultos enquanto ela escondia uma bolsa na floresta, atrás do acampamento. Dentro da bolsa, havia posto dinheiro, um pouco de comida e roupas. Depois que fugissem, eles pegariam a bolsa de volta, bem como o saco de dormir dela, o qual ainda estava aberto no chão da barraca.

Enquanto ela e Cort desciam a montanha, ela o abraçou com força, entusiasmada com o plano deles.

– Não vejo a hora que chegue hoje à noite – disse ela ao ouvido dele enquanto eles desciam a montanha correndo, no meio da escuridão.

O jantar foi servido na formalidade da sala de estar, embora todos estivessem usando shorts. Foi uma refeição tensa e silenciosa. Inúmeras vezes, Carter percebeu os olhos de Nick perfurando-a na brisa de verão. Quando, de repente, ele jogou o guardanapo e saiu da mesa sem dizer uma palavra, ela soltou o ar da respiração que estava segurando.

Buddy olhou para o relógio e, em seguida, para sua filha.

– Precisamos sair daqui a pouco.

– Você não vai deixar eu me despedir de Cort? – perguntou Ellie encurtando as palavras.

Quando Buddy assentiu, os dois adolescentes saíram. Depois disso, Buddy afastou o prato da mesa e recostou-se sobre a cadeira.

– Esse não foi exatamente um jantar de família exemplar.

– Quer sobremesa? – Carter perguntou ao levantar-se e seguir em direção ao aparador.

– Sim. Preciso me medicar com uma torta de frutas. E não precisa pegar leve no chantili.

Carter trouxe a ele um prato cheio e eles permaneceram sentados à mesa em silêncio sob a luz do lustre cintilante, enquanto Buddy devorava sua sobremesa. Ela remexia a sobremesa no prato enquanto Buddy devorava o doce do prato dela também.

– Melhor eu ir buscá-la – disse ele ao terminar.

Carter ficou para limpar a mesa. Tinha acabado de levar os pratos para a cozinha quando Buddy voltou.

– Ellie veio aqui? – ele perguntou com a voz tensa.

– Não.

– Não consigo encontrá-los.

– Você foi até a casa de barcos?

O parceiro de Carter ficou com a expressão aliviada.

– Ah! Eles devem estar lá.

Mas, quando ele retornou com o rosto ainda mais apreensivo, Carter começou a sentir dores no estômago.

– Os carros estão aqui, os barcos estão amarrados à doca e o quadriciclo está na garagem – ele afirmou.

– Será que eles voltaram para o acampamento?

– Não haveria motivo.

– Pegue o quadriciclo e vamos ver – disse ela aflita. – Vou falar com Nick.

Quando Carter chegou ao escritório, a porta estava entreaberta. Ela bateu, mas como não houve resposta, empurrou a porta e entrou.

– Nick?

O cômodo estava vazio. Estava prestes a sair quando viu algo sobre a escrivaninha dele. Em cima de uma pilha de papeis, havia uma foto.

Dela.

Carter ficou sem ar.

Era uma foto que Cort havia tirado, quando eles encontraram o segundo esqueleto e logo depois que ela e Nick haviam saído para o passeio de barco. Carter estava sorrindo de orelha a orelha, tinha acabado de ouvir uma piada de Buddy.

– Está procurando por algo? – Nick perguntou subitamente.

Assustada, ela ajeitou o corpo.

– Cort e Ellie sumiram.

A expressão de Nick não mudou, mas ele pressionou os lábios.

– Há quanto tempo?

– Vinte minutos.

– Você verificou a casa?

Ela balançou a cabeça em sinal afirmativo.

– Procuramos em todos os lugares, menos lá em cima. Buddy foi até a montanha.

Nick deu de ombros.

– Talvez eles tenham saído apenas para passear um pouco.

– Ellie está indo hoje à noite.

Nick franziu as sobrancelhas.

– Indo? Para onde?

– Embora.

– Por quê?

– Não tenho tempo de explicar. Temos de encontrá-los.– disse Carter com a voz angustiada.

A preocupação começou a surgir no semblante de Nick.

– Você olhou na casa de barcos?

Ela assentiu.

– Vamos olhar no andar de cima.

Os dois vasculharam rapidamente o segundo andar e não encontraram nada. Naquele momento, ouviram o barulho do quadriciclo voltando. Encontraram Buddy na porta de entrada.

– Ela foi embora – disse ele, desesperado. – E o saco de dormir não está lá. Eles devem ter passado pela montanha.

Nick foi até o telefone.

– Gertie? Preciso que Ivan venha aqui, agora.

A pausa após a fala dele não era um bom sinal.

– Tudo bem. Quando você conseguir falar com ele, diga que as crianças estão desaparecidas. Precisamos dele na montanha – Nick desligou o telefone com uma expressão de raiva. – Ivan saiu à procura de iscas. Ela vai tentar encontrá-lo.

Em um movimento rápido, Nick foi até a cozinha. Buddy e Carter o seguiram. Os dois observaram enquanto Nick dirigiu-se até a pia, curvou o corpo e pegou o cesto de lixo. Ao esvaziá-lo jogando toda a sujeira no chão e vasculhar o lixo, Carter e Buddy ficaram confusos.

– Graças a Deus! – disse Nick segurando uma agulha hipodérmica e um frasco de vidro vazio.

– O que é isso? – Carter indagou.

– Cort é diabético. Ele aplicou a insulina hoje à noite. Temos algum tempo ainda para procurá-los.

Carter sentiu como se tivesse tomado um banho de água fria.

– Meu Deus, eu não tinha a menor ideia disso...

– Ele prefere manter isso em segredo – disse Nick ao recompor o corpo. – A mãe dele também era diabética.

– Qual é o grau da diabetes dele?

– Ruim – Nick caminhou até o armário. Depois de verificar o interior do móvel, respirou fundo. – Bom garoto. Ele levou vários frascos de insulina com ele.

Quando Nick virou-se novamente, estava visivelmente mais calmo.

Capítulo 22

– Vamos começar pelo acampamento – Nick rapidamente tirou o mocassim e calçou as botas de caminhada. – Vocês dois vão para a trilha dos fundos com o quadriciclo. Eu vou pela trilha da frente.

Mal conseguiu amarrar os cadarços das botas.

Ao levantar-se, olhou para Carter. Em meio ao medo, ficou impressionado com a preocupação no rosto dela. Aquela expressão lhe tirou as forças, impedindo-o de concentrar-se.

– Nick, eu... – ela parou de falar no momento em que Buddy saiu correndo pela porta.

Carter deu um passo vacilante para a frente, ergueu a mão como se fosse tocá-lo, mas hesitou. Quando se virou, ele a agarrou e a apertou contra seu corpo. Enterrando a cabeça sobre o cabelo de Carter, ele sentiu os braços dela envolvendo-o.

– Não quero que nada aconteça com eles – disse Nick com delicadeza.

– Nós vamos encontrá-los.

Nick afastou-se e roçou a mão sobre a bochecha dela. Por um momento, ele sentiu que a tensão entre eles havia desaparecido.

Foi então que ela saiu apressadamente da casa, e ele ouviu o rugido do quadriciclo noite afora.

Rapidamente, Nick rabiscou um bilhete para Gertie com a hora e as áreas que cada um iria cobrir. Ela sabia que tanto ela quanto Ivan viriam o mais rápido que pudessem. Pegou uma lanterna e saiu da casa com muita pressa. No meio do caminho, quando já estava no prado, ele deu meia-volta e retornou à casa. Um momento depois, reapareceu e começou a correr.

O caminho até o acampamento foi difícil. Visões de Cort perdido no meio da floresta deserta passavam pelo seu pensamento e o acompanhavam durante todo o percurso até a montanha. Quando chegou ao topo, encontrou Carter e Buddy caminhando pela região, com as luzes das lanternas apontadas para o chão.

Carter o informou:

– Não há sinal deles na trilha dos fundos. Estamos tentando descobrir por qual caminho eles seguiram, mas está impossível por todas as pegadas que encontramos aqui.

Nick vasculhou a terra, mas não obteve sucesso. Havia pegadas agrupadas no acampamento por todos os lugares: na área da escavação, próximo ao rio e na clareira. Era como tentar ler em braille. Ele estava quase perdendo as esperanças quando Ivan apareceu como um fantasma no meio da floresta. Todos suspiraram, aliviados.

O caçador não disse uma palavra sequer. Usando a lanterna, passou os olhos sobre o chão e circulou determinada área. Logo em seguida, apontou para a direção oeste.

– Eles foram para o rio. Garotos espertos. Eles sabiam que seria mais difícil segui-los por aquele caminho.

O grupo saiu vasculhando a montanha, com as lanternas acesas em meio à noite. Chegando ao rio, caminharam continuamente seguindo as direções dos olhos de águia de Ivan. Estavam andando pela montanha por aproximadamente vinte minutos quando ouviram o primeiro grito.

– Socorro! – disse Ellie com a voz rouca e debilitada.

O grupo seguiu o grito imediatamente, correndo sobre a terra para encontrá-la. Aproximando-se de uma curva do rio, viram Ellie inclinada com as mãos apoiadas sobre os joelhos, respirando ofegante. Ao vê-los, ela começou a chorar, com desespero. Logo que Buddy se aproximou dela, ele a abraçou, mas ela afastou o pai. Os olhos dela estavam repletos de pânico.

– Cort – ela balbuciou. – Ele está ferido.

– Onde ele está? – Nick perguntou, desesperado.

– Na direção do rio. Não sei a que distância... – a garota tentava respirar enquanto pronunciava as palavras. – Marquei o lugar com uma camiseta amarela pendurada nas árvores. Ele está em uma caverna, debaixo das rochas.

Sem dizer uma palavra, Nick e Ivan saíram disparados em direção ao rio. Carter certificou-se de que Ellie não estava machucada e, em seguida, correu atrás deles.

À frente, Nick corria intensamente, com os olhos à procura de qualquer sinal amarelo.

Depois de muito tempo, ele avistou a camiseta.

– Cort! – ele gritou.

Ninguém respondeu.

Mapeando toda a área, viu um conjunto de rochas e correu até chegar a uma cavidade que havia entre elas. Dentro da caverna, encostado sobre uma pedra, estava Cort completamente ensopado e inconsciente. Nick desmoronou ao lado do garoto. Estendendo a mão trêmula até ele, segurou o pulso frágil de Cort e sentiu a pulsação. Embora o sinal da corrente sanguínea estivesse lá, batendo debaixo da pele, o ritmo estava completamente acelerado.

Nick enfiou a mão no bolso do casaco e pegou um medidor de glicose. Imaginou o que havia de errado com o garoto, mas não arriscaria. Se sua conclusão estivesse errada, ele poderia matar Cort naquele mesmo momento.

Tentando ignorar o grito de pânico que pairava em sua cabeça, Nick furou o dedo de Cort e espalhou a gota de sangue em uma tira única. O resultado confirmou o que Nick suspeitava. Ao contrário da hipoglicemia – que poderia causar demência e agressividade por conta dos baixos níveis de açúcar no sangue – o ataque fora causado por cetoacidose, uma reação do corpo devido ao excesso de açúcar. Cort já havia passado por isso antes, mas nunca em um lugar tão isolado quanto aquele.

Enquanto se atrapalhava com os bolsos do casaco procurando pela insulina e pela agulha hipodérmica, Nick agradeceu a Deus por ter decidido voltar à casa para pegar os medicamentos antes de subir a montanha.

O acaso havia se tornado *o* caso.

Nick apontou a luz da lanterna para o frasco, conferiu duas vezes para certificar-se de que era o recipiente correto, cravou a agulha na marca superior da tira de borracha e, com a seringa, injetou a quantidade correta de insulina na barriga de Cort. No momento em que terminou de aplicar o líquido, Nick colocou o rapaz sobre os ombros e, carregando-o, saiu da caverna.

Carter e Ivan estavam esperando no meio do ar fresco da noite, e Nick pôde sentir a preocupação deles em meio à escuridão.

– Vou levá-lo lá para baixo com o quadriciclo – Nick não reconheceu sua própria voz, completamente temerosa.

– Vou chamar por uma ambulância – disse Ivan, retirando-se do local.

Enquanto caminhava atrás de Nick, Carter permaneceu em silêncio, tentando não sobrecarregá-lo ao demonstrar medo. Era quase insuportável observar o rosto apático de Cort balançando sobre os ombros de Nick. Quando o caminho da trilha para o acampamento finalmente apareceu em meio à escuridão, Carter sentiu como se um pequeno milagre tivesse acabado de acontecer.

Ao entrarem no acampamento, Buddy e Ellie correram em direção a eles. Logo que a garota viu Cort, ela arfou e tentou tocá-lo. Seu pai a segurou.

– Deixe Nick levá-lo lá para baixo – disse Buddy, olhando para o rosto de Carter.

Carter correspondeu o olhar com tristeza, sem saber o que dizer.

Nick não parou para falar. Enquanto descia do quadriciclo, Carter disse:

– Encontramos vocês no hospital.

Nick não demonstrou sinal de que tivesse ouvido.

Ellie começou a chorar, e seu pai a abraçou. Ela soluçava alto enquanto o quadriciclo se distanciava do acampamento.

– Devemos ir – disse Carter.

Quando desceram a montanha, havia um bilhete fixado no para-brisa da Range Rover. Fora escrito por Gertie, dizendo para onde Cort havia sido levado. Os Swifts e Carter entraram no carro e correram em direção à estrada principal. Enquanto estavam na estrada, Carter virou-se e viu que lágrimas ainda escorriam dos olhos até as bochechas de Ellie. Ela estendeu o braço e segurou a mão da garota.

– Não queríamos que isso acontecesse – Ellie murmurou com o nariz entupido. – Nunca deveríamos ter saído. Não sei o que estávamos pensando...

– Tudo bem – disse Carter, esfregando as mãos frias sobre as da garota.

– Eu não sabia que ele era diabético! Paramos para descansar, e eu abri um pacote de biscoito. Estávamos comendo e... – Ellie olhou com pesar. – E se ele morrer?

A ausência de palavras e o silêncio total permaneceram entre eles enquanto o carro seguia em alta velocidade.

O Burlington Hospital, que ficava localizado na periferia da cidade, era o maior centro médico da região. Na escuridão, a entrada era iluminada, e as janelas brilhavam. Carter as viu como faróis de esperança.

Encontraram Gertie e Ivan na sala de espera do pronto-socorro. Juntos, eles aguardavam inquietos enquanto Cort era recebido pelo atendimento emergencial. Logo que encontraram o número do quarto, seguiram até o andar de cima, mas foram impedidos de entrar. Uma enfermeira os informou que apenas uma visita era permitida e Nick já estava lá dentro com Cort. Quando ela saiu, o grupo trocou olhares.

Carter pensou em Nick, sozinho ao lado do leito de Cort, e foi tomada por uma necessidade de permanecer ao lado dele.

– Se nenhum de vocês quiser entrar, eu vou – disse ela com a voz tensa.

Os outros olharam para ela e, um por um, pediram que ela entrasse.

Mas ao entrar no quarto, Carter pensou que deveria voltar. Nick estava de pé ao lado da cama de Cort, de costas para a porta. Uma figura alta e triste pairando sobre um corpo jovem que estava completamente imóvel. Nick parecia totalmente absorvido por aquela situação, e ela estava prestes a sair quando ele a chamou pelo nome. Ela o olhou e viu que ele a observava pelo reflexo da janela.

– Como ele está? – Carter estava com a boca seca.

– O quadro é estável. Pelo menos foi o que me disseram – a respiração de Nick estava irregular. – Mas ele não reagiu.

Carter aproximou-se e foi até o lado da cama. Segurou a mão de Cort. Estava quente, porém ele não respondeu ao toque dela.

– Tenho certeza de que ele sabe que você está aqui – ela sussurrou.

– Sabe?

– Creio que sim.

Nick passou a mão pelo cabelo, com os olhos arregalados e tristes em direção ao sobrinho.

– E então, o que devo fazer? Deveria abrir meu coração e dizer o quanto eu o amo? Ou devo dizer a ele o que estou pensando de fato? Que eu estou tão nervoso que não sei o que fazer comigo mesmo.

Carter acariciou a mão do rapaz, pensando que talvez ele pudesse sentir a raiva no tom de voz do tio.

A expressão de Nick era de intensa dor.

– Como ele pôde fazer aquilo? Sair à noite, sem dizer nada a ninguém. E onde estavam seus medicamentos? Claro que ele não os usou. Foi irresponsável, muito irresponsável. Isso era exatamente o que eu não esperava dele. Essa maldita situação poderia ter sido evitada.

Ele começou a caminhar pelo quarto.

– Sempre pedi a ele que tivesse cuidado. Muitas e muitas vezes até chegar ao ponto de ele me odiar. E eu também me odeio por isso. E então ele sai despreparado e quase se mata – os olhos cinzentos voltaram-se a ela. Estava com o olhar carrancudo e com os lábios rígidos. – Droga! Esse garoto não tem idade suficiente para lidar com essa doença e eu não consigo fazer com que ele leve isso a sério. Por Deus, ele poderia ter morrido lá em cima.

– Mas ele não morreu – Carter tentou acalmá-lo.

– Essa é apenas mais uma da série de quase-acidentes fatais – Nick estreitou o olhar enquanto franzia a testa. – Passei minha vida me perguntando onde ele está ou com quem ele está e no que pode acontecer se ele tiver uma crise. Fico enlouquecido me preocupando se alguém vai saber ajudá-lo, se as pessoas ao seu redor saberão o que fazer, se...

– Pare! – Carter ordenou.

Ao permanecer em silêncio, ele a olhou com hostilidade.

– Respire fundo e acalme-se – Carter aproximou-se dele. – Você está com medo, por isso está agindo sem pensar.

Receosa, Carter tocou o antebraço de Nick. Sentiu como se estivesse tocando uma pedra, por conta da tensão que havia no corpo dele.

– Ouça – sua voz soou firme e em bom som. – Sei que você tem feito tudo o que pode para mantê-lo em segurança, mas quer saber? Não funcionou.

– Obrigada por me lembrar – Nick rebateu. – Isso me ajuda muito.

– Ficar aqui nesse hospital ao lado da cama de Cort falando sem parar e descontroladamente não vai ajudar. Isso não vai fazer com que ele se levante mais rápido nem vai fazer você se sentir melhor. Só vai aumentar o estresse e, no fim, quando tudo isso passar, você vai ficar ainda mais superprotetor.

– E então, o que você me sugere? – Nick perguntou com veemência. – Assumir que devo acorrentá-lo no porão não é a solução.

– Vocês dois precisam sentar e conversar. Você precisa dizer a ele quais são seus medos. Talvez, dessa maneira, ele possa enxergá-lo como algo além de um carcereiro. E ele vai explicar a você por que ele fugiu e o que ele sente. Se vocês dois não aprenderem a se comunicar, vão acabar seguindo direções diferentes. Você pode perdê-lo para sempre, mesmo que ele tenha uma vida longa, saudável e feliz.

Nick olhou para o garoto.

– Confie em mim – Carter insistiu. – Perdi dois anos de relacionamento com meu pai, com muita raiva dele, apenas porque eu não soube ouvir o que ele tinha para me dizer. Foi muito tempo perdido em troca do silêncio.

Carter percebeu que a expressão de Nick ficava cada vez mais rígida e imaginou que ele pediria para ela sair do quarto. A cada passo que dava, ele parecia cada vez mais estressado. Pressionava o maxilar com força, comprimindo os lábios. Ela estava prestes a sair quando uma lágrima escorregou dos olhos dele.

– Não posso perder ele também – Nick desabafou. – Melina já se foi. E ele é tudo o que tenho.

Carter ficou com o coração partido. Envolveu os braços ao redor do corpo dele. Nick pareceu desmoronar sobre o corpo dela, como se precisasse de cada pedaço de força que ela pudesse lhe oferecer.

– Eu não estou morto – uma voz rouca emergiu da cama.

Carter e Nick viraram-se, surpresos.

Cort estava com os olhos entreabertos e piscava bem devagar.

Nick limpou a lágrima do rosto com o dorso da mão e foi até a cama.

– Como você está? – perguntou ele com um pouco de rouquidão.

Os olhos do garoto esforçavam-se para manter o foco.

– Estou bem. Você que não parece muito bem.

– Estou melhor agora que você voltou.

– Tio Nick, me desculpe – Cort começou a ficar agitado. – Eu...

– Tudo bem. Você está acordado e é isso que me importa.

Cort desviou o olhar.

– Causei um monte de problemas, não é?

– Eu não me importo.

– Não?

Nick balançou a cabeça.

– Eu não sei o que faria sem você.

Os olhos cinzentos e similares cruzaram-se.

– Mesmo com todos os seus negócios? – o garoto questionou.

– Sim, abro mão de tudo.

– Mesmo com todas as portas quebradas?

– Sim.

Cort permaneceu em silêncio por um momento. Depois perguntou:

– Por quê?

– Porque você é a minha família – Nick sentou-se na cama. – E isso significa que você é tudo para mim.

Carter seguiu em silêncio até a porta.

Cort começou a explicar, tropeçando nas palavras.

– Levei a insulina comigo. Coloquei os frascos na mochila, mas eu a perdi quando caí no rio. Eu não deveria ter comido nada, mas...

– Shhh – disse Nick, tentando acalmá-lo.

– Eu não saí de casa sem ela. Peguei muitas. E nós voltamos lá porque eu tinha perdido a insulina...

No caminho em direção à porta, Carter viu Nick abaixando-se para beijar a testa do garoto.

– Tio Nick, isso significa que estou de castigo?

– Acertou – os dois sorriam. – Mas, se você ficar preso em casa, talvez nós possamos assistir a um filme juntos.

– É?

Enquanto fechava a porta do quarto, Carter pôde ouvir a voz de Cort mais nítida e forte.

– Poderíamos começar assistindo a toda a série de *Uma noite alucinante*. Bruce Campbell é incrível e eu quero ser como Sam Raimi quando ficar adulto.

Depois de contar aos demais que Cort parecia recuperado, Carter decidiu voltar para o acampamento. Com tudo o que havia acontecido entre ela e Nick, não sabia onde se encaixava naquela sequência dramática e precisava ficar um pouco sozinha. Buddy e Ellie permaneceram no hospital com Gertie e Ivan.

Dentro do carro do amigo, com as mãos sobre o volante e a chave no contato, ficou perdida em seus pensamentos.

Enquanto segurava Nick nos braços, sentiu que a distância entre eles havia desaparecido. Agora, sentia mais falta dele do que nunca.

Mas não tinha lugar na vida dele, disse para si. Não eram nem mesmo amigos. Ex-amantes por acaso, era o termo mais apropriado.

Esforçando-se para ligar o carro, Carter começou a dirigir pela estrada que a levaria até a ponta do lago. Logo que estacionou a Range Rover em frente à mansão, caminhou até a montanha.

Carter movimentava-se em meio à névoa noturna e atravessava o prado em direção ao começo da trilha. Antes de desaparecer em meio à floresta, ela se virou e olhou para a majestosa mansão. A casa estava extremamente iluminada pelas luzes internas e pela cobertura dourada que resplandecia sobre as águas do lago.

Em breve, ela iria embora.

Ao se deparar com a ideia de que nunca mais veria Nick, ficou com o coração partido.

Adentrando a floresta, Carter escalou a montanha e encontrou o acampamento envolvido pelo luar. Foi até sua barraca, deitou-se sobre a cama sem trocar de roupa e puxou o saco de dormir até as pernas. A exaustão a venceu, e ela caiu em um sono profundo.

Despertou com um susto quando a lona da barraca foi aberta por alguém.

– Que diabos você está fazendo? – Buddy a repreendeu.

Carter ergueu o corpo, ofegante por conta do choque. Depois que se recuperou, disse com a voz áspera:

– Eu estava tendo um sonho maravilhoso onde eu era rica e famosa e você me acordou.

– Acho que nós havíamos combinado que você não ficaria sozinha aqui. E se Lyst estivesse aqui quando você voltou?

– Mas ele não estava. Onde está Ellie?

– Tomando um banho lá embaixo – Buddy desfez a expressão de raiva. – Ela ainda está muito abalada.

– Eu não a culpo. Qual é o horário do próximo trem?

– Há um à meia-noite. Vim aqui para pegar as coisas que ela deixou para trás no rio. Você quer ir?

Carter esticou o corpo. Não havia dormido o suficiente, mas sabia que não conseguiria descansar mais.

– Sim, eu vou.

– Aqui – Buddy entregou-lhe uma garrafa térmica. – Trouxe esse café para mim, mas me parece que você precisa mais que eu.

– Obrigada.

Buddy murmurou consigo e saiu da barraca.

Carter tomou alguns goles de café e depois os dois caminharam até o rio em direção ao local onde a camiseta amarela de Ellie ainda estava pendurada no galho de uma árvore. Com as memórias da noite anterior percorrendo o pensamento, Carter enfiou a cabeça dentro de uma pequena caverna.

– Está um breu aqui dentro. Você trouxe lanterna?

– Hum... Acho que não. Mas tenho fósforo.

– Tudo bem, você ainda tem pontos comigo pela cafeína.

Buddy entregou a caixa de fósforos a Carter, que acendeu um deles e entrou na caverna.

– Consegue ver a mochila de Ellie?

– Não, mas cara, cheira muito mal aqui dentro.

– Cheiro de coisa podre?

– Sim, misturado com um cheiro forte de cachorro molhado. Ewh! – Carter exclamou, chacoalhando a mão. Ela acendeu outro fósforo e deu um passo à frente. A luz escassa do palito de fósforo foi engolida pela escuridão total. Carter observava ao seu redor quando uma chama chegou até os seus dedos novamente.

Ao resmungar em voz alta, Buddy gargalhou.

– Estou começando a reconhecer minha parceira. Deve haver alguma coisa aqui que possamos acender com o fogo.

– Você quer dizer além dos meus dedos?

Ao ver Carter resmungando novamente, Buddy colocou alguns galhos sobre as mãos dela, e os dois os acenderam com o fósforo. As folhas secas e os ramos proporcionavam mais luz e indicavam que o fogo permaneceria vivo por mais tempo.

Aproximando-se da entrada da caverna novamente, Carter olhou ao seu redor, segurando o galho aceso à sua frente. Avistou a mochila de Ellie e foi pegá-la, mas, com a luz do fogo, enxergou alguma outra coisa mais pra frente. Abaixou-se e comprimiu os olhos para enxergar melhor, foi quando viu algo com o formato escuro um pouco mais distante.

– Encontrou a mochila? – Buddy perguntou.

– Sim, mas há mais alguma coisa aqui.

– Não me diga que está viva e que tem unhas afiadas.

– Não sei o que é.

Infelizmente, o fogo da tocha improvisada estava perdendo a força. Com a luz fraca, Carter estendeu a mão para pegar o objeto que ela avistou.

– Parece uma caixa daquelas de munição.

A caixa tinha sessenta centímetros de comprimento e trinta de largura e alças de couro nas extremidades que já estavam quase totalmente corroídas. Coberta de poeira e lama, parecia que a natureza havia sido generosa ao conservar o restante do material.

Antes que a luz do ramo apagasse, Carter colocou a mão na superfície da caixa. Ao primeiro toque, sentiu a mão fria.

– É metal – disse ela, convicta.

Depois disso, o fogo se apagou por completo.

– Ótimo – Buddy murmurou. – Você acha que uma pedra grande pode rolar em cima da nossa cabeça?

– Você sabe que isso só acontece nos filmes. Você tem mais fósforo?

Buddy acendeu outro palito de fósforo, mas, no momento em que Carter abaixou-se, o fogo já havia apagado.

– Talvez devêssemos voltar com a lanterna – Buddy sugeriu.

– De jeito nenhum. Vá lá fora e pegue outro ramo.

Carter ouviu o companheiro caminhando em direção à saída da caverna, mas em seguida escutou um som abafado acompanhado de um murmúrio em voz alta e clara.

A arqueóloga girou o corpo em meio à escuridão.

– Você está bem?

– A mochila me acertou.

Ao ouvir o barulho dos passos mais lentos do amigo movimentando-se pelo chão da caverna, com os dedos ela tateou o solo procurando pela caixa novamente. Ao encontrá-la, analisou o formato e perguntou-se de que período seria aquele objeto. Nesse momento ouviu um clique, e a luz reacendeu em meio à escuridão.

Carter olhou na direção da luz, protegendo os olhos com o braço e curiosa para saber como Buddy havia conseguido aquela lanterna.

– Amo minha filha – disse ele entusiasmado. – É uma excelente e pequena mochileira.

Aproximando a luz da caixa, Buddy permaneceu atrás de Carter enquanto ela examinava o mais recente achado.

– A parte superior está um pouco corroída. É uma caixa velha, Buddy. Muito antiga.

Carter estava inspecionando o objeto sobre todos os pontos de vista quando Buddy prendeu a respiração e disse:

– Santo Deus! – ele murmurou, espantado.

– O quê?

Buddy balançou a cabeça em direção à parede.

Carter virou-se.

Uma cruz havia sido desenhada sobre uma pedra com traços rústicos. O desenho havia sido feito com algo que parecia cinza negra. Era quase impossível de se enxergar nas paredes cobertas por líquen, mas tornou-se visível com a aproximação da luz. Um sinal sagrado.

Então Carter ouviu um grunhido de dor, e Buddy caiu por cima dela.

Capítulo 23

A manhã já estava no fim quando Nick fechou a porta do quarto de Cort. Sentiu como se estivesse acordando de um pesadelo. Ficou surpreso e aliviado ao perceber que tudo estava com antes.

O garoto havia se restabelecido com vigor. Depois de dormir por algumas horas, e com o nível de açúcar no sangue estabilizado, ele foi liberado do hospital após o café da manhã. Embora Nick estivesse feliz em poder levar o sobrinho de volta para casa, a habilidade do rapaz em recuperar-se rapidamente sempre foi motivo de preocupação. Nick se preocupava com o fato de que o sobrinho poderia não respeitar a gravidade de sua condição de saúde.

Mas agora ele tinha esperança. Com todo o respeito que houve entre eles naquele hospital, Nick sentiu que agora os dois caminhariam juntos para encarar a diabetes. Dois contra um. Uma briga mais justa.

Os dois ficaram ainda mais próximos depois do retorno de Cort. Logo que voltaram para a mansão, foram até o quarto do garoto e conversaram pela primeira vez sobre a fatalidade que havia unido a vida deles. Foi uma conversa difícil, cheia de longos períodos de silêncio e uma estranha transferência de responsabilidade à medida que as perguntas eram formuladas e respondidas. Pela primeira vez, Nick teve a chance de compartilhar as memórias agridoces de Melina com o filho dela. Cort ouvia atentamente a descrição dos dias de verão no lago, os Natais em Nova York e sobre a festa de debutante da mãe.

– Senhor Farrell?

Nick virou-se e viu Ellie de pé no corredor.

– Ele vai ficar bem? – a garota perguntou, aflita. – Sei que disseram que sim, mas...

– Sim, ele está bem. Está descansando agora, mas você pode convidá-lo para visitar você quando chegar a Cambridge. Ele está ansioso para isso.

– É? – esperança e ternura encheram o olhar da jovem.

– Foi ele mesmo quem me disse.

Houve uma longa pausa.

– Você precisa de alguma coisa, Ellie?

– Você viu meu pai? – havia uma ligeira preocupação no tom de voz dela.

Nick sacudiu a cabeça.

– Ele vai me levar até a estação de trem... Foi até a montanha para pegar minha mochila enquanto eu tomava banho. Isso foi às nove horas.

Das escadas, eles ouviram o barulho da porta de entrada se fechando.

– Ellie? – Buddy a chamou ao entrar na antessala.

Nick percebeu o alívio na expressão da garota.

– Estou aqui – ela respondeu e começou a caminhar pelo corredor.

– Você sabe onde está o senhor Farrell? – perguntou o pai, com as palavras cautelosamente espaçadas.

Nick franziu as sobrancelhas. Havia alguma coisa errada. Pôde sentir pelo traço de medo na voz do homem.

– Estou bem aqui do lado dela.

– Posso conversar com você em seu escritório? Ellie, já volto para buscá-la.

Seguindo até o topo das escadas, Nick avistou o vulto de Buddy próximo ao canto da parede.

Por que o homem está coberto de terra?, perguntou-se.

– E o trem? – Ellie murmurou.

– Fique aí.

Ao chegar ao escritório, encontrou Buddy de pé, com os olhos apavorados por trás dos óculos e com um ferimento na cabeça.

– O que diabos aconteceu com você?

– Ele a levou.

O coração de Nick parou de bater.

– Carter?

– Precisamos ligar para a polícia.

– Quem? – Nick esforçou-se para pronunciar a palavra. – O quê?

– Fomos buscar a mochila de Ellie e encontramos alguma outra coisa dentro da caverna. Carter e eu estávamos tentando descobrir o que era, foi quando alguém me deu um golpe na cabeça. Quando acordei, ela não estava mais lá. Acho que deve ter sido Lyst.

Nick sentiu seu mundo girando e saindo do eixo novamente.

– Você tem alguma ideia de quanto tempo faz isso?

– Uma hora. No máximo. Mas foi tempo o bastante para ele descer a montanha com ela.

Carter esbarrou a cabeça em alguma coisa dura e acordou com a dor. Com o estômago embrulhado, ela respirou fundo e sentiu o cheiro de óleo e gasolina.

Deus! Estava no porta-malas de um carro.

Ao abrir os olhos, não pôde enxergar nada e percebeu que tinha algum tipo de saco sobre a cabeça. Começou a se remexer e descobriu que estava com as mãos amarradas. Esforçou-se para se soltar, mas foi em vão.

Lembrou-se de que estava agachada na caverna, tateando a caixa quando sentiu ser esmagada pelo peso do corpo de Buddy. A lanterna rolou para o outro lado do chão, e ela viu um vulto se aproximando dela.

Tentou se defender do agressor, quando sentiu algo no rosto. O odor bolorento da caverna fora substituído por cheiro enjoativo de doce. Logo em seguida sua visão escureceu.

Para onde diabos estariam levando-a?

O pânico fez com que ela esfregasse as mãos, tentando soltá-las com toda a força. Sufocada pelo medo, ela sentiu o calor da própria respiração abafando o saco que estava sobre sua cabeça. E então, começou a ver tudo escuro novamente.

A próxima coisa que sentiu foi que suas mãos estavam debaixo do seu corpo. Fora retirada do porta-malas e posta em pé. Seus joelhos sucumbiram, e ela ficou apoiada em cima de um carro. O vento fresco transpassou o saco que estava na cabeça, e ela avistou o brilho de uma luz. Ainda era dia.

Seu coração começou a bater acelerado enquanto sua mente confrontava os fatos. Havia apenas uma pessoa que poderia sequestrá-la.

– Sente-se melhor agora que está fora do porta-malas? – reconheceu a voz dissimulada de Lyst.

– Eles vão encontrar você – disse ela com a voz abafada.

Ele a empurrou com força em direção ao carro.

– Cale a boca e continue andando.

Lyst deu-lhe uma cotovelada, e ela deu um passo grande à frente, cambaleando porque seus pés também estavam amarrados, embora não muito apertados. Depois de caminhar alguns metros, Lyst a interrompeu com um impulso, e ela ouviu o ranger de uma porta sendo aberta. Ao ser empurrada para dentro, suas botas esbarraram em algo, e ela começou a cair, tentando se equilibrar. A porta foi fechada.

Foi forçada a sentar-se sobre uma cadeira e sentiu a corda ao redor do pescoço sendo afrouxada. O saco foi retirado de sua cabeça. Carter piscou inúmeras vezes, tentando adaptar a visão à luz do dia. À sua frente havia cortinas estendidas, cobrindo a luz do sol. Ela estava em um hotel simples e não sabia por quanto tempo esteve inconsciente. Carter não sabia nem mesmo se continuava no mesmo estado.

Pôde sentir Lyst respirando atrás dela e foi coberta por uma onda de terror. Tomada pelo pânico, questionou se ele seria capaz de matá-la e rezou para que Buddy tivesse conseguido descer a montanha para falar com Nick. Desejava que eles tivessem saído para procurá-la.

E que eles a encontrassem de qualquer maneira.

Lágrimas escorreram pelo seu rosto, mas estava determinada a manter-se calma. Lyst era um bastardo doente, e ela sabia que ele se aproveitaria de qualquer fraqueza que ela demonstrasse. Se quisesse superar aquilo, teria de ser forte. Pelo menos por fora.

– Eles vão pegar você – disse ela, desafiando-o. – Eles vão encontrá-lo e...

Lyst ficou em pé na frente dela e calmamente deu-lhe um tapa. A cabeça de Carter recaiu para trás da cadeira, e ela sentiu uma dor aguda sobre a bochecha.

– Não me irrite, ok?

Por mais amedrontada que estivesse, a agressão a reanimou. Em vez de intimidar-se, Carter elevou o olhar e desafiou Lyst com hostilidade. Ele pareceu surpreso e, de alguma forma, satisfeito pela reação dela.

– Você é uma menina difícil – ele sorriu.

O cabelo de Lyst estava bagunçado, e suas roupas estavam sujas e desgrenhadas. Ela percebeu que ele deveria tê-la carregado para fora da montanha.

Ele caminhou em direção ao telefone.

– Agora, vamos mexer com seu amante. Melhor você rezar para que ele esteja preocupado com sua segurança física.

Lyst fixou o olhar sobre ela, esperando por uma reação. Carter recusou-se a demonstrar a ele qualquer tipo de medo.

– Não sei por que você está fazendo isso – disse ela com firmeza. – Não encontramos o ouro.

– Não seja ingênua – ele rebateu o comentário dela com impaciência. – Não estou nem aí para o ouro. O que preciso... quero é o dinheiro.

Carter estreitou o olhar. Havia algo por trás do deslize que ele acabara de cometer, e ela questionou se aquilo seria uma pista sobre onde ele estava querendo chegar.

Lyst pegou o telefone.

– Se Farrell quer manter você viva, ele terá de ser muito generoso. Qual é o telefone dele?

Carter manteve-se inexpressiva.

– Não sei.

– Desculpe-me. Acho que não ouvi muito bem – Lyst pestanejou sobre ela.

– Não sei o telefone dele.

Em um movimento rápido que a assustou e a fez repensar se ela seria capaz de dominá-lo, ele levantou-se e veio em direção a ela. Pegou um punhado do cabelo de Carter e puxou com força.

– Fale o maldito número agora.

Com os dentes cerrados, Carter tentou se defender:

– Nunca liguei para aquele homem antes. Não sei o número dele.

Erguendo o corpo e aproximando-se ao rosto dela, Carter viu o suor no lábio superior de Lyst e um tique no olho esquerdo dele.

Havia desespero no rosto dele, fazendo-o arregalar os olhos e pressionar os lábios.

– Não brinque comigo – ele rosnou, puxando o cabelo dela novamente. Carter continuou olhando para ele. Lyst soltou seu cabelo e retornou ao telefone, aparentemente ligou para o serviço de informações de lista telefônica.

Carter teve de engolir um riso histérico. Havia sido sequestrada, levada para um hotel decadente, e o louco estava ligando para o auxílio local à lista telefônica?

O pensamento não lhe pareceu mais tão cômico quando ela refletiu que Nick não deveria ter o número divulgado nas listas telefônicas. Felizmente, Lyst rabiscou algo em um bloco de anotações e discou novamente.

Havia triunfo em seu tom de voz quando ele pronunciou:

– Farrell? Acho que tenho aqui uma coisa que você quer.

No momento que a voz de Nick veio à tona na ligação, repleta de raiva, Carter quase chorou de alívio. Logo que ouviu a determinação na sua voz ao telefone, sabia que ele faria tudo que estivesse ao seu alcance ou além dele para resgatá-la. Foi gratificante observar um pouco da autoconfiança de Lyst se esvaindo de sua expressão.

Carter respirou fundo, era a primeira vez que respirava assim desde que havia sido sequestrada. Nick viria buscá-la. Sabia disso com a mesma certeza que reconhecia o perigo que estava correndo, e essa constatação serviu como um antídoto para o seu medo. De uma forma ou de outra, Lyst seria capturado. Ela tinha certeza disso.

Ela franziu a testa e surpreendeu-se diante da calma que estava sentindo. Aquele sentimento era confiança, e ela admitiu isso com espanto.

Confiança.

Pensou sobre a maneira como Nick havia ido até a montanha durante aquela tempestade para não deixá-la sozinha, como ele a havia levado ao médico e cuidado dela. Por que ela não reconheceu essas atitudes antes, pelo o que elas significavam por si? Como prova de que realmente se importava, ele desejava e foi capaz de se importar com ela. Ela estava com tanto medo de se machucar que não percebeu nas ações dele o que estava procurando em suas palavras.

Sentiu arrependimento ao pensar no que poderia ter perdido para sempre. Imagens dos dois juntos surgiram como uma onda de dor, e a distância entre eles recaiu sobre ela como um grande desperdício. Nunca havia dado a ele uma chance de se explicar em relação à chegada do pai. Carter havia o afastado por conta dos problemas de sua família, pela própria vulnerabilidade dela e pelo medo tanto de Nick quanto do seu passado.

Mas ele viria buscá-la. Mesmo assim, ele viria buscá-la.

Essa confirmação deu a ela a esperança de que ainda havia uma chance para eles.

Carter olhou para Lyst.

Admitiu hipoteticamente que Nick chegaria até ela antes que aquele homem fizesse alguma coisa horrível.

– Farrell, não há motivo para ficar tão nervoso assim – Lyst falava com o tom de voz arrastado ao telefone. Ele piscou de maneira audaciosa para Carter.

– Então, aqui vai nosso *novo* acordo. Você vai me trazer cinco milhões de dólares, e eu vou devolver sua namorada inteira. Bom e simples. Vou falar a conta onde quero que você faça o depósito. Quando receber a confirmação, ligo de volta para combinar como vou devolver seu pequeno pedaço de bunda.

Em seguida, Lyst passou uma série de números para Nick.

– Agora, não vá pensar de forma independente e ligar para a polícia. Vamos manter esse acordo somente entre dois cavalheiros. Assim será melhor para ela. Ah! Farrell, se você demorar muito, posso ficar entediado e, como não há nada para fazer nesse pulgueiro e só estamos ela e eu... você entende o que quero dizer, não é? Então, vamos apressar tudo isso. Vou ligar de novo daqui uma hora.

Lyst desligou o telefone com um sorriso triunfante.

– Bom, tudo correu bem. Sem dúvida, você vai ficar feliz em saber que Farrell está extremamente preocupado com você. Isso é um bom sinal.

O bastardo recostou-se sobre a cama, esticando bem as pernas.

– Ele parece muito apegado a você. Talvez eu devesse pedir mais dinheiro.

Carter permaneceu em silêncio e remexeu-se sobre a cadeira na tentativa de relaxar os músculos. O movimento também serviu como um pretexto para tentar afrouxar a corda amarrada nas mãos. Mas o esforço não compensou muito. A pele dos pulsos já estava lesionada, e ela desconfiou que a umidade que sentiu sobre as palmas das mãos era seu próprio sangue.

Ela ficou mais tranquila e notou que os olhos de Lyst percorriam seu corpo, com ar de investigação e interesse sexual.

– Como é estar amarrada? Isso te excita?

Trêmula, ela tentou distraí-lo.

– Pensei que você estava atrás do ouro.

Ele deu de ombros.

– Estava. Mas os fatos... Vamos dizer que eu preciso tirar umas longas férias. E eu não posso lhe dar tempo para encontrar o tesouro.

Carter sentiu uma ponta de esperança, pensando que ele já deveria ter problemas com as autoridades. Alguma de suas negociações no mercado negro teria dado errado? Talvez a polícia já estivesse procurando por ele.

– Honestamente, você pode acreditar que vai escapar disso – ela disse pontualmente.

– Oh! Sinto-me muito bem com tudo isso. E cinco milhões de dólares valem muito em um maldito país de terceiro mundo. Vou viver como um rei – ele levantou-se da cama e aproximou-se dela. – Isso me faz pensar... que talvez eu deva levá-la comigo. Imagino que você vai tornar minhas noites muito mais interessantes.

Lyst passou os dedos sobre a bochecha de Carter, e ela virou o rosto. Segurou o queixo dela e a forçou a olhar para ele.

– Essa brincadeira está chegando ao fim.

Carter empalideceu enquanto Lyst curvava-se em direção a ela.

Logo que desligou o telefone, Nick teve de se esforçar para controlar as intensas emoções. O medo e a ansiedade o abateram profundamente, fazendo-o sentir como se alguém estivesse apontando uma arma contra seu peito. Da mesa da escrivaninha onde estava, ele olhou para Buddy.

– Lyst está com ela. Ele quer dinheiro – Nick passou uma mão pelo cabelo, com a visão embaçada. Concentrou o olhar sobre o teto, esperando que sua visão voltasse ao normal.

– Mas pelo menos temos algo a dizer para a polícia agora.

Nick pegou o telefone novamente, esfregando a nuca enquanto discava o número.

– Freddie? Preciso que você prepare uma transferência de cinco milhões de dólares para uma conta no Credit Suisse. Mas não conclua a operação ainda. Apenas fique pronta. E me passe o número de John Smith. Obrigado.

Nick rabiscou o número em uma folha de papel. John Smith era um especialista em ocasiões emergenciais, um homem rígido cuja experiência com a Marinha dos Estados Unidos e inteligência haviam sido de grande valia para muitos chefes da Wall Street. Logo que a voz do homem veio à tona na ligação, Nick relatou a situação de forma apressada.

Smith foi direto ao ponto:

– Vou ligar para os meus colegas do FBI agora mesmo, e vamos rastrear a conta. Você já acionou a polícia?

– Já estão na montanha e há mais alguns deles aqui na cozinha coordenando a operação com alguns xerifes locais. Lyst me advertiu para não ligar para a polícia, mas eles estão aqui.

– Muito bom. Apesar do que o cara lhe pediu, conte tudo a eles. Você vai precisar de ajuda especializada. Eles já colocaram um grampo em seu telefone?

– Está quase pronto.

Quando Nick desligou o telefone, olhou para Buddy e para o policial que estava acabando de instalar o grampo. Algo lhe passou pela mente. Lyst havia dito algo a respeito de um pulgueiro, e a hospedagem era muito escassa ao norte. Considerando o tempo que havia passado, ele deveria estar com ela pelas proximidades.

Nick foi até a cozinha, onde muitos policiais armados estavam sentados à mesa, fazendo ligações e usando seus rádios transmissores. Contou a eles o que Lyst havia dito e a conclusão a qual havia chegado. Depois de mencionar que o FBI havia sido avisado, voltou ao seu escritório. Embora apreciasse tudo o que as autoridades estivessem fazendo, sentiu-se frustrado. Queria Carter de volta, queria pegá-la nos braços e senti-la a salvo. Qualquer coisa menos abaixo disso seria um fracasso.

Ao olhar para o relógio de pulso, observou que ainda faltavam quarente minutos para que Lyst ligasse de volta. Parecia uma eternidade.

Quando o telefone tocou, sua cabeça estalou com o som, e ele atendeu na velocidade de um relâmpago. Era Freddie, ligando para confirmar que estava tudo pronto para a transferência e que Smith havia entrado em contato. O rastreamento já estava sobre a conta.

Depois que Nick desligou o telefone, o policial que estava trabalhando no grampo do aparelho levantou-se e fechou sua caixa de ferramentas.

– Quando ele ligar de novo, mantenha-o na ligação o máximo que puder. Podemos encontrá-lo nesse exato momento.

Nick assentiu com firmeza e fitou o aparelho de telefone, esperando ansiosamente que tocasse.

Pensou sobre a conversa que teve com Lyst, perguntando-se como o homem teria conseguido levar Carter até um hotel sem ter sido percebido. Ele deveria tê-la amarrado ou forçado-a a entrar no quarto com uma arma ou uma faca. Se fizesse isso em plena luz do dia, seria visto de alguma forma por alguém. A menos que fosse um hotel afastado, bem longe da estrada. Nick começou a pensar em todos os lugares possíveis.

O telefone tocou de novo.

Nick grudou o aparelho no ouvido.

– Sei que estou um pouco adiantado, mas como você está? – Lyst perguntou. A ousadia em sua voz fez com que Nick sentisse vontade de ultrapassar o aparelho para colocar as mãos ao redor do pescoço do bastardo.

Em vez de gritar – que era o que ele tinha vontade de fazer – Nick acenou para o policial que ativou o aparelho e colocou os fones de ouvido. Com o maior estado de calma possível, Nick disse:

– Estamos com tudo pronto, mas quero falar com ela primeiro.

– Isso não era parte do combinado.

– Mas é agora – o tom da voz de Nick não admitia discussão. – Como vou saber se ela ainda está viva?

Lyst riu.

– Ela quase arrancou meu lábio quando tentei beijá-la. Posso lhe assegurar, ela está muito bem.

Nick apertou o gancho do telefone com tanta força, que o plástico rangeu. Com os dentes cerrados, disse:

– Ou eu falo com ela ou então você não terá seu dinheiro.

Houve uma longa pausa enquanto Lyst respirava ao telefone.

– Ok. Seja breve.

Ouviu-se um ruído.

– Nick? – Carter estava com a voz debilitada. Nick diria que ela estava tentando ser forte, mas estava muito assustada. O coração dele bateu forte.

– Vou tirar você daí. Você está bem? Ele a machucou?

Lyst voltou à ligação.

– Como eu disse, ela está bem. Agora, deposite o dinheiro, e eu ligo para passar as outras instruções.

– Não. Fale agora.

A voz de Lyst soou aguda.

– Você não está na posição de fazer exigências. Deposite o maldito dinheiro!

De repente, uma terceira voz veio à ligação. Parecia uma senhora e estava confusa.

– Alô, Jeanie? Oh! Interrompi a sua ligação?

Logo em seguida a linha caiu.

Nick assoviou, surpreso, e olhou para o policial.

– Ela está com ele – disse prontamente, colocando o aparelho sobre a base. Nick andava pela casa enquanto falava, enquanto o policial e Buddy seguiam seus passos.

– Ela está no Forest Ledge Cabins. Eles têm um sistema de linha telefônica independente, o que significa que todos os telefones estão conectados. Qualquer pessoa pode pegar o telefone e interromper a ligação de alguém nesse momento. A senhora Cullay entrou na ligação. Eles estão a pouco mais de quarenta quilômetros daqui.

Ao correr para a cozinha, Nick sabia que os policiais locais haviam chegado à mesma conclusão que ele. Estavam apanhando seus chapéus e chaves, prontos para sair.

Antes de sair da casa, Nick pegou seu revólver calibre .357 Magnum que ficava trancado em um armário na antessala. Com movimentos rápidos, fez um clique na coronha da arma e a engatilhou. Quando ele surgiu, com as cintas de um coldre sobre os ombros, nenhum dos policiais o interrompeu ou o impediu de levar a arma consigo. Não estavam dispostos a permanecer no meio do caminho dele.

Nick saiu correndo em direção ao Porsche e tirou o carro da garagem. Ao sair disparado pela estrada seguido por três carros de policiais, Nick vasculhou o pensamento à procura do que poderia oferecer a Deus em troca da segurança de Carter. Salvo uma grande quantidade de dinheiro, lamentavelmente lhe restavam poucas opções.

Claro que você não pode pôr a salvação de alguém no cartão de crédito, seu estúpido!, Nick pensou, com raiva.

Então, decidiu fazer uma promessa para si. Se Carter voltasse viva, ele passaria o resto de sua vida tentando convencê-la de que a amava. Nada os separaria novamente.

Levou apenas vinte minutos para chegar ao Forest Ledge Cabins, um conglomerado de bangalôs pequenos e verde-escuros de Adirondack. Nick sabia que eles conseguiriam qualquer ajuda necessária por parte dos proprietários.

Nick abriu a porta do escritório, e os policiais o seguiram.

Senhora Cullay, uma senhora muito ativa, olhava-os com surpresa, pois obviamente já havia notado o movimento de carros.

– O que está acontecendo?

Nick falou com pressa.

– Você alugou um bangalô para um cara de aproximadamente 1,80 m de altura, olhos pretos, magro...

– Claro que sim. Ele quis um bangalô nos fundos. Na floresta.

– Qual deles?

– Número dezenove.

Nick saiu, correndo o mais rápido possível pelo gramado em direção às árvores.

Ao chegarem ao bangalô dezenove, ele se agachou atrás do tronco grosso de um pinheiro, e os policiais se espalharam ao redor dele. Estava escuro devido à sombra das árvores, e Nick sentiu-se grato pela proteção que a luz baixa proporcionava a eles.

Mais à frente, ele avistou um Lincoln branco estacionado à porta.

Nick esquadrinhou o cérebro tentando pensar no que deveria fazer. Imaginou uma daquelas cenas de Hollywood, em que ele estouraria a porta com um chute, tomaria Carter em seus braços e a abraçaria. O problema era que, na vida real, não havia um roteiro, e ele era esperto o bastante para saber disso. Não sabia ao certo como chegariam até lá sem que Lyst percebesse e sem colocar a vida de Carter em risco.

Inesperadamente, a porta do bangalô foi ligeiramente aberta.

Nick observou por trás das sombras, enquanto Lyst colocou a cabeça na porta, olhando para todas as direções e, em seguida, entrou no carro. Estava carregando uma maleta e parecia que estava prestes a ir embora.

Isso era o que parecia.

Nick entrou em ação. Deu um salto adiante e correu em direção ao homem.

Lyst não percebeu o que o atingiu. Olhou para trás no momento em que Nick o agarrou e o jogou no chão com um soco no rosto. Quando Lyst caiu, Nick o puxou pela camisa. Estava prestes a golpear o homem novamente quando os policiais o puxaram.

Em um instante, a raiva se foi, e ele foi tomado por uma necessidade desesperada de encontrar Carter.

Correu até a porta do bangalô. Sua visão se adaptou à escuridão do quarto, e ele enxergou algo que lhe partiu o coração.

Carter estava sentada em uma cadeira dura, com as mãos amarradas para trás em um ângulo muito estranho. Seu rosto estava vermelho de um lado, e lágrimas começaram a escorrer dos olhos quando ela o olhou. Atravessando o quarto em um segundo, ele ajoelhou-se e ficou perto dela, louco para tocar seu rosto, seus braços, seu corpo e para se certificar de que ela não estava ferida.

– Ele te machucou? Você está machucada? – Nick continuou repetindo as perguntas.

Diante de Nick, Carter não conseguia falar. Ela sacudia a cabeça, tentando pronunciar as palavras e esforçando-se para soltar as mãos. Tudo o que ela queria naquele momento era tocá-lo. Nick começou a desamarrá-la e, quando ela conseguiu colocar as mãos à frente do corpo, viu os olhos dele se encherem de alívio. Nick olhava para os pulsos dela, que estavam machucados e sangrando.

– Ah, meu Deus – ele lamentou-se, trazendo as mãos dela cuidadosamente até os seus lábios. Beijou a palma das mãos de Carter e depois enterrou o rosto sobre o colo dela. Ao envolver os braços ao redor do corpo dela, ele a abraçou com firmeza, e ela agarrou-se a ele. Sentiu que ele estava tremendo, ou talvez fosse ela.

– Fiquei apavorado com a ideia de que poderia não encontrar você – ele desabafou, erguendo a cabeça e observando-a com os olhos cheios de amor. Carter sentiu uma onda de calor que substituiu a fraqueza de seu corpo. Nick afastou uma mecha de cabelo do rosto dela e beijou seus lábios com delicadeza, como se não quisesse machucá-la.

Enquanto ele a aproximava cada vez mais do seu corpo, Carter sentia o toque áspero da bochecha dele contra a dela e o cheiro da loção pós-

-barba. O cheiro familiar fez com que novas lágrimas escorressem dos olhos dela.

A gratidão e o alívio que ela sentiu sobre os braços dele foram maiores do que ela poderia expressar. Havia sido salva, e ele estava com ela. O que os tornava mais do que sortudos.

Abençoados, ela pensou ser a palavra mais apropriada.

As mãos dele, sempre tão seguras e firmes, tremiam quando ele a puxou de volta e acariciou seu rosto.

– Você está bem?

– Não fale nada, apenas me abrace – ela sussurrou. Carter não queria falar, desejava apenas ficar perto dele. O tempo que havia ficado longe dele já valia por uma vida inteira.

– Senhorita? – um dos policiais a chamou. – É... com licença?

Contra sua vontade, os dois se separam. Somente nessa hora Carter percebeu que Nick estava armado.

– A senhorita vai precisar de assistência médica?

Carter tentou firmar-se respirando profundamente.

– Acho que eu mesma posso cuidar do meu pulso.

– Bem, os paramédicos estão aqui caso queira vê-los. E nós precisaremos de um depoimento seu.

– Vocês não podem esperar um pouco? – Nick perguntou querendo poupá-la de mais sofrimento.

– Creio que não. Ela terá de ir até o escritório do xerife.

Carter estremeceu.

Nick levantou-se, colocando-se entre Carter e o oficial.

– Ela não vai a lugar algum. Vocês podem vir para conversar com ela depois.

O outro homem não discutiu.

Quando Nick voltou-se para ela, seu olhar estava repleto de gentileza. Apoiando-se sobre o braço dele, ela se levantou com dificuldade. Juntos, os dois caminharam sobre a luz do dia, de mãos dadas. Havia carros de polícia por toda a parte. Carter e Nick observaram quando as primeiras equipes de TV chegaram.

– Como você me encontrou? – Carter perguntou.

Subitamente, um homem surgiu na frente deles lançando o flash de uma câmera sobre os seus olhos. Os policiais tentaram detê-lo, mas eles já tinham sido fotografados.

– Precisamos tirar você daqui – disse Nick com pressa, levando-a até o Porsche. Ele ficou ao lado dela e pegou as chaves. Antes de ligar o carro, ela pôs a mão sobre o braço dele e o interrompeu.

– Nick? – seu tom de voz era leve e baixo. Os olhos dele, alertas e preocupados, encontraram os dela. – Preciso lhe contar uma coisa.

– O que é? – sua respiração parecia interrompida.

– Eu sabia que você viria me buscar. Bem no fundo, sabia que você faria tudo que tivesse ao seu alcance para me tirar de lá.

Os olhos dela repousaram sobre seu lindo rosto, e os traços dele evidenciavam a tensão que ele havia enfrentado. Carter estendeu a mão e passou o dedo indicador ao longo do maxilar rijo de Nick.

– É preciso coragem para amar – a voz dela soou como um mero sussurro. – Apenas hoje eu percebi o quando posso confiar em você. E o quanto eu deveria ter confiado em você. Estou muito arrependida de ter duvidado de você.

Nick inclinou-se e roçou os lábios sobre os dela.

– Não se preocupe com isso agora.

Carter sacudiu a cabeça, sentindo a necessidade de dizer tudo que precisava.

– Estava procurando motivos para afastar você porque eu me sentia totalmente fora do controle. Tinha medo de ser machucada. Considerava que nosso relacionamento estava fadado ao fracasso – ela o fitou e ficou comovida com a expressão de ternura dele. – Quero começar de novo, Nick. Começar de novo.

Quando Nick sacudiu a cabeça, o coração de Carter parou.

– Não temos de começar de novo – ele afirmou. – Desde que você fique ao meu lado agora e no futuro, é tudo o que importa. Não estou nem aí para o que aconteceu no passado.

Nick aproximou os lábios da boca de Carter e a beijou intensamente. O beijo foi sincero e ao mesmo tempo uma promessa de paixão. Carter colocou a mão na nuca dele e o puxou para perto do corpo, até conseguir abraçar os ombros grandes dele. Quando se separaram, ela sorriu.

E depois bocejou.

– Você precisa comer e descansar – disse ele. – Aposto que Gertie está preparando uma refeição deliciosa.

Logo que entrou em casa, Nick ficou pensando no quanto amava sua vida. E no quanto amava Carter. Seus sentimentos por ela eram grandes, barulhentos como címbalos tocando sobre o peito e trompetes retumbando na cabeça. Não se incomodava com eles nem um pouco. Não sentia a necessidade de se livrar deles, nem vontade de fugir. Para ele, os instrumentos soavam com perfeição.

Uma maldita sinfonia que ele poderia ouvir para sempre.

Nick sorriu.

E, de repente, ele decidiu que não poderia esperar mais. Ainda que tivesse dito para si que precisava dar a ela um tempo para que pudesse se recuperar, não aguentava segurar o que tinha para dizer. Um momento definitivo em sua vida estava prestes a acontecer e, se as últimas 24 horas lhe ensinaram alguma coisa, foi que não se deve esperar para fazer coisas que são importantes.

Quando ia abrir a boca para pronunciar as palavras, ficou surpreendentemente nervoso. A voz tornou-se áspera, e ele acelerou as palavras.

– Carter, você sabe que eu te amo.

Nick fez uma pausa.

– Quer casar comigo?

Durante o silêncio que se seguiu, Nick sentiu uma tensão crescente no estômago até que não aguentou mais. Olhou para a mulher que amava.

Carter estava com a cabeça recaída sobre o banco do carro e sua expressão era de total relaxamento. A boca estava docemente aberta, como a de uma criança. Seus olhos estavam cerrados. Estava completamente apagada.

Nick não conseguia acreditar que acabara de pedir aquela mulher em casamento, e ela simplesmente tinha dormido.

Ele gargalhou alto. Jamais pensou que amaria tanto uma mulher ao ponto de pedi-la em casamento. E certamente nunca imaginou que ela dormiria nesse exato momento.

Deus tem um maldito senso de humor, ele pensou com um sorriso.

Nick esticou o braço e segurou a mão de Carter. Ela despertou ligeiramente e logo depois caiu no sono de novo.

Ele ainda estava sorrindo quando chegou à mansão. Como Carter estava desligada para o mundo, Nick abriu a porta do carro, pegou-a no colo e a carregou até a porta de entrada da casa. Carter apenas murmurou um pouco, aconchegando-se no ombro dele.

Ao entrarem, Buddy, Ellie e Cort vieram correndo na direção deles, assustados.

– Ela está bem? – a expressão de Buddy demonstrava toda a preocupação que eles estavam sentindo.

Carter se remexeu nos braços dele e abriu os olhos.

– Ei – disse ela com a voz vacilante. – O que aconteceu com o cofre?

– Você está brincando – Buddy sorriu ligeiramente. – Você foi sequestrada e a primeira coisa em que pensa é em um pedaço de lata velha em uma caverna escura?

– Ainda está lá?

– Creio que sim.

– Buddy, você precisa ir até lá e pegá-la – Carter ergueu a cabeça e falou com senso de urgência. – Tire uma foto dele e traga-a aqui para a casa. Não quero que fique sem supervisão. Peça a Ivan para ajudá-lo.

– Ei, você que está latindo ordens – respondeu Buddy sentindo um claro alívio. – Acho que você está bem, depois de tudo.

– Graças a Deus, sim – Nick interviu. – Agora vou levá-la para cima.

– Não se esqueça do cofre – ela gritou, acenando para os adolescentes.

Quando Nick começou a caminhar em direção ao segundo andar, Carter o observou com os olhos entreabertos.

– Sabe, eu poderia ter vindo caminhando.

– Qual é a graça nisso? – ele brincou ao levá-la para o quarto onde Carter já havia dormido algumas vezes.

Ao entrar, Nick manteve a porta aberta e a colocou sobre a cama. Ao afastar-se, ela pediu:

– Por favor, não vá.

– Eu não vou sair – ele tirou os sapatos dela e depois os seus, e deitou-se ao lado dela. Ela aproximou-se dele, e Nick a beijou no topo da cabeça. – Nunca vou deixá-la.

Uma resposta abafada foi pronunciada sobre a camisa dele.

No silêncio que se seguiu, Nick respirou fundo. Desejava saborear aquele momento, guardá-lo na memória para sempre, mergulhar na perfeição do corpo dela em contato com o dele. O presente incrível de tê-la a salvo sobre seus braços o encantava.

Então isso é uma redenção, ele pensou enquanto acariciava os ombros dela antes de fechar os olhos e adormecer.

Capítulo 24

Carter sabia com quem estava e onde estava antes de abrir os olhos. Pôde sentir os braços de Nick envolvendo-a, seu corpo pressionando o dela e o coração dele batendo contra o seu. Pôde também ouvir o som da água batendo sobre a margem do rio e o canto doce e agudo dos pássaros. Na brisa suave de verão, sentiu o perfume delicado das flores lilases.

Ali era exatamente onde ela queria estar.

Ao olhar para o rosto de Nick, viu que ele estava olhando para ela, com aqueles olhos cinzentos, delicados e cheios de desejo. Ah! Quanto desejo.

Levou os lábios em direção aos dele.

– Faz amor comigo? – ela sussurrou perto da boca dele.

Depois de ouvir essas palavras, Carter sentiu o corpo de Nick estremecer de desejo. Ele virou-se, posicionou-se em cima dela e pressionou-a na cama com todo o peso do seu corpo. Ela puxou a camisa dele para cima e começou a soltar o cinto enquanto ele desabotoava a camisa dela e abria o fecho do sutiã. Quando sua boca chegou aos seios dela, Carter arqueou o corpo, rendendo-se ao desejo selvagem que havia entre eles.

As roupas foram arrancadas do corpo e atiradas ao chão, jogadas sobre os lençóis e espalhadas pelos travesseiros. Carter sentiu as mãos dele percorrendo partes do seu corpo, o que a fazia suar, gemer e balançar o corpo contra ele. Nick estava enlouquecido de desejo, feroz, porém carinhoso, seu corpo viçoso crescia e pulsava movido por uma paixão que ela conhecia muito bem.

– Preciso entrar em você – ele gemeu.

Nick enterrou os dedos nos cabelos dela, puxando-a enquanto a beijava. As unhas de Carter arranhavam as costas dele. Ela sentiu os músculos torneados de Nick enrijecendo sobre as palmas de suas mãos, a ampliação das curvas da espinha eram a prova de toda a força daquele homem.

Nick pôs os joelhos próximos aos de Carter e acomodou-se no meio das pernas dela. Quando ajeitou o corpo sobre o dela, sustentado pela força dos braços, ele hesitou por um momento. Ela estendeu as mãos colocando-as sobre o rosto dele, preocupada com certa expressão de dor que havia no rosto dele.

– Eu te amo – ela sussurrou.

– Ah! Por Deus! Eu precisava ouvir isso.

E então ele a penetrou e ouviu o grito de êxtase dela. Com movimentos para cima e para baixo, como se fossem apenas um, os dois fizeram amor até que a explosão de prazer os atingiu ao mesmo tempo, caindo sobre a terra com a sutileza da neve.

Deitados, juntos os dois respiravam fundo quando Nick rolou pela cama e apoiou-se sobre um braço. Com a outra mão, ele retirou uma mecha de cabelo que estava sobre o rosto dela. Nos olhos dele, Carter notou uma luz solene.

– Você parece sério – ela murmurou.

– Carter – ele começou. – Tenho algo para dizer. Tentei falar quando estávamos no carro, mas... Você sabe que eu te amo, não sabe?

– Sim.

Ele aproximou-se dos lábios dela, beijou-a lentamente e sussurrou sobre sua boca.

– Você quer...

– Caramba, Gertie, em que quarto eles estão? – ouviram a voz de Buddy bem próxima ao quarto em que estavam. Havia certo tom de desespero.

– O pai dela não para de ligar desde manhã cedo. Esse cara vai ter uma tendinite de tanto digitar o número do telefone dela. Há uma pilha de repórteres na frente do gramado, e seu marido não para de ameaçar que vai arremessá-los daqui como se fossem latas vazias para mirar no topo da cerca. E, além disso, preciso mostrar para Carter o que trouxemos da montanha ontem à noite.

A voz de Gertie, meio abafada, estava mais moderada.

– Eles estão em algum lugar por aqui. Com sorte, estão juntos na mesma cama.

Carter enrubesceu.

Nick arregalou os olhos e levantou-se, colocando o lençol ao redor da cintura. Abriu uma fresta da porta.

– Estamos aqui – respondeu com a voz baixa. – Diga a Wessex que vamos ligar em breve e avise Ivan que é contra a lei atirar nas pessoas, ainda que elas sejam repórteres.

– Aqui há roupas limpas para ela – disse Buddy com um sorriso de satisfação, enquanto entregava a sacola com algumas roupas pela porta.

– Querem o café da manhã? – Gertie perguntou.

– Seria ótimo – Nick respondeu.

Ao ouvir o barulho do chuveiro atrás dele, Nick fechou a porta sob o olhar dos dois.

Ajeitando os ombros, pronto para pedir a mulher que amava em casamento, Nick jogou a sacola com as roupas sobre o lençol e foi direto para o banheiro. Viu Carter debaixo do chuveiro, arqueando as costas para molhar o cabelo. Seus seios estavam entumecidos, a barriga plana e os quadris formavam uma curva suave que o fizeram ranger os dentes caninos. Logo que caiu debaixo do chuveiro juntando-se a ela, tratou de beijá-la.

Carter pegou o sabonete, ensaboou as mãos e começou a passá-las sobre a pele dele. Nick segurava a porta do boxe com tanta força que sentiu os braços doerem. Atenta a todos os detalhes, Carter passou as mãos sobre cada parte do corpo dele, atormentando-o. Com o coração acelerado e os pulmões implorando por ar, os músculos de Nick enrijeceram a tal ponto que quase implorou para que ela parasse. Nunca havia se sentindo tão fora de controle e nunca havia amado a tortura de ter sido negado por tanto tempo. Por fim ela lhe permitiu um alívio, envolvendo suas pernas sobre o quadril dele, permitindo que Nick a penetrasse. Ele estava enlouquecido.

Depois que a fúria da paixão foi alimentada, Nick recaiu sobre a parede do chuveiro, sentindo como se tivesse sido torcido. Algum tempo depois ouviu o som do chuveiro sendo desligado e esforçou-se para abrir os olhos.

Carter estava com a expressão extremamente satisfeita.

– Olá – disse ela.

– Bom... dia – foi tudo que ele conseguiu responder.

Carter sorriu ainda mais. Movendo-se com uma facilidade invejável, ela saiu do chuveiro, pegou duas toalhas e passou uma para ele. Nick a pegou, mas não conseguia carregar a maldita coisa. Ficou com a toalha pendurada sobre a mão, com a ponta caída sobre o chão molhado.

– Deixe-me ajudá-lo com isso – ela se ofereceu com disposição. Jogou a toalha dela de lado e o atraiu para fora do chuveiro. Encostado sobre a parede, ele permaneceu imóvel enquanto ela o secava, amarrando a toalha ao redor da cintura dele e levando-o em direção ao quarto.

– Podemos ir para o quarto?

Nick assentiu e começou a afastar o corpo para trás. Não conseguia tirar os olhos dela.

Ele murmurou

– Acho que nunca mais vou olhar para um sabonete do mesmo jeito.

– Tem mais de onde isso veio – disse Carter. Sua voz rouca viajou pelos ouvidos dele até chegar à parte central.

Ao sair pelo corredor, Nick sentiu o corpo excitado novamente.

Olhando para baixo da cintura, Nick perguntou a si mesmo:

– Você ainda não está satisfeito?

Quando Carter apareceu no andar de baixo, vestindo um jeans limpo e uma camisa polo, sentiu-se uma nova mulher. Não se preocupou em esconder o brilho de felicidade em seu rosto.

Ellie correu ao redor da mesa para abraçar Carter enquanto Buddy recostou-se sobre a cadeira com um sorriso.

– Você me parece terrivelmente...

Carter lançou sobre ele um olhar de advertência enquanto abraçava Ellie.

– Limpa – ele completou com uma piscadela.

Do outro lado da mesa, Cort sorria para ela. Carter conversou com ele:

– Você parece melhor.

– Você também.

Gertie aproximou-se e colocou um prato de frutas e uma xícara de café sobre a mesa.

– Sente-se – disse a mulher apontando para a cadeira vazia.

Carter sentou-se como fora convidada e estava prestes a repetir o prato de frutas e o café, quando Nick entrou na sala. Ele mirou os olhos dela e Carter correspondeu o olhar com tamanho amor e ternura, que sentiu a batida do seu coração acelerar.

Cort franziu a testa para o tio.

– Que foi? – Nick perguntou.

– Você parece engraçado.

Nick arqueou as sobrancelhas ao sentar-se ao lado de Carter. Como um gesto de agradecimento, ele sorriu para Gertie enquanto ela colocava seu café da manhã sobre a mesa.

– Por que eu pareço engraçado? – ele perguntou ao rapaz.

– Não sei... Você parece meio... fora do ar.

Todos começaram a rir, e Ivan entrou na brincadeira ao chegar à sala.

– Do que vocês estão rindo? – perguntou.

– Tio Nick, ele parece diferente, não parece? – Cort explicou.

Ivan olhou para o homem.

– Claro que ele está diferente. Ele está apaixonado.

Todos congelaram.

Exceto Nick. Ele esticou o braço, segurou a mão de Carter e a trouxe até os seus lábios.

– É verdade.

– Sabe – disse Cort inclinando a cabeça para o lado. – Se você ficar sorrindo muito, vai ter de mudar a foto de sua carteira de motorista. Ninguém vai reconhecer você por aí.

Quando Nick revirou os olhos, o rapaz sorriu, satisfeito.

Enquanto tomava o café da manhã, Nick estava preparando uma estratégia para fazer o pedido de casamento novamente.

Se eu conseguisse levar Carter para fazer um passeio de barco, seria uma excelente oportunidade, pensou. *O lago, o som, a brisa suave. O anel.*

Ao levantar-se abruptamente como se alguém tivesse chutado sua cadeira, Carter olhou para ele.

– Você está bem?

Nick assentiu, distraído. Ele não tinha uma aliança. Deveria ter um anel para fazer o pedido. Ela merecia um anel.

Carter o olhou com certa estranheza, mas logo em seguida afastou o seu prato e olhou para Buddy.

– Onde está o cofre? – ela enrolou seu guardanapo. – Você o trouxe para cá, não trouxe?

O homem balançou a cabeça em sinal afirmativo e foi até a antessala. Ao retornar, estava carregando o objeto de metal em seus braços, suportando o peso com os ombros curvados.

– Fotografei tudo antes de tirá-lo de lá – ele pontuou enquanto colocava o cofre sobre a mesa, na frente dela. Os garotos estavam eufóricos sentados à mesa e à espera de que o cofre fosse finalmente aberto.

Carter levantou-se e passou o dedo sobra a borda superior do cofre.

– O metal foi fundido com uma vedação perfeita. Há também uma tranca. Teremos de cortá-la para abri-lo.

– Tenho a ferramenta certa para isso – disse Ivan. Ele saiu e voltou com uma serra movida a bateria.

– Você quer fazer as honras da casa? – Carter perguntou a Nick.

Ele sacudiu a cabeça.

– Não gostaria que uma arqueóloga calculasse meus impostos. E não acho que você queira um cara de finanças brincando com isso aí.

Lançando um sorriso em direção a ele, Carter ligou a ferramenta e cortou a linha que havia na borda da tampa. Ao terminar, ela enrolou dois guardanapos, um em cada mão, e segurou as laterais.

Levantando o artefato devagar, disse:

– Agora, não vamos nos entusiasmar muito. Pode haver outro compartilhamento lá dentro.

Foi então que o brilho inconfundível do ouro resplandeceu.

– Santo Deus! – Carter impressionou-se, e uma onda de surpresa e encantamento se espalhou pela sala. – Alguém, por favor, pegue a câmera.

Nick ficou aturdido. Nunca em sua vida pensou que a fortuna seria encontrada. Por todos aqueles anos, ele se recusava a acreditar que o ouro ainda estivesse em sua propriedade.

Ele olhou para Carter e ficou encantado ao se dar conta do que ela acabara de encontrar. Ela estava com a expressão repleta de entusiasmo enquanto colocava as mãos cautelosamente naquele punhado mágico de ouro. Com a mão, ela segurou e ergueu uma porção do precioso metal. Havia moedas, partes de colares, brincos com as pedras removidas e anéis pesados com gravações.

Nick concluiu que a escavação não poderia ter atingido um resultado melhor que esse.

– Um momento – ela murmurou. – Há outra coisa aqui dentro.

Ela enterrou a mão na caixa e, devagar, trouxe um livro. A capa de couro artesanal tinha aproximadamente doze centímetros, de cor marrom-escura no meio de todo aquele brilho. Havia o desenho de uma cruz na capa.

Com delicadeza, ela deslizou o dedo indicador sobre a capa e abriu o livro.

– J. Winship. Ano do Nosso Senhor, 1775 – Carter leu em voz alta. – É o diário perdido de Winship.

Enquanto todos aplaudiam, o som exuberante ecoou pela casa.

No início da tarde, Carter tinha terminado de ler todo o diário. Nick a deixou à vontade em seu escritório, e ela passou horas sentada na cadeira dele, lendo enquanto o sol adentrava as janelas.

Foi a maneira perfeita para relaxar depois daquela experiência horrível. Perder-se nas palavras do reverendo a ajudou a sentir-se mais segura e mais firme. Sabia que levaria muito tempo até se recuperar daquele sequestro, mas certamente permanecer ao lado de Nick e de seus amigos a ajudaria muito. Também conversou com o pai, que ficou extremamente feliz ao ouvir a voz dela, o que também a fez sentir-se mais segura.

Quando chegou ao final da leitura do diário, Carter o fechou e o colocou sobre a escrivaninha. Girou a cadeira em direção à janela, onde avistou borboletas sobrevoando as flores silvestres no prado, atrás da mansão.

Esse diário não tem preço, ela pensou.

Era uma das descobertas mais significantes do período colonial na última década. O diário relatava mais informações sobre o envolvimento relutante e patriótico de Winship na Revolução e tudo sobre a viagem fatídica a Adirondacks que lhe custou a vida.

O diário também revelou o desfecho do mistério sobre quem havia matado o homem.

Carter levantou-se, deixou o jornal sobre a escrivaninha e foi procurar pelos demais na casa. Encontrou-os à beira do lago. Ellie estava tomando sol enquanto Cort estava com a roupa de mergulho nas margens da água. Nick e Buddy estavam limpando o convés do veleiro.

– Qual é o veredito? – Buddy questionou ao avistar Carter.

Nick olhou em direção a ela, com um sorriso lento e sensual. Ele estava vestindo apenas sunga, a mesma sunga preta que vestia quando os dois passearam de barco pela primeira vez. Seu corpo brilhava, coberto de gotículas de suor causadas pela exposição ao sol.

Carter sentiu o corpo aquecendo intensamente.

– É uma história incrível – disse a Nick quando ele se aproximou dela. Na frente de todos, ele curvou-se e a beijou.

– Conte-nos uma coisa – a voz dele foi suave e convidativa, e Carter pôde sentir o sangue pulsando sobre suas bochechas. Não pôde deixar de pensar nas coisas que ele havia sussurrado ao ouvido dela enquanto eles faziam amor.

Ela limpou a garganta e contou a eles o que havia aprendido com a leitura.

– Jonathan Winship era um homem incrível. Reflexivo, sério e indignado com o controle que o governo britânico exercia sobre as colônias. Provavelmente não era um herói da guerra, mas era um estudante da Bíblia, não um guerreiro. Ainda assim, ele tinha uma força de vontade que era indomável – Carter olhou para o lago.

– De acordo com Winship, o General Farnsworth era uma pessoa extremamente má. No diário ele conta como o homem foi preso em Nova York por estuprar e espancar uma mulher. Depois que a troca de Nathaniel Walker foi planejada, o grupo de Winship seguiu em direção a Adirondacks sobre o comando de Red Hawk e do general que estava algemado. Estavam carregando o ouro para abastecerem as tropas. Quando chegaram à base do lago Sagamore, deveriam entregar o cofre aos revolucionários. Porém, seus compatriotas nunca apareceram, e eles foram forçados a levar a fortuna com eles. Enquanto seguiam em direção ao forte, Red Hawk executou suas responsabilidades muito bem, levando-as até as montanhas pela trilha mais direta possível. Quando chegaram ao lugar designado para a troca, o guia desapareceu no meio da floresta, abrindo mão de sua responsabilidade. Logo depois, o grupo caiu numa emboscada. Os dois *minutemen* e o reverendo Winship não eram páreo para os soldados britânicos muito bem treinados que os atacaram. Os soldados americanos foram mortos, e Winship foi esfaqueado na barriga pelo general, uma ferida que se tornaria mortal.

Carter continuou.

– Farnsworth estava pronto para terminar o trabalho matando Winship, com uma baioneta posicionada sobre a cabeça do reverendo quando Red Hawk voltou. Ao se materializar do nada, como Winship diria, o índio caiu sobre Farnsworth, ferindo-o gravemente. Cinco soldados britânicos atacaram o indígena, mas com o que Winship denominou como uma enorme graça e poder, o índio conseguiu matar dois deles de imediato e os outros três saíram correndo e se espalharam pela floresta.

– Mas que m... – Cort disparou. – Quero dizer, que legal!

– Enquanto Farnsworth estava sangrando sobre o chão, Red Hawk aproximou-se de Winship. O reverendo pediu para que o índio o ajudasse e foi até os homens caídos, inclusive o general, para conceder-lhes a bênção final. Ele sabia que o tempo era essencial. Os três britânicos voltariam com reforços, e ele precisava se esconder para ter a chance de sobreviver. Red Hawk o ajudou a caminhar pela floresta até a caverna e voltou para pegar o outro. Depois que o índio voltou com o cofre, perguntou se o reverendo, que estava prestes a morrer, tinha algum último desejo. Winship pediu que o corpo dos homens mortos fossem enterrados e que uma cruz fosse posta no topo de cada cova. Red Hawk saiu e Winship nunca mais o viu novamente.

Houve um longo período de silêncio, e então Carter terminou a história.

– O reverendo sabia que não sobreviveria, e seu último relato no diário está praticamente ilegível.

– E o que está escrito? – Ellie perguntou, curiosa.

As palavras estavam cravadas sobre a memória de Carter porque ela tinha lido repetidamente esse trecho. Saíram dos seus lábios como se sempre tivesse conhecimento delas.

– A nação mais forte será erguida pelas costas dos homens unidos pela honra e pela graça de Deus. Aqueles que amam seu semelhante herdarão o reino dos céus. Irmãos não nascem do mesmo ventre, mas do coração semelhante. Obrigada, Red Brother.

– Então Red Hawk foi um herói – Cort sussurrou com reverência.

Carter assentiu.

– O que aconteceu com ele? – Ellie indagou. – Ele deve ter sido morto.

– Não, não foi.

Os olhos curiosos se fixaram em Carter.

– O registro final do reverendo não foi o último. Foi de Red Hawk. Para mim foi difícil decifrar a linguagem, mas acredito que a fala pode ser traduzida como "E então Hawk sobrevoa a terra, vai até o Grande Espírito e segue além, assim como o homem. Descanse em paz, Padre Branco".

– Isso é incrível – disse Buddy com o tom de voz solene. – Uma descoberta de uma vida inteira.

– Tenho a impressão de que Red Hawk voltou, enterrou o corpo do reverendo Winship em uma cova e desenhou aquela gravura de uma cruz na parede de pedra acima de onde Winship foi enterrado – disse Carter.

– Então devemos escavar lá – Buddy disparou.

– Não, acho que devemos deixá-lo lá – disse Carter com a voz serena, sacudindo a cabeça. – Devemos deixá-lo descansar em paz. Temos o diário. Isso é o bastante.

Nick assentiu.

– Eu concordo.

Carter levantou-se.

– Agora preciso ir até a universidade. Quero que meus colegas comecem o trabalho de conservação do diário. Não quero que nenhuma deterioração aconteça, e precisamos fazer uma cópia o mais breve possível.

Ela virou-se para Nick.

– E talvez seja melhor manter o ouro trancado em algum lugar. O ouro precisa ser estudado também, mas não sei em que lugar na universidade poderíamos guardá-lo.

– Você pode usar meu cofre até descobrir.

– Obrigada – ela agradeceu, com um olhar sedutor. – Você teria interesse em cruzar a fronteira dos Estados Unidos?

– Com certeza, senhorita.

Os dois atravessaram o gramado de mãos dadas. Carter não conseguia tirar o sorriso do rosto.

Ao chegarem ao escritório, Nick abaixou-se e abriu o cofre.

– Não tenho um espaço para a caixa – disse ele com a cabeça enfiada na prateleira de livros. Lá dentro, ele tentava organizar as coisas para abrir um espaço. Retirou a cruz do cofre e a entregou a Carter.

Ela desembrulhou o objeto e observou a madeira antiga.

– Que história surpreendente.

Os olhos de Nick estavam repletos de ternura ao olhá-la de novo.

– O que foi? – perguntou ela com certa timidez.

– Você é um espetáculo de mulher, sabia? Veio aqui, achou o ouro perdido, descobriu o que aconteceu com o reverendo e encontrou o diário dele. E, em seguida, você fez algo maravilhoso.

– O que eu fiz?

– Roubou meu coração – ele sorriu. – O qual eu jamais tive a intenção de entregar a ninguém.

Carter sorriu e envolveu a cruz no pedaço de pano.

– Às vezes, você recebe o que é seu depois. Ainda que não saiba que está procurando por isso.

Sentindo-se extremamente feliz, Carter foi até a janela. Ao franzir a sobrancelha, Nick perguntou para onde ela estava olhando.

– Há um... Isso é ridículo – ela inclinou o corpo ligeiramente. – Há um falcão vermelho sobre a árvore.

– O que ele está fazendo?

– Está sentado sobre o galho da árvore. Olhando para nós – ela limpou a garganta e olhou para Nick, que acabara de colocar a cabeça dentro do cofre. – Você acredita em fantasmas?

– Que Red Hawk assombra minha montanha?

– Sim.

– Não sei. Às vezes, quando estou lá, sinto como se tivesse alguém me observando. Por quê?

– Juro que esse falcão está olhando para mim como se ele soubesse... Ah, esquece – Carter sorriu com certa estranheza. – Vou pegar a caixa com o ouro na cozinha. E, depois, vou ao médico fazer uma análise sobre as minhas visões ilusórias.

Enquanto Carter saiu, Nick terminou de organizar as coisas dentro do cofre e estava prestes a pôr a cabeça para fora quando sua mão tocou na pequena caixa vermelha que guardava o anel de diamantes de sua mãe. Tirou o estojo de couro do cofre e o abriu. O diamante brilhava de tal forma que ele sentiu até mesmo certo ardor nos olhos.

Bingo!, ele pensou, enfiando-o no bolso.

Estavam viajando pela rodovia em direção à balsa quando Nick a olhou.

– Tenho algo para perguntar a você e que já tentei algumas vezes lhe dizer...

– Sério? – Carter sorriu, pensando que sua vida não poderia ser melhor do que estava. O sol reluzia forte sobre eles, o ar soprava sobre seus cabelos com suavidade, e o homem mais sexy que ela já havia visto em toda a sua vida estava olhando para ela como se fosse o centro do mundo.

– É um pouco difícil dizer... – disse ele.

– Hum?

– Acho melhor fazer isso enquanto estamos sozinhos.

Carter sentiu que a velocidade do carro foi reduzida e então ouviu o crepitar de um cascalho enquanto Nick encostava o carro na estrada. Ele parou o carro no meio de um vale emoldurado por montanhas majestosas. A grama e as flores silvestres os cercavam, chapins e pássaros de asas vermelhas flertavam sobre o ar sereno e quente.

Nick colocou as mãos sobre as dela e inclinou-se um pouco em sua direção. Houve uma longa pausa. Carter nunca o tinha visto com a expressão tão séria.

– Carter – ele começou. Mas se afastou logo em seguida. – Espere. Isso não está certo.

O coração dela parou.

– Sai do carro – ele pediu, abrindo a porta.

Confusa, e muito curiosa, Carter abriu a porta.

Juntos, os dois ficaram parados em frente ao Porsche, e Carter ficou chocada ao vê-lo ajoelhar-se.

– Ah! Meu Deus! – ela exclamou sem ar.

Carter concluiu que havia apenas uma razão pela qual um homem se ajoelhava diante de uma mulher. E claro que não era para engraxar os sapatos.

– Carter – Nick hesitou, com os olhos brilhando ao observá-la. Havia um encantamento nos olhos dele, e mais do que solenidade, seu olhar estava repleto de emoção. – Qual é seu nome do meio?

– Meu nome do meio?

– Sim, o sobrenome entre seu primeiro nome e o último – ele explicou gentilmente.

– Carter é o meu nome do meio. Meu primeiro nome é Cordelia.

Ele limpou a garganta.

– Cordelia Carter Wessex, eu te amo. Quero construir uma vida ao seu lado. Quero que seja minha esposa, aquela que me desafia e que dorme ao meu lado. Quero te abraçar, cuidar de você e viver com você. Aceita ser minha esposa?

Com o ritmo cardíaco acelerado, ela sufocou um *sim* ao abaixar-se e atirar os lábios sobre os dele.

– Sim, sim, sim...

Ainda de joelhos, Nick a abraçou pela cintura. Os dois permaneceram abraçados por um longo tempo, até que ela percebeu que ele estava rindo. Quando olhou para ela, Carter passou a mão pelos fios de cabelo escuros e espessos dele.

– O que foi? – ela perguntou delicadamente.

– Você percebeu que eu estou tentando pedir você em casamento o dia inteiro?

– Sério? – ela sorriu, envergonhada.

– Perguntei ontem quando estávamos no carro a caminho de casa, mas você caiu no sono. Perguntaria hoje de manhã novamente na cama, quando Buddy nos interrompeu. Estava completamente determinado a falar com você no chuveiro, mas nós... nos distraímos. Então eu ia convidar você para um passeio de barco e faria o pedido, mas com o aparecimento do ouro e do diário...

Carter sorriu enquanto Nick levantava-se. Ele a puxou com força e lhe deu um beijo ardente. Ao final do beijo, Nick enfiou a mão no bolso e pegou a pequena caixa vermelha.

– Sei que a tradição manda que o noivo dê um anel para a noiva – ele colocou a caixa à frente dela e a abriu.

Carter arfou diante do diamante. As facetas coloridas reluziam sobre a luz do sol.

Ao olhar para o anel, Carter tentou compreender a sorte grande que tinha. Tinha ido a Farrell Mountain para solucionar um mistério e encontrou muito mais do que poderia imaginar.

Seu olhar cruzou-se com o de Nick.

– É incrivelmente bonito.

– Era da minha avó. Ela se parecia muito com você. Vigorosa, independente, inteligente. E antes que você o recuse sobre a desculpa de que você passa o tempo todo mexendo na terra, devo informá-la que esse anel sobreviveu a cinquenta anos de jardinagem pesada e permaneceu em excelentes condições. Quero que ele seja seu. E acredito que a minha avó também aprovaria isso.

Carter sorriu e colocou o anel no dedo. Sentiu o peso da pedra sobre o seu dedo médio. Ele se ajustou perfeitamente à sua medida.

Nick roçou a mão sobre a bochecha dela e a beijou, os lábios macios repousaram sobre os dela por um longo tempo.

De repente, um ruído surgiu sobre o vale. O som tornou-se crescente. Os dois se separaram e olharam em direção ao barulho e observaram que um caminhão enorme se aproximava deles, pela estrada. Ao chegar mais perto, o motorista buzinou, lançando um rugido alto sobre eles. Carter e Nick sorriram e acenaram para o homem com o polegar, fazendo um sinal de positivo.

As risadas ficaram confusas quando avistaram o que havia na lateral do caminhão.

Em letras grandes e largas, havia uma frase que dizia: *Red Hawk Freightlines.*

E, então, a imagem de um falcão de enorme cauda vermelha surgiu sobre o céu, sobrevoando sobre eles.

Este livro foi composto nas fontes Adobe Garamond Pro e Caflisch Script MM Swash, e impresso em papel *Chamois* 90g/m² na Intergraf.